荒林
著

文學的
女性主義

大中華語境中的
女性主義文學思潮研究

Literary
Feminism

The Ideological Trends
of Feminist Literature
in a Greater Chinese Context

責任編輯　王婉珠

書籍設計　道轍

書　　名	文學的女性主義 —— 大中華語境中的女性主義文學思潮研究
著　　者	荒林
出　　版	三聯書店（香港）有限公司 香港北角英皇道 499 號北角工業大廈 20 樓 Joint Publishing (H.K.) Co., Ltd. 20/F., North Point Industrial Building, 499 King's Road, North Point, Hong Kong
香港發行	香港聯合書刊物流有限公司 香港新界荃灣德士古道 220–248 號 16 樓
印　　刷	美雅印刷製本有限公司 香港九龍觀塘榮業街 6 號 4 樓 A 室
版　　次	2021 年 11 月香港第一版第一次印刷
規　　格	16 開（170 × 240 mm）336 面
國際書號	ISBN 978–962–04–4881–2

文學女性主義與女性主義的東方論析

—— 序荒林的《文學的女性主義》

朱壽桐

　　女性主義在世界文化發展史上具有特定的歷史地位和文化地位。世界文明的每個階段，都可能敏感於並專注於性別差異、性別權力和女性解放之類的問題，特別是走出了宗教傳統的近代啟蒙主義之後，思想界、文化界都會格外重視女性和性別問題的思考，於是《太太學堂》之類的啟蒙主義文學作品產生了超越國界和超越時代的文化影響。

　　女性主義在社會學意義上往往包含著天然的革命性。人類文明進入到成熟階段以後，性別角色和性別地位就已經作為社會秩序的必然組成部分得到了較為穩固的定位，這樣的定位在東西方主流文明的語境下遙相吻合：從女性的家庭角色以及社會生活角色的角度看，東西方的文明秩序竟然如此相通，如此同步，實在匪夷所思。聯想到當初東西方先哲都曾從各種角度對女性發表較為相似的歧視性的文明觀念，如西方宗教界曾討論過女性有無靈魂的問題，中國的孔夫子發表過"唯女子與小人為難養也"的神論，這些在今天看來非常奇葩的觀念，確曾代表了東西方文明某些階段較為普遍或較為流行的女性觀。不必驚異於西方文明與東方文明在女性認知和女性評價方面曾經如此相似，倒是應該驚異於東西方迥然不同的文化背景下和文化進程中，何以對女性的態度是如此相像並如此同步。這種對女性的歧視性認知同樣成為腐朽觀念的代表在東西方世界遭到了批判與淘洗，不過因為這樣的批判和淘洗的徹底性往往需要藉助近代啟蒙主義和近代革命，而近代啟蒙主義和近代革命，東西方並不同步，其酷烈、徹底的程度也有較大的區域性差異、民族性差異和時代性差異，因而女性解放、性別平等之類的社會問題的關注與解決，在步驟與程度上，東西方文明拉開了距離。這距離又不是簡單同步的：女性解放在西方世界並未經過太多突變性的革命，而是處在近代文明的漸變過程之中發生的社會文化更新，因而它的歷史較為漫長，其徹底性也並不明顯。直至現在，西方女性出嫁以後仍然習慣於在自己的姓氏前冠以夫姓，這樣的情形在中國的主流社會則完全不必，可見女性解放、女性獨立的革命性程度在中國要進行得更為深切。

這實際上說明，在中國，女性解放的社會運作和文化運作更為猛烈，其結果也較為徹底。從中國新文化運動的歷史景幕上，女性解放、女性獨立等等社會話題，曾一度作為重大的時代命題和先鋒課題，被歸併到個性主義、民主自由的政治話題中展開，被賦予特別嚴重的時代感和使命感。這樣的社會運作伴隨著民主自由觀念的深入，被投入實際的社會革命實踐之中，於是同男性的剪辮子運作幾乎同步，女性世界則開始出現了放腳潮。經過歷次政治革命、經濟革命和文化革命，中國女性的經濟權、人權、參政權等等已經得到了法律和政策的保障，甚至也得到了社會習慣的承認。魯迅當年所論述，婦女必須爭取到經濟權，才能夠真正解放自己，這往往比爭取到參政權需要付出更沉重的代價，道理非常清楚，論述也很深刻，但時代的局限也很明顯。事實上，女性的參政權固然已獲得，每個人有一張選票的時候，女性同樣可以獲得屬她的那一張，但這票有時不過是印製的時候加印的部分；女性的經濟權的確很難爭取，然後並不意味著很難獲得；一場革命完全可以賦予婦女相當的經濟權利，包括各種形式的經濟分配權。這樣的情形在魯迅活著的那個年代就已經在中國大地上出現並且形成某種流行的態勢。但中國的婦女問題，中國社會的女性難題，是否真的就此解決了？答案是否定的。即便是在女性不僅參政，而且有可能當政的中國社會的各個區塊，女性作為輔助性別，作為第二性或作為弱勢性別的文化定位並沒有消除。深徹到包括女性自身在內的中國人心理世界的男權意識、男尊意識仍然處於支配地位。至今，相當高層次的人才的退休年齡還在執行不同的性別政策，女性的家庭角色、社會角色實際上都有一種習慣性的定位，這種定位在許多男性乃至女性的心目中都堅如磐石般地一如既往。參政權、經濟權解決以後，性別解放的路途依然漫長，只不過，這時候性別問題包括女性解放問題不再呈現在法權制度方面，而是深深地沉潛在社會文化的心理層面。

社會文化心理層面的性別話題似乎是永恆的。即便是在許多地方女子已經掌握了家庭的財政權力，男子已經爽快利落地成了名副其實的甩手掌櫃，他們除了暗自留一些私房錢而外，幾乎所有的收入都交給了家裏的"一把手"——老婆大人，可也還是有女子抱怨，其實這是讓家累和沉重瑣碎的生活壓力更加緊密地套在女性的頭上，男子獲得了解放與瀟灑；作為女子，也希望將自己其實是累贅的家務總管的差事交出去，讓自己獲得解放與瀟灑。即便是男子將操持家務的負擔全都承擔起來，如在經濟發達文明程度高的上海等地，男人繫上圍裙上鍋台的事情已經相當普遍，"上海男人"作為含義複雜的社會指稱和文化指稱已經成為專用名詞，可女子作為被保護、被呵護進而被弱勢地對待的地位反而更為突出，只不過是在一種當代文明的背景下被突出罷了。無論在事實層面上女子如何受到男子的尊重和愛護，但其作為"第二性"甚至作為弱勢性別的社會定性情形沒有發生實質性的變化。按照馬克思歷史唯物主義觀點，只有到了社會主義文明階段，到了"時代不同了，男女都一樣"的價值理念時期，女子作為弱勢性別群體的定位才可能被徹底改變。

　　由上可知，女子與男子在現代社會中的真實關係其實並未得到徹底改變，女子作為"第二性"的社會定位也並沒有發生實質性的變化，但另一方面，女子與男子在社會意義上的性別差異、性別矛盾和性別對立也沒有引起人們想像中的激化與極端化，一切的差異都在可識別的意義上存在，一切的矛盾都在可調和的意義上展開，一切的對立也都在可融合的意義上消解。女性的美麗的笑容在正常的社會生活中依然像美麗的鮮花一樣迎風綻放，正像男性的雄壯的身影在正常的社會中依然像雄壯的山石一樣昂然矗立，這樣的社會景象清晰地表明，性別差異、性別矛盾和性別對立的命題在現代文明社會其實都不可能真正成為時代發展的陰影。

　　但社會文明永遠需要一種批評的話題，社會文化的爭辯需要一種想像的對立，女性與性別差異的話題被歷史地選擇為這樣的批評話題與文明論辯的話題，於是，女性主義在相當長的歷史時期內成了一種文化的話語，甚至成了一種批評的話語，它反映著一定意義上的社會現實，但更確切地說是社會現實的文化反映而已。只要稍微關注一下就能發現，相當多的後現代話題都不過是社會現實問題的一種文化反映，而並不是社會現實本身。例如後殖民主義、新歷史主義等等，都只是社會現實問題的某種文化反映，是一種文化的話語體現。與此相似，女性主義在當代的不斷發酵，其實不是社會現實問題的暴露甚至極端化，而是當代文化話語的一種呈現。女性主義話題在啟蒙主義時代、現代主義時代都曾經是核心話題，到了後現代主義時代依然是中心話題，但這時候它更多地體現為文化話語的特性，而不是迫切的社會現實話語的特性。

當女性主義作為文化話語出現在文化領域的時候，它就獲得了進入意識形態的某種資格，於是在西方的學術文化界，女性主義被一波又一波的文化運作催逼上了意識形態的軌道，在相當意義上被渲染成偏激的、敏感的話題，甚至被賦予某種革命性的素質，從而在遠離了社會現實、人生現實的意義上演繹成極端性的文化話語和文化命題。的確，在女性主義被推向極端化的現代社會，女性和男性的性別矛盾、性別對立其實體現得相當溫和、沉潛以及委婉，而這樣的溫和、沉潛與委婉卻在言論世界被渲染得非常尖銳，甚至通向某種觀念的危機。

這樣的危機在東方世界，在中華文化圈同樣存在，只不過更明顯地存在於文學描述之中，存在於被虛擬性地展現的文學世界，這就是荒林所刻畫的文學的女性主義。如果說女性主義在西方世界被置於文化的極端性、危機性的緊張話語層面，在東方世界特別是在中華文化語境下，它則更多地被納入文學文化的想像之中，呈現出文學的虛擬性和想像性的特徵。啟蒙主義話語時代，包括魯迅等偉大的啟蒙主義者都深深地涉入其中，女性主義話題被文學所包圍，所呈現，易卜生主義、"娜拉"現象，包括魯迅所刻畫的"我是我自己的，他們誰也沒有干涉我的權利"那個勇毅的女子子君，也包括那個可憐的祥林嫂，以及葉聖陶筆下的《這也是一個人》的那個女人，都是啟蒙意義上的文學形象。現代主義意義上的文學的女性主義，其代表人物當然是丁玲筆下的那個閃耀著時代光芒的莎菲，那個以反抗的意氣向男性世界堅決地然而又是變態地宣戰的現代女性的典型。後現代主義在中華文化語境下展現得較為委婉和沉潛，但女性主義的文學展示仍然是那麼鮮明而堅毅。這些都在荒林的學術描述中有著縝密而精細的展現，這樣的展現成就了荒林學術分析的特性和優勢，成為女性主義學術呈現熱潮中的富有獨特性的成就。

女性主義在西方世界是一種社會文化運動，雖然與大眾現實社會和現實人生依然相對脫節，但作為意識形態和思想文化的熱點話題，對知識生產產生重要影響，在意識形態意義上甚至釀成了革命性、顛覆性的時代話語，這就是弗吉尼亞・伍爾芙（Virginia Woolf）和西蒙娜・德・波伏娃（Simone de Beauvoir）出現的意義。她們提出的諸如"男性社會合謀論"和"人造女性論"等著名論點，都不再具有現實的社會針對性，而更多的是一種文化表述和文化深言的需要，也體現著理論闡述的快感和理論表述的深刻性和震撼力。當現實社會和現實人生早已經超越了奧蘭普・德・古熱（Olympe de Gouges）發表《女權宣言》時的那種男女政治上、法律上不平等的狀況之後，女性主義實際上在理論意義上的成就遠遠超過其實際生活的批判意義。中華文化語境下的女性主義從來沒有在理論意義上與西方女性主義爭奇鬥艷的意識，甚至也很難與之形成對話關係，但女性主義在東方世界和大中華語境下的文學展現，確是東方女性主義特別是中華女性主義話語的重要特徵，也是中華文化對於世界女性主義文明話語所做出的一個重要貢獻。

文學的女性主義作為學術概念和文化概念，無疑是一種創新，也是對大中華語境下的女性主義思潮和文化形態的一種準確的描述。這一概念的提出顯然受到郁達夫關於文學的無政府主義一說的影響，郁達夫在《自我狂者須的兒納》一文（發表於《創造周報》1923 年第 6 號）指出，施蒂納的無政府主義是一種文學的無政府主義，有別於政治上的乃至思想文化上的無政府主義。其實，大中華語境下的文學的女性主義，也有別於政治理論和意識形態意義上的女性主義，也有別於社會運動乃至文化運作意義上的女性主義，而是一種在想像和虛構意義上的女性主義，是一種典型的文化的審美判斷意義上的女性主義。文學女性主義往往在文學想像的意義上將女性話題推向極端，推向明顯的危機感和偏激的理念境界，進而通過文學表現的手段將女性主義命題引向深刻和強烈的文學展現。典型的例子莫如李昂《殺夫》等一系列的創作。這類文學的女性主義具有如此明顯的東方特性和中國特色：第一，文學的女性主義都是在理念意態上展開的，因而不應該理解為現實主義的女性文學；它與現實社會和現實人生展現的性別差異、性別矛盾和性別對立並無直接的對應與聯繫，因此，這是一種典型的文學文化意義上的女性主義。第二，文學的女性主義往往不會基於氾濫的、偏激的乃至極端的女性主義政治、社會和文化理念，而是基於女性問題的東方經驗和中國體驗，意味著中華文化語境中女性主義思想成果的集中體現，是漢語文學世界對世界女性主義文明做出的獨特的貢獻。

文學的女性主義體現出大中華文化語境中的女性主義思潮的特性，其實也是東方世界女性主義含蓄、曲折地進行文化呈現的基本形態。女性主義在現代主義和後現代主義的合謀中已經走向極端、偏激並充滿危機感，這樣的極端、偏激和危機感在西方的理論框架中得到了觀念的強化，而在東方語境和大中華語境中卻往往很難得到這樣的強化，甚至也不會得到相應的闡解，於是，女性主義理論在這樣的語境下顯得較為柔弱、陰晦。但在文學這一虛擬世界中，女性主義得到了補償性的表現，正如李昂等作家的創作所體現的那樣，在文學想像和虛構表現的意義上，女性主義也可以以極端、偏激和充滿危機感的性狀出現在大中華的文化語境中。

當然，由於道德和文化的制約，不同地區的文學的女性主義具有不同的表現形態和表現程度。大中華地區無疑以台灣、香港的文學創作在虛擬性地表現女性主義的極端、偏激和危機感方面較為強烈，而在內地和澳門體現得較為柔婉。這樣的差異凸現出文學女性主義的地區性的文化特性，但從總體上看，大中華語境下在文學想像的意義上展現女性主義的前衛性，應該是大中華文化的重要特徵。正是在這樣的意義上，荒林的研究必須在大中華文化語境的全貌觀照下展開，這也是這部論著必須體現這樣的空域廣度的重要原因：只有大中華語境的完整空域的廣度才能透視出文學女性主義的思想深度。荒林在這部論著中出色地完成了大中華地區文學女性主義的空域廣度的論析，同時也達到了其所指向的文學女性主義的思想的深刻性的揭示。因而，這是一部有思想創新和學術創新的論著，它的創新與相對世界性、地域性和時代性的女性主義的準確把握和獨到表述，其學術思維的開合度及其在學術方法上的啟示性遠遠超越於它所屬的女性主義研究和女性主義文學研究自身。

目　錄

下編　文本論

導　論

全球視野漢語
女性主義文學
思潮現象
與空間闡釋學
研究的意義

"當今世界，人類生活在不同文化、種族、膚色、宗教和不同社會制度所組成的世界裏，各國人民形成了你中有我、我中有你的命運共同體。"

——習近平

"海德格爾認為，每一個時代都有一個問題需要徹底思考，而且是唯一的一個問題。而性別差異也許就是我們這一時代的問題。如果對這一問題進行了徹底的思考，我們就可以得到思想上的拯救。"

——（法）魯思·伊里加蕾

一

選題緣起

　　全球視野漢語文學的寫作現象，隨著中國的崛起而日益引人注目。網絡毗連的地球村裏，漢語作家特別是漢語女作家，遍佈地球各地。女性寫作對人類命運的關注，更多涉及性別問題，但為何中國大陸沒有產生與西方相同的女權社會運動？緣何台灣女性主義會通過《殺夫》文本表達激進立場？因何香港和澳門也沒有發生與西方相似的女權運動？綜觀大陸、台灣、香港、澳門及北美移民空間，女性主義文學的寫作不僅異常繁榮，而且呈現了它們不約而同的奧妙，它們在文學空間展開的性別問題探討，互為補充呼應，由性別而人類文明，不是現實女權運動更多關注的社會問題，應做何種合理闡釋？其與中國發展同頻的節奏，是否意味著女性主體的時代自覺？意義何在？

　　本書的寫作過程，如同受到一座文學大森林的誘惑，進入其中，辨析各片區的森林特徵，走遍各區，林間通道和陽光匯合，便分明感受到並理解它們共同製造的綠色氣候。定位對各林區標誌性的參天大樹進行個案分析，並進行深入對比研究，庶幾能夠呈現大森林的成因與特徵。揭示現代性與女性主義文學思潮之間的關係，剖析女性主義文本的性政治策略，發現用文學的女性主義代替女權社會運動的原因和價值，是本書研究的動機和努力所在。

　　始於 20 世紀 70 年代末的中國大陸的改革開放，促成了大中華語境的逐漸生成，形成以大陸板塊為中心，與台灣、香港、澳門互動存在，並與太平洋對岸帝國美國之間產生張力對話的全新政治經濟文化格局。這一格局所支持的想像的共同體，呈現了漢語語言強大的聯絡功能，其所承載支持的悠久的傳統，更以"家庭和個人關係所形成的'竹網'（即關係網）和共同的文化，大大有助於大中華共榮圈的形成"[1]。和平崛起的政治策略,和"族群性、社會凝集力、語言、儒家學說,以及所有中華文化被普遍接受的內涵等,都成為在東亞華人社群中形成所謂'虛擬國家'的經濟與社會紐帶來源;而其所積累的經濟與社會資本,也逐漸成為足以改變原有政治疆界並重塑經濟版圖之強大的穿透性力量"[2]。

中美建交、台灣退出聯合國、蘇聯解體、香港和澳門回歸,這一系列國際秩序的重組,與中國大陸改革開放恰逢其時,外因和內力相匯,造成了大中華區各地區之間的關係巨變。如果說以美國蘇聯為中心的世界二極冷戰格局結束了,那麼,全新的多元格局中,中國大陸的崛起不僅引人注目,更因其帶來的大中華區各地區之間的經濟競爭活力,變得舉世矚目。生活於其中任一個地區的人們,無不親身感到轉型帶來的調適體驗。人類歷史此次以空間演變的方式,將一個百多年來受到西方現代父權衝擊而分裂成幾個板塊的大中華,用經濟重新組合到一起。雖然政治上還是分治的,但漢語文化的同一性,將經濟的合作紐帶聯繫得更加親密,即所謂足以改變原有政治疆界並重塑經濟版圖。中國大陸、台灣、香港和澳門,經由不同的現代化模式實踐,如今以各自的特色參與互補競爭格局,呈現出極其豐富多元的大中華現代性,並與北美現代性競爭生長。

在女性主義看來,任何一次歷史性的秩序變化,都不可能不深刻影響女性的處境。這一次國際秩序重組,大中華經濟共同體的形成,對於女性現代性關係的影響是深遠的。與大中華格局一併生成的大中華語境中的女性主義文學思潮現象,遍佈中國大陸、台灣、香港、澳門,及對話語境中的北美漢語文化圈,大批漢語女作家用她們的書寫,見證大中華女性如何參與這一時代轉型,並藉此建立自己的主體形象。她們書寫女性/百年中國由被動捱打到重新崛起的歷史,自 20 世紀 70 年代末到 21 世紀中國改革開放四十年的時間中,在大中華語境不同板塊的現代性空間裏,女性主義文學思潮針對不同現代性議題而生發,發聲不同,卻有驚人的同一性,即用文學的形式反思現代性、見證女性參與現代性,如

1　(美)塞繆爾·亨廷頓:《文明的衝突與世界秩序的重建》(修訂版),周琪、劉緋、張立平、王圓譯,北京:新華出版社 2010 年版,第 148 頁。

2　(英)張志楷:《中國因素:大中華圈的機會與挑戰》,林宗憲譯,台北:博雅書屋有限公司 2009年版,第 39 頁。

合唱般匯成文學的女性主義政治。重建女性主體形象的政治策略，亦有如共謀，於不同空間展現了各自經驗獨特性的同時，具有互補呼應的空間走廊特徵。她們分頭講述女性 / 百年中國現代演變的不同空間故事，如《扶桑》是北美移民空間的故事、《無字》是中國大陸北方故事、《長恨歌》是大陸上海故事、《婦女閒聊錄》是大陸長江腹地的故事、《迷園》是台灣故事、《香港三部曲》是香港故事、《香農星傳奇》是澳門故事，這些故事如同互相串通的時空走廊，把百年現代中國的後發現代性在不同空間的演變狀態，進行了各自講述和互相印證，從而互相聯結成通向未來的空間。而匯合的聲音都是女性講述，證明了歷史轉型、父權重組，女性努力創立自我發展機遇，獲得話語權的規律。

呈現在大中華語境女性主義文學思潮中的女性主體 / 中國主體建構策略，是由多元個性的女性主體想像，和多元現代性處境的中國地區主體想像，憑藉共存差異空間的現代性經驗競爭來實現的，體現出大中華語境中文學的女性主義的獨特的政治智慧，她們用審美政治策略，將女性壓抑的歷史經驗，與中國現代性實踐中諸種壓抑經驗相結合，開發了壓抑經驗的豐富表達機制，展示了女性主義寫作拓展人類空間經驗的無限潛能，實現了對西方單一暴力現代性全球化的全面反思，提供了審美現代性前景。如同哲學家杜威所言："由於藝術表現了深層的調適態度，一種潛在的一般人類態度的觀念與理想，作為一個文明特徵的藝術是同情地進入到遙遠而陌生文明的經驗中最深層的成分的手段。通過這一事實，藝術對於我們自身的人性含義也得到了解釋。它們形成了一種對於我們的經驗的擴大與深化，在我們據此所把握的其他形式經驗中的基本態度的範圍內使它們變得更少地方性與局部性。"[1] 用文學的行動方式進入全球化，以和平的姿態加入人類現代文明進程，文學的女性主義是女性主義改造世界的創意實踐，呈現了女性主義精神大森林氣象，生機蓬勃，令人神往，振奮人心，啟人心智。

自從大陸開放以來，大陸的女性主義文學思潮如"野火燒不盡，春風吹又生"，台灣、香港、澳門及北美地區同樣是"天涯何處無芳草"的繁盛景象。這正是創意實踐之間互動相生的風景，它們無疑已構成了獨特的大中華文化復興現

1　（美）杜威：《藝術即經驗》，高建平譯，北京：商務印書館 2005 年版，第 369 頁。

象。事實上，它們就是中國和平崛起的文明象徵之一。

　　本書以“文學的女性主義──大中華語境中的女性主義文學思潮研究”為題，試圖考察大陸中心板塊主動開放，引發大陸、台灣、香港、澳門和北美移民空間現代性演變所帶來的大中華語境中繁盛的女性主義文學思潮現象，其演變和所產生的豐富文本所呈現的思想成果，以期對大中華文學文化的研究提供助益，並豐富對於世界女性主義的研究。

二

研究綜述

　　大中華語境中的女性主義文學思潮研究，目前雖然沒有統一提法，但局部研究已取得相當豐富的成果，包括專著、學位論文和評論性文章。通覽女性主義文學思潮的研究，研究者主要採用以下幾種視角：文本研究、作家研究、作家群體文化現象研究、局部地區思潮現象研究。方法上主要借用西方女性主義理論，結合文化研究，較集中於探討女性意識的表達和女性形象的塑造。部分學者也涉及到性別意識與國族意識的表達研究。個別學者涉及到中國女性寫作的發生學探究。

　　回顧研究歷史與成果，必注意到，中國大陸開放，北京承辦 1995 年第四次世界婦女大會，港澳回歸，以及與台灣繁盛的經濟文化交流，不僅促進女性寫作繁榮，也非常有助對於女性文學的研究。事實上，女性文學的研究和女性文學的創作一起，共同構成了大中華語境的重要文化現象，豐盛的研究成果本身就證明了女性主義文學思潮持續的生產力。研究和寫作已構成良性互動文化生產，並非簡單循環，而是彼此促進，螺旋上升。

　　第一，各高校開設相關女性文學研究課程，學位論文相當豐富，搜索引擎基本上可以找到當代知名女作家代表作品的研究論文。重要作家如張潔、鐵凝、嚴歌苓、王安憶、池莉、遲子建、李昂、施叔青等等，搜索引擎都可以找到關於她們創作的專門研究論著。這一事實說明研究領域對女作家和她們作品的研究已相當廣泛和深入。同時，豐富的研究無疑極大地促進了思潮傳播。

　　第二，女性文學研究領域的成果已受到文學史家的重視和採納。如當代著名文學史家、北京大學洪子誠教授在他的《當代文學史》中，根據女性文學研究的成果，認為"當代女性文學"已是"當代中國文學的重要構成"。[1] 復旦大學陳思和教授在他的《中國當代文學史教程》中，引用不同的女性文學研究資料，指出當代女性寫作空間有新拓展。[2] 原新疆昌吉學院女學者任一鳴教授定居北京，專注寫作《當代中國女性文學簡史》，[3] 綜合採納諸多女性文學研究成果，認為女作家寫作已形成自己的歷史，從女性意識覺醒到社會性別概念形成，女作家的寫作和女性文學的研究相得益彰。在簡史中，她將港澳台和海外華文女作家的創作，一併歸入了當代女性文學史，體現出對於整體視野把握的自覺。廈門大學林丹婭教授早在 1995 年出版《當代中國女性文學史論》，2015 年又出版《台灣女性文學史》，體現了自覺為女性文學著史的連續行動。她在《當代中國女性文學史論》的題記中，表達了鮮明的女性主義立場："這不是一部斷代史——她從歷史混沌處而來，穿貫時空，於空白處，於無聲處，鮮活而來，呈現她被塑造的苦難與掙脫的意向——一個女性生命讓我們重新認識的動態過程。"[4] 以女性寫作具有衝破歷史封鎖的行動價值為核心，使這部並沒有將個體和集體女作家作品作為論述主體的史論，從女性話語史角度呈現縱深，"被男性話語敘述書寫的歷史"、"抵制書寫的歷史" 和 "重新想像的歷史"，這一歷史脈絡意味著當代女性主義文學思潮的歷史正義性，女性寫作的動力乃源於想像歷史未來的動力，這無疑是心性和創意的文學史論。《台灣女性文學史》則是一部以詳實史料為主體的台灣女性文學通史，台灣地域元素與女性文學文化二者交融，但又與大陸息息相通。20世紀 70 年代世界女性主義思潮對台灣女性寫作的影響，80 年代大陸開放之後兩岸女性寫作互動交流的影響，均有梳理和描述。以上五部文學史呈現了一個事實，女性文學研究不僅為女性創作爭得了文學史的承認，也在自覺進行文學史的構建。女性文學入史和進入高校課程，實際是女性文學研究學科化，它一方面證明了女性主義文學思潮的成果實力不能忽略，已成為必須深入研究的文學文化現象；另方面也藉此進一步推動女性主義文學思潮發展，因為學科對成果的傳播和

1　洪子誠：《當代文學史》，北京：北京大學出版社 1999 年版，第 362-364 頁。

2　陳思和：《中國當代文學史教程》，上海：復旦大學出版社 1999 年版，第 350-352 頁。

3　任一鳴：《當代中國女性文學簡史》，桂林：廣西師範大學出版社 2009 年版。

4　林丹婭：《當代中國女性文學史論》，廈門：廈門大學出版社 1995 年版，扉頁。

轉化，有助代際傳承和年輕經驗的加入。

第三，關於女性文學的研究成就，引起了學界注意，特別是女學者的代際現象，讓學界思考女學者成長與女性主義資源之間的關係。如中國社會科學院文學研究所研究員陳駿濤先生做了兩個角度的總結。第一個角度是從女性文學研究與 "三代女學人" 關係總結，他認為從 20 世紀 80 年代至 21 世紀初，按照出生年代和知識結構，女學人關注女性文學研究角度的方式有別。第一代如李小江、劉思謙、李子雲、盛英、吳宗蕙、陳素琰及趙園等女學人，她們面對女作家群現象的出現，更多是有感現象而直觀評說，將女作家作品中的女性經驗與自身體驗相結合，進行闡發研究為主。第二代更多借用西方女性主義理論進行研究，形成比較系統的觀點，如戴錦華、陳順馨、王緋、劉慧英和林丹婭等，在她們的著作中可以看到對於西方女性主義理論的較全面引用，用於解釋中國女性文學現象。第三代如徐坤、荒林等人，表現出對於西方女性主義理論於應用中的反思姿態，她們把女性文學研究與文化研究相結合，更重視文學現象背後的文化成因。[1] 顯然，他注意到女學人代際之間思考的連續性與理性的加強，不僅吸收西方女性主義，而且反思西方女性主義。陳駿濤先生所做第二個角度的總結，是女性文學研究與女性文學史關係總結，他認為從上個世紀 80 年代中國女性文學 "浮出歷史地表" 至今，關於女性文學的研究論著數量驚人，其中也包括關於中國女性文學史的論著。但是真正屬中國當代女性文學 "史" 的著作卻是鳳毛麟角。比較有名也比較早的有盛英主編的《20 世紀中國女性文學史》(1995)，時間涵蓋從 20 世紀初一直到 90 年代中期，當代只是 20 世紀整體的一個段落。同時的還有林丹婭的《當代中國女性文學史論》(1995)，倒是專門討論當代女性文學的，但它是 "史論"，偏重於理論，還不是真正的 "史"。後來有趙樹勤的《找尋夏娃——中國當代女性文學透視》(2001)，此書 "論" 中有 "史"，以 "論" 帶 "史"，但也是 "論" 重於 "史"。其他如王春榮的《新女性文學論綱》(1995)、陳順馨的《中國當代文學的敘事與性別》(1995)、喬以鋼的《低吟高歌——20 世紀中國女性文學論》(1998) 和《多彩的旋律——中國女性文學主題研究》(2003) 等

1　　陳駿濤：《當代中國大陸三代女學人評說》，《文藝爭鳴》2002 年第 5 期。

等，都涉及到了中國當代女性文學，但也都是重於對問題的研究，而不是著眼於"史"的敘說。真正稱得上是中國當代女性文學"史"的著述，任一鳴的《當代中國女性文學簡史》可能是第一例。作為一部具有一定探索與嘗試性質的當代女性文學史可為後來者借鑒。[1] 以上陳駿濤研究員所做兩個角度的總結，基本上呈現了女性文學研究自從大陸開放至 21 世紀初的時間綫索，一方面他從時間成就的高度，看到了女性文學研究的發展及女學人研究中的代際相承，這與女性文學創作上的代際相承頗為相似，證明了女性文學研究和創作與女性主體成長之間一脈相承的文化關係。另一方面他從時間累積結果看到了女性文學研究創建文學史的努力，他對文學史建設的重視，也說明了研究與歷史傳承之間的使命，女性文學研究意在傳承女性創作、女性經驗和女性思想，史的出現正是在"研究論著數量驚人"的基礎上，可見女性主義文學思潮及研究的蓬勃狀態。但寫史的難度，也表明了研究面臨突破的困境，如上所列論著和史作，均沒有從女性主義文學思潮流變進行考察。不過，陳駿濤先生的總結是 21 世紀前十年所做，之後，正如他發現的代際相承規律，年輕的第四代女學人賀桂梅、張莉等，在女性文學研究上又有新的推進。她們都試圖突破借用西方女性主義理論單一視角，檢討已有研究中話語資源的局限。賀桂梅在《當代"女性文學"批評的三種資源》中，提出新啟蒙主義話語、西方女性主義理論資源、馬克思主義女性話語三種資源綜合使用，有助突破女性文學研究困境。張莉在《浮出歷史地表之前——中國現代女性寫作的發生》中，採用發生學研究方法，回到本土情境梳理中國女性寫作的發生和成長，並在《姐妹鏡像——21 世紀女性寫作與女性文化》中繼續用此方法觀察 21 世紀女性寫作與女性文化的生長。她們的研究對象都已針對女性主義文學思潮現象，多元話語啟用，新方法的探索，都源於研究對象豐富複雜，過往的研究方法不足闡釋思潮流變。事實上，代際相承的研究和成果本身，也構成了思潮推進的資源。

女性文學研究的成就中，打通古今女性文學研究的成果引人注目。如南開大

1　陳駿濤：《任一鳴和她的〈中國當代女性文學簡史〉——在北大"風入松"書店〈中國當代女性主義文學簡史〉學術研討會上的發言》，載《中國女性主義》12 期，桂林：廣西師範大學出版社 2011 年，第 193 頁。

學喬以鋼教授從 20 世紀 80 年代中期開始從事中國文學文化與性別研究，具體涉及古代和現當代女性文學創作、相關性別文化現象及性別理論。喬以鋼教授發表於 1988 年第 2 期《天津社會科學》的《中國古代女性文學創作的文化反思》，以知網數據庫統計，至今已被下載 845 次，被引 35 次；發表於 2008 年第 3 期《中國社會科學》的《近百年中國古代文學的性別研究》，據知網數據庫統計，被下載 2635 次，被引 31 次。喬以鋼教授目前擔任國家社科基金重大項目 "《中國女性文學大系》（先秦至今）及女性文學史研究" 首席專家，也是教育部哲學社會科學重大課題攻關項目 "性別視角下的中國文學與文化" 首席專家。從引用和國家社科重視兩個方面，女性文學研究的成果已匯入和拓展學術史，無疑有助推動女性主義文學思潮發展和研究。

第四，已有部分學者致力研究大陸、台灣、香港、澳門及北美移民空間的女性主義文學思潮現象，出版了局部思潮現象的研究專著，或者是發表了相關論文。

①研究大陸空間思潮的成果最多：1999 年徐坤的《雙調夜行船——九十年代的女性寫作》出版，[1] 雖然論著並沒有使用思潮一詞，但把大陸九十年代的女性寫作看成一種性別意識自覺的文化實踐，如夜行船穿越男權籠罩並主動建構女性傳統。2002 年戴錦華的《涉渡之舟——新時期中國女性寫作與女性文化》出版，[2] 可說是她早期與孟悅合作《浮出歷史地表——現代婦女文學研究》的續篇，用鮮明的女性主義立場分析大陸當代女作家及創作，實際看到了當代大陸女性文學的文化生產特徵即思潮個性，但囿於對女性現實困境的失望並沒有發現思潮的穿透力。2006 年喬以鋼的《中國當代女性文學的文化探析》出版，[3] 試圖引入多元文化視野把握當代大陸的女性文學流變，但沒有指出思潮的性質和生產特徵。同年山東大學馬春花的博士論文《中國當代女性文學思潮論》明確提出試圖從思潮的角度，以女性主義理論和敘事學理論為方法，從文化/性別話語的想像與建構入手，考察上自毛時代下至當今，歷時 50 多年的當代中國女性文學的衍變歷

1　徐坤：《雙調夜行船——九十年代的女性寫作》，太原：山西教育出版社 1999 年版。
2　戴錦華：《涉渡之舟：新時期中國女性寫作與女性文化》，西安：陝西人民教育出版社 2002 年版。
3　喬以鋼：《中國當代女性文學的文化探析》，北京：北京大學出版社 2006 年版。

全球視野漢語女性主義文學思潮現象與空間闡釋學研究的意義　　011

程，建立起一個當代女性文學發展的整體框架，闡釋女性文學創作中的性別話語想像和整個社會文化建構的關係，並對當前的女性文學創作和批評動向加以命名與闡述。論文提出女權主義、女性主義、女人主義是當代中國女性文學思潮的三個邏輯層次。這一歸類雖然方便闡釋思潮的變遷，但女權、女性和女人之間並非生長關係，因此這樣的標籤反而局限了對女性主義文學思潮開放性、生長性的認識。2013 年荒林專著《日常生活價值重構——中國當代女性主義文學思潮研究》出版，[1] 採用女性主義經驗批評方法和福柯的話語理論，系統梳理大陸當代女性主義文學思潮流變與大陸社會演變的關係，並探討了西方女性主義思想進入中國的情境與思潮關係，認為反思現代性的"日常生活價值重構"是大陸女性主義文學思潮的動因，女作家們充滿思想的寫作，從女性經驗提取的人類日常生活價值關懷，有助反思人類現代處境。旅美學者沈睿在書評中認為，這本總結了中國女性主義思想在近三十年的發展軌跡的專著，對認識中國女性文學成果和中國主義思想貢獻具有重要意義。[2] 這本專著也是國家社會科學研究項目的優秀成果。作為本專著的作者，筆者在研究過程中充分意識到中國女性主義文學思潮與現代性的淵源關係，現代性具有豐富的生長性和競爭特徵，東西方女性在不同的現代性競爭中，探索自身不同的主體身份建構，不同地區的女性身份建構資源也不相同，但在女性經驗與思想提取方面，存在怎樣的共同和互補關係呢？如果說中國大陸女性主義文學思潮貢獻值得為人類所分享，將之與更廣大空間的女性寫作進行比較研究，將能夠更好認識其價值，並發現更多有價值的思想互動。認識到自己已有研究的價值與不足，是展開本書研究的前提和基礎。

筆者在澳門大學攻讀博士學位期間，受到導師朱壽桐教授提出的"漢語新文學"[3] 概念啟發，意識到"漢語新文學"對中國現代文學、中國當代文學、中國台港澳文學暨世界華文文學的學術範疇及其整體性作了新的概括，在於揭示了

1　荒林：《日常生活價值重構——中國當代女性主義文學思潮研究》，北京：北京大學出版社 2013 年版。

2　沈睿：《女性主義思潮與女性寫作在中國——評荒林〈日常生活價值重構——中國當代女性主義文學思潮研究〉》，《新京報·書評周刊》2013 年 12 月 7 日版。

3　朱壽桐：《漢語新文學通史·緒論》，廣州：廣東人民出版社 2010 年版；參閱：朱壽桐主編：《漢語新文學倡言》，北京：中國社會科學出版社 2011 年版。

"漢語新文學"與現代性之間的深刻關聯，這種關聯思維和整體視野，"超越乃至克服了國家板塊、政治地域對於新文學的某種規定和制約，從而使得新文學研究能夠擺脫政治化的學術預期，在漢語審美表達的規律性探討方面建構起新的學術路徑"[1]。由此意識到，如果說"由同一種語言傳達出來的'共同體'的興味與情趣，也即是同一語言形成的文化認同"，[2]那麼大中華語境中漢語的女性主義文學思潮和其產生的繁盛的文本，無疑在創造漢語的女性的文化認同。

對此展開認真深入的研究，不僅有助"重建中國文學的整體性——從文明的角度重識中國文學"，[3]而且有助從文明的角度認識大中華語境的女性主義文學思潮及其價值，認識到女性經驗對於人類經驗的更新和創造。也將能夠從文明的角度總結改革開放四十年，中國女作家及其華人女作家們對人類文明做出的文學與思想貢獻。筆者也受到博士後導師楊義先生倡導的文學地理學研究方法啟迪，意識到不同地理空間女性寫作經驗總結的價值意義。文學地理學認為"地理環境以獨特的地形、水文、植被、禽獸種類，影響了人們的宇宙認知、審美想像和風俗信仰，賦予不同山川水土上人們不同的稟性"。"雙源的或多源的地理空間，是一種開闊自如的空間。"[4]啟迪筆者從空間角度進入女性主義文學思潮研究，從而較好駕馭龐大的研究對象，並進而意識到女性主義所採取的"第三空間"反思批判立場，即利用地理空間與想像未來空間展開對話的文明建構策略。此外，龔剛教授的《儒家倫理與現代敘事》[5]採用跨學科比較研究，將儒家倫理與現代敘事之間制約與對話的關係進行了精細分析，啟迪筆者關注女性主義寫作與傳統倫理對話及建構性別平等倫理的複雜關係，從而促使展開文本的比較研究，並使研究深入到女性主義價值重建的意義探討。筆者也注意到張莉教授 2014 年出版的《姐妹鏡像——21 世紀女性寫作與女性文化》[6]實際研究對象為女性主義文學

1　朱壽桐：《漢語新文學通史·緒論》，廣州：廣東人民出版社 2010 年版，第 8 頁。

2　同上書，第 12 頁。

3　同上書，第 13 頁。

4　楊義：《文學地理學的本質、內涵與方法》，《文學地理學會通》總論編，北京：中國社會科學出版社 2013 年版，第 4、10 頁。

5　龔剛：《儒家倫理與現代敘事》，台北：文史哲出版社 2008 年版。

6　張莉：《姐妹鏡像——21 世紀女性寫作與女性文化》，北京：中國社會科學出版社 2014 年版。

思潮在 21 世紀的新增長現象，採用“社會性別意識與新世紀女性寫作的轉型”這個雙重框架，將“一種新的女性敘事範式的生成”和“新的女性寫作現象”出現作為女性寫作轉型的結果，讓筆者更密切關注到與現代性共生長的女性主義文學思潮，其不斷生成與生長的開放性，使筆者希望在研究中更集中於提煉思潮的思想成果。

②研究台灣空間思潮的成果也不少：1996 年樊洛平在《北京師範大學學報》第 1 期發表《台灣新女性主義文學現象研究》，指出進入 20 世紀 80 年代以來，台灣新女性文學異軍突起，自成格局，一批作家以現代社會知識女性群體覺醒的姿態，再創了台灣新女性文學歷史的輝煌。新女性文學的強烈的反叛精神，對傳統文化積澱予以揭露，對男權中心秩序進行顛覆；新女性文學以直面人生的現實精神，從婚姻結構、家庭模式、愛情觀念、事業前程等問題切入，寫出了台灣婦女從傳統女性到現代女性之間角色轉換的難題；新女性文學以重建與再塑的積極導向，塑造出一大批充滿現代精神的女強人形象，以喚起女性勇於不斷發展自我，完善自我。這是一篇大陸學者較早明確意識到台灣女性主義文學思潮現象及其影響的研究論文。1997 年台灣重要的女性主義理論家丘貴芬主編的《仲介台灣‧女人：後殖民女性觀點的台灣閱讀》出版，[1] 提出了台灣女性主義思潮中的性別、國族問題，對台灣本土經驗與本土女性寫作如何重建台灣主體提出理論闡釋。2001 年台灣學者伍寶珠的專著《從反思到反叛——八、九零年代台灣女性主義小說探究》出版，[2] 對台灣女性主義文學思潮現象做了系統梳理，論著定位只談論八、九零年代的女性小說，並稱之為女性主義小說。認為台灣的女性文學發展可分為三個階段，第一個階段是女性風格時期，第二階段是女性主義時期，第三階段將進入多元女性時期。對論著定位的女性主義小說進行了深入細緻分析，如圍繞李昂的《迷園》和《北港香爐人人插——戴貞操帶的魔鬼系列》進行剖析，認為李昂能夠將女性情欲政治化、政治性別化，並且能從象徵的、非

1　丘貴芬主編：《仲介台灣‧女人：後殖民女性觀點的台灣閱讀》，台北：元尊文化出版社 1997 年版。

2　伍寶珠：《從反思到反叛——八、九零年代台灣女性主義小說探究》，台北：大安出版社出版 2001 年版。

純然 "寫實" 的層面去書寫政治、女性、情欲，獨樹一幟。此觀點相當深刻，有助認知台灣女性主義文學思潮及作家作品。2002 年從台灣到大陸求學的宋素鳳出版了她在大陸撰寫的博士論文《多重主體策略的自我命名：女性主義文學理論研究》，[1] 雖然是對女性主義文學理論進行系統介紹，但提到台灣女性主義和大陸女性主義時採用了整體視野，實際上對於女性主義文學思潮與女性主義文學理論之間的關係也做了詮釋，論及後殖民情境時，也對台灣和大陸語境採取了整體視野。這種嘗試打破局部研究的做法，源於她在台灣和大陸兩地空間的體驗，意味著論著對現代性經驗的處理手法。2005 年台海出版社出版了劉紅林《台灣女性主義文學新論》，這是大陸第一部研究台灣女性主義文學的專著。劉紅林對台灣女性主義文學思潮進行了系統梳理，認為台灣的女性寫作經歷了從閨閣書寫到新女性書寫至情欲書寫的三個歷程。從新女性到情欲書寫是女性主義文學思潮的高潮。因論述沒有深入探討現代性與情欲資源問題，與大陸語境並不能融為一體。台灣的不少高校學位論文都涉及台灣女性主義思潮研究，對其中的情欲書寫有較深闡釋。如 2008 年台灣東海大學碩士論文《女性主體論述——台灣現代女性小說的空間想像與身體書寫》就提出了情欲書寫的深刻性政治意義，作者林美娟將台灣女性主義文學思潮中的女性主體形象書寫歷程，做了如下梳理：從閨閣想像到鄉土原鄉想像，再到都市歧路想像，最後發展出以身體挑戰國體的情欲書寫。無疑，這一論述能夠較好解釋台灣女性主義文學思潮的脈動。2015 年林丹婭主編的《台灣女性文學史》中，21 世紀初台灣婦運與女性寫作的描述，也呈現了台灣女性主義思潮生生不息的活力。

③研究香港空間思潮的主要成果，是從台灣到香港深造的台灣學者伍寶珠的《書寫女性與女性書寫——八、九十年代香港女性小說研究》，這本專著於 2006 年由台北大安出版社出版。採用西方女性主義理論進行文本細讀是研究的主要方法。全書由 "女性書寫" 和 "書寫女性" 兩部分組成，前者剖析多位香港女作家筆下複雜的兩性關係現象，分析女性意識是如何影響作家探索女性的身體與情欲

1　宋素鳳：《多重主體策略的自我命名：女性主義文學理論研究》，濟南：山東大學出版社 2002 年版。

問題；後者探討女性文本的"陰性特質"，認為敘述角度和策略是建構文本特徵的關鍵。表面上就是研究女作家們寫什麼和怎樣寫兩個問題，但深度的問題是要研究她們為什麼而寫。這就進入到思潮的實質，是現代演變和女性主體成長的動力。但由於專著細緻分析每一個文本涉及的表達現象，關於思潮的流脈反而沒有做出更清楚的縷析。但從作者完成了八、九十年代台灣女性小說研究，轉向八、九十年代香港女性小說研究來看，作者是充分意識到兩地在八、九十年代女性主義文學思潮出現高潮的事實，從關注身體與情欲書寫來看，作者也意識到了一種共謀的女性身體寫作政治存在。可惜沒有進入突破地區視野束縛的比較研究。

另一本涉及香港現代性與女性主義寫作的專著，是大陸女學者王瑞華的博士論文《殖民與先鋒：中國痛苦——三位女性對香港的文學解讀》，[1] 這本專著雖然沒有放在思潮流脈中來考察張愛玲、施叔青和西西的寫作，但深入分析了文本與香港殖民現代性的深刻關係，發現了三位作者文本之間的互文呼應關係。

此外，較早研究香港現代性的著名學者王德威，對現代性與香港女性主義寫作也有探討，他的《如此繁華：王德威自選集》（香港天地圖書有限公司 2005年版）第一部分"香港篇"收錄有：《香港——一座城市的故事》、《腐朽的期待——鍾曉陽論》、《暴烈的溫柔——黃碧雲論》、《香港，我的香港——論施叔青的〈香港三部曲〉》、《香港情與愛——回歸後的小說敘事與欲望》，均涉及女性寫作反思現代性的問題。

④研究澳門空間思潮的主要成果，是澳門作家和學者廖子馨的專著《論澳門現代女性文學》。[2] 作為作家的作者其時已感受到澳門女性文學的潮流，但外界對澳門文學和澳門女性文學所知不多，這本九十年代的論著分為甲乙丙三輯，為了讓外界充分理解澳門女性文學，甲輯專題討論澳門女性文學，特別提出澳門女性向來不比大陸女性保守，相反她們一直受到西風影響，得現代化風氣之先。也就是立足了現代性與女性主體成長的關係。這無疑是有力的論述，方便讀者理解澳門女性文學並非幼稚發芽，相反出場就發出了理性的溫和的聲音。論述對澳門女

1　王瑞華：《殖民與先鋒：中國痛苦——三位女性對香港的文學解讀》，北京：社會科學文獻出版社2006 年版。

2　廖子馨：《論澳門現代女性文學》，澳門：澳門日報出版社 1994 年版。

作家群體創作力有充分注意，提出"她們的筆下有活生生的澳門女性的寫照"，並細緻分析了澳門女作家群的合集《七星篇》。對澳門女作家群的代際、文化血緣關係也做了清晰的描述，認為林蕙、林中英和周桐等等女作家，不僅受到冰心、丁玲等"五四"女作家影響，也受到香港和台灣女作家影響，縱橫的營養吸收使澳門女作家形成溫和的表達策略。論著揭示了澳門女性主義思潮不同於台灣和香港的特徵：女作家文本中代替身體和情欲書寫的，更多是溫和的女兒性、妻性和母性。

筆者在澳門大學深造期間，見證了澳門女性寫作的代際共存現象，在與作家們交往互動的過程，更感受到澳門女性主義寫作的自覺。儘管澳門地理面積小，中西文化交融的深厚卻令澳門女性寫作擁有開闊的想像力和理性的成熟，體現出女性主義文學思潮的世界性特徵。

⑤研究北美移民空間思潮的重要成果，是台灣雙語學者馮品佳的專著《她的傳統：華裔美國女性文學》。[1] 相比零星的論文論及個別女作家作品，這部專著可以說囊括了北美移民空間已產生影響的重要的華裔女作家及其代表作品，在資料上令人信服。正是建立於中英文數據較齊全的基礎上，論者清楚地從女性主義立場提出了"她的傳統"，指出了北美移民空間華人女作家們創造了女性主義文學思潮。"離散"通常被用來指海外華文作家遠離文化根系和母語文化中心的狀態，在中國大陸的海外華文文學研究中，有人已發現"離散"正成為一個重要的理論術語，它的意義卻在悄然演繹變遷，從中可窺視到該研究領域的理論困境以及研究者自我建構理論話語的必須。[2] 馮品佳的專著便是一反"離散"的通常用義，提出"離散"的"播種"和"繁衍新生命"意義，從而認為華人女作家們能夠將女性的經驗置於不同的文化情境，實現自己的生長，形成"她的傳統"。論著還提出"關注式的閱讀"（attentive reading）立場，強調亞美文學應擺脫早期局限於政治或社會的角度，而應正視其文學與藝術價值，以此傳承女性寫作的經驗和成果。論著研究了伍慧明、譚恩美、湯亭亭、任璧蓮等用英語書寫的華裔女

1　馮品佳：《她的傳統：華裔美國女性文學》，台北：書林出版有限公司 2013 年版。

2　顏敏：《"離散"的意義"流散"——兼論我國內地海外華文文學研究的獨特理論話語》，汕頭：《汕頭大學學報（人文社科版）》2007 年第 2 期。

作家，和聶華苓、嚴歌苓等用漢語寫作的華人女作家，將她們放在統一的"她的傳統"、女性主義文學的思潮流脈之中，實現了跨語言、跨國與跨太平洋的思潮研究。

北美移民空間思潮中，女作家評論家陳瑞琳以身在思潮中的體驗，長期跟蹤研究女作家寫作，她的評論文章注重作家主體形象和寫作形象的互動闡釋，生動溫暖，使讀者能夠感受到北美移民空間的生活氣息和寫作行動，看到寫作對於建立移民及女性主體自信的意義："在文學的意義上思考著'當東方遇到西方'這百年不解的話題。"[1] 陳瑞琳對思潮所蘊含的中華文化共同體精神，做出了深刻的表達，她說"中國人在海外，所努力的除了締造新生活的夢想，不也在傾心傳承著自己民族文化的精髓，譜寫著移民的歌裏最動人的篇章嗎？"[2] 實際上道出了北美移民空間與大中華語境的文化血脈一體性，其創造譜寫新篇章的動力，是文化現代性思潮的生長脈動。網絡時代漢語閱讀的全球性，實際上使移民空間的寫作閱讀對象全球化，思潮的影響已是全球性影響。

綜合以上女性文學和女性主義文學思潮的研究成果與方法，會發現：

一、由於研究成果的豐富，研究方法的多樣，整合研究時機已成熟，但整合研究對象龐大，歸納整合難以實現深入研究的理想。

二、整合研究必須面對不同的現代性空間，必須突破時間為主導的研究模式，建立空間研究模式。

三、針對不同現代性空間出現的女性主義文學思潮，部分研究成果已打破空間隔閡，體現出研究的新思路，呈現出尋找共同規律的前景。這為本書的研究創新提供了可能。

1　陳瑞琳：《去意大利——那些我最愛的地方》，廈門：鷺江出版社 2017 年第 1 版，第 240 頁。

2　同上書，第 95 頁。陳瑞琳代表性評論集有《海外星星數不清》（北京：九州出版社 2014 年版）、《橫看成嶺側成峰——北美新移民文學散論》（成都：成都時代出版社 2006 年版）、《新移民文學漫論》（北京：作家出版社 2005 年版）等。

三

研究內容與研究方法

　　考察大中華語境中的女性主義文學思潮，是全球化背景下對空間文學現象的開拓性研究。為此，置於塞繆爾·亨廷頓所說文明的衝突與世界秩序的重建這樣聚焦的視野，[1] 並具體到中西方文化對話交流平台，更細緻到現代性新機遇與女性話語權力的爭取，讓這一研究落實到女性主義的範疇，儘管它要包容中國大陸、台灣、香港和澳門，及包括對話中的北美華人女性寫作現象，但唯其涉及空間多元、面積開闊，內容豐富深厚，更值得從整體進行主題提煉和理論研究，以呈現空間現象的時代意義。

　　按照弗雷德里克·詹姆遜"形式是作為內容來理解的"、政治視角構成"一切閱讀和解釋的絕對視域"的理論，[2] 如此廣闊存在於大中華語境中的女性主義文學思潮現象本身，就是女性主義需要面對的新形式，需要研究的新內容。它們的"形式的意識形態"，[3] 即女性主義意識形態，意味著大中華語境中女性主義的文學政治存在，意味著不同於西方女權社會運動的女性主義文學行動事實。在此，大中華語境是一種全球化背景下的文化想像共同體，一種與西方英語霸權文化相抗衡的對話意志，從而使我們面對的文學行動也具有超越國界和地區的全球化特徵。在世界秩序重建的視野下，性別、民族、國家和地區，以及語言文化和文明之間的權力關係，都具有同構特徵，儘管它們調用的資源和策略各不相同，但在文學行動的想像空間，卻可以擁有象徵體系的同構解讀意義。而同構解讀的

1　（美）塞繆爾·亨廷頓：《文明的衝突與世界秩序的重建》（修訂版），周琪、劉緋、張立平、王圓譯，北京：新華出版社 2010 年版，第 105 頁。

2　（美）弗雷德里克·詹姆遜：《政治無意識：作為社會象徵行為的敘事》，王逢振、陳永國譯，北京：中國社會科學出版社 1999 年版，前言第 1 頁及正文第 8 頁。

3　同上書，正文第 65 頁。

複雜多元意義，不僅是文學行動見證世界秩序重建的價值，也是文學行動成就自身世界性文學的機遇所在。無疑，這正是大中華語境中女性主義文學思潮湧動不息的理由，也是文學的女性主義智慧創意所在。

女性主義是現代的產物。現代工業革命和科技發展，使女性從家庭空間走向曾經專屬男性的社會空間，導致性別權力關係由男主女從向男女平權轉型。這一轉型過程漫長而痛苦，"世界在男性佔據有利地位的狀況下已存在了數千年，很難立即加以改變。只有經過幾十年甚至數百年的努力，才能指望這種狀況朝著有利於女性的方向改變；而這種努力應當不僅僅由女性來做，還應有整個人類的共同努力，才有可能取得最終的成果。"[1] 女性主義的目標，簡單地說就是男女平等，但具體歷史條件下，爭取平等的內容並不相同。階段性目標的區別，地區性環境的不同，導致女性主義千差萬別。通常認為，西方女性主義經過長期發展，目前形成以美國為代表的西方主流女權主義，把博弈的空間放在法庭上和政府的立法機構裏，並以婦女社會運動方式，向全球推進男女平等。[2] 這一推進方式，演變為聯合國世界婦女大會的形式，每一屆大會的主題針對女性不同的現代性困境，向各國政府提出解決問題的要求和時間計劃，為女性指出具體的行動方案。街頭遊行表達具體的要求一直是社會運動的主要方式，每一次世界婦女大會也保持這一方式，包括 1995 年在北京懷柔召開的第四次世界婦女大會，同樣舉行了反對資本主義剝削女性和反對性騷擾的遊行。西方女性主義運動反思現代性，批判資本主義父權對女性的壓迫和剝奪，為全球女性爭取更好的現代生存環境做出了重要貢獻。

20 世紀後期，女性主義內部已出現反思西方主流女權社會運動的聲音。具體來說，西方女權主義維護的婦女的政治權、經濟權、民權和人權，也是資本主義意識形態的組成部分。[3] 因此，反思者認為向全球推進女權社會運動，實際是與資

1　李銀河：《女性權力的崛起》，北京：中國社會科學出版社 1997 年版，緒論第 1 頁。

2　Peggy Antrobus, *The Global Women's Movement: Origins, Issues and Strategies*, (London: Zed Books, 2004) 2.

3　（美）蘇紅軍：《危險的私通：反思美國第二波女權主義與新自由主義全球資本主義的關係》，《婦女研究論叢》2013 年 5 月第 3 期，總第 117 期。

本主義全球化共謀，在西方國家和西方女性獲得利益的同時，實際上犧牲了非西方的第三世界國家和女性的利益。[1]這種反思相當深刻，這是因為，西方資本主義現代性擴張，不僅需要女性人力資源，也需要不斷進行資源和權力的再配置，女性主義所展開的與父權的鬥爭，有助不斷打破資源壟斷格局；但另一方面，在後發現代性國家，通常擁有自身非資本主義的歷史，當受到資本主義現代性擴張衝擊，國家民族的處境、男性的處境，與女性的處境相似。西方主流女權社會運動忽略了問題的複雜性，也就忽略了不同現代性處境中女性的不同權利要求。

隨著大陸開放所帶來的現代性新機遇，大中華語境中女性主義文學思潮的出現，可說是後發現代性處境中，女性對於自身權利，對於相關男性、民族國家及文化文明處境，多重複雜問題深度反思的結果。與西方主流女權社會運動之間，存在一種互補修正和對話的關係，是對女性主義的豐富和發展。

這種用文學形式和策略所進行的女性權力爭取方式，呈現了另一種博弈的空間，這就是相對於西方現代霸權，爭取言說後發現代性不同經驗的話語權。

中國的女權主義者們所共識的"女性主義文學思潮"，它是新時期中國婦女運動的誘導方式，並成為當下婦女運動的主導形式。[2]女作家們駕馭敘事的權力，反對中西兩種不同父權的迫害，進行傳統父權體制和現代父權體制雙重的解構和批判，並關注東方和中國男性的現代性困境；重建女性與現實及歷史的關係，把她們塑造為歷史的參與者、現實的承擔者，講述女性所理想的人類文明關係，從而既表達男女平等理想，也表達對不同文化，如主流文化與亞文化、邊緣文化，特別是中西方文化文明之間平等對話的理想。這種以文學方式，行使敘事話語權力，建構女性主體政治，代替現實博弈的女性主義，可以稱之為文學的女性主義。文學的女性主義驅動女性主義文學思潮，不斷生產文本的政治，向全球推進的不僅是男女平等目標，還有人類不同文化文明之間平等對話交流的目標，從反思（單一）現代性入手重建現代性經驗結構（裏面包括女性、邊緣、亞文

1　（美）蘇紅軍：《危險的私通：反思美國第二波女權主義與新自由主義全球資本主義的關係》，《婦女研究論叢》2013 年 5 月第 3 期，總第 117 期。

2　李小江：《新時期婦女運動與婦女研究》，李小江、朱虹、董秀玉主編：《性別與中國‧平等與發展》，北京：生活‧讀書‧新知三聯書店 1997 年版，第 346、347 頁。

化），形成自己的意識形態即文學女性主義意識形態。

文學的女性主義之不同於女性主義社會運動，首先在於它所呈現的文學特徵，是用文學手段推動女性主義運動，一方面不斷生產女性主義的文本，構成不可忽略的女性主義文學思潮現象；另方面文學的想像力不同於社會行動力，後者必須擁有理性和針對性，文學的想像力則可以放縱肆意，通過想像的一切手段方式調整、歸類、解構、重建不合理性別關係。其次是它所要求的女性主義目標，比社會行動單一具體的目標要複雜多元，事實上，它的目標很難用社會行動去實踐。文學的女性主義將女性的、男性的、民族國家和地區的、文化文明的諸種"壓抑經驗"，進行象徵組合，形成意涵豐盛、形象豐滿的複雜表達體系，不僅要女性"浮出歷史地表"，而且要呈現女性、男性／民族／國家／地區／文化文明多元主體。換言之，它要讓女性"浮出歷史地表"，不得不同時呈現女性、男性／民族／國家／地區／文化文明多元主體，從"壓抑"到"崛起"的意願，從"不平等"到"平等"的強烈追求。如此，文學的女性主義用文學行動而不是社會行動追求平等目標，乃在於其所追求的男女平等目標，與男性、民族、國家、地區及文化文明平等目標組合在一起，是與重建世界文明秩序的要求緊密結合的。最後，文學女性主義顯著的特徵，就是通過它所創造的不同的長篇文本，傳達女性從不同現代性空間發出的話語權力聲音，表達了女性話語權力複數相加的力量。在中國大陸、台灣、香港和澳門，在北美新移民空間，女性主義文學思潮貢獻的代表性長篇文本，見證百年現代性演變中女性、男性、民族國家、地區和文化文明的命運，用深刻的歷史與現實生存經驗，展示平等對話於人類完善自我之意義，體現話語權力的尊嚴。

如果說大中華語境中的女性主義文學思潮，為世界女性主義貢獻了文學的女性主義，開闢了女性主義在文學世界的"文明對話與秩序重建"政治學，那麼，對於這一思潮貢獻的總結研究，不僅具有女性主義研究的理論和現實意義，而且具有文學和文化研究的理論和現實意義，有助反思全球化這一"未受檢驗的全球擴張政策"[1]給人類生活、文學文化和文明帶來的影響，也有助豐富人類的現代

1　（美）愛德華・W.薩義德：《文化與帝國主義》，李琨譯，北京：生活・讀書・新知三聯書店2003年版，第414頁。

性體驗。

　　本研究的性質，定位於對大中華語境中的女性主義文學思潮現象進行界定，對思潮產生成果進行總結與整合，涉及中國大陸、台灣、香港、澳門和北美華裔女作家的漢語寫作全方位研究。為此，本書分為導論和上、下編三個部分。導論提出選題緣起、研究方法和本書的主要觀點。上編思潮論，第一、二、三章，於全球女性主義反思現代性視野，考察大中華語境女性主義文學思潮不同反思議題，主要採用空間闡釋學研究方法，還原大中華語境不同現代性板塊，不同女性主義文學思潮現象與不同現代性議題的關係。研究借鑒美國學者凱特·米萊特《性政治》中提出的文學寫作中充滿性別權力支配關係的觀點，結合周蕾的《婦女與中國現代性——西方與東方之間的閱讀政治》中所揭示的中國與西方的現代性關係類似婦女與男性的權力關係視野，借鑒美國後現代地理學者愛德華·W. 蘇賈的第三空間理論，將空間把握為一種差異的綜合體，從而展開空間闡釋學的研究方法，對大中華語境中的女性主義文學思潮現象進行深入探討。

　　下編文本論，包括四、五、六章和結語，主要採用從文本進入主體政治建構的研究路徑，是依據雅克·德里達《文學行動》理論指引，如他所說 "文學文本像簽名一樣是一種行為"，[1] 寫作主體天然具有政治性，能夠使 "文本之 '中' 存在著召喚文學閱讀並且復活文學傳統、制度或者歷史的特徵"[2]。德里達的文學行動理論意味著文本的空間敞開特徵，是進入大中華語境中女性主義文學思潮這一龐大空間現象的空間走廊，文本之間的串通呼應，正是政治主體之間力量的召喚。大中華語境中湧現的重要的文本，體現的正是女性主義政治主體主題性召喚所在。對它們進行整合和比較研究，從中提取女性主義文學思潮主題思想，呈現女性主義講述新的故事、締結新的關係、描寫和闡述新的抵抗，這些女性主義的文學行動所表達的女性主體政治建構策略，本身也包括了 "文學的女性主義" 價值目標。

　　採用多種研究方法考察思潮對於大中華語境知識生產的意義，及對全球知識

1　（法）雅克·德里達：《文學行動》，趙興國等譯，北京：中國社會科學出版社 1998 年版，前言，第 7 頁。

2　同上書，第 11 頁。

生產格局的影響，屬對 "文學的女性主義" 這一迥異於西方主流女性主義的女性主義文學政治所進行的開拓性研究。

其中，將北美華裔女作家的漢語寫作納入研究範圍，超越國別政治，乃源於移民文化的跨界特徵，類同於女性出嫁的跨界特徵，而網絡時代的漢語共同體對話交流，顯然更方便超越國別政治的局限，使漢語的文學女性主義流通更便捷。將北美移民空間大量出現的漢語女性主義文本，和事實上存在的女性主義文學思潮，納入現代性與女性主義文學思潮之間的關係研究，是對女性主義空間政治的正視。另一方面，其他移民文化空間的漢語女性主義寫作也可以參照研究，基於有影響的文本數量尚有限，只能選擇已產生重要影響的文本，如移民英國的女作家虹影和她的《飢餓的女兒》，本書也兼顧論及。全視野看待大中華語境作為現代漢語新文學生產語境，正視其語言共同體突破政治地理空間限制，也是本書研究的創新所在，據此展開對文學女性主義的空間政治研究，強調空間政治與跨界越界密切相關。

上　編

思潮論

第一章

現代性危機
與女性主義反思

女性主義運動是現代的產物。這是因為前現代父權對於女性的統治建立於體力優勢，而現代技術競爭卻減少了體力依賴，使得女性智力資源獲得發揮，對於父權統治的不合理反思，從現實到歷史，從日常到體制，越來越深入。西方歷史上的女性主義思潮，體現了對於西方現代性的反思。當代大中華語境的女性主義文學思潮，則是對於西方現代性和東方現代轉型的雙重反思。由於中西方現代性經驗迥異，中西方女性主義反思的議題也不同。而處理不同反思議題的女性主義政治策略，也必然有別。

　　一方面，"婦女運動是一種具體的社會群體的行動，不能泛泛地等同於一般的社會運動"，[1] 因為婦女的特殊性和與所有階層發生關聯的"中介"地位，使得主體性建構，成為這一運動基本要素，女性主體性建構、女性自我解放和群體解放，這三個要素界定的婦女運動，[2] 意味著運動形式的多種可能性，女性主義中的"女性"就不同於"婦女"或"女人"（純生物學上的性別區劃），而是一種文化構成（由文化和社會標準所造成的性別特徵和行為模式）。[3] 如此，反思不同文化塑造的婦女群體處境，會呈現不同女性主義思潮。另一方面，女性主體性之間互相啟發影響，推進反思不同文化，促成女性主體成長，探索不同的成長方向，也會衍生不同的女性主義思潮。這可以闡釋為何女性主義流派眾多，表面上看起來眾聲喧嘩甚至互相矛盾。女性主義思潮在不同歷史和地理時空，因面臨不同反思議題，呈現不同政治策略，議題和策略之間亦難免有爭議。然而，建構女

1　李小江：《新時期婦女運動與婦女研究》，李小江、朱虹、董秀玉主編：《性別與中國‧平等與發展》，北京：生活‧讀書‧新知三聯書店 1997 年版，第 351 頁。

2　同上。

3　周慶華：《身體權力學》，台北：弘智文化事業有限公司 1994 年版，第 85 頁。

性主體，贏得男女平等競爭機會，則是女性主義共同的目標。

縱觀女性主義反思現代性的歷程，反觀中國遭遇西方現代性，中國文化受現代衝擊而使中國女性處境複雜，是理解和探討大中華語境女性主義文學思潮現象的前提。本章回顧西方女性主義對現代性的反思，反思中國女性主義的現代性處境，於對比中提出中國女性主義何以選擇了女性主義文學為主導方式，從而形成大中華語境女性主義文學思潮現象，並以"文學的女性主義"運動形式，與西方後現代女性主義匯合，共同匯入反思人類面臨的全球現代性危機的思想浪潮。

原發現代性、後發現代性和現代性危機

　　王德威在《想像中國的方法——歷史·小說·敘事》中深刻指出，在中國文學中被壓抑的現代性呈現為三個不同方向：之一是它自身傳統內在的生生不息創造力受到壓抑；之二是追隨西方現代性的創作對自身創造力的懷疑，即自信心受到壓抑；之三是對那些不直接表達追隨西方現代性的現代性創造成果的壓抑。[1] 他的觀點，同樣適應於女性在男權處境中的壓抑狀態即女性化特徵描述：

　　　　女性自身的創造力受到壓抑，女性追隨男性自信心亦受到壓抑，女性那些按照自身生命經驗創造的成果被壓抑得不到承認。

　　這一民族國家和性別壓抑關係的同構模式，通常被女性主義表述為民族國家／性別關係式，在討論現代性與女性與民族國家關係時，它們被作為同構的權力關係對待，甚至不能分開思考。[2] 這使我們可以理解，並可以借用周蕾在《婦女與中國現代性——西方與東方之間的閱讀政治》中提出的觀點："將中國與西方相對立是由於中國是陰性的。"[3] 在這個關係式裏，如何面對後發現代性的真相，正如如何面對女性的真相，反之亦然。一方面，它們是二位一體的相對於西方現代性的存在，另一方面，它們之間的糾結不能脫離西方現代性影響而簡單論述。只有清醒認知壓抑的力量，才可以命名生長的力量，獲取關於現代性和女性的較全面的認識。如此，理解原發現代性和後發現代性之間的關係，拋開時間先後的問

1　王德威：《想像中國的方法——歷史·小說·敘事》，北京：生活·讀書·新知三聯書店 1998 年版，第 12 頁。

2　（美）伊瓦－戴維斯（Yuval－Davis,Nira）：《性別和民族的理論》，秦立彥譯，陳順馨、陳敏娟校；陳順馨、戴錦華選編：《婦女、民族與女性主義》，北京：中央編譯出版社 2004 年版，第 1 頁。

3　周蕾：《婦女與中國現代性——西方與東方之間的閱讀政治》，蔡青松譯，上海：上海三聯書店 2008 年版，第 5 頁。

題成為可能。時間上的先後，並不一定構成壓抑和壓迫，只有利用時間先後強制後者接受前者，權力壓迫的實質才成立。權力壓迫是一種空間關係。將原發現代性當成知識、權力和制約，用於征服，建立權力屈從空間關係，正如男主女從的性別位勢，是把男性的認知和經驗當成權威，貶低女性的認知和經驗。空間位移的發生，導致權力關係的改變，使性別關係和現代性先後關係都具有可變特徵。事實上正是如此，沒有永恆不變的統治和被統治的關係。

西方的原發現代性，理論上以進化論為依據，物質上依賴科學技術的發明，與資本主義共生，作為與資本主義的物質生產方式聯繫在一起的感知世界方式，隨著資本主義生產方式的階段性演變，現代性處於不停的演變階段。由於資本主義的擴張特徵，現代性也隨著資本主義向全球擴張。經由現代主義階段到後現代主義階段，在今天這個全球化時代，現代性已演變為全球性。

如果說西方的原發現代性是順應西方歷史發展，以時間加速為特徵，表現為感知上的現代進化式時間，人的認知世界方式，也由此不斷進入不同的時間階段，在擴張中，實際是時間轉變為空間平台。每一階段時間向空間轉變，資本主義發展至相對飽和，又進入不同的時間階段，再經由空間級次又繼續向前，時間進化的腳步，可以形象概括為西方原發現代性的特徵。在這一特徵之下，個體人由於生命的有限，發生對於進化時間的追隨或者質疑，生發豐富複雜的現代性體驗。西方思想精英們在他們的著作中記錄了現代性的無限多樣性，發展出現代性意識形態。其過程可以簡略描述如下：

"現代性"一詞從17世紀開始在英國流行，與傳統的循環輪迴式的時間觀不同，它代表的是一種直綫向前的、指向未來的、不可逆轉的新的時間意識。這一時間意識首先體現在人們對現時的關注和把握上，波德萊爾就將現代性定義為"現代性，就是那種短暫的、易失的、偶然的東西，是藝術的一半，它的另一半內容是永恆的、不變的"。[1] 深受波德萊爾影響的卡林內斯庫認為的"現代性"觀念強調了"現時"與"過去"和"未來"之間的區分，強調要在"現時同過去

---

1 陳樂：《現代性的文學敘事：韓少功的小說與"文革"後中國的現代化》，杭州：浙江大學出版社 2008年版，第17頁。

及其各種殘餘或幸存物區別開來的那些特性中，以及在現時對未來的種種允諾中"[1] 去理解現代性。這種時間感受是對過去的告別和對未來懷有期待。這也正如黑格爾的論述："我們這個時代是一個新時期的降生和過渡的時代。人的精神已經跟他舊日的生活和觀念世界決裂，正使舊日的一切葬入過去而著手進行他的自我改造。"[2] 在歷史的前進中各種可能性都能在未來實現，在馬克斯·韋伯看來，現代性在未來就有可能是一個西方文化世俗化的過程，同時也是西方社會理性化的過程。在這種理念啟發下，哈貝馬斯將"現代性"概括為一種以理性為基礎，以個體自由為標誌的現代性方案，它呈現了一種有待實現的社會狀態，一個社會、制度、文化各個方面符合理性規劃的合理化狀態。然而，在現代社會的歷史發展中，這一現代性方案並未真正實現，相反的在其發展中暴露出越來越多的問題和弊病。這種現代性困境正如哈貝馬斯所言："現代曾經從中獲得自我意識和烏托邦期待的那些增強影響力的力量，事實上卻使自主性變成了依附性，使解放變成了壓迫，使合理性變成了非理性。"誠如馬克思所深刻揭示的現代性作為尖銳對立存在的事實，"現代工業和科學為一方與現代貧困和衰頹為另一方的這種對抗，我們時代的生產力與社會關係之間的這種對抗，是顯而易見的不可避免的和毋庸爭辯的事實。"[3]

19 世紀西方資本主義擴張至東方，引發了東方的後發現代性。作為受到西方資本主義方式衝擊的，原來擁有自身歷史傳統的東方，其感知現代性的方式，以空間改變為特徵，表現為原來的歷史時間被迫中斷，被迫接受西方中心的進化時間，於是生活和感知分裂為空間板塊，裂變成不同現代狀態。具體來說，中國在西方擴張衝擊之前是完整的統一體，受到衝擊裂變為中國大陸、台灣、香港與澳門多個不同現代板塊。在接受資本主義方式的不同選擇中，實際的時間體驗變得非常複雜，用空間更新代替時間進步，常常是其表徵。試圖通過不同的空間改

1　卡林內斯庫：《現代性，現代主義，現代化——現代主題的變奏曲》，作為附錄收於中文版《現代性的五副面孔》，北京：商務印書館 2003 年版，第 336-337 頁。

2　黑格爾：《精神現象學》上卷，北京：商務印書館 1983 年版，第 6-7 頁。

3　陳樂：《現代性的文學敘事：韓少功的小說與"文革"後中國的現代化》，杭州：浙江大學出版社 2008 年版，第 20 頁。

變，接近西方現代時間步伐狀態，使得東方的現代性體驗充滿女性化特徵。

所謂東方現代性體驗的女性化特徵，是指這種西方與東方之間現代性的原發與後發關係，本身充滿了權力與屈從的開始，西方不僅規定了資本主義生產方式和相應的現代感知方式，而且要求東方接受這一切。無論是通過戰爭還是商品，被動的東方實際上不得不放棄自己原來的歷史路徑。改變的代價不僅是艱巨漫長的付出，更是難以忘懷昔日榮光的屈辱，因此，現代性體驗於東方而言，更有另一種內部空間的壓抑。即是說，外部空間的被迫改變，與內部空間的壓抑或者成正比。這種嚴酷的現代性，也可說是創傷性現代性，需要經由歲月撫平，或者需要夢想釋放。也許因為這樣的緣故，東方現代性的表達方式更多呈現於文學藝術之中。"一方面，文學藝術作為一種激進的思想形式，直接表達現代性的意義，它表達現代性急迫的歷史願望，它為那些歷史變革開道吶喊，當然也強化了歷史斷裂的鴻溝。另一方面，文學藝術又是一種保守性的情感力量，它不斷地對現代性的歷史變革進行質疑和反思，它始終眷戀歷史的連續性，在反抗歷史斷裂的同時，也遮蔽和撫平了歷史斷裂的鴻溝。"[1]

現代性具有不斷再生產的總體特徵。原發現代性不斷擴張，後發現代性也不斷生長，這導致後發現代性有可能超越原發現代性。這無疑是現代性迷人的魅力所在。20世紀70、80年代"亞洲四小龍"的出現和90年代中國的崛起，在物質層面證明了現代性的可以超趕，而東方文化的復興，重新評估傳統資本，則意味著精神層面現代性同樣具有可以超越比較的度量。"我們身處同時性的時代（epoch of simultaneity）中，處在一個並置的年代，這是遠近的年代、比肩的年代、星羅散佈的年代。我確信，我們處在這麼一刻，其中由時間發展出來的世界經驗，遠少於連繫著不同點與點之間的混亂網絡所形成的世界經驗。或許我們可以說：特定意識形態的衝突，推動了當前時間之虔誠繼承者與被空間決定之居民的兩極化對峙。"[2]

1　陳曉明：《現代性與文學研究的新視野》，見陳曉明主編：《現代性與中國當代文學轉型》，昆明：雲南人民出版社2003年版，第11頁。

2　（法）福柯：《不同空間的正文與上下文》，包亞明編：《後現代性與地理學的政治》，上海：上海教育出版社2001年版，第18頁。

事實上，西方原發現代性自從誕生，經歷"上帝之死"，宣告"人"時代來臨，又經歷"人之死"開始自我身份的質疑，這些都發生在西方文化精英對現代性的反思之中，從啟蒙運動到後現代主義，呈現了西方現代性建構到解構的進程。但相對於"東方"這個他者的帝國現代性和西方優越性，卻從來沒有被質疑過。直到後殖民時代來臨。亞洲和中國的崛起導致了"我是誰"的真正的西方現代性危機。通俗地說，即西方現代性統治地位的危機。

塞繆爾·亨廷頓在《文明的衝突與世界秩序的重建》中形象地描述道：20世紀 90 年代爆發了全球的認同危機，人們看到，幾乎在每一個地方，人們都在問"我們是誰？""我們屬哪兒？"以及"誰跟我們不是一夥兒？"[1] 但事實上，也許"東方"這個他者並沒有他想像的那樣不知自己是誰。就像周蕾所指出的："在我們生活的年代之中，批判西方不僅成為可能而且也成為必要。"[2] 後發現代性的強大的物質和精神競爭力，意味著主體身份權力空間的生長。先後發現代性之間的權力空間出現了差異競爭。

全球化即西方父權主導的現代化，已使人類面臨"單一的現代性"，即韋伯意義上的"物化"進程，包括人們體驗到勞動過程整體感的喪失和生活的意義的整體感的喪失。在施特勞斯看來："現代西方人再也不知道想要什麼——再也不相信自己能夠知道什麼是好的，什麼是壞的；什麼是對的，什麼是錯的。"[3] 而盧卡奇更指出，物化是一種全球過程，沒有一個人可以幸免。[4] 在後發現代性國家，追隨西方現代性帶來的危機感無處不在，如韓國學者趙慧淨就指出："我 / 我們生活在一個每個星期都是至關重要的社會裏，這個社會不僅危機是長期性的，而

1　（美）塞繆爾·亨廷頓：《文明的衝突與世界秩序的重建》（修訂版），周琪、劉緋、張立平、王圓譯，北京：新華出版社 2010 年版，第 105、106 頁。

2　周蕾：《婦女與中國現代性——西方與東方之間的閱讀政治》，蔡青松譯，上海：上海三聯書店 2008 年版，前言第 1 頁。

3　（美）施特勞斯：《現代性的三次浪潮》，載劉小楓編：《蘇格拉底問題與現代性——施特勞斯演講與論文集：卷二》，北京：華夏出版社 2008 年版，第 32 頁。

4　參見（美）弗雷德里克·詹姆遜：《現代性、後現代性和全球化》，王麗亞譯，北京：中國人民大學出版社 2004 年版，第 66 頁。

且還使危機變成長期性的。"[1]

　　西方的原發現代性，是一種暴力擴張的現代父權行為，按照米利特《性政治》的定義，父權制不只是男人支配女人，尚且包括男人之間的軍事主義階層制。[2] 軍事擴張不僅是西方商品和生活方式進入後發現代性國家和地區的方式，而且軍事本身就是競爭方式和最大的商業。誠如周蕾深刻指出：1945 年 8 月投擲於日本兩座城市的原子彈，不只是帶來戰爭必然造成的怨懟。更重要的是，這起炸彈攻擊事件或許正是美國順利躍居世界超級強權的關鍵。[3]

　　全球化由最初的武器擴張和商品侵略，轉向當前的文化工業殖民，呈現了西方現代父權對於所有 "他者" 的征服歷史。在人與自然的層面上，表現為人對自然的征服，人自以為是萬物之靈長，認為動物和植物沒有思想、沒有智慧、低人一等；在人與人的關係層面上，有所謂進步發達民族國家與貧窮落後的民族國家等級區分，更有性別上的男性理性優越於女性感性之說；在人與自我的層面，則有不斷自我超越的要求，認為用理性戰勝感性才是自我的勝利。[4]

　　西方父權主導的現代性曾給予東方傳統父權強烈創傷，如今面臨東方現代父權的 "兩極化對峙"，現代性在人類歷史上出現了空前的差異競爭，也意味著 "單一的現代性" 面臨要麼加速它的衰落，要麼，它在危機中尋找新生。基於西方和東方的對比研究，詹姆遜就反對對全球化現代性進行定義，而是寧可對現代性進行描述。"現代性不是一個概念，不是哲學或任何別的概念，它不過是各種各樣的敘事類型。現代性，只能意味著現代性的多種情景。"[5] 這可說是對二百年來

1　（韓）趙慧淨：《"你陷入了想像之井"：壓縮型發展中主體性的形成——對現代性與韓國文化的女性主義批評》，賀照田主編：《後發展國家的現代性問題》，長春：吉林人民出版社 2011 年版，第 136 頁。

2　（美）米利特（Kate Millett）：《性政治》，宋文偉、張慧芝譯，台北：桂冠圖書股份有限公司 2003 年版，序第 5 頁。

3　周蕾：《世界標靶的時代：戰爭、理論與比較研究中的自我指涉》，陳衍秀譯，台北：麥田城邦文化出版公司 2011 年版，第 31 頁。

4　荒林：《日常生活價值重構——中國當代女性主義文學思潮研究》，北京：北京大學出版社 2013 年版，第 28 頁。

5　（美）詹姆遜：《現代性、後現代性和全球化》，王麗亞譯，北京：中國人民大學出版社 2004 年版，第 74 頁。

西方現代性不斷進行再生產，所產生的現代性後果的反思性表達。

值得深思的是，在多種多樣的現代性情景中，原發現代性的綫性擴張特徵，和後發現代性的空間生長特徵，於強烈競爭中引發女性主義對於不同父權模式的深刻審視和反思。女性對於現代性參與，則試圖扭轉父權的不平等和暴力特徵。這增加了全球性現代性的豐富表徵。

二

西方女性主義的反思

就抵抗人類被物化的命運而言，西方女性主義始終走在反思現代性的前沿。她們經歷了爭取與男性平等進入現代競爭平台的努力，和尋找差異競爭的兩個不同反思階段，第一階段是由第一、二次女權運動構成，第二階段是目前尚在進行的第三次女權運動，通常稱為後現代女權運動。

女性主義的第一次浪潮（The First Wave）主要發生在 1890 到 1920 年期間，席捲西方原發現代性的英美等地。其時現代性蓬勃發展，急需女性勞動力資源，對女性的需要與對女性的歧視形成強烈反差，這使得女性覺醒。體現和總結第一次女權運動的思想是"為女權辯護"（瑪麗‧沃斯通克拉夫特：《為女權辯護》，1792 年），因為直面現實生活中"婦女的屈從地位"（約翰‧斯圖爾特‧穆勒：《婦女的屈從地位》，1869 年），明確要求通過改革社會，給予女性受教育的權力，實現女性在政治、經濟和生活中地位的改變。目標明確的女權運動也得到對現代性發展充滿信心和熱情的優秀男性的支持。女性主義第一次浪潮為西方女性爭取了公民權，接受高等教育以及進入專業工作及其他公共領域的機會，使得女性在參與現代性發展上獲得了平台。

女性主義的第一次浪潮是由街頭遊行的社會運動形式開始。早在 1789 年 10 月，法國大革命爆發後，一群巴黎婦女進軍凡爾賽，向國民議會要求與男子平等的合法人權，揭開了女權運動的序幕。1790 年，法國女劇作家 O.de 高爾日發表了《婦女權利宣言》，提出 17 條有關婦女權利的要求，宣言後來成為女權運動的綱領性文件。1792 年英國女作家 M. 沃斯通克拉夫特發表的《為女權辯護》一書，提煉和昇華了社會運動成果，提出婦女應當在教育、就業和政治方面享有與男子同等的待遇，形成現代女權思想體系，為女權運動提出了明確目標。1848 年 7 月，美國女權主義者 E.C. 斯坦頓和 L. 莫特等人，在紐約州的塞內卡福爾斯和羅徹斯特舉行女權大會，會上提出要求婦女權利的法案，並陳述了婦女受歧視的社會現狀，把爭取婦女選舉權設定為女權運動的主要內容。1908 年 3 月 8 日，1500 名婦女走上紐約街頭遊行，要求縮短工作時間，提高勞動報酬，享有選舉權，禁止使用童工。她們提出的口號是 "麵包和玫瑰"。麵包象徵物質，玫瑰象徵愛的精神，體現了女權主義對現代性完美追求的理想。這次遊行也成為國際三八婦女節的由來。1914 年 1 月 11 日，倫敦爆發了著名的女權運動者衝擊白金漢宮，向英王喬治五世請願的行動。以上著名事件都體現了西方女權運動的社會運動形式特徵。由於西方先發現代性對於女性勞動力資源的需求，大量女性進入社會公共空間，為女權社會運動創造了條件。而女權社會運動也成為反思現代性的風景之一。

引發第二次女權主義浪潮的理論思考，是波伏娃提出的女性主義理論基本問題："為什麼婦女是第二性？"（西蒙・波伏娃：《第二性》，1949 年）當社會存在的價值取向將女性定位為男性的附屬，女性的定義是以男性的定義為前提時，女性的存在實際上沒有真相，她們必須從與男性的依存關係中解放出來，取得和男性同等的社會存在價值。這是女性經由第一次女權運動後，在參與現代性發展中，發現無法與男性平等競爭而再次發動的女權運動。女性主義的第二次浪潮（The Second Wave）主要發生在 20 世紀 60 年代，以美國為中心席捲整個西方世界。

此時西方的現代性以美國為中心對外擴張，不僅遭遇國外抵抗，也引發了國內反戰運動、反種族歧視運動和各種社會政治運動。女性參與其中，深刻體驗到男性主導的運動中女性仍然身處第二性。為獲取男女平等而進行的第二次女權運動，由此產生了比第一次更加明確的批判現代性理論意識。這使得女權運動把鬥爭的平台延伸到文化與理論空間，女性主義的理論建設，特別是女性主義文學批評理論的建設，在第二次女權運動中獲得了空前的發展。其一是批判男性寫作文本中對女性的歧視，其二是支持女性中心寫作，倡導女性建立自己的寫作傳統。女性主義相信話語權也是政治權，甚至認為一切權力都是話語權力的運作，女性必須書寫自己的歷史。

女性主義的第二次浪潮一方面在現實鬥爭中堅持法律博弈，另方面在文化鬥爭中開闢話語場地，為女性主義改造西方原發現代性的父權本質做出了巨大努力，豐富了人類現代性的雙性經驗。第二次浪潮持續到 20 世紀 80 年代，以在美國高校實現"學院建制"[1]，使女性主義理論成為正統學術研究的一部分，實現女性經驗加入人類知識經驗結構為目標而結束。其持續的影響力經由婦女組織所致力的學術傳播，特別是聯合國世界婦女大會的社會運動形式，發展到全球並引發了女性現代性再生產。中國台灣和中國大陸的女性主義深受影響。

經過第一、二次女權運動的漫長努力，西方女性進入了原來只有男性的社會公共空間，獲得了政治上的承認和經濟上的相對獨立，在文化上也獲得了一定的話語權，並且在社會競爭力上，日益與男性拉近距離。不過，問題也同時湧現出來，如社會公共空間的男性中心價值對女性生命的齊同要求，使女性感覺到競爭的沉重代價；走出家庭日常生活之後，現代職業生涯對人性的異化，更使女性意識到人類現代性處境的危機。女性主義進入對現代性深入反思的階段。第三次女權運動緊接第二次女權運動，在 20 世紀 80 年代向全球推進，並在隨後的網絡技術支持下獲得更年輕一代女性的支持參與。

埃萊娜·西蘇、魯思·伊麗格瑞和朱莉亞·克里斯蒂娃等後現代女性主義者們，深入研究和反思了第一、二次女權運動，特別是女性在現代職業生涯中的異化處境，用後現代的理論說法，重新表述了女性主義的基本問題："為什麼婦女是他者？"顯然，女權運動在與父權現代性博弈中無法取得一勞永逸的成果。倡導持續的反思和批判精神，成為女性主義的自覺。

此時，現代性危機使西方後現代主義思潮洶湧，德里達的解構理論、福柯的話語權力和抵抗理論、弗洛伊德與拉康的精神分析理論，從不同角度深刻反思西方現代性困境。女性主義與後現代主義展開對話，共同尋找解決危機的方案。可以說，到後現代主義女性主義階段，是女性參與現代性以來最冷靜的時期，此一次的女權運動，也可說是一次尚未有完成式的思想運動。與各種反思現代性思想展開對話，是其最大的特徵。

1　參見宋素鳳：《多重主體策略的自我命名：女性主義文學理論研究》，濟南：山東大學出版社 2002 年版，第 25 頁。

德里達的解構理論認為，現代性危機源於西方形而上傳統“邏各斯主義中心”與二元對立思維模式。女性主義認為男性中心“邏各斯主義中心”與二元對立思維模式正是父權體系建立的思想基礎，男／女、人／自然、自我／他者、尊／卑，如此的二元對立等級思維，將征服他者視為正常，把擴張性現代性當成人類發展方向，實則是將人類引入毀滅之途。

福柯的話語理論與西方女性主義的交際十分深廣。英美女性主義者最初提到後現代女性主義時，將其稱之為“法國女性主義”，[1] 這不僅因為它的許多代表人物或者是法國公民，或者是生活在法國（尤其是巴黎）的婦女，而且由於“法國女性主義者”的共同之處或者更近如福柯式的“法國特徵”，即她們的哲學視角，她們從話語理論的角度看待女性處境，並嘗試通過改變話語來改變女性處境。[2] 福柯本人是一位同性戀者，這使他對異性戀父權體制天然抵抗，這一生命體驗呈現於他的抵抗理論，對於女性主義亦有很大啟發。

現代性危機導致的抑鬱症如此普遍，以致弗洛伊德相信文化和文明越發展越背離人類的需求，他於是得出了“社會精神病”的概念。[3] 但弗洛伊德本人卻是一位大男子主義者，他認為女性只有獲得男性的陽具才不至於精神抑鬱。女性主義批評家最初相當反感弗洛伊德的性別獲得理論，展開對他的生物決定論觀點的批判。但到後現代女性主義者這裏，卻發展出了精神分析的新面向。她們發掘弗洛伊德學說中積極的方面，將無意識欲望在主體與經驗建構過程中的顛覆性作用發揮出來，認為性別認同具有可改變性，並認為母親形象也可成為男性精神的建構因素。

拉康的精神分析說認為，想像秩序是孩童開始建立其自我感的一個階段，孩童要進一步獲得主體與性別的認同，必須克服戀母情結，這個過程標誌著孩童由想像秩序到象徵秩序的跨越。想像秩序是一個自然的領域，象徵秩序則是一個語

1　（美）羅斯瑪麗·帕特南·童：《女性主義思潮導論》，艾曉明等譯，武漢：華中師範大學出版社 2002 年版，第 286 頁。

2　參見荒林：《日常生活價值重構——中國當代女性主義文學思潮研究》，北京：北京大學出版社 2013 年版，第 30 頁。

3　參見（美）埃里希·弗羅姆：《健全的社會》，王大慶、許旭虹、李延文、蔣重躍譯，北京：國際文化出版公司 2007 年版，第 23 頁。

言文化的領域。在此領域"父親之名"代表了權力和運作規則。後現代女性主義批判這個男性中心的語言/象徵秩序，但認為拉康的分析揭示了父權中心文化象徵體系的本質，有助女性主義深刻了解"女性被逐"出男性中心文化過程。為此，她們倡導女性寫作努力發展一種新的語言再現模式，並認為重建象徵秩序有益人類精神文化。

後現代主義女性主義面對與婦女一樣被作為"他者"的廣泛存在的事實，即"物化是一種全球過程，沒有一個人可以倖免"。這一相關性發現，帶來了不同於第一、二次女權運動的對抗鬥爭方式，使她們更願意與擁有批判精神的男性思想家對話交流，如上對話的出發點既有認同，也有批判，但都以重建女性話語為旨歸。由"對抗"到"對話"，後現代主義女性主義接受了波伏娃對他者性的理解，但將其顛倒過來。婦女仍然是他者，但她們沒有把這一處境解釋為應當去超越的狀況；後現代女性主義者明確宣稱他者有種種優越性。他者的處境可以使婦女退避三舍，從而批評主流文化力求強加給每個人、包括那些生活在社會邊緣的人——在這裏是婦女——的社會規範、價值和實踐。他者性，就其和壓迫、劣等的種種聯繫而言，其意義遠遠超過壓迫、劣等的社會處境。他者性也可以是一種存在方式、思想方式和講述方式，它使開放、多重性、多樣性和差異成為可能。[1]

某種意義上，後現代女性主義意味著女性對參與現代性的策略調整。由綫性歷史抵抗轉向了空間審視和重建現代性。強調從他者處境發掘資源，用他者的優勢參與競爭，而放棄用男權價值異化自身、承擔競爭之重。後現代女性主義由此解構了一元模式的女性解放神話，認為女性解放沒有模式，只要女性能夠用自己的話語表達自己的存在，就有存在的價值和自由的可能。即所謂："她們懷疑地看待任何女性主義思考模式，這樣的女性主義思考模式旨在給婦女提供某一種解釋，解釋婦女為什麼受壓迫；或者提供解放十招，即所有婦女獲得解放所必須採取的十大步驟。……"[2] 捨棄對抗思維，摒棄綫性抵抗，贊同後現代主義消解主

1　（美）羅斯瑪麗・帕特南・童：《女性主義思潮導論》，艾曉明等譯，武漢：華中師範大學出版社2002年版，第287-288頁。

2　同上書，第285頁。

體、否定宏大敘述和去政治化思想，反思第一、二次女權運動有關性別壓迫的宏大敘述，後現代女性主義"強調其不僅是一種理論，更重要的是一個旨在改變許多婦女日常生活中所受的社會不公正的群眾性政治運動"。[1] 爭取全球範圍存在差異性空間的女性共同的參與，和求得各自要求的解放，後現代女權運動頗具空間策略特徵。

生活於後發現代性情境中的女性，無疑可以借鑒西方第一、二次女權運動的成果，並直接參照後現代女性主義的策略，使自己在複雜的父權現代性對峙中獲得獨立的現代性生長機會。大中華語境中的女性主義文學思潮，深受後現代女性主義影響，或者說，本身即是後現代女性主義勁旅，它們對空間關係的呼應，它們對現代性重建的自覺，事實上匯入全球後現代女性主義潮流，並以文學的女性主義特色成為重要的女權政治資源。

1　蘇紅軍、柏棣主編：《西方後學語境中的女權主義》，桂林：廣西師範大學出版社 2006 年版，第246 頁。

三

反思中國女性主義

　　已有學者指出，在中國這樣的後發現代性國家語境中，"女性主義"需要處理的現實 / 理論顯然是相當複雜的：西方 / 中國，男性 / 女性，中產階級 / 無產階級，普遍性 / 特殊性，白人中心主義 / 後殖民理論……[1] 甚至提出，當"中國"、"本土"、"民族"這些具體的語境要件被排除出去之後，"父權 / 夫權"文化除了作為空洞的概念 / 話語所指，到底還剩下什麼？[2] 這一提問突出了空間背景於中國女性主義的重要性。離開與西方的空間對比，抽離對話語境，很難討論中國女性主義。

　　普遍的觀點和事實是，中國女性主義並沒有如火如荼的社會運動。數千年"在家庭——半國家機器與父子相繼的權力結構上確立起來的父系統治秩序，造就了與之完全相應的意識形態體系。這一體系以自身的嚴明和自圓其說，將統治秩序的真正起因和真實本質遮掩得天衣無縫，從而使秩序的存在看上去天經地義。"[3] 前現代男人的體力優勢和農業文明的家庭倫理，使女性組織起來進行社會運動的可能性幾乎為零。相反，西方女權運動是對現代性的反思，是現代的產物，她們在工業革命帶來的時代機遇中，發動了目標明確的女權運動，她們向男權社會明確提出解決問題的方案，如針對選舉權、教育權、就業權等等指標，要求男女平等，她們展開社會運動的條件是她們已隨著工業革命走出了體力和家庭倫理空間。她們要爭取更大的平台，以及在更大平台上創造的權力。

　　作為空間對比性存在的東方，傳統"父權 / 夫權"文化在"中國"受到西方強勢現代性衝擊之際，顯現為"落後"存在，身處於"父權 / 夫權"統治之下的

1　董麗敏：《性別、語境與書寫的政治》，北京：人民文學出版社 2011 年版，第 51 頁。

2　同上書，第 55 頁。

3　孟悅、戴錦華：《浮出歷史地表》，鄭州：河南人民出版社 1989 年版，第 8 頁。

中國女性，同樣淪為"落後"風景。此時讓中國女性組織起來的力量，只可能是向西方現代性學習的"先進"男性。他們需要號召和培養與他們一樣向西方學習的中國女性，以改變中國的"落後"現狀。歷史事實正是如此，近代中國女性的兩大社會運動即放足運動和女子教育運動，發動主體都是"先進"的男性知識分子。[1] 而他們也必然把民族國家危亡處境讓女性共同分擔，誠如著名的《女界鐘》所說："十九世紀之中國，一落千丈於世界競爭之盤渦；若二十世紀之中國，則一躍千丈於世界競爭之舞台，此理勢之必然也。男子然，女子亦何獨不然？"[2]因此，受西方第一波女權運動影響的中國最早的女權主義者們，並沒有也不可能和西方女權主義者一樣，直接有針對性地提出女權社會運動理論和方案。她們面對中國社會現實，發出了自己的聲音，如秋瑾所寫《勉女權歌》："願奮然自拔，一洗從前羞恥垢。若安作同儔，恢復江山勞素手。"[3] 提出希望女性覺悟，同時引用西方人物為參照，更把女性的解放和民族國家解放相提並論。秋瑾和她的《勉女權歌》見證了所處時代的中國現代性處境和女性處境的同構。

在西方的強勢壓力之下，"中國"必須使"女性"和"男性"都成為"現代民族國家"主體，中國需要培養"新青年"、"新女性"。倡導女性解放，讓現代性生長，這一"本土"、"中國"真實的需要，對於中國女性和男性幾乎同樣迫切。在這樣的現實面前，性別之間的衝突，反而降為次要矛盾。相反，一種新的平等的家庭倫理倡導，成為"先進"時尚，這可以從冰心的社會問題小說《兩個家庭》文本中印證。[4] 小說開篇提出"家庭與國家關係"講座，然後講述了兩對年輕夫妻的生活，將平等互助的夫婦關係寫得溫馨美好，充滿創造性，意旨家庭新式國家才會先進。把舊式女子把持的家庭寫成一團頹敗，最後丈夫抑鬱而死。可見，女性主體與國家主體同一性想像，從秋瑾到冰心並無二致，雖然秋瑾是激進的革命者而冰心是溫和的作家，作為女性的性別想像，她們都沒有從民族

1　夏曉虹：《晚清女性與近代中國》，北京：北京大學出版社 2004 年版，第 91、92、129、130 頁。

2　金天翮：《女界鐘》，陳雁編校，上海：上海古籍出版社 2003 年版，第 5 頁。

3　秋瑾：《勉女權歌》，郭延禮選注：《秋瑾選集》，北京：人民文學出版社 2004 年版，第 176 頁。

4　冰心：《冰心選集》第一卷，成都：四川人民出版社 1983 年版，第 1-11 頁。原刊《晨報》
　　一九一九年九月十八至二十二日。

國家想像中脫離出來，反而可說是形成了一種通行的傳統。而不可忽略的是，脫離這一家國想像傳統制約的女作家，如蕭紅和張愛玲，她們對傳統父權和現代父權表達了雙重絕望，探索獨立女性的前景卻受制於雙重壓抑而無法看到光明。這可以解釋她們作品的絕望格調與日常生活寄託，她們的獨立思考具有書寫主體價值，卻不能在現實路徑中展開。值得欣慰的是，以上不同女性寫作傳統的開闢，將在大中華語境女性主義文學思潮發展中獲得多元的拓展，共同體現對父權現代性危機的反思和批判。

女性與家國想像一體化的傳統，在 1949 年新中國成立之後得到強化，並成為國家倡導的主流意識形態構成。"時代不同了，男女都一樣"，"婦女能頂半邊天"。國家倡導並實施了男女平等、男女同工同酬，以保證男女共同參與現代性發展，一起建設社會主義事業。這一"國家女權主義"，[1] 形成與西方女權運動迥然不同的中國特色婦女解放。也可以說，群體上，中國婦女獲得了被解放；個體上，她們需要理解和珍惜解放的意義。社會空間面向女性完全打開，她們可以自由飛翔，天空是藍色的，陽光是燦爛的，但飛翔的願望和計劃，依據自身條件和歷史條件，卻是並不相同。

事實上，"中國"對於現代性的迫切需要，使中國婦女地位被重新定義：在歷史無意識提升到歷史地表的使命中，她們是民族繁衍的載體，是勞動價值的源泉、革命的榜樣、市場的消費者，也是忍耐的工人。[2] 百年歷史演變，疾速繁複的現代性推進，使得中國女性既目不暇接，又負擔深重。一方面她們看起來是最解放的，與中國男性比肩；另方面，她們是實實在在最辛勞的。因為她們同時肩負著家和國振興的使命。現實中法律上，國家給予的解放成果已超出西方女權努力爭取的結果，這就使得中國缺乏像西方女權運動一樣的現實女權運動土壤。生活中精神上，她們所遭遇的困境在於：現代性競爭帶來的晦暗不明的壓迫，傳統

1　Zheng, W：＂State Feminism＂？Gender and Socialist State Formation in Maoist China, *Feminist Studies*, (2005)519-551。荒林：《中美比較：女權主義的現狀與未來——密歇根大學王政教授訪談（上）》，《文藝研究》2008 年第 8 期。

2　（美）湯尼・白露：《中國女性主義思想史中的婦女問題》，沈齊齊譯，李小江審校，上海：上海人民出版社 2012 年版，第 464 頁。

與現代角色衝突帶來的緊張焦慮的生存，與全民一起奔赴現代化的明確大目標和個體女性自我解放並不明確的目標之間的迷茫。

根據劉禾、瑞貝卡・卡爾和高彥頤等學者的研究，20 世紀初誕生的中國女權思想家何殷震，與當時重要的男性思想家梁啟超、金天翮一樣，對晚清遭遇的後發現代性處境有深刻反思，倡導女性解放，但她超越於同時代男性思想家之處，則是對西方父權現代性征服力量有敏銳的批判視野，她認為現代資本主義父權與傳統父權一樣，都有一種剝奪女性資源的生產機制，使得性別生計作為不平等的政治經濟學，構成人類不平等的過去與現在。既看到西方父權的征服性，又對傳統父權統治有清醒認識，並因此而對新男性新女性的現代性成長抱有反思精神，何殷震甚至批判了當時新男性倡導女性解放，認為他們是出於現代性競爭的需要而並非真正為了女性解放。何殷震的女權思想穿越時空，為全球女權理論貢獻了智慧，其反思的力度，有助我們理解文學的女性主義發生，中國女性在現代性遭遇中難以言表的複雜處境，需要深入心靈的文學進行經驗的記錄、思想的清理、想像的釋放。她們需要豐富的話語表達，用話語權來呈現自己真實的處境、真實的需求，及面向現代性真實的探索力度。

按照凱特・米利特（Kate Millett）《性政治》觀點，文學寫作中充滿性別權力支配關係，[1] 在本書的文本分析部分，我們可以發現中國女性的文學寫作，呈現了非常複雜的支配關係，一重是西方現代性施加於中國的強制支配關係，一重是這種支配關係通過影響中國男性再施加於中國女性的變形支配關係。中國女性的文學書寫，不期然之中成為一種最獨特的反抗方式，一方面見證西方父權的侵入力，另方面見證中國傳統父權受創、現代父權新生，女性主體艱難和策略地成長進程。文學文本也同時成為反觀中國女性遭遇極度複雜性別支配關係的場域。西方父權的侵入力、西方女權思想，都通過中國不得不接受的現代化形式，行使對於中國女性的塑造。因此，中國的女性主義思潮，是一種尋找和建構女性主體的反思現代性思潮，它反思的對象是複合存在的，來自西方的現代父權、受到壓

1　（美）米利特（Kate Millett）：《性政治》，宋文偉、張慧芝譯，台北：桂冠圖書股份有限公司 2003 年版，前言第 1 頁。

抑變形的中國傳統父權、新生的中國現代父權，還有西方女權的影響力量。面對如此龐大集合的複雜權力場域，文學的女性主義體現了獨特的政治智慧，發出自己多聲部的聲音，堪值深入總結提煉和傳播。

中國的女性主義從發生之日，即是複雜現代性的一部分。首先，"五四"新女性即是民族國家追求現代性的產物。用梁啟超的話說，"婦學實天下存亡強弱之大原也"，為了國家強盛需要培養有現代知識的新女性。[1] 中國的女性解放，就是由接受了西方現代理念的進步男性所倡導，他們為了民族國家的進步需要，倡導女性放足，倡導女性接受西方教育，也鼓勵女性寫作，表達與舊的生活傳統決裂，構想新的現代生活圖景。其次，中國的女性主義理念來自西方，本身是作為西方的原發現代性植入中國，引發了中國現實生活中的後發現代性，促使了新女性們的成長，新女性的成長與舊式傳統女性之間完全斷裂，轉而以西方現代女性為參照，實際上是現代性的需要。第三，女性主義作為現代性指標，演變為現代民族國家與西方現代性競爭的指標之一，長期以來，新中國的男女平等是世界上做得最好的，用以證明現代性追求和實現的水平，國家女權主義成為時代的驕傲。[2]

在改革開放之後，中國的女性主義首次受到了本土新生現代父權力量的強大衝擊，本土新生父權借力中國傳統父權意識，也借力西方現代父權競爭意識，對中國女性展開強勢排斥，多次要求婦女返回家庭，[3] 並在城市化進程中把女性視為都市的欲望消費對象。[4] 這些造成婦女地位明顯下降。所幸聯合國推動全球婦女參與現代性的努力推展到中國，而中國國家行為的迎接 1995 年世界婦女大會在北京召開，帶來了西方女性主義的最新成果，使得女性主義本土資源與外來資源匯合，產生了應對市場的女性主義力量，如非政府組織、婦女團體、女性

1　王美秀：《全球化對中國知識女性的影響》，葉漢明編：《全球化與性別：全球經濟重組對中國和東南亞女性的意義》，香港：香港中文大學香港亞太研究所 2011 年版，第 102 頁。

2　戴錦華：《涉渡之舟：新時期中國女性寫作與女性文化》，西安：陝西人民教育出版社 2002 年版，第 1 頁。

3　王美秀：《全球化對中國知識女性的影響》，葉漢明編：《全球化與性別：全球經濟重組對中國和東南亞女性的意義》，香港：香港中文大學香港亞太研究所 2011 年版，第 108 頁。

4　黎慧：《欲望‧代碼‧昇華》，《上海文論》1992 年第 2 期。

學科，及對於女性寫作的出版支持。這一切使得中國的女性主義開始自我成長之旅，面對新生現代父權、傳統父權復甦及西方現代父權擴張，中國的女性主義急需多元的政治策略。文學的女性主義事實上起到了與國家女權主義互補助力的作用，進一步而言，文學的女性主義主體不是國家力量，在實質上，就構成了女性自我解放的真正主力。這種情形，可以用經濟上的國有企業與民營企業來做一個類比，中國的改革開放，民營企業的活力與貢獻人所皆知，在促進中國女性精神解放與創意思想發展上，文學的女性主義奉獻了有史以來最豐盛的成果，體現了中國崛起追求平等對話的現代文明成就。

　　中國的女性主義寫作事實上成為女權運動的主要形式。[1] 這可說是歷史的選擇。一方面新老父權與西方父權複合博弈的父權力量過於複雜和糾纏，另一方面國家女權主義造就了知識女性群體，反思現代性的任務多樣而繁重，中國女性主義也需要自我成長的空間。自我成長則又是現代性的題中之義。通過寫作探索人與人的關係，人與物的關係，人與自我的關係，建立女性主體，這一現代指向的女權政治，或者稱女性主體政治更加準確。它意味著中國女性主義可以直接借鑒西方女權運動成果，更容易接受後現代女性主義策略，並豐富和發展，形成自己的主體政治策略。這無疑已從大中華語境繁榮豐盛的女性寫作現象中呈現出來。湧動呼應的女性主義文學思潮，見證多元主體政治建構的風景，也體現了對於百餘年複雜現代性經驗的深刻反思。

　　"五四"新女性中湧現的女作家群，主要敘寫了自己成為新女性的故事，換句話說，就是書寫如何獲取現代性，取得自我成長的故事。正如王富仁所說，"中國早期的女性文學實際上只是女學生的文學"。張莉在《浮出歷史地表之前——中國現代女性寫作的發生》中，用詳細史料梳理了女學生的培養和女性寫作的發生，這是一個實際上向西方教育取經，獲取現代性的成長過程，在此過程，新男性不僅是支持者，實際上是類似"兄妹關係"的共同成長者，為了新的現代經驗，他們是合作者、協作者，和生產新自我的"西方的學生"。儘管沒有

1　李小江：《新時期婦女運動與婦女研究》，李小江、朱虹、董秀玉主編：《性別與中國·平等與發展》，北京：生活·讀書·新知三聯書店 1997 年版，第 347 頁。

人提出"五四"新文學總體上也都經歷了學生文學這一階段，但既然"女學生的文學"提出來獲得了認可，順理成章，學生文學階段是普遍存在過，正如魯迅《傷逝》中，子君和涓生，實際上就是兩個沒有經驗、沒有經濟來源、找不到工作，唯有學生式的愛情而最終也消亡了這份脆弱的學生之愛的故事一樣，我們是從回溯中看到現代性植入的"學生"、"學習"困難。

　　但是，當女學生培養成功，女作家群成長起來，樹已成林，社會空間也向女性敞開，卻面臨和遭遇現代性的多種壓抑和磨難，她們就不再是單純的女學生，而必須是成熟的現代女人，此時此際，她們自然也需要尋找自己原來的母親，那被完全遺忘的傳統的母親，難道真的沒有生命經驗可以借鑒？母親們生存的苦難和力量，是不是另一個源泉？如果外來的優秀女性是她們成長的參照，在與中國語境相結合時，她們應該如何定位自己？這就不難發現，冰心更多從母親傳統那裏吸收了滋養，張愛玲和蕭紅卻選擇了不同的反思歷史與文明的成長方向，丁玲看到了革命中的活力和驅除苦悶的社會行動的力量，而更多女作家的不同努力呈現於文本蹤跡，都意味著對現代性多種面向的探索，其成長的經驗都值得反復研究。即是說，作為書寫的現代性，現代女作家們的文本見證了中國和中國女性的現代遭遇與應對。在此意義上，孟悅和戴錦華《浮出歷史地表——現代婦女文學研究》仍然是經典，採用的西方女性主義理論視角依然有效，"浮出"的艱難和見證，作為女性成長內在的精神歷程，具有開掘不盡的源泉。因為放在空間的視野，中國女性的浮出歷史地表，當然也是全球女性解放的組成部分，而且浮出之艱難，需要先"植入"再"帶出"，"浮出"的歷程必然更加複雜多樣。事實上，"浮出"者的深刻反思，已洞穿西方現代性植入的秘密，在看似言情的《傾城之戀》中，張愛玲揭示了武器擴張的硬件現代性；在《生死場》中，蕭紅揭示了戰爭與"浮出"的真相。第一、二次世界大戰，是世界女性、也是中國女性，從現代性血與火的暴力競爭中全面"浮出歷史地表"的標誌。年輕而敏銳的中國女學生文學迅速蛻變成現代婦女文學，這個高度的成就，成為後續中國當代女性寫作的起點，並成為文學的女性主義的源頭活水。

　　當代中國女性寫作不僅關注女性現代性遭遇，也深入追問男性的現代性遭遇，關注到性別民族國家與現代性關係構成的更複雜深度之處，從中呈現與西方女性主義不同的政治主題。以大陸女作家張潔的《無字》為例，文本在書寫三代女人的苦難遭遇時，同時書寫了三代導致女人苦難的男人們的命運。他們投身戰爭、革命、改革，然而並沒有因為孜孜於這些他們認為偉大的事業而獲得應有的名分與尊嚴，男人們在現代化的巨大壓力下，徒然追隨現代性，卻終是平庸無名之輩，或者名分付諸東流，歷史迅疾演變，他們一無所有。現代性剝奪了他們彪炳史冊的願望，剝奪了時間的永恆性，使人物化為現代的渺小奴隸。書寫男性的失敗經驗和弱勢男性經驗，無疑提供了現代性批判更犀利的角度。

張潔在她的另一名篇《祖母綠》中，[1] 講述了兩個女人愛同一個男人的故事，著筆重點是名為曾令兒的女人，她為愛情歷盡滄桑而不悔，終體驗到小愛擴展為博愛的海一般浩瀚，發現並肯定自己擁有"祖母綠"一般"無窮思愛"的能力。另一個名為盧北河的女人，則用愛情成就了婚姻，過著在別人眼中令人羨慕的生活。但這兩個女人深愛的名為左葳的男人，徒有外表，內心裏既不懂得愛情，能力上也無法給予任何一個女人幸福。就像他的名字"左葳"，他活著，他的生活需要妻子盧北河全盤規劃和打理，他的學習和事業則依賴曾令兒的奉獻和犧牲。男人左葳的生存威望，可說得力於兩位女性的"助威"。

《祖母綠》揭示出中國性別問題存在的獨特性：中國的女性，面對的是中國男性的羸弱，中國女性的成長，不是源於與強大男人的競爭，而是源於自我激勵，如曾令兒一般承擔並思悟。女人曾令兒、盧北河與男人左葳之間的關係，不是一種強力對抗和競爭關係，而是一種幫助、扶持關係。這與西方女性和男性的現代關係迥然不同。西方女性，她們抗爭的對象，是強勢的西方男性。如果說西方女性主義是對西方男性擴張現代性的反思，中國女性主義則是對中國男性受壓抑現代性的反思，是女性主體自我激勵成長的張揚。在此意義上，選擇文學的女性主義行動，一方面有助女性自我成長，是女性精神建構的方式，是一種"祖母綠"式"無窮思愛"的自我肯定；另方面則源於社會行動時機的不成熟，女性主義不可能與尚不成熟的男性力量展開較勁，把時間和精力浪費在無用功上。事實上，《祖母綠》還隱藏著另一個更深刻的中國式的現代性故事。這就是三個同

1　張潔：《祖母綠》，《花城》1984 年第 3 期。

班同學的故事，兩個女生，一個男生，他們在現代競爭中的成長故事。幾十年之後，這三個同學在同一個集體相遇，這個集體的名稱非常前衛：計算機微碼編制組。此時，人格成長成熟、專業技術一流的曾令兒，成為了支撐計算機微碼編制組的頂樑柱，盧北河則是這個組的人事協調員，名為組長的左葳，雖然形同虛設，兩個女人卻全心支持他的工作。人到中年，他們也都拋開愛情恩怨，意識到集體存在的重要性。實力和名分的差異，大家雖了然於心，仍然把合作放在首位，要一起贏得集體和國家的發展。這正是中國現實社會的文學寫照。

一種中國式的現代性，建立於與西方強力競爭關係場，從而使性別問題與民族國家問題纏繞不盡，難捨難分。對此進行深刻反思的中國女性主義，更因承擔複雜的議題，需要用文學行動進行持續深刻的支持。

因此，重新評估中國所遭遇的西方現代性壓力，考察後發現代性如何作用於女性和男性，是理解大中華語境女性主義文學思潮生成及價值目標的前提，也是評價中國女性主義思想貢獻的必須。中國女性主義的經驗，可以說不僅與西方白人婦女不同，也與黑人婦女沒有太多共同之處。從以上分析我們可以約略看到一幅複雜的中國女性主義地圖：由進步男性領導的解放婦女運動，包括放足運動和女性教育運動，到國家女權主義即國家倡導的男女平等，再到文學的女性主義，即女性主義寫作實踐促成女性自我解放。這一切皆以中國現代性遭遇為表裏。對文學的女性主義探源，首先當是女性教育運動催生了知識女性，知識女性受西方女性主義啟發，不斷反思自身現代性處境而成長，現代婦女作家群留下的大量文本，是當代女性寫作的出發地。當代女作家群的出現，受惠於國家女權主義創造的知識女性群體，男女平等國策，為知識女性群體積累豐富的社會生活經驗提供條件，而中國改革開放創造的廣闊文化市場，更是促使女性寫作繁榮的文化經濟推動力。國家迎接 "聯合國世界婦女大會"（The United Nations' World Conference on Women）到北京，使世界女性主義資源為我所用，與世界女性主義展開對話，則促動反思成長和思想成熟。文學的女性主義綜合各長，以文學行動創造文化資本，將女性的創意思想貢獻於人類文明，如同科技創新改變生產力，思想創意改變人們的觀念，文學女性主義見證女性主體多元成長的力量，探索男女平等對話、國族地區平等對話、不同文明平等對話的諸種路徑，展現了改革開放中國的現代文明造血能力。

　　"對於文學性的關注和環繞身份認同議題的當代文化政治之間，竟然驚人地相似。"[1] 中國女性主義通過文學書寫的方式，的確為人類反思現代性提供了重要角度和不同經驗，也為世界女性主義提供了另一種政治策略。因此，"文學的女性主義"這一概念或命名，不僅指稱大中華語境不同現代性板塊存在的女性主義文學思潮現象，更強調其呈現的靈活多樣的文本政治，正是多元女性主體建構所需要的多元的政治策略，使"文學的女性主義"可與自由女性主義、激進女性主義、後現代女性主義及其他多種女性主義一樣，擁有世界女性主義多樣性存在中值得研究和借鑒的女權政治傳統。因此，我們也是在中西對比視野中，將大中華語境的複數女性主義文學思潮，命名為文學女性主義，以突出她存在的女權政治意義。她是文學形式的婦女解放運動，多元女性主體建構是其政治目標，以多元女性主體反思現代性，成為全球後現代女權主義勁旅，不僅豐富了有著悠久文明傳統的大中華語境，而且為大中華語境與西方語境平等對話提供了多元主體想像力。

1　周蕾：《世界標靶的時代：戰爭、理論與比較研究中的自我指涉》，陳衍秀譯，台北：麥田城邦文化出版公司 2011 年版，第 115 頁。

第二章

大中華語境的
形成與現代性
新空間、女性
主體新機遇

大陸開放和世界冷戰格局結束，創造了大中華語境形成的歷史機遇，女性主義把握這一重大歷史機遇，展示了女性現代性主體的成長和政治力量，創造女性主義文學思潮／文學女性主義的繁盛話語風景，為人類反思現代性提供了寶貴經驗。

一

大中華語境的形成與文學研究的空間視野

　　李光耀於 1994 年說："中國參與世界地位重組的規模，使得世界必須在 30 或 40 年的時間內找到一種新的平衡。假裝中國不過是另一個大的參與者是不可能的，它是人類歷史上最大的參與者。"[1] 這段話有助基於以下歷史背景來理解大中華語境的形成。

　　19 世紀中期以來，西方父權從商品入侵到戰爭暴力的強勢擴張，給傳統中國社會沉重打擊，1848 年的中英鴉片戰爭和其後的中日甲午戰爭，更給中華民族留下集體心理創傷。西方先發現代性強行植入中國，中國淪為殖民地半殖民地社會。殖民地租界以空間板塊方式繁衍西方現代性，並緩慢從沿海向內地蔓延；而現代性生長所需要的人力物力資源，也從內地向沿海和殖民地租界輸送。由於極度的發展不平衡，和資本主義的剝削，導致中國農業文明日益凋謝。這帶來了民眾生活的極大困苦。

　　受到西方文明刺激的中國知識分子，面對西方現代性選擇，實際上分裂為多派。維護傳統統治的知識分子提倡"西體中用"，試圖引進西方的科學技術，但不希望接受西方的民主體制。部分從英美留學回來的知識分子，主張"全盤西化"，他們認為中國落後於世界，只能通過全盤接受西方現代性的方式，來獲得在激變世界的位置。俄國十月革命的成功，打破了西方現代性的壟斷地位，這使大批知識分子追隨和信仰共產主義，他們認為走俄國道路更加合適中國。

　　對此，塞繆爾·亨廷頓描述道：1911 年清政府垮台，隨之而來的是分裂、內戰，以及相互競爭的中國知識分子和政治領袖求助於西方各種相互競爭的觀

1　（美）塞繆爾·亨廷頓：《文明的衝突與世界秩序的重建》（修訂版），周琪、劉緋、張立平、王圓譯，北京：新華出版社 2010 年版，第 207 頁。

點：孫中山的"民族、民權、民生"的三民主義政策、梁啟超的自由主義、毛澤東的馬克思列寧主義。1940 年代末，那些從蘇聯引進的觀點戰勝了從西方舶來的觀點——民族主義、自由主義、民主制、基督教，中國被確定為社會主義社會。[1]

某種意義上，民族集體的創傷心理，促成了中國更傾向於戰勝西方現代性的蘇聯模式選擇。事實上，在第三世界，"正是知識分子精英向農民指出如何組織起來，並實際進行組織工作。"[2] 基於民族心理、傳統文化，和與西方現代性抗衡的精神動力，加上馬克思主義對於西方資本主義強烈的批判精神，一種帶著理想烏托邦色彩的奮鬥目標，和實踐社會主義的肯幹韌性，使中國大陸走上了一種迥異於殖民地模式的現代化道路。

以 1949 年新中國成立為標誌，中國大陸和台灣、香港、澳門，形成了四個不同模式的現代性空間。大陸的蘇聯模式，台灣的美國模式，香港的英國殖民模式，和澳門的葡萄牙殖民模式。就像殖民模式不同於原發地資本主義模式一樣，大陸的蘇聯模式也不是真正等同於蘇聯形態，台灣的美國模式也距美國現代性很遠。四大現代性空間，實際上都依據自身的地理條件和資源狀態，展開了各自不同的現代模式探索與現代性生長。不可忽略的是，四者之間存在著複雜的權力較量，較量與國際權力消長緊密結合在一起。而同時，經濟上的競爭又是彼此有所依賴而存在。作為主權大國的中國大陸，實現民族國家統一始終是其政治目標。這一基於強大民族自尊心理的政治目標，有著強大的凝集力，也有著促使大陸不斷探索現代化進程的驅動力——在蘇聯模式失敗之後，轉而尋找美國現代性模式，便是一個明證。

至 1970 年代中期，台灣和香港的現代性發展引人矚目，與韓國、新加坡一起並稱為"亞洲四小龍"。四小龍所推行的出口導向型戰略，通過重點發展勞動密集型加工產業，加入西方現代性鏈條，在經濟騰飛的同時，促進了全球化向亞

1　（美）塞繆爾·亨廷頓：《文明的衝突與世界秩序的重建》（修訂版），周琪、劉緋、張立平、王圓譯，北京：新華出版社 2010 年版，第 85、86 頁。

2　（美）阿爾文·古爾德納：《中國知識分子的興起》，顧昕譯，台北：桂冠圖書股份有限公司 1992 年版，第 86 頁。

洲的深化。而蘇聯模式卻令中國大陸陷入了現代性發展困境。蘇聯模式對於軍事科技的重視和人們日常生活經濟的忽視，存在先天缺陷。

早在 1969 年珍寶島衝突之後，中蘇之間的矛盾已不可收拾，雙方的安全之爭壓過了意識形態之爭，中國調整外交戰略，展開對美外交。這一調整，實際是對現代性認識的轉變。而恰逢其時的是，1968 年競選獲勝的美國總統尼克松也認識到中國市場在全球化進程中巨大的意義。中美雙方自 1971 年嘗試接觸，在 1972 至 1978 的數年之間，完成了關係解凍到正常化的過程。實際上也奠定了中國大陸改革開放的基礎。1978 年開始的大陸改革開放，是一場主動向美國為主導的西方現代性學習運動。[1] 這也改變了大陸與台灣之間的格局，兩岸關係由軍事對峙轉向了經濟競爭。

台灣退出聯合國、中美建交、蘇聯解體、香港和澳門回歸，這一系列重大事件帶來了國際秩序的重組，帶來了大中華區各不同現代性板塊之間關係的巨變。生活於其中的人們，無不感到轉型帶來的調適體驗。而 1980 至 2000 年代的中國大陸經濟上升可比擬 1960 至 1980 年代的美國經濟騰飛。"中國崛起"這一形象的說法，不僅指認大陸這一個現代性空間的政治、經濟和文化地位上升，而且意味著以大陸為主導的大中華區，在全球化進程中如何與西方現代性的主導國家美國之間，進行對話的話語權力。正是在對話的話語權力的意義上，大中華語境是一個激動人心的定義：在美國學者亨廷頓看來，"兩千年來，中國曾一直是東亞的傑出大國。現在，中國人越來越明確地表示他們想恢復這個歷史地位"，[2] 即這一語境體現著四個不同現代性板塊空間的大中華民族的發聲心願，一種凝集一體的文化重構意志，一種經歷過不同現代性體驗之後的理解接受和整合回歸。英國倫敦杜倫大學（University of Durham）政府及國際事務學院中國國際關係學專家張志楷（Gordon C.K. Cheung）如此描述道："中國大陸、台灣與香港近來已逐漸形成一個被稱為'大中華圈'（Great China）的經濟共同體。……包括全

1　荒林：《日常生活價值重構——中國當代女性主義文學思潮研究》，北京：北京大學出版社 2013 年版，第 13 頁。

2　（美）塞繆爾‧亨廷頓：《文明的衝突與世界秩序的重建》（修訂版），周琪、劉緋、張立平、王圓譯，北京：新華出版社 2010 年版，第 205 頁。

球通貨膨脹、利率、債券市場、房價、薪資、利潤與商品價格等，中國都展現出愈來愈高的決定能力；這可能是最近半個世紀以來，世界上最重大的經濟變遷之一。"[1] 他所看到的經濟變遷，正是四個現代性板塊空間經由不同探索，重新整合到一起，所發出的綜合能量，在他看來，"大中華圈"、"中國"，事實上正在對全球經濟起著舉足輕重的作用，實力決定了話語權力。

　　布爾迪厄曾提出一個與語境相似的詞"場域"（Field），他認為用"場域"概念來建構社會空間，能夠較好理解不同現代性之間的競爭與權力平衡。[2] 語境或者"場域"概念，就是運用關係式思維思考現代性空間的不同"遊戲領域"，如中國大陸和台灣、香港與澳門之間，類似"一國兩制"或者實質"一國兩制"，目標都在於更好發展現代性，實現民族國家統一和大中華繁榮，那麼，理解其中或明或暗的權力運作，就避免了從本質和實體的角度理解權力及其支配關係，如此，使關係於互動中積極存在，有益於各方與整體利益，這是一種超越於傳統思維的現代空間關係式思維，利用語境或者"場域"不同位置之間形成的客觀關係網絡構成的開放性結構，釋放不同現代性競爭的優勢資本能量。正是在此種關係式中，大中華語境形成，並事實上獲得了舉世矚目。它所具備的對話能量，則在另一個關係"場域"層面，形成與美國為主導的西方現代性空間的競爭與制衡。

　　布爾迪厄把他提出的"場域"概念延伸到文學研究之中，用於研究法國文學場的生成與結構分析。認為對文學現象的解讀，必須語境化、歷史化，必須置於社會歷史的場域空間之中，也就是不同的現代性空間。[3] 因為文學藝術作為文化生產，其生產者即作家藝術家必生活於權力場之間，作品是權力關係的產物；而競爭的現代性空間，必將資源分配關係呈現於文學現象與作品之中。大中華語境關係場域中的文學現象，無疑有助我們研究中國大陸、台灣、香港和澳門四個不同現代性空間的經驗及權力關係，而且也有助研究大中華語境與美國的對話關係。"同一種語言天然地構成了同一種語境，同一種語言所寫作的文學，客觀上

1　（英）張志楷：《中國因素：大中華圈的機會與挑戰》，林宗憲譯，台北：博雅書屋有限公司 2009 年版，第 24、25 頁。

2　汪民安主編：《文化研究關鍵詞》，南京：江蘇人民出版社 2007 年版，第 21 頁。

3　同上書，第 23 頁。

構成了天然的、無法用國族分別或者政治疏隔加以分割的整體形態；因此，同一種語言（也就是同一個‘言語社團’，而不是同一個國家或同一種政治抱負）成為同一種文學‘共同體’的劃分依據。”[1] 正是在此語言文學共同體的視野，和現代性對話場域的平台，文學意義上的大中華語境，包括中國大陸、台灣、香港、澳門和北美華語寫作空間，及全球所有華語網絡空間。大中華語境開啟於中國大陸改革開放，生長形成於改革開放的深化和中國主體的崛起，實際上同步於大中華語境的話語權力獲取，事實上是包括中國大陸、台灣、香港、澳門和北美華語寫作空間共同創造的話語奇跡。正如吉登斯在《構建》中的“語境性”所定義：時間──空間的交互作用的處境特徵，涉及交互作用、共同在場的行為以及這兩者之間的交流的場景。[2] 在此意義上，對大中華語境文學現象的研究，必須採用空間視野，對其中女性主義文學思潮現象的研究，必須考察空間權力關係的互動。確切地說，語境和空間權力交互正是女性話語生產的場域。

大中華語境中的女作家們的漢語寫作引人注目。一方面是她們人數眾多，作品產出驚人，另方面她們的作品常常更加大眾化，不僅擁有廣泛的讀者，更常常通過改編為電影電視而獲得更多的受眾。加之網絡時代的傳播效應，中國大陸、台灣、香港、澳門和北美華語寫作實際上產生了全球漢語讀者群。從語境話語互動和文化生產互相影響的角度，大中華語境中的女作家們的漢語寫作，不只是漢語新文學共同體的組成部分，更是彼此競爭，互相呼應，不斷再生產的女性主義思潮文本，因為“從根本上說，文學思潮是文學對現代性的反應”[3]。

一方面大陸開放，使得各不同的現代性模式互相競爭，這種競爭本身啟動了空間現代性的繁榮再生，必然帶來文學相應的反應；另方面如前所述，後發現代性的空間特徵，即女性化特徵，更容易啟動女性經驗表達，這也就是女性寫作人數眾多和產量驚人的根本原因。之所以形成女性主義文學思潮，則更與全球現代

1　朱壽桐：《漢語新文學概念建構的理論優勢與實踐價值》，朱壽桐主編：《漢語新文學通史》，廣州：廣東人民出版社 2010 年版，第 12 頁。

2　（美）愛德華·W. 蘇賈：《後現代地理學──重申批判社會理論中的空間》，王文斌譯，北京：商務印書館 2004 年版，第 224 頁。

3　楊春時：《現代性與中國文學思潮》，北京：生活·讀書·新知三聯書店 2009 年版，第 18 頁。

性深受女性主義運動改造相關。

1975 年在墨西哥城召開了國際婦女大會即第一次世界婦女大會，這是人類歷史上第一次關於婦女地位問題的全球性會議，133 個國家和地區的一千多名代表出席了會議，會議產生的《墨西哥宣言》對男女平等作出如下定義："男女平等是指男女的人格尊嚴和價值的平等以及男女權利、機會和責任的平等。"聯合國決定將 1976—1985 年定為 "聯合國婦女十年"，並通過了《世界行動計劃》，向各國政府和國際社會提出爭取提高婦女地位的指導方針和優先領域，總目標是：平等、發展、和平。為實現 "聯合國婦女十年" 而召開的中期 1980 和終期 1985 大會，分別是第二次世界婦女大會（哥本哈根）和第三次世界婦女大會（內羅畢）。在 1995 年聯合國的社會發展首腦會議上，婦女們的要求使大會宣言確認："沒有婦女的充分參與，就不可能以可持續的方式實現社會和經濟的發展"，"男女之間的平等是國際社會優先要解決的問題，因此必須成為經濟和社會發展的中心。" [1] 大會宣言實際上確認了女性主義對現代性改造的兩個面向：其一是針對父權擴張導致單一現代性、人的異化和人類處境惡化，要求實行女性參與、加入女性經驗、進行人類和地球資源可持續發展。其二是為了抵抗父權擴張現代性後果，國際社會必須優先解決男女之間的平等問題，因為男女之間的平等問題事關人類前途命運，只有男女平等才能實踐女性經驗和知識對於人類命運的介入。

1995 年，聯合國第四次世界婦女大會推進到了中國北京。正是中國大陸加入全球化近二十年女性地位下降的背景下，以國家方式迎接世界婦女大會在北京召開，促進了中國大陸女性主義的發展，也促動了大陸女性文學進一步繁榮，有助反思大陸現代性，也有助反思大中華語境不同的現代性模式。

值得指出的是，大中華語境相對美國主導的西方現代性語境，在位勢上，有類似女性的處境。一方面後發現代性在歷史上處於屈從地位，不論中國大陸還是台灣、香港和澳門，都曾是被動接受現代性侵入。另一方面，大陸開放之後主動接受美國主導的現代性，學習的姿態仍然是主從關係。更重要的，早期以英國為

1　李銀河：《女性權力的崛起》，北京：中國社會科學出版社 1997 年版，第 91、92 頁。

中心的西方父權擴張，和晚期以美國為主導的現代擴張，都具有向外侵、掠奪特徵，而中國大陸崛起依靠的是密集勞動和"世界工廠"的付出，包括台灣和香港作為"亞洲四小龍"存在，也同樣是密集勞動和加工業。如此，以中國大陸主導的大中華語境的現代性，不同於先發資本主義現代性的父權侵略性，呈現為"和平崛起"的溫和的女性化特徵。

正是在全球女性主義反思人類處境，反抗父權資本主義擴張的背景下，大中華語境的女性化特徵，實際上是對於人類現代性發展的豐富。在此意義上，見證和書寫大中華語境的故事，不僅更加容易調動女性經驗和認知，事實上也更加容易接受女性主義思想影響。簡而言之，女性主義思潮作為現代性反思思潮，在大中華語境中具有天然的文化精神契合。大中華語境的女性主義文學思潮正是如此豐厚的歷史與現實的饋贈。而她也為創造大中華語境貢獻了豐富多元的文本資源和話語聲音。

如果說經濟共同體、語言共同體和後發現代性的女性化處境，可以作為描述大中華語境的幾個特徵的話，儒學復興則是不可迴避的話題。它就像黃皮膚一樣醒目，標示著大中華語境的文化色彩。

"湯米·高大使 1993 年注意到，'文化復興正席捲'亞洲。它包括'自信心日益增長'，這意味著亞洲人'不再把西方或美國的一切看作必然是最好的。'"[1] "族群性、社會凝聚力、語言、儒家學說，以及所有中華文化被普遍接受的內涵等，都成為在東亞華人社群中形成所謂'虛擬國家'的經濟與社會紐帶來源"[2]，"家庭和個人關係所形成的'竹網'（即關係網）和共同的文化，大大有助於大中華共榮圈的形成。"[3] 美國學者安靖如（Stephen C.Angle）更深刻指出："儒學是世界上道德的、哲學的及精神的重要傳統之一。""然而，隨著'現代文明'的價值興起，像儒學那樣的舊傳統受到嚴厲的批判。""今天，在關於中國

1　（美）塞繆爾·亨廷頓：《文明的衝突與世界秩序的重建》（修訂版），周琪、劉緋、張立平、王圓譯，北京：新華出版社 2010 年版，第 85 頁。

2　（英）張志楷：《中國因素：大中華圈的機會與挑戰》，林宗憲譯，台北：博雅書屋有限公司 2009 年版，第 39 頁。

3　（美）塞繆爾·亨廷頓：《文明的衝突與世界秩序的重建》（修訂版），周琪、劉緋、張立平、王圓譯，北京：新華出版社 2010 年版，第 148 頁。

的觀察者中間談論儒學在 21 世紀的復興已成為共同的話題。"[1]

在台灣學者葉啓政看來，大中華語境正在展開"傳統與現代的鬥爭遊戲"，他指出："'現代性'這個主題，尤其是這一百多年來'現代化'對中國文化與社會之衝擊所帶來的種種問題。在我個人的觀念裏就其所指涉之現象的源起狀態而言，現代化並非一開始就具備著普遍性的意義。毋寧的，它是一個發生在特殊地區、並負載著特殊文化和歷史意涵的概念或現象。約略的來說，這個現象的產生，在時間上最接近、最直接、也是最為關鍵的，至少應當追溯至十八世紀的西方啓蒙運動。特別是到了十九世紀中葉以後，藉助著西方帝國主義向外擴張的力量，這股啓蒙理性所帶動出來的。"[2] 因之，先發現代性與後發現代性之間，暗藏著知識生產的較量，"傳統"與"現代"並非優劣之爭，而是話語權力之爭，隨著中國崛起所呈現的"儒學"並非過時的"傳統"，它在權力遊戲中體現了自身的優勢，或者說，找到了曾經的信心。誠如"現代大國學"倡導者楊義先生所說：近百年來，中國人熱心學習西方，在受到思想啓蒙的震撼後開始了百折不撓的現代化行程，既創造了可歌可泣的輝煌，又經歷了飲泣吞聲的母語文化情感的壓抑。直到改革開放創造了經濟三十年持續高速發展的奇跡，才深切地覺察到中國人的聰明才智是可以信任的，大可以在世界民族之林的競爭和對話中，托起國格的尊嚴。[3]

儒學作為價值傳統，它既然曾經逾千年帶來繁榮，必有深刻根基，也不可能消亡。一些儒學學者（如蔣慶）總結中國大陸、台灣和香港、澳門的發展，認為之不同於西方擴張現代性，在於"儒家灌輸了一些導致經濟發展的實踐美德，正如韋伯所宣稱的基督教所做的一樣"，認為儒家思想與現代市場經濟學是一致的，它始終支持經濟交流的自由性，反對一切形式的壟斷。[4] 甚至認為儒家思想

1　（美）安靖如：《批判性的儒學與社會公正》，王善博譯；鄧正來、郝雨凡主編：《轉型中國的社會正義問題》，桂林：廣西師範大學出版社 2013 年版，第 435 頁。

2　葉啓政：《傳統與現代的鬥爭遊戲》，台北：巨流圖書有限公司 2001 年版，第 211 頁。

3　楊義：《"現代大國學"的內涵和魄力》，楊義：《國學會心錄》，北京：生活・讀書・新知三聯書店 2014 年版，第 222 頁。

4　蔣慶：《政治儒學——當代儒學的轉向、特質與發展》，北京：生活・讀書・新知三聯書店 2003 年版，第 364 頁。

不會像西方經濟統治一樣導致異化，有可能維持人與自然之間享有感情和崇敬的神聖。[1]

　　毋庸諱言，建立於與西方比較視野的儒學論述，本身就是大中華語境話語構成。正如香港哲學家范瑞平的著作《重建主義的儒學：對西方之後道德的再思考》所標識，[2] 西方的危機帶來了東方的機遇，"重建"儒學話語，正是大中華語境獲取話語權的方式之一。這一點與女性主義文學思潮進行文本生產獲取話語權，異曲而同工。

　　由於後發現代性的女性化處境，重建儒學話語亦同樣具有女性化特徵，即主從特徵。如范瑞平從儒學中闡發出著名的對私人財產和資本主義的強力支持觀點，表達的實則是他本人對於西方現代性殖入香港的支持。他思考孟子的一句名言："無恆產而有恆心者，惟士為能。若民，則無恆產，因無恆心。苟無恆心，放闢邪侈，無不為已。"（《梁惠王上》）原本沒有 "恆產"——通常翻譯為恆定不變的生計——的普通人將不會有"恆心"，他把 "恆產" 取代為 "私有財產"[3]，這樣的話語轉換，乃因後發現代性在香港和整個大中華圈已獲得了成功，更因為他本人支持私有制甚至反對社會主義。不過，雖然儒學闡釋仍然沒脫離依據現代西方價值觀重塑儒家傳統，但後發現代性的強勢，卻也暗合了主從關係顛覆期待。

　　因此，理解儒學復興於大中華語境的關係，仍然可以從女性主義進行有效解讀。作為被西方女性化的儒學，如何重建主體性，和女性重建主體性，歷史性的二位一體。這將是我們在後面文本分析中看到的，北美移民女作家如嚴歌苓等，身處美國主導的西方文化中心，如何克服漢語寫作邊緣化，採用女性形象與儒家文化二位一體政治策略，進行雙重主體重構寫作，其女性主體建構和文化主體建構政治策略的實施，避免了女性淪陷於儒家傳統男女主從模式，從而，經由利用

1　蔣慶：《政治儒學——當代儒學的轉向、特質與發展》，北京：生活·讀書·新知三聯書店 2003 年版，第 66 頁。

2　范瑞平：《重建主義的儒學：對西方之後道德的再思考》，多德雷赫特：斯普林格出版社 2010 年版。

3　同上書，第 65、66 頁。

儒學的女性化處境，通過雙重主體爭取的平等對話，轉換了女性的處境，重建了女性／中國文化主體象徵。如此，女性主義憑藉文學行動，有效參與了重塑儒學的政治。一方面使北美華文寫作空間納入了大中華語境，另方面參與中國"文化復興"生產，有效促進傳統儒學的現代文明轉型。

二

現代性新空間與差異空間的現代性競爭

　　周蕾在《婦女與中國現代性 —— 西方與東方之間的閱讀政治》中提到，非西方的想像的共同體是對歐洲殖民主義的一種響應。[1] 不言而喻，具體到大中華想像共同體，則是對美國帝國主義經濟和文化殖民主義的響應。饒有意味的是，民族國家和文化的身份認同，與性別的身份認同一樣，是一種權力關係中產生的舉措，也就是說，必然存在生產關係的場域，對於這樣的場域，應該以適當程度的複雜度來重新閱讀。[2] 大中華語境相對於美國主導的西方語境，提供給我們研究閱讀豐富複雜的關係，不同現代性模式的同時並存與空間流轉更提供開啟新視野的理論契機。

　　一方面，相對於美國為主導現代性的女性化處境，大中華語境在現代性生長上，可說是勇猛直追，呈現了權力關係場域之中強烈的自我身份意識，通俗地說即民族自強自尊心，政治的表達為民族復興意志。另一方面，中國大陸、台灣、香港和澳門各現代性空間，現代性模式不同，相互激烈競爭的現代性存在，因為凝集一體的民族文化意志，生發另一種包容、多元、互動合作的現代性。相對於美國為主導現代性 "沒有西方的軍事力量和政治意志，全球資本主義就不可能生存下去" 的西方現代性原則，[3] 大中華語境的現代性是以和平發展為宗旨，形象的表達為 "和平崛起"，物質上接受人類文明總體成果，制度上既有社會主義市場模式，也有資本主義和殖民主義模式，文化上漢語文明傳承的感知世界方式，

1　周蕾：《婦女與中國現代性 —— 西方與東方之間的閱讀政治》，蔡青松譯，上海：上海三聯書店 2008 年版，第 38 頁。

2　同上書，第 41 頁。

3　（美）傑弗里·弗里登：《20 世紀全球資本主義的興衰》，楊宇光等譯，上海：上海人民出版社 2009 年版，第 2 頁。

與諸種複雜現代體驗化合交融，總體而言，迥異於西方軍事力量與政治意志擴張性現代性，大中華語境的現代性，可稱之為現代性新空間，體現為空間差異的現代性生長，而不是西方時間推進的現代性擴張。

現代性新空間充滿了大中華語境各個層面。大陸改革開放之初"讓一部分人先富起來"的經濟競爭倡導，帶來了個人和階級、階層的空間差異，製造了社會存在方式上的空間現代性生長格局。中國大陸的變革，包括了中國政府引導的改革，和自下而上的"邊緣革命"，即國企改革和多種形式私營經濟的興起，特別是毗鄰香港、澳門和台灣的地區設立經濟特區。[1] 使得現代性新空間縱橫交錯，競爭發展機會空前增加。西方經濟學家認為，中國大陸的四大邊緣力量——家庭聯產承包、鄉鎮企業、個體經濟和經濟特區——成為 80 年代中國經濟轉型的先鋒力量。[2] 正可說明中國非軍事政治意志的現代性生長特徵，也可看到中國大陸、台灣、香港和澳門彼此移植不同空間現代性，助長大中華語境現代性新空間的特徵。著名經濟學家張五常認為，中國的經濟奇跡源於所選擇和實踐地區的經濟競爭，並認為中國大陸創造了縣與縣之間進行競爭促進經濟繁榮的經濟制度。[3] 這可以視為地理空間意義上現代性競相生長的風景。

事實上，美國主導的西方現代性作為強勢存在帶來的競爭壓力，促進了大中華語境開發壓抑潛力的現代性生長。早先台灣大批知識精英留美，隨後大陸大批學子選擇赴美深造，大陸開放 30 餘年先後出現數次移民潮，不少知識精英選擇移民美國，如同一些現代性研究專家指出"成為現代的，就是指進入現代，不但是形形色色的民族國家和社會，而且是千千萬萬男女個體"。[4] 除了學習先進技術、借鑑科研模式，更多可說是接受西方現代性洗禮，體驗到"帝國"的"話語霸權"，深入到美國現代性現場，感受美國現代性突出的三個"主義"，即"發

---

1 （英）羅納德·哈里·科斯、王寧：《變革中國——市場經濟的中國之路》，徐堯、李哲民譯，北京：中信出版社 2013 年版，第 213、214 頁。

2 同上書，第 219 頁。

3 參見張五常著、譯：《中國的經濟制度》，北京：中信出版社 2009 年版。

4 周憲、許鈞主編：《現代性研究譯叢總序》，（美）愛德華·W. 蘇賈：《後現代地理學》，王文斌譯，北京：商務印書館 2004 年版，第 2 頁。

展主義"、"新自由主義"和"消費主義"。[1] 新自由主義是美國經濟全球化的理論基礎，強力倡導市場自由競爭，發展主義則把經濟指標量化，消費主義被認為是帶動經濟發展的促動力，它們自成循環體系，向全球擴張。

將北美移民空間納入大中華語境，是要正視這樣的事實："空間知識可服務於各種不同的科學目的，它可作為一種有用的工具，可幫助思考，可作為一種把握信息的方式，一種描述難題的方法，或者它直接就是一種解決難題的手段。"[2] 相對於美國主導的現代性高位勢，移民空間猶如流通渠道，將西方現代性與生長中的中國現代性交錯對接，雜交了複合的大中華語境現代性新空間。誠如周蕾所發現：族裔觀者和女性觀者一樣，居於"遊移空間"這樣的"空間位置"，可以透過"他者"設想而共享同一時間，其中立場的"同時性"（coevalness）是指主客體雙重身份位置的生產性，[3] 即他們既是美國文化客體又是中國文化主體，但在空間位置卻可能反復交錯不同的主客體，時而站立於美國文化主體位置，時而站立於中國文化主體位置，又或者相反，在兩邊都是客體位置，但又可以調整，總之移民空間的豐富的現代性體驗，開啟了大中華語境對話新空間。移民流動帶動的經濟流動和文化流動，在漢語共同體"同時性"存在的中國大陸、台灣、香港和澳門之間，匯入大中華語境，為大中華語境的現代性新空間貢獻了豐富的新元素。

如嚴歌苓小說《扶桑》、《媽閣是座城》，[4] 書寫了移民空間現代性雜交的創傷歷史；陳謙的系列硅谷小說，[5] 書寫移民在參與美國前沿科技中體驗並反思美

1　參見王麗華主編：《全球化語境中的異音：女性主義批判》總序和全書，北京：北京大學出版社2008年版。

2　（美）H. 加登納：《智能的結構》，蘭金仁譯，北京：光明日報出版社1990年版，第200頁。

3　周蕾：《婦女與中國現代性 —— 西方與東方之間的閱讀政治》，蔡青松譯，上海：上海三聯書店2008年版，第50頁。

4　嚴歌苓：《扶桑》，北京：新星出版社2009年版；嚴歌苓：《媽閣是座城》，北京：人民文學出版社2014年版。

5　陳謙：《愛在無愛的硅谷》，上海：上海文藝出版社2002年第1版、2004年第2版。陳謙：《覆水》，南寧：廣西人民出版社2004年版。陳謙：《美國兩面派》，武漢：湖北人民出版社2007年版。

國“新自由主義”遭遇的現代性危機；沈睿的散文集《想像更好的世界》，[1] 用明快流暢的散文語言，提供給讀者一幅完整的美國現代性圖畫，它們是由“民主”、“自由”、“社會”、“女性”及“教育”各個相對於中國來說“更為現代”的生活的具體細節所構成，由此證明美國是一個高度發達的資本主義國家。“想像更好的世界”，可說是大中華語境相對美國主導的現代性，所做出的想像的共同體響應。正如書中的“我”其實是面向漢語讀者講述美國生活，大中華語境發言的沈睿，呈現了她所處的美國移民空間雙重主客體位置的遊移特徵：既是作為一位多年生活的美國人又是作為一名深知中國的中國人，為大中華語境提供了複合的現代性，並事實上起到激發大中華語境現代性生長的作用。

現代性新空間，又可理解為“成為現代的”開闊的平台和無限的機會，恰如馬歇爾·伯曼所言：成為現代的就是發現我們自己身處這樣的境況中，它允諾我們自己和這個世界去經歷冒險、強大、歡樂、成長和變化，但同時又可摧毀我們所擁有、所知道和所是的一切。[2]

大中華語境中的人們，近三十餘年來無不體驗到開放中國所提供的無限機會，現代性新空間對於每一個人的吸引、影響和塑造都不同。相對而言，大陸人口眾多，人力資源優勢更突出，但人與人的競爭就更加激烈。台灣技術力量的優勢，則可與大陸形成互補，這可解釋台資台商大量流入大陸，在大陸開工廠的現象。香港和澳門的地理和海港交通優勢，使它們在貿易流通方面具有更大競爭力，也促進了廣東及整個珠三角洲加工業的繁榮發展。在文化競爭方面，漢字激光照排系統技術的發明具有極其重大的意義，[3] 它打破了英語世界信息的壟斷地位，使得佔世界四分之一人口的漢語用戶，可以通過計算機共享處於全球不同國家和地區的漢語用戶的信息，這無疑既強化了華人之間的交流聯繫，又有助於漢

1　沈睿：《想像更好的世界》，北京：中國商業出版社 2012 年版。

2　轉引自周憲、許鈞主編：《現代性研究譯叢總序》，（美）愛德華·W. 蘇賈：《後現代地理學》，王文斌譯，北京：商務印書館 2004 年版，第 3 頁。

3　漢字激光照排系統技術，研製時間始於 1974，1981 年 7 月，中國第一台計算機激光漢字照排系統原理性樣機華光 I 型通過國家計算機工業總局和教育部聯合舉行的部級鑒定，鑒定結論是“與國外照排機相比，在漢字信息壓縮技術方面領先，激光輸出精度和軟件的某些功能達到國際先進水平”。參見《百度百科》。

語傳統文化的啟動，不僅為大中華語境的形成提供了技術支持，而且極大豐富了大中華語境的現代性體驗空間。某種意義上，正是豐富多元的現代性新空間的凸現生長，形象地表達了中國和平崛起的模式。空間累積了時間的沉澱，使大中華語境在短短三十餘年裏，完成了西方資本主義二百年現代歷程。

誠如前面引用福柯著名的論述："我們身處同時性的時代（epoch of simultaneity）中，處在一個並置的年代，這是遠近的年代、比肩的年代、星羅散佈的年代。我確信，我們處在這麼一刻，其中由時間發展出來的世界經驗，遠少於連繫著不同點與點之間的混亂網絡所形成的世界經驗。或許我們可以說：特定意識形態的衝突，推動了當前時間之虔誠繼承者與被空間決定之居民的兩極化對峙。"[1] 他實際上指出了"空間居民"與"時間居民"的兩極對峙，這也是中西方現代性發展的結果。在"空間機遇"與"時間機遇"競爭中，空間機遇的優勢獲得發揮，這一優勢使"空間居民"這一主體概念脫穎而出。這一主體擅長尋找空間機會而無需在時間中被動等待。

吉登斯曾從數學拓撲學（topology）研究各種"空間"在連續性的變化下不變的性質，延伸到現代空間的主體研究。認為多層次的現代地理空間中，存在一種基本語境，為遊移不定的人類提供精神歸屬，使主體在尋找機遇中獲得主體性"本體論"認知，從而使人類主體永遠處於一種具有塑造能力的地理位置，並激發對認識論、理論構建以及經驗分析等進行重新定義。[2] 即是說，人們習慣了時間中的成長，而現代性新空間，開闢了空間中的成長。

愛德華·W.蘇賈提出第三空間（Thirdspace）理論，認為第三空間是真實的第一空間（Firstspace）和想像的第二空間（Secondspace）綜合之後，既真實又想像的異他空間（an-Other）。[3] 這一理論正好解釋了空間主體成長的事實。有助理解想像力的能量，其創意生產，對於解釋都市空間不斷創新，對於闡釋文學藝

1　（法）福柯：《不同空間的正文與上下文》，包亞明編：《後現代性與地理學的政治》，上海：上海教育出版社 2001 年版，第 18 頁。

2　（美）愛德華·W.蘇賈：《後現代地理學》，工文斌譯，北京：商務印書館 2004 年版，第 12 頁。

3　Soja, Edward, *Thirdspace: Journeys to Los Angeles and Other Real-and-imagined Places.* (Cambridge: Blackwell, 1996) 10.

術互動影響，具有強大生命力。觀察女性主義思潮在全球的運行，特別是女性寫作文本之間的互動影響，便可發現不同空間女性從自身真實的第一空間，參照想像的第二空間，所實現的第三空間自我主體的成長。大中華語境的女性主義文學思潮可說是極具空間生產力的文化現象。

大中華語境所包含中國大陸、台灣、香港、澳門及北美移民空間，加之衍生的覆蓋全球的網絡虛擬空間，創造了無限多樣的現代性新空間，為其中的主體生長和自我實現，提供了無限豐富的機遇。而民族文化復興的精神意志，也為主體探索提供精神歸屬體驗。遍佈大中華語境的女性主義文學思潮，見證了女性於現代性新空間尋找主體新機遇的歷史自覺。這種歷史自覺恰源於歷史的遭遇和經驗反省。

反思張愛玲文本空間結構與女性主體新機遇

在女性主義看來，空間長期是被性別化的，人類歷史上婦女一直被限制在指定的空間，她們不能或者儘可能少出現在社會空間，她們被指定在家庭這一合適的"女性的空間"。作為"女性空間"的居民，女性的經驗不足為外人道，她們是沉默的性別，歷史書寫的社會空間故事中，她們被刪除。然而，她們代代相傳的生命經驗，她們嫁人生育，從一個空間轉移到另一個空間的體驗，包括她們不得不沉默的事實，在今天這個現代性差異空間凸顯時代，其各自存在的意義，正在不斷地浮出歷史地表，提供給人類全視野的啟迪。由於具體遭遇不同，生命體驗不同，女性經驗的多樣性也越來越引人關注。這強化了女性主義內部的反思。女性主義為建立書寫自身不同經驗的傳統，已展開和正在進行多種多樣的實踐。彼此借鑒、批判和反省，成為相互促進的動力。對比西方女性主義，中國女性主義的書寫傳統呈現了後發現代性的不同時代遭遇。中國女性在走出父權規定的"女性空間"時，遭遇了非常複雜的現代性困境，對之進行回顧反思，有助理解大中華語境女性主義文學思潮動力。

吉爾伯特和格巴在合著《閣樓上的瘋女人》中指出，對於 19 世紀的西方女性作家來說，她們不但沒有現存的女性文學傳統作為參照，還不得不面對父權制文學傳統對於女性文學創造力的貶抑，因此她們普遍存在著"作者身份的焦慮"。[1] 這使得西方女性主義將社會運動與文學寫作結合起來，採用兩者聯手策

---

1 劉岩、丘小輕、詹俊峰編著：《女性身份研究讀本》，武漢：武漢大學出版社 2007 年版，第 240 頁。

略，用女權社會運動為女作家身份撐腰，又用女性主義寫作為女權社會運動注入新思想。這可以解釋英國著名女權作家伍爾夫，她的《一間自己的屋》既是女性寫作的文學宣言，也是女權社會運動為女性爭取經濟地位的尺度。一個女人要有一間自己的屋，要解決經濟問題，在此前提下可以拒絕父權對女性創造力的貶抑，她走出被父權指定的"女性空間"，建立了自己的物質和精神空間，由此而解決作者身份的焦慮問題。同樣可以解釋法國著名女權社會活動家波伏娃，她幾乎用演講一般的激情寫作了女權運動聖經《第二性》，這本書又催生她到世界各地不斷演說宣傳女權思想，她並用自己的生活方式示範女權社會形象，她也不斷用文學創作文本推廣自己的女權思想。西方女性主義這種將女權社會運動和文學活動結合的政治策略，讓我們可以清楚看到文學文本的意圖。

相比而言，中國的女性走出父權給定的"女性空間""閨閣"要曲折艱難很多。她們首先要放足，之後要接受現代教育，接著還要對西方父權和傳統、現代父權的不同壓力進行辨析。更大的問題是，她們走出給定的"女性空間"、"閨閣"之後，去哪裏？魯迅那著名的說法，"要麼墮落，要麼回來"揭示了中國女性不同於西方女性的現代起點，尚未擁有現代工廠現代城市的職業需要，尚未產生現代女性人群，一切都在後發的不可見的未來。正是這後發現代性的複雜起點，使中國的女性寫作未能與女權運動緊密聯手。事實上，第一代女權運動家們也都擅長寫作，只是中國語境的現代性發育嚴重不足，思想的傳播難以大面積進行，女權言行推廣甚為艱難。如早期何殷震的女子復權會和創辦的《天義報》，主要理論文章於 1907—1908 年在東京出版，儘管她發表的《女子宣佈書》、《女子解放問題》思想前瞻，思辯透闢，至今仍具有重要理論價值，但在當時中國的語境中卻反響沉寂。秋瑾 1907 年 1 月 14 日創刊《中國女報》，1907 年 7 月 15 日凌晨即從容就義於紹興軒亭口，時年僅 32 歲。女權運動家唐群英，是最早的同盟會女會員，也是民國政府創立的元勳之一，她以雙槍協助南京光復，1912 年南京臨時政府成立，她以"女界協贊會"代表受到孫中山接見。同年 4 月她發起成立"女子參政同盟會"，但 8 月即獲悉國民黨政綱中刪除了主張男女平等一條，她憤而於 8 月 25 日率眾多女會員衝入同盟會改組為國民黨的大會並給了會議主持人宋教仁一記耳光。國民黨對女權運動的背叛，不僅暴露了新老父權本質的相通，更意味著現實女權運動的失敗。[1]

　　"五四"第一代現代知識女性，以新女性為名區別於中國傳統女性，用文學寫作的方式，思考女性的處境和自身的成長，她們開闢了女性主義寫作傳統。這一傳統在早期由於現實女權運動的失敗而無法聯手，後來中國共產黨人堅持馬克思主義對婦女解放的思想和承諾，在建國之後實行了男女平等而無須聯手。中國1954 年將男女平等寫入憲法，中華人民共和國《憲法》第 48 條第 1 款寫到："中華人民共和國男女在政治的、經濟的、文化的、社會的和家庭的生活等各方面享有平等的權利。"將西方二百年女權社會運動追求的成果晨夕變成現實，這是後發現代性超越原發現代性的一個鮮明標誌。國家力量選擇社會主義現代性模式，實踐社會主義女性主義，是全球現代性競爭的擇優選擇。準確地說，國家女權主義是國家執行社會主義女性主義，解放無產階級和婦女，朝向理想的共產主義，超越西方資本主義現代性。布羅代爾研究同一歷史時間中不同空間出現不同現代性競爭，提出超越資本主義發展論的"空間模式"，認為"歷史時空"維持了現代性的繁榮。中國社會主義歷史時空舉世無雙，其豐盛的現代性生長，女性參與其中。一方面國家女權主義解決了中國男女平等的基本問題，另一方面現實女權問題還可交給全國婦聯的維權來解決（從 1995 年開始，全國婦聯被定性為非政府組織）。於是，中國的女性主義寫作，較集中精力探索女性主體成長政治，這正是大中華語境女性主義文學思潮形成"文學的女性主義"政治特色所在。多元女性主體政治，可說是中國女性主義貢獻於世界女性主義的資源。

　　回顧 20 世紀中國"五四"一代女作家們，她們普遍的焦慮與中國男作家相似：漢語新文學從白話文和西方翻譯文學脫胎而來，依靠現代性滋養方可成長、成熟，現代性主體成長的焦慮可說是充滿了每一位新文學的書寫者。面對西方強勢現代性入侵，一方面要學習西方現代性，另一方面又要抵制殖民壓抑，分裂的焦慮使她們無更多精力專注到女性現代性主體探索，特別是如何與男性主體性探索相區別，這樣細緻的工作，要等到大陸開放歷史條件成熟之後。這就使她們在

1　劉禾、瑞貝卡‧卡爾、高彥頤著，陳燕穀譯：《一個現代思想的先聲：論何殷震對跨國女權主義理論的貢獻》，《中國現代文學研究叢刊》2014 年第 5 期。

起點上，不同於西方女性寫作專注於抵抗西方父權貶抑。而中國曲折的現代性遭遇和歷程，更使女性寫作的遭遇和處境，迥異於西方女性寫作。這種中西區別，對於研究而言，意味著需要把中國女作家的文本還原到中國經驗語境進行考察，從中發現中國的女性主義成長路徑，她們的思想和策略顯然將迥異於西方女性主義。張愛玲是一位對大中華語境產生廣泛影響的現代女作家，且她的創作貫穿一生，又中英文雙用，選取她來還原中國經驗語境，可以深刻理解中國女性的現代性處境，從而將有助理解大中華語境女性主義文學思潮對於現代性新機遇的歷史自覺。

西方對中國的現代性擴張，戰爭是最囂張的表現。張愛玲直到晚年仍然在反復書寫戰爭帶給她的現代性焦慮，她的自傳式文本，可說是研究中國女作家不同於西方女作家主體性處境的最合適個案。

張愛玲在《自己的文章》中寫到："這時代，舊的東西在崩壞，新的在滋長中。……我寫作的題材便是這麼一個時代，我以為用參差的對照的手法是比較適宜的。……一般所說‘時代的紀念碑’那樣的作品，我是寫不出來的，也不打算嘗試，因為現在似乎還沒有這樣集中的客觀題材。"[1] 這段話證明張愛玲對自己所處時代，不僅有相當清醒和冷峻的認知，而且深知這個時代對於自己寫作的局限。所謂舊的東西在崩壞，新的在滋長，正是波德萊爾式的強烈的現代性體驗，斷裂之感使她意識到"沒有集中的客觀題材"，也不可能有"時代的紀念碑"。為此她給自己清醒定位："我甚至只是寫些男女間的小事情，我的作品裏沒有戰爭，也沒有革命。"[2] 她實際上是在戰爭的背景下寫男女間的小事情，在強烈侵入的現代性摧毀之中，寫生活中現代性的到來、接收，傳統性蒼涼退場。她的"參差的對照的手法"正合適再現這樣的中國式現代性遭遇。

"誰知道呢，也許就因為要成全她，一個大都市傾覆了。成千上萬的人死去，成千上萬的人痛苦著，跟著是驚天動地的大變革。"[3]《傾城之戀》裏這樣的名句，是張氏"參差的對照的手法"表達中國式現代性遭遇的經典，張愛玲清醒

1　張愛玲：《自己的文章》，《張愛玲文集·第四卷》，合肥：安徽文藝出版社 1992 年版，第 178 頁。

2　同上。

3　張愛玲：《傾城之戀》，《張愛玲文集·第四卷》，合肥：安徽文藝出版社 1992 年版，第 88 頁。

看到"跟著是驚天動地的大變革",是又一輪殖民現代性的長驅直入,卻仍然繼續她的冷酷的現代性雅致:她"只是笑吟吟地站起身來,將蚊香盤踢到桌子底下去"[1]。戰爭不只是襯托白流蘇、范柳原這樣一對詭計多端的平凡男女一個短暫的真愛,也是穿透他們等級包裹的身心,點亮平等和真愛之不易的殘酷之火,平等和真愛的寶貴體驗,則又是男女平等現代性的追求。張愛玲文本的豐富性恰是中國現代性經驗複雜多面性的再現。

在名篇《金鎖記》中,張愛玲借用月亮審視的角度,寫出了宗法父權體制中女人以身體換取物質生存,情欲壓抑的變態心理,值得注意的是:這個審視角度建立於上海殖民空間。由於軍閥混戰,名門望族姜家避難來滬,於是,家族宗法父權避難於現代父權空間,受壓抑的女性故事,展開於奇異的錯位、參差的傳統與現代背景。小說的高潮是扭曲變態的女主人公曹七巧對兒女幸福的掐滅。此處的兒女幸福,只是他們心中脆弱的現代生活嚮往,來自上海殖民現代空間的不同於傳統生活的點滴印象。比如兒媳陪同兒子享受夫妻生活,這樣簡單的現代生活場景,竟然刺激到七巧將兒媳逼死。而女兒在上海的學校學到了英文歌曲,與海外留學歸來的男子戀愛,這樣相當現代的故事,刺激到七巧瘋狂出擊,直到把它們徹底撲滅。張愛玲書寫了驚心動魄的"閨閣政治",卻不是女性到父權那兒爭取自主,而是壓抑變態的女性獲得另一種變態主體,綁架兒女為人質,維護"鐵閨閣"的存在,拒絕現代生活到來。[2]張愛玲的深刻,不僅在於她看到"鐵閨閣"不可能自動出現女性解放,而且在於她看到了"鐵閨閣"與現代生活的格格不入。七巧的危機,實質是"鐵閨閣"搖搖欲墜的危機,她以青春愛情換取的"鐵閨閣",她堅決不能任它坍塌,寧可犧牲一雙兒女四個青春。金鎖之殘酷猙獰,既象徵了現代性植入精神的困難,也象徵了現代性帶給"鐵閨閣"四面楚歌的絕望。

說白了,現代女性是全新的一代,需要現代性重造。這可解釋"五四"、"新

---

1   張愛玲:《傾城之戀》,《張愛玲文集·第四卷》,合肥:安徽文藝出版社 1992 年版,第 88 頁。

2   參見李歐梵:《張學的性別論述與中國文化的深層結構——序林幸謙〈張愛玲女性主義批評〉》,林幸謙:《女性主體的祭奠:張愛玲女性主義批評》,桂林:廣西師範大學出版社 2003 年版,第 15 頁。

女性"的起源，她們是中國現代性的產物，來自現代高等教育的培養，面向未來。但"新女性"的困境又恰恰是現代性在中國生長的困境。如同魯迅《傷逝》中的子君，她覺醒卻無路可走，因為外部世界既無法為她提供社會支持，內部兩個人的世界也缺乏物質和精神補給。"要麼墮落，要麼回來"，魯迅看到了現代性困境與新女性絕境，才會沉痛地讓他的男主人公——一位也在成長中的現代男性主體、脆弱的主體，涓生懺悔，似乎這也隱喻了由男性引導的中國女性解放的經驗。雙方都經驗不足。這源於面向未來的現代性"時時要更新"增量的要求，而傳統宗法結構的深重，和西方現代性的壓抑，卻雙向擠壓著中國現代性的健康成長，現代性新空間遲遲未現。

這便是張愛玲寫作中深刻呈現的中國語境經驗，為了敞亮這晦暗的經驗，張愛玲一生都在努力探索表達形式。她不惜將自己和自己的母親所經歷的困境反復呈現於文本。相對於"鐵閨閣"的難以打開的"金鎖"，張愛玲更看到了現代男女平等，具體到兩個男人和女人之間"小團圓"的不容易，即是個人獲取現代性精神的困難。"這是一個熱情故事，我想表達出愛情的萬轉千迴，完全幻滅了之後也還有點什麼東西在"，張愛玲晚年寫作《小團圓》時，她對於現代性個性追求的激情仍然矢志不渝。同時，她也深諳個體現代成長，需要不斷自我反思，她寫道："我在《小團圓》裏講到自己也很不客氣，這種地方總是自己來揭發的好。當然也並不是否定自己。"[1] 她的透徹，正在於她歷史性的清醒。她有三個方面的清醒：之一是對西方現代性霸權的清醒，之二是對新女性成長困境的清醒，之三是清醒看到父權宗法思想仍然縈繞著受西方現代性衝擊的中國男性，這使新女性與他們平等相處仍然很難，加劇了現代女性的困境。

可以說，基於以上三方面的清醒，張愛玲選擇了空間結構來組織《小團圓》的情節，寫作者的她有一種置身之外，要把自己的歷史製作成立體標本進行展示的企圖。這不能不說是一種近似後現代的做法，這也是《小團圓》迥異於她往昔作品，呈現為解構自我風格的原因。

第一層結構，也可說是小說的玻璃外罩，似乎是無形而透明的，卻是決定小

1　宋以朗：《小團圓·前言》，張愛玲：《小團圓》，北京：北京十月文藝出版社 2009 年版，第 1-9 頁。

說人物命運的關鍵情節，就像卡夫卡小說人物的命運一樣，《小團圓》裏面的人物，注定了罩在西方現代性霸權的玻璃球中。小說以英語考試開篇，以夢中出現英語考試而驚醒結束，表現了人物自始至終籠罩於英語語言霸權的命運。這是對西方現代性霸權的有力控訴。張愛玲寫道："大考的早晨，那慘淡的心情大概只有軍隊作戰前的黎明可以比擬，像《斯巴達克斯》裏奴隸起義的叛軍在晨霧中遙望羅馬大軍擺陣，所有的戰爭片中最恐怖的一幕，因為完全是等待。"語言的奴隸和真實的奴隸，張愛玲的清醒和透徹，見證了大中華語境沒有形成之前，人物命運的困境，也同時是女性書寫的困境。"因為完全是等待"，建立主體話語的歷史機遇還沒有來臨。語言戰爭和鐵血戰爭相比，其殘酷性絲毫不遜色，張愛玲的比照手法呈現了參差對照的現代手法力度。

第二層結構是小說看似脫節的前後二部分並置構成，它們並置於英語霸權的玻璃罩中，人物的立體故事就在玻璃罩中出演。前半部講述九莉和母親蕊秋（Rachael）的恩怨，後半部講述九莉和男人邵之雍的恩怨。九莉的成長故事，就發生在不能飛出去的玻璃罩中。之所以都是恩怨，彼此之間經驗的隔絕，難於溝通的痛苦，並非簡單若即若離，而是玻璃罩造成的歷史性的阻隔。歷史如隔音玻璃，把兩部分的人物，和各部分人物的內心，都堅硬地隔離在不同的經驗世界，這正是後發現代性的真實寫照。九莉和邵之雍兩個人物的名字，分別象徵了九曲十八彎的女性困境，和曲折雍塞的男性遭遇。這也正是空間無法打通的象徵。

以張愛玲的母親為原型人物的蕊秋，可歸為魯迅《傷逝》中子君的同輩，與子君不同的是，她沒有受限於出走和回來的二元選擇。她更像一名藝術家，更像丁玲《莎菲女士的日記》中的莎菲，她是一名真正的漂泊者。她在中國和英國之間，傳統與現代之間，自己和女兒之間，責任和個性之間，不斷徘徊、掙扎、漂泊。作為母親，她是以張愛玲為原型人物的女兒九莉，所無法理解的遊走者，她不能為女兒提供穩定安寧的家，她也不是女兒心靈的慰藉和生活的朋友。雖然她深愛自己的女兒，把女兒送到香港讀書，為女兒籌劃將來，但沒有享受家庭安全和溫暖的女兒絲毫不懂領情，竟然把母女之情視為簡單的金錢供養關係，令她傷心欲絕。她向女兒交底："我這輩子已經完了。其實我都已經想著，剩下點錢要留著供給你。……我自己去找個去處算了。"張愛玲用半部小說塑造這位漂泊的母親形象，在她的名字"蕊秋"中寄予了自己對於"五四"新女性的歷史認知：她們像花蕊開得太早，像秋天的葉子，在傳統與現代之間飄零。她們的無根漂泊，使她們不能成為女兒一代成長的參照。張愛玲在文本中寫道，隨著年紀越大自己越想念母親，越想和母親對話，因為她深刻理解了母親一代無根的孤獨。張愛玲反復刻畫漂泊的母親隨身攜帶的唯一箱子，母親離世前把箱子裏唯一值錢的古董寄給了她。母女關係的紐帶就像一段等待破譯的文物。文本中張愛玲自己對於母親的愧疚不露痕跡，因她的目的不在抒情，而在還原，還原人物，更還原人物的傳統與現代之斷裂處境。她不是悲憫的，她是批判的和解構的。在此意義上，晚年的張愛玲和世界現代思潮從未脫節。

以胡蘭成為原型人物的邵之雍，佔據了《小團圓》下半部。九莉或說張愛玲在戰火中停學滯留，依靠寫作維生，與胡蘭成或說邵之雍亂世相遇。以戰爭為相遇背景，與《傾城之戀》有幾分相似，然而，不像白流蘇、范柳原這一對平凡的男女，戰火就可以讓他們一時平等相待。九莉和邵之雍是一對文化男女，他們的相遇不僅是性情男女之愛，還有文化欣賞和衝撞。他們的愛之深與恨之切事關價值選擇。《小團圓》的深刻，就在於把愛情故事和性政治二位一體講述，並將之展示於父權戰火之中。一方面極寫文明斷裂縫隙，男女相遇真情相惜，另方面極寫文明所塑造的男女，懷抱不同的性別文化夢想，一旦戰爭結束生活正常，他們都將恢復他們的性別文化追求。他們的悲劇正在於此。他們之間因戰爭而相愛，他們之間的文化即性別歷史文化的阻隔，正如另一張玻璃罩，並沒有被戰爭敲破。男人想三美團圓、妻妾成群，女人希望兩情相悅、天長地久。即使是亂世，他們也無法平等溫暖，她的受傷，可說身心劇創。她內心的復仇化作這樣的暴力想像："廚房裏有一把斬肉的板刀，太學生了。還有把切西瓜的長刀，比較伏手。對準了那狹窄的金色背脊一刀。他現在是法外之人了，拖下樓梯往街上一丟。看秀男有什麼辦法。"這樣的性政治，在小說結尾則以溫暖的想像做另一番呈現：年老的九莉與邵之雍坐在公園，草地裏嬉戲想像中他們的孩子。初讀以為張愛玲癡情不改，細讀會發現，張愛玲矢志不渝的是男女平等夢想，是她對於妻妾成群的傳統父權捆綁的性政治的反抗。此外，戰火中大講和平主義的邵之雍或胡蘭成，何以追隨入侵者，同樣可以用父權投靠做解釋，他深知父權強弱，選擇強勢而逐利，當然他也要為此付出代價。《小團圓》還原歷史，還原性政治，對於強勢霸權的刻畫，不僅通過英語考試，也通過男人邵之雍的投靠和走投無路來反襯。如前章所述，張愛玲不是一個家國傳統的書寫者，所以，她也沒有在家國傳統的想像中，定位邵之雍或者胡蘭成的選擇。這就是為何我們不可能看到一位漢奸形象的邵之雍，我們看到的是叢林法則中的男人。《小團圓》書寫邵之雍東躲西藏的窘迫處境，將他在父權社會無處藏身，不斷寄情弱勢女性的狼狽形象寫得形神畢肖，深刻揭穿了他父權夢想的荒唐，無疑是對他錯誤人生選擇的有力鞭撻。

深具意味的是，這部完成於 1976 年、寫作時間長達 10 個月、塵封 33 年的自傳體小說於 2009 年 3 月和 4 月，以張愛玲長篇遺作的方式分別在台灣、香港和大陸出版，也頗像一個後現代藝術行為。它在大中華語境再次引發"張愛玲熱"，讓人們於新的歷史機遇重新認識張愛玲。張愛玲反復書寫的自傳文本，她和她母親兩代新女性的遭遇，見證了中國女性主義如下困境：其一是她們直面西方現代父權戰爭暴力、語言暴力，其二是她們受困中國傳統父權妻妾意識形態，其三是她們還承擔著西方父權打擊中國傳統父權所導致的家國零落無所歸依後果。對中國女性主義如此困境的重新認識，將有助理解"中國的女性主義"何以難有社會運動，又何以會形成"文學的女性主義"傳統。並將進一步認識到，女性主義文學思潮持續的發展，所形成的"文學女性主義政治"，對於西方現代父權、中國傳統父權及新生父權的多重反思批判意義。其知識生產帶來的意識形態價值，有助歷史悠久的大中華文化現代轉型。

我們以《小團圓》為個案考察張愛玲經歷和見證的中國語境經驗，從而反證大中華語境的女性主義文學思潮或者說文學女性主義政治生長的基礎、發生的動力。當戰爭已成過去，中國正在崛起，作為現代性新空間的一代幸運兒們，女作家們要重新審視那些阻隔在張愛玲和她的人物之間的玻璃罩，要見證隨著歷史轉型而敞開、撤離或者破碎的阻隔，不能不反思西方父權和中國傳統父權對峙的存在，不能不反思，在多重父權圍困之中，女性主體成長的難度和策略，不能不開拓女性主義寫作前景。當現代性新的空間以幾何級數方式增加，大中華語境的女性主義文學思潮，無疑是女性主體對歷史新機遇的自覺駕馭。她們的想像力將比張愛玲開闊多少？她們的人物可以飛翔到何種境界？這一切意味著大中華語境女性主義文學思潮性政治創新的能量。我們將在思潮論述和文本分析中領略。

美國學者湯尼·白露在研究中國百年女性主義思想史時，發現來自帝國主義擴張的"殖民的現代性"對中國女性主體的形成影響甚大："現代女性"作為"被移植的婦女範疇"，與本土女性發生一段"異質性的自我反省"（reflexive heterogeneity），於失望與希望中博弈，主體性確立最終是"中國的""女性主義"[1]。也就是說，在中國語境經驗中的扎根成長，是中國女性現代之路，也是中國女性主義發展的路徑和策略。她注意到，中國的女性主義思想者如李小江思考社會主義現代化時，一直執著於"什麼是中國女性主義真正的主體？"，而戴錦華反思新自由主義時，認為也許完整的主體在還沒有到來的將來。[2]這些事實意味著，女性主體不僅扎根於中國經驗，而且隨著中國現代性經驗而生長，向未來敞開。她的成長沒有窮盡。在我看來，這正是作為現代性反思思潮的女性主義文學的驅動力——在大中華語境展示出無限的現代性新空間之際，女性主體成長也獲得了無限的新機遇，如何開採屬自己的中國女性經驗，並將豐富多樣的經驗建構成女性主體話語，實踐女性主體成長，確認女性主體認知價值於人類現代經驗的豐富意義，便是女性主義寫作的重要實踐。

1　（美）湯尼·白露：《中國女性主義思想史中的婦女問題》，沈齊齊譯，李小江審校，上海：上海人民出版社 2012 年版，第 11 頁。
2　同上書，第 9 頁。

第三章

大中華語境中
女性主義文學
思潮定義、
議題、特徵

女性主義寫作實踐在大中華語境中創造了女性主義文學思潮奇跡，它們遍佈中國大陸、台灣、香港、澳門和北美移民空間甚至更廣闊的全球華人世界。對這一壯闊的複數的思潮現象進行定義，發現它們對不同現代性議題的反思，及總結它們的特徵，將見證文學女性主義的政治風景。

空間闡釋學與大中華語境中的女性主義文學思潮 / 文學女性主義定義

　　美國學者愛德華・W. 蘇賈（又譯索亞）將他的"第三空間"理論發展為批判性空間的視角，即對空間、時間和社會存在的辯證關係作根本性的再思考。[1]這有助理解大中華語境中產生的女性主義文學思潮現象。蘇賈指出"第三空間"的基本宗旨，就是超越真實與想像的二元對立，把空間把握為一種差異的綜合體，一種隨著文化歷史語境的變化而改變著外觀和意義的"複雜關聯域"。"一種空間闡釋學。"[2]"第三空間"概念的直接來源是馬克思主義理論家列斐伏爾。他提出空間性、社會性和歷史性三元辯證法，衝破二元邏輯束縛。把"他者"引入"空間"，為空間注入了一種創造差異的批判意識，將同構型空間爆破成異質性空間，發現了空間建構力量。"第三空間"概念的理論資源主要來自福柯，福柯以"第三化"來開始自己的探索，對二元論空間想像進行無情批判，把人們引向"他者"，建構出"異形地誌學"，這種空間之所以是"異型"的，是因為其中充塞著權力、知識與性欲。空間的歷史是"生命權力"運演的歷史。[3]可以說，大陸、台灣、香港、澳門和北美移民空間出現的女性主義文學潮流，就是女性主體利用大中華語境現代性新空間增長的歷史機遇，活動並創造出的充滿"權力、知識與性欲"的"第三空間"，用漢語新文學這一形式，女性主體這一歷史上的"他者"，運演著改變時代的"生命權力"，參與了"中國和平崛起"的文

1　（美）愛德華・W. 蘇賈：《後現代地理學——重申批判社會理論中的空間》，王文斌譯，北京：商務印書館 2004 年版，第 1 頁。

2　同上書，第 1-14 頁。

3　汪民安主編：《文化研究關鍵詞》，南京：江蘇人民出版社 2007 年版，第 47-49 頁。

化建構工作，並從中凸顯了女性主義不可小覷的力量。作為能夠"將同構型空間爆破成異質性空間"的建構力量，大中華語境中的女性主義文學思潮，已經和正在改寫大中華的現代性。在此意義上，它是文學的女性主義，即用文學手段行使女性主義對於現代性改造的政治介入工作。[1] 從另一個層面而言，文學思潮"指一定歷史時期和一定地域內形成的，與社會的經濟變革和人們的精神需求相適應的，具有廣泛影響的文學思想和文學創作潮流"[2]。大中華語境中的女性主義文學思潮，由中國大陸、台灣、香港、澳門和北美移民空間多股思潮匯合而成，對應著中國大陸的改革開放所帶來的整個大中華圈經濟變革，和由此引出的民族文化復興精神需求，同時也呼應著聯合國推動的世界婦女參與現代經濟發展精神需求。從社會學和文學角度，大中華語境的女性主義文學思潮的產生都具備充分條件。按照楊春時《現代性與中國文學思潮》考察的思潮產生條件："現代性導致時間性的發現，從而引發了文學思潮。文學思潮並不是自古就有的，而是現代性的產物。"[3] 它需要具備三個必要條件，之一是文學獨立，文學不再是古代社會中宗教（西方）或禮教（東方）的附庸，而是可以獨立自主表達對社會發展的意見，因而可能隨著社會的劇烈變遷而發生大規模的文學運動，形成文學思潮；之二是傳統社會向現代社會的劇烈變革，使得作家個體獨立，成為自由職業者，並對異化的處境進行反抗，從而形成對社會批判和生存意義思考的思想運動，這是文學思潮的存在論基礎；之三是文學市場的存在，文學由古代社會的個人創作行為，成為現代社會的市場生產行為，需要獲得文學消費市場，成為廣大識字的現代市民的閱讀消費對象，由此與他們的經驗和觀念共鳴並使文學生產成為社會性事業，文學流派和文學思潮獲得廣泛社會基礎，甚至打破地域和國界，成為國際

1 　前文已論及：在 1995 年聯合國的社會發展首腦會議上，婦女們的要求使大會宣言確認："沒有婦女的充分參與，就不可能以可持續的方式實現社會和經濟的發展"，"男女之間的平等是國際社會優先要解決的問題，因此必須成為經濟和社會發展的中心。"大會宣言實際上確認了女性主義對現代性改造的兩個面向：其一是針對父權擴張導致單一現代性、人的異化和人類處境惡化，要求實行女性參與、加入女性經驗、進行人類和地球資源可持續發展。其二是為了抵抗父權擴張現代性後果，國際社會必須優先解決男女之間的平等問題，因為男女之間的平等問題事關人類前途命運，只有男女平等才能實踐女性經驗和知識對於人類命運的介入。

2 　《中國大百科全書・中國文學》卷，1986 年。《中國大百科全書・社會學》卷，1991 年。

3 　楊春時：《現代性與中國文學思潮》，北京：生活・讀書・新知三聯書店 2009 年版，第 24 頁。

文學潮流。[1] 大中華語境中的女性主義文學思潮，似乎是以上三條最好的明證。大陸改革開放與全球接軌的社會環境，自由職業者的女作家們流動自由又彼此競爭，在大中華各板塊都有群體存在，不僅可以讓女性生存與經驗獲得顯露，從而彰顯一個性別群體的立場與特徵，不斷進行女性主體的知識生產，而且與世界秩序重組、人類生活的全球化經驗相應和，加之大中華語境漢語流通和網絡流通，使得大中華語境的女作家們的文本擁有廣泛的漢語讀者消費群體。女性主義思想所倡導對於現代性反思和女性經驗加入，更高度契合了對於人類朝向多元豐富現代性轉型的需求。這也使得大中華語境中的女性主義文學思潮擁有持續發展的現實需要。

除此而外，作為文學政治行動，女性主義能夠經由文學文本為廣大讀者認可，也與中國 "文以載道" 的文學傳統息息相關。女作家們充分注意並借力於民族復興的力量，寫作中調動傳統審美元素，利用中國文化在百多年現代性處境中的女性化處境，設身處地進行經驗對話交流，積極張揚民族復興意願，從而使女性主義文學思潮既在民族復興社會思潮之中，又獲得改造傳統的現代精神，能夠較好體現 "文明古國" 中國的文明再生、民族復興夢想。某種意義上，大量女作家作品存在，可以視為社會文明的尺度，這也符合馬克思主義宗旨 "社會的進步可以用女性的社會地位來精確地衡量" [2]。

如上所述大中華語境的女性主義文學思潮適逢諸種有利條件，這使它成功以文學文本形式實踐 "第三空間" 的社會批判職能，從而構成大中華語境獨特的女權主義運動方式，即以文學文本方式的文化運動形式參與人類現代性轉型，從中體現女性主體經驗與認知對於人類經驗完形的重要意義。在反思和批判人類由單一父權暴力推進現代性方面，大中華語境的女性主義參與，無疑有助改進人類思維，讓人正視東西方現代性不同歷史和現實旅程，有助東西方溝通理解，能夠促進人類文明進步。在此意義上，文學女性主義，也可說是中國和平崛起為人類貢獻的精神財富。它豐富了世界女性主義的政治鬥爭形式，為性政治提供了溫和深

1　楊春時：《現代性與中國文學思潮》，北京：生活・讀書・新知三聯書店 2009 年版，第 24-27 頁。

2　馬克思、恩格斯：《馬克思恩格斯選集》，中共中央馬克思恩格斯列寧斯大林著作編譯局編譯，北京：人民出版社 1995 年第 2 版，第 4 卷第 586 頁。

長的東方樣本。

　　大中華語境由幾個不同現代性板塊構成。大中華語境中的女性主義文學思潮由數股潮流共匯而成。因各板塊現代性議題不同，女性主義文學思潮依據各板塊經驗介入其中，用文學政治的方式探討不同現代性議題，並經由文本共鳴，達成對於大中華語境多元現代性的多重反思，共匯為反思現代性的女性主義文學浪潮。

"中國特色"現代性與大陸女性主義文學思潮

　　1949 年後的中國大陸的現代性建設和發展過程，可分為封閉性建設（1949—1978 年）和開放性發展（1978 年至今）兩個時期。封閉性建設時期對應全球範圍的冷戰格局，開放性發展時期對應世界格局的多極化發展。[1] 在這兩個時期，大陸分別選擇了蘇聯模式和美國模式為參照，並充分以本土經驗為底色，發展中國特色的現代化與現代性模式，迄至 1990 年代中後期，通常認為中國發展模式的現代性已然形成。[2]

　　大陸的婦女處境總體上也體現出中國特色：國家和政府倡導男女平等，把婦女的解放視為進步的現代性尺度，法律上男女同工同酬。但在封閉建設時期，男女都一樣，實際上是以男性標準為女性解放標準，一方面是大量女性走出家庭投身社會建設，使她們獲得了傳統社會所沒有的勞動和工作機會，另一方面卻忽視了女性體質與男性體質的差異，導致出現女性男性化傾向，（樣板戲）文學中的"鐵姑娘"就是對現實的反映。同時，男女同工同酬是以低薪酬的平均主義來實現的，這意味著女性和男性都還受制於生存問題，在這樣的層面談不到女性擁有自己的經濟獨立和發展空間，只能是"勉強的解放"。[3]

1　王秀美：《全球化對中國知識女性的影響》，葉漢明編：《全球化與性別：全球經濟重組對中國和東南亞女性的意義》，香港：香港中文大學香港亞太研究所 2011 年版，第 101-105 頁。

2　參見：（美）塞繆爾·亨廷頓：《文明的衝突與世界秩序的重建》（修訂版），周琪、劉緋、張立平、王圓譯，北京：新華出版社 2010 年版；（英）張志楷：《中國因素：大中華圈的機會與挑戰》，林宗憲譯，台北：博雅書屋有限公司 2009 年版；張五常著、譯：《中國的經濟制度》，北京：中信出版社 2009 年版。此三書都涉及"中國崛起"和"中國模式"對世界的影響研究。

3　陳曉明：《勉強的解放：後新時期女性小說概論》，《當代作家評論》1994 年第 3 期。

進入大陸的開放發展時期，大陸女性一方面面臨現代性新空間的發展機遇，另一方面卻遭遇了群體的危機感，她們參與時代的成就感遭到了前所未有的挑戰。市場競爭規則尚沒建立女性保護機制，一直受到國家保護的婦女就業已經受到"階段性就業"的進迫。更嚴峻的是，前一時期的男女平等處境被男女競爭打破，正如小說家張辛欣《在同一地平綫上》（1984）表現的，"同一地平綫"的平等起點，變成了不平等競爭機會和不公平競爭結果的鮮明對照。1980年以降，中國有過四次關於"婦女回家"的社會大討論。要將已經走出家門的中國女性重新趕回家庭。這一退步思潮在第四次興起時，受到國家制止才有了"制度化"維護女性權益的認證。[1]

大陸女性主義文學思潮可說是如此現實擠壓下的產物。1985年，翟永明發表《黑夜的意識》，宣告了一個"只屬女性的世界"的誕生，她稱"黑夜意識"使自身"注定成為女性的思想、信念和情感的承擔者"，並且，這種承擔會直接被"注入"詩歌中。[2]一批女詩人都對時代做出了敏感反應，"黑夜"被用來比喻女性處境，反抗"黑夜"意味女性意識的覺醒。小說家殘雪同年推出《山上的小屋》，對壓抑的精神處境做了深刻揭示，1986年前後王安憶著名的"三戀"小說，鐵凝的"兩垛"小說，及接續的《玫瑰門》長篇出版，反思大陸兩個現代性時期，女性的複雜處境和追求解放的掙扎歷程，引起很大反響。至90年代，大陸女性主義文學思潮貢獻了第一次高潮。

鐵凝的《玫瑰門》是這一高潮貢獻的力作。[3]《玫瑰門》講述了三代女性追隨現代性，努力爭取進入現代社會競爭的故事，她們奮不顧身和以身體為武器的努力，她們堅持不懈的智力較量，體現了鐵凝對大陸女性現代經驗的深刻認知和深度反省。

第一代女人試圖和愛情一起參加革命而不得，但革命卻終始跟隨和影響著她們的生活。她們因此而懂得鬥爭，明白"站"出來的重要性，一生在爭取從默默

1　王秀美：《全球化對中國知識女性的影響》，葉漢明編：《全球化與性別：全球經濟重組對中國和東南亞女性的意義》，香港：香港中文大學香港亞太研究所2011年版，第108頁。

2　張清華：《中國當代先鋒文學思潮論》，南京：江蘇文藝出版社1997年版，第308頁。

3　鐵凝：《玫瑰門》，北京：作家出版社1989年版。

無聞的日常生活中站出來。事實上她們已經喪失了傳統意義的日常生活，她們的日常生活充滿了政治鬥爭。她們從中直接體會著性政治的嚴酷。

第二代女人已經是職業化的女人，與男性一起建設新中國，參與社會生活使她們粗獷大方，身體健碩。她們不害怕與男人競爭，也不害怕失去愛情。她們在家中的生活方式，常常帶著職業女性的特點，把一切條理分明和簡單處理。她們沒有時間和心情做精美的女紅和精心的自我修飾。她們也不認為有此必要。她們的信心來自身體的強健有力，更來自在社會上擁有工作的位置。她們的工作能力，甚至家中的男人相比也遜色。

第三代女人充滿疑問和憂思，她們目睹了第一第二代女人的所作所為，並不希望重複或者繼承前兩代女人的生活。但她們愛前輩女人，愛她們共同嚮往的廣闊世界。試圖尋找另一種詩意和藝術的生活，也希望自己優雅迷人，品嚐童話一般的愛情，第三代是有著自己夢想的一代。

《玫瑰門》形象地再現了大陸女性現代性歷程。司漪紋作為《玫瑰門》三代女人的核心人物，可說是"惡"的力量的化身。她從嚮往革命獻身革命者而不得革命承認，下嫁沒落資本家，在家庭中主動展開性攻擊，用性的武器嚇死"統治者"公公，取得家中絕對權威地位，到在"階級清洗"時獻出財產"跳"出來，由受傷者變成時時進攻別人、傷害他人的"惡人"，不惜犧牲妹妹的身體、扼殺孩子們的純真，只求在每個時代向社會表現自己的存在。直到年老癱瘓了，仍保持清醒頭腦的司漪紋，在第三代孫女的陪同下，坐著輪椅來到天安門廣場，她要一見早已年老癡呆的革命戀人。她如願以償。她的清醒和他的癡呆，形成強烈反差，小說達到敘事高潮，也可說是性別競爭表達式的高潮。批判反省的意蘊盡在其中。女性不甘被命運拋棄的執著，不肯服輸的執念，讀之令人難忘。

鐵凝在《玫瑰門》的研討會上曾說："我以為男女終歸有別，叫我女作家，我很自然。這部小說我想寫女性的生存方式、生存狀態和生命過程。我認為如果不寫出女人的卑鄙、醜陋，反而不能真正展示女人的魅力。我在這部小說中不想作簡單、簡陋的道德評判。任何一部小說當然會依附於一個道德系統，但一部女子的小說，是在包容這個道德系統的同時又有著對這個系統的清醒的批判意識。"[1] 顯然，鐵凝是要通過她的小說深刻展示現代道德系統中女性的複雜處境。她們要參與男人的競爭，爭取某種應得的認可，卻需要擁有惡的力量。這種力量異化了女性自身。

而鐵凝也希望呈現某種正義的可能。她把小說中各種女人都寫得身體健碩，使她們在生存的競技場上，可謂各顯身手。雖然強弱有別，卻沒有一位主動退避三舍的人物。幾代女人相承，體力不減，智力倍增，似乎預示著玫瑰之門的可能。與之較量的男性，幾代下來，終於有了理解的知音，有愛的男人獲得了女人成長的秘密和生命的玫瑰。在時間的信心上，鐵凝傾向選擇積極有為的現代性。

事實上，大陸開放之初的 20 世紀 70 年末和 80 年代初，女作家們的創作就引人注目。諶容小說《人到中年》，戴厚英小說《人啊人》，張潔的《愛，是不能忘記的》與《方舟》，都以帶有自傳色彩的書寫，見證了女性在大陸封閉性建設時期，努力投身社會（包括政治運動），獻身工作，及由此遭遇的社會異化、情感創傷。這些自傳性小說，表達她們對承擔社會責任的思考，對沉重苦難的反思，對愛情的嚮往，對男性的期待。這些小說的人物在經歷過奮鬥之後，並未取得理想成就，往往顯得身心俱疲，甚至成為"病婦"形象，[2] 開啟了女性主義文學思潮反思大陸現代性的思考。而鐵凝的《玫瑰門》，則可說是集思考之大成，並將病婦形象改寫為健碩女性形象，以適應大陸現代化推進更加嚴峻的競爭，為女性新的現代性發展做鋪墊。

大陸開放時期的發展，日益與國際接軌。1995 年世界婦女大會在北京懷柔召開，本身就是大陸與世界對接的標誌。會議前後大批西方女性主義理論和作品被翻譯出版，為大陸女性主義發展注入活力。1995 至 2005 年十年間，是中國經濟騰飛，也是中國女性主義文學思潮第二次高潮時期。

張潔、王安憶、林白，可說是時間代際相承的三位女作家。她們在 1995 年至 2005 年的十年中，分別出版了長篇小說《無字》（首次出版 1 卷，2000 年，上海文藝出版社；再次出版 3 卷，2002 年，北京十月文藝出版社）、《長恨歌》

1　盛英：《二十世紀中國女性文學史》，天津：天津人民出版社 1995 年版，第 773 頁。
2　朱虹：《中國當代小說中的病婦形象》，載陳惠芬、馬元曦主編：《當代中國女性文學文化批評文選》，桂林：廣西師範大學出版社 2007 年版。

（1996）和《婦女閒聊錄》（2005），分別述寫了文化地理意義上的北京、上海、長江腹地農村的故事。三部長篇用迥然不同的語言風格，描繪出大陸延安時間、民國時期、中華人民共和國時期和改革開放的城市化時期，不同地域、不同文化背景、不同時代，女性所遭遇的不同的現代性體驗。這種不約而同的歷史敘寫，對於大陸歷史的深刻反思，表達了大陸的女性主義寫作所傳達的不同於西方女性主義的本土女性主義實踐，也反映了國際化背景下，大陸女性主義思潮傳達出自己的聲音的自覺。

"在一個陰霾的早晨，那女人坐在窗前向路上望著……"和《玫瑰門》一樣，《無字》也是講述一家三代女人的故事。但這個開篇的定格，卻迥然不同於《玫瑰門》。它要反思的是幾千年中國傳統女性人生的"局限"。探討她們從婚姻到思維，受限於"閨閣之內"，坐在窗前等待男人，而世界巨變，男人被捲入他們自己也不能駕馭命運的現代，女人如何適應現代性的問題，同時亦反思中國男人被動遭遇現代性的苦難。雙重反思使《無字》沉重而深刻。

小說將半個多世紀來籠罩在中國上空的戰爭離亂與動盪陰霾佈置為全書背景。在這樣的背景中，講述了葉家三代女人的故事：吳為的祖母墨荷由家人安排嫁給自己素不相識的男人葉志清，如同接受投籃一樣，她只能接受葉志清的本能欲望，最終死於生育。吳為的母親葉蓮子繼續母親的命運而不能，她守望的婚姻受現代外力衝擊而瓦解。那個叫顧秋水的男人，在戰爭中亡命奔波，投身其他女人懷抱。除了在結婚一二年中給過葉蓮子一些共處人生的經驗之外，給予她們母女的只有拋棄和虐待。第三代女人吳為以為自己早已吸取了母親的教訓，堅持要在精神上守望一個不同於生父的男人，"他們這個階級裏的精品"。然而，這個名叫胡秉宸的男人，戰爭年代需要同甘共苦的女人，和平年代需要吳為這樣情調優雅的作家情人。一旦情人變成妻子，他消費不同類型女人的面目就原形畢露。吳為面對命運而發瘋。

在以上三代女人的故事中，有二代男人都奔波在戰場和個人的命運奮鬥中。三代的故事揭示了一個這樣的事實：一種奴役的兩性關係是如何作為一種有形和無形的存在，左右一代又一代女人現實和精神的命運。在與命運抗爭的過程中，這三代女人竟然沒有明確的對手，愛恨交加呈現於她們內心的苦難，當在無法言說的苦難中發現自己："半個多世紀的霧不但很濃、很純粹，連太陽也和現在很不相同，⋯⋯那時的太陽、霧們、鳥兒們⋯⋯天地間萬物和吳為的關係也比現在深刻。不像現在，不知是她拋棄了它們還是它們拋棄了她，總之是兩不相關。"[1] 荒謬的是，處於無物之陣的戰爭。如果說《玫瑰門》表達的兩性競爭關係，側重在身體體能的競爭，那麼《無字》所探索的，則側重於精神層面的無形較量。《無字》的男女主人公在家中競爭寫自傳，是一個頗具戲劇性的場景。男人和女人各行其道，心懷執念，卻又身不由己，最終"無字"。男女離開了合作，雙方都無法完成"自傳"。《無字》揭示了現代競爭給兩性造成的嚴重隔離後果。往前溯源，男權宗法，現代反思，男權至上，隔離和忽視女性的存在、女性的經驗，對於具體男人而言，是一種習慣。"吳為"們所抗爭的，是一種源自農業文明背景卻又已從中駁離、無所不在的精神環境，它既是外在的更是內在的存在，它構造了《無字》人物性格屬性，是一種分裂的存在。當人物性格自我追問的衝突抵達高潮，主人公吳為瘋狂且自殺，《無字》展示了一種觸目驚心的、斷裂的現代性經驗。在揭露這個動盪不安的世紀帶給女人和女孩的災難與恥辱方面，沒有哪部書可以與張潔的《無字》相比，"那個赤身裸體，襠裏懸著一根說紅不紅、說紫不紫的雞巴，隨著他的拳打腳踢蕩來蕩去的瘤三男人，重又出現在她的眼前"[2]。男權暴力和無恥是如此赤裸裸。然而，僅從男人和女人的對立面來考察，就會簡化事情的深度，也很難真正理解現代壓抑製造的男女精神分裂處境。作為父親的顧秋水，身陷戰爭，自身難保，他不僅不能像傳統男人那樣承擔撫養後代的責任，自己還要被別的女人養活，女兒成為他羞愧難當進而變態毆打的對象。這一變態男性形象的刻畫，有助理解發瘋的女主人公形象。現代性壓抑持續了兩代，見證了歷史的殘酷。

80萬言的長篇《無字》，以男女兩位傳記書寫主人公，男人的死亡、女人的瘋狂，呈現了斷裂現代性、無法書寫傳記的真相：一切需要從頭開始，死亡的否定中包含著最大的新生召喚。

1　張潔：《無字》，北京：十月文藝出版社 2002 年版，第 1 部，第 322 頁。

2　同上書，第 2 部，第 317 頁。

張潔和王安憶，一個在北京，一個在上海，她們的小說創作常常體現了互相參照和相互影響的女性話語共鳴板效應。也可說，她們對於現代性議題的思考，是互相補充的實踐。如《弟兄們》和《姊妹們》通常被看作是王安憶的重要的女性主義作品，它們就是在張潔的《方舟》之後發表的，人物間的關係探討，也可以看到與《方舟》思想相承的痕跡；前者與張潔的《方舟》甚至情節都相近相似。如果說張潔著重於斷裂的現代性思考，表達女性遭遇的困境，那麼，王安憶更像發展了鐵凝的積極立場，她把精力集中到現代性的成長主題，表達女性從不同處境步向成長的可能性。王安憶放棄了鐵凝所做的女性與男性的體能競爭探索，她回到女性柔美的資源開發，看重女性優勢資源，以另一種競爭姿態，書寫女性成長。讓女性於弱勢中成長，並承擔受損害生命中一切後果，獲得自我成長的充分理由。從王安憶的小說，可以看到現代性發育較好的上海文化圈，是一個更加有利女性主體成長的空間。

　　上海的現代生活，如伊恩·P. 瓦特在《小說的興起》中所說，"提供了一批讀者，他們對發生在個人意識中的所有的過程都極感興趣"。[1]王安憶小說對於"發生在個人意識中的所有的過程"的詳盡表述，和張潔的表述方式有所不同。當張潔的人物反復追問自我時，王安憶的人物更願意從外部獲得領悟，讓來自外部的營養轉變為個體心理成長的能量，這使得王安憶的人物遠比張潔的人物活得輕鬆和瀟灑。換個角度說，遠離傳統壓力，在上海的王安憶的人物，機會更多，個人故事更多，內心成長更自然。

　　1995 年之後的中國大陸，崛起已是舉世公認。王安憶的成長小說寫作，更加顯現一種積極情懷。她著意於上海這個中西文化交融地帶的人物的豐富多彩。熱愛城市、嚮往物質、喜歡享受和冒險，她所創造的女性人物，通常具有健康向上的精神狀態，也通常具有美麗外表。在此意義上，王安憶不僅充分考慮了城市休閒讀者的閱讀快樂，也注意到了女性主義的普及。可以把王安憶的成長小說分為三類。一類是如《流水三十章》這樣關心小人物個體成長的；一類是如《妙

1　（美）伊恩·P. 瓦特：《小說的興起——笛福、理查遜、菲爾丁研究》，高原、董紅鈞譯，北京：生活·讀書·新知三聯書店 1992 年版，第 200 頁。

妙》這樣關心女性與命運抗爭而領悟成長的；最為出色的便是以《長恨歌》為代表的，描寫人與城市相輔相成存在並互為認知而成長的。由於成長的個性特徵，王安憶的人物通常形象清晰、性格鮮明。

王安憶向來被認為是海派傳人，被認為是張愛玲之後寫城市生活的能手。實際上王安憶和張愛玲很不相同，她不像張愛玲那樣對於人性和命運絕望，她熱愛筆下的人物並熱情和人物一起飛翔，從生活的底層向上，從物質到精神。王安憶的這類小說更能體現大陸城市化進程積極能動的力量。也可說是現代性追求的生長性。如前章所論，張愛玲的貢獻，則是對現代性壓抑性的創造性表達。從女性主義寫作和女性文本的歷史連續性而言，張愛玲到王安憶，體現了海派的生長。王安憶的《長恨歌》尤其體現 "小說…… 揭示了城市的全部秘密" [1]。

除了與張愛玲縱向對比，從同時代橫向對比看，王安憶和張潔小說文本之間，又形成一種現代性張力關係。可以說張潔的小說揭示的是 "前城市的秘密"，因為《無字》中的人物更多處於城市化前夜的不安全體驗之中，沒有城市，沒有家園，是《無字》中人物無處藏身的原因。相反，王安憶的小說，表面上看，這城市是背景，但實際上它是個體的人成長的源泉，離了它，這人決不會以這樣的方式成長；而離了這一個個個體的人，這城市也決不會沿著這條軌跡演進了，兩者就是這樣相依相靠，互為家園。

《長恨歌》敘述了上海 "淮海路" 上一個叫王琦瑤的女孩，從十六七歲直到死於非命四十幾年的人生歷程，交織著上海這所大都市從四十年代到九十年代的演進過程。王琦瑤是個美人，她做過 "上海小姐"，做過政界要人李主任的情人，她聰明過人，雅致周到，她無疑是被王安憶當作了上海的城市精神的象徵。這精神就是物質和心靈雙重欲望不息，以一個底層女孩子的自覺飛翔，在種種人生選擇上的周到計算，心靈成長經歷的掙扎與孤獨，最終體現為與上海融為一體的氣質：在上海，一個人的成長就是一個人的選擇，一個女孩的選擇很有限但也是選擇，選擇了城市、選擇了物質、選擇了時尚與繁華，就要承擔精神的寂寞和

1　（美）伊恩・P. 瓦特：《小說的興起——笛福、理查遜、菲爾丁研究》，高原、董紅鈞譯，北京：生活・讀書・新知三聯書店 1992 年版，第 202 頁。

時代變遷的調整。王琦瑤承擔了一切，一個女人的寂寞，獨自生育的痛楚，時代淘汰的風險，及清醒中看見死亡來到頭頂。《長恨歌》所呈現的現代性成長，體現了王安憶書寫城市／女性／歷史的女性主義詩學意圖。

這一意圖在 2011 年出版的長篇《天香》中得到進一步表現。按照中國歷史教科書的觀點，晚明是中國資本主義萌芽時期，對應著西方大航海探險，葡萄牙人到澳門開展貿易，中國的東南沿海一帶，經濟活躍，思想開放，也進入了自發的現代性生長，如果不是後來遭遇西方強勢現代性衝擊，中國自己的現代性也將順利成長。王安憶的《天香》取材於這一歷史片段，"天香"二字寓意多重：絲綢織繡自然之香，女性美麗自然之香，更有女性成長與中國自發現代性成長的天然之香。因此這是一部創意想像的歷史抒情，以小說的形式，抒寫對中國自發現代性美好的想像，在這份天香般自然的想像中，加入一群年輕美麗且才藝過人的女性，讓她們在美好的織繡勞動和手工藝術交流中成長，既有溫馨的姐妹情誼，又有欣賞技藝的競爭發展，隨著時間和生活的變遷，手藝進入平常人家，不僅成為養家餬口的手段，更發展為生產作坊，培訓授藝，精益求精，成為商業品牌。對中國資本主義自發所賦予的女性勞動、女性成長想像，讓中國數千年默默無聞卻支撐歷史運轉的女性勞動價值浮出歷史地表。如果中國現代性自發成長未曾中斷，中國女性的現代性生長確乎也會更加茁壯，至少不會經歷晦暗不明的多重壓抑。西方現代性入侵，導致中國文明路徑未能沿著自己的方向前行，如此反思，加深了對西方擴張現代性的批判。

對歷史的想像，本身就是女性成長的動力，從想像開發的資源，讓我們看到現代女性可能的種種面向。《天香》對傳統妻妾現象的重新想像，擺脫了妻妾怨毒的模式，將妻妾一起織繡勞動，創意美麗的過程，開發出姐妹情誼濃濃，欣賞才智，更是才華難得，彼此珍惜，理解生命，彼此扶持。小說的主要情節，上海縣申家造"天香園"，申柯海娶妻小綢，納妾閔氏。為妾的閔氏，蘇州織工之女，她將繡藝帶入申家，兩位奇女子各有才情，彼此欣賞，除了對女性生命的體恤互動，對繡藝的熱愛沉迷，更將她們深深聯結一起，使得這個原本維繫妻妾等級生活的家庭，悄然發生了權力關係位移。為夫的申柯海反變得無足輕重。閔氏靠精湛藝術改變了自己在這個家原本底層的位置，她吸引了妻子小綢，顛倒妻妾權力關係，成為小綢織繡的老師，小綢與她共創"天香園繡"，成為這個家庭共同的主人，生活充滿了藝術的亮點。

手藝才情，古代女子多半也都必須具備，就像《孔雀東南飛》裏的劉蘭芝，"十三能織素，十四學裁衣，十五彈箜篌，十六誦詩書"。女性在古代農業文明體系中的勞動佔值，與她們的生育勞動一起，被父權作為資源捆綁，被完全無償佔有。在中國的古代法律中，"七出"是針對女性不能實現資源奉獻而製作，可說是完全不平等的"工作條例"。（"七出"最早文獻載漢代的《大戴禮記本命》，《大戴禮記彙校集解》中華書局於 2008 年出版。）王安憶梳理上海城市歷史，讓女性與城市一起成長，女性是創造城市的，女性是屬城市的，她們的智慧和審美勞動，變成城市流行商品，她們不僅擁有自己獨立生存的能力，而且能夠滋養城市和文明。當王安憶用精細的筆墨刻畫女性織繡之專注，勞動創造之美好，合作協作之動人，她譜寫了想像中的中國女性現代性生長之讚歌，也傳達了女性與城市共生長的主題，這是王安憶寫作的母題。上海是中國發育最健康的城市，王安憶是書寫上海的聖手，更是書寫女性與城市共歷史、同命運的大家，書寫中充滿了她的理想和激情。

從廣西到北京定居，又從北京到武漢體驗生活，擁有邊緣和農村生活體驗的女性主義作家林白，2005 年出版長篇小說《婦女閒聊錄》（新星出版社）。將一個名叫"王榨"的中國腹部鄉村，帶入現代性視野，呈現大陸本土女性主義的話語場景。

一位名叫木珍的中年婦女（39 歲），來自長江沿岸鄉村"王榨"，她在北京打工，給作家"我"帶孩子做家務當保姆。她不斷的口述家鄉故事，"我"用實錄方式，寫成了《婦女閒聊錄》。小說"回望"了一個農家婦女一個打工妹個人的歷史、家庭的歷史、自己所生長的鄉村王榨的人物、風俗和事物，生動地呈現出中國城市化過程中農村的演變，和參與其中經歷個人成長的打工妹的社會人生。這樣的人生和成長，無疑凝集了大陸眾多打工妹成長的經驗。應該說，在西方女性主義寫作和理論那裏沒有模本。

"王榨"的現代性可說是象徵意義的。它是一片回望中的鄉土，是一個閒聊中的故事，是城市對鄉村的再回味。一個在城市打工的農村婦女，當她回家過年，她前所未有地發現：自己的家鄉原來如此多的故事，一些人在外出，一些人在改變，一些人永遠是老樣子；而自己，原來在家沒錢，現在離家打工有錢，可以為孩子購買好吃的，也可以被丈夫索要；原來丈夫只是自己的丈夫，現在丈夫還是別人的相好……還有，原來母親們用衛生帶，洗後只能晾在床底下，現在年輕婦女們用衛生巾，有的名牌，有的假貨……

"回望"中的場景再現，如同現代電影手法，將時空打通，"回望"成為一個現代個體反思和成長的平台。"回望"是林白擅長的小說手法，也是她表達不同於張潔斷裂現代性、王安憶城市成長現代性，所建立的鄉村／城市現代性對接敘事。這一成功的嘗試，建立起前現代、現代，和兩者之間銜接的經驗表達，使得大陸現代性歷程呈現一個較完整的文本面貌。

2011 年林白出版《萬物花開》，將鄉村現代性成長的"萬物花開"景象呈現於讀者眼前，其反思的深度，通過反諷表達。開篇即 15 歲少年大頭代人蹲監獄，接受監獄中獄頭的性騷擾，腦袋裏長了五顆瘤子的大頭，看待周圍一切的角度與他人不同，瘤子像五瓣灰色花瓣，始終在他周圍徘徊。這是一個文學史上未曾出現過的現代症狀人物。他的命運是現代所塑造，鄉村的污染變成生命的事實，他是這樣一個生存於病態現代性中的少年。作家的反思、批判、控訴，並沒有停留於悲痛的情緒。相反，作家要寫即使如此變態的現代性已根植鄉村，生活在王榨的大頭少年仍然要活下去，並且活得生動豐富令人目眩。從死亡出發，大頭少年反而活下來，他活著，變成顛覆既有生活秩序的瘤子／花瓣。他不斷看到生活的瘤子，他卻都能變成生活的花瓣。小說的魅力在此，作家的思考也在此。後發現代性的悲劇中，戰勝悲劇的方法也許萬千種，但以退為進的想像力，極致渲染了生命花開的悲壯絢麗。而顛覆性權力等級這一人類不平等權力結構的細胞核，仍然是《萬物花開》筆力集中之點。大頭的另一個身份是女孩小梅，鑒於他的絕症，取一個女孩的名字，既是對他無力成長為正常男人的赦免，也使他習慣性接受各種性歧視，顛覆了正常與非正常，他獲得多種視野飛翔的觀察，也是作家林白的目光所及。在此意義上，《萬物花開》可歸於一種後現代主義的寫作，從解構的角度反思人類現代性。

《萬物花開》與《婦女閒聊錄》互文，一方面都是講述"王榨"鄉村故事，另一方面是底層婦女兒童兩個弱勢群體的故事，但作者賦予弱勢人物以觀察講述主體的身份，從而使他們身上的現代性獲得開發，他們在壓抑中的生長狀態，真實呈現了現代性"萬物花開"的繁盛，讓人們不得不正視後發現代性國家鄉村現代性的豐富性。

自 1998 年網絡作家安妮寶貝出版《告別薇安》，大陸的女性主義文學思潮向網絡延伸並快速成長，至新世紀十多年已收穫豐盛的成果，網絡作家阿耐先後出版《大江東去》（2009）、《都挺好》（2012）等系列長篇，先後成為熱播影視現象，產生了廣泛社會影響。《大江東去》以全景表現改革開放 30 年中國經濟和社會生活變遷而成為中國第一部榮獲中宣部第十一屆"五個一工程獎"的網絡小說，體現了女性寫作駕馭宏大題材的氣魄。長篇三部直接以改革開放的三個階段時間劃分，第一部：1978—1989、第二部：1990—1994、第三部：1995—1998，在網絡寫作時，精細到每一年的月份，完全是編年史結構，見證了女性大手筆記錄改革開放時代的自覺。小說寫了四個主要人物：宋運輝、雷東寶、楊巡、梁思申，他們代表的經濟身份分別是國營經濟、集體所有制經濟、民營經濟和外國資本，人是經濟的動物，改革開放是這四種經濟競爭，四位在實踐中掙扎、覺醒、變異，沉浮起伏，譜寫出縱橫交錯的社會網絡，工人、農民、小市民、個體戶到企業主、政府官員、知識分子，各自在時代機遇中譜寫自己的命運之歌，有風有浪、有淚有笑、有苦有甜，共同匯成現代性新空間的新風景，見證中國後發現代性全面生長發育。女性寫作也見證自己與時代共脈搏的強勢勁頭。事實上，網絡徹底打通了女性被隔離於社會生活空間的屏障，網絡使女性全面融入社會公共空間，這促使女性主義文學思潮湧動不息。女性寫作的雙性立場至此獲取了現實條件，廣闊的社會視野將成為女性文學生動的形態。

阿耐在《都挺好》中，全面反思了中國重男輕女家庭文化與現代都市文明的格格不入。女主人公蘇明玉在私人空間的家庭中飽受歧視，在競爭的現代都市空間卻成為優秀的職場金領，她的成功反襯了剝削壓榨她的厭女的家庭文化，應當被摒棄。她寫的男性人物人格受制性別特權而失缺，結構互塑造成生活悲劇，飽受家庭歧視的女主人公在都市競爭中成長為優秀的現代女性，展示了網絡寫作對現代開放空間的信心。

在網絡空間，年輕的女作家們以濃墨重彩的“疼痛青春”，書寫女性在全球化時代的成長故事。如張悅然、春樹等，或者有國外留學經歷，或者從小生活在改革開放之後的北京、上海這樣的國際化都市，她們沒有了前輩大陸女作家的沉重，卻有著全球化時代的虛無和孤獨；她們沒有物質之憂，卻有精神失重之慮。在全球化與個人存在之間，在中西方文化價值之間，新的現代性體驗，使她們的文本呈現新新話語狀態，讓人看到女性主義文學思潮生生不息，繼往開來。網絡與紙媒的互動，加速了年輕女作家群的形成，不斷為女性主義文學思潮輸送新鮮血液。2012年由北京聯合出版公司推出的《代表作·新女性》收錄了十位“新女性”作家，她們是西門媚、盛可以、巫昂、綠妖、張惠雯、任曉雯、走走、葉三、葉揚、顏歌。選本精選的十位年輕女作家的十一篇短篇小說，以小見大，較能體現新世紀以來大陸女性主義文學思潮深化細化的特徵。

與前輩女作家相比，更關注個體的成長、體驗、命運和個人情感的表述，也更追求藝術形式的標新，擅長使用象徵手法，精細雕刻人物內心、生活細節，以小見大，以局部喻顯全體，可說是她們共同的特徵。既要獲得獨立的身份認同，又要贏得市場的認可，她們面臨的挑戰相當嚴峻，而她們也體現了相當鮮明的女性主義自覺，正如盛可以在小說《缺乏經驗的世界》中提出：“女人無法卸去經驗的行李，還須提防丟失。”[1] 自覺反思和繼承前輩女作家書寫經驗，她們事實上體現了女性主義寫作代際相承，女性文本生產代際相傳的努力。以《缺乏經驗的世界》為例，這個短篇用內心獨白的方式，講述了一個類似丁玲小說《莎菲女士的日記》中的故事。一個成熟的女人“我”面對年輕男人勃發的身體，生出種種的欲望幻想，小說情節在幻想高潮和低落中起伏。源自欲望幻想的自我認知，卻具有顛覆意味。在已有文學傳統中，男人將女人視為欲望對象，男性在女人身體上進行欲望幻想，屬正常現象，而女人必須貞潔，只能被看，不能主動看男人、幻想男人。像丁玲所寫的莎菲女士，大膽對於男性產生性幻想，便是一種權力顛覆。在更新一代女作家盛可以這裏，自覺繼承了丁玲顛覆傳統並推向發展，她的人物比之莎菲要成熟而狡猾，莎菲只能在日記裏幻想男性，盛可以的人物在

1　西門媚等：《代表作·新女性》，北京：北京聯合出版公司2012年版，第027頁。

車廂裏通過對話即真實完成欲望之旅。像這類女性將男性作為欲望想像對象的小說，敘寫了現代城市生活中男女真實的經驗，說明年輕一代女作家已擺脫父權文化束縛。她們在探索女性欲望的多樣性。這也是選本呈現出來的跡象。書中故事多為表現競爭時代小人物的欲望與夢想，女性主人公佔據了大多數。年輕的女作家們將女性隱秘身心經驗的表達推向一個更精緻的境界。在探索女性欲望的多樣性方面，大陸女性主義文學思潮正表現出與台灣女性主義文學思潮匯合的勢態。

另一方面，在日常生活關注與大眾生計集中交匯的點上，網絡女作家表現出驚人的敏銳和創意寫作成就，六六的《蝸居》和李可的《杜拉拉升職記》都是2007年陝西師範大學出版社出版的圖書，均被改編成影視熱播。對都市底層生活的關注，對女性命運的關心，縮結成小說緊扣人心的懸念，《蝸居》的女主人公依賴男人改變處境，杜拉拉卻通過努力升職改變了自己的命運，兩種選擇似乎概括了都市女性競爭的面向，資源不同而結果也不同，給予讀者和觀眾的思考是意味深長的。

2016年8月，郝景芳創作的中篇科幻小說《北京摺疊》獲第74屆雨果獎最佳中短篇小說獎，是繼劉慈欣2015年8月《三體》獲第73屆雨果獎最佳長篇小說獎之後，亞洲作家再次獲獎科幻小說獎，引起全球注目。小說對北京的摺疊想像，充滿了科幻加人文的創意，一方面整個城市的空間和時間雙重摺疊，另方面社會階層被分成三個空間摺疊生活。生活在第三空間的垃圾工老刀，為了讓自己的養女可以接受教育，冒著生命危險穿梭於三個空間為人送信。他看到上層嫁入豪門的年輕女性對中層依靠讀書改變命運的年輕大學生的玩弄，也感受到上層生活的虛偽空虛。他看到中層生活的緊張焦慮，也感受到奮鬥的執著。他的身上被作家賦予一種天生的良善和善解，這使他的觀察沒有任何階級敵意，相反完全是人性的包容。當然，他也得到從第三空間奮鬥到第一空間的好心人出手相救，收穫了比想像更多的錢返回第三空間，他想像著讓養女獲得教育，將來可以進入到享受的第三空間，他還看到那裏有一種從容的美麗。郝景芳的小說如春風化雨，謳歌了人性的美好，也柔化了由於經濟急速發展帶來的兩極分化階級銳角。在這個意義上，又回到了日常生活價值重構的擔當。

大陸女性主義文學思潮與大陸改革開放同步。湧現的女作家和她們生產的文學文本，可以列出長長的序列，且在不斷誕生和增長中。研究工作可說永無止境。就筆者所熟悉，小說家張抗抗、霍達、陳染、林白、池莉、方方、徐坤、徐小斌、趙玫、遲子建、朱文穎、盛可以，及更多網絡作家；詩人舒婷、傅天琳、張燁、王小妮、唐亞平、伊蕾、海男、陸憶敏、張真、鄭小瓊、余秀華，及更多網絡詩人；散文家楊絳、宗璞、唐敏、葉夢、斯妤、馮秋子，及更多隨筆作家，均已有研究而值得更多研究。

事實上，筆者更加願意放在女性主義文學思潮的脈動中考察女性寫作，將文學行動當成女性自我解放和資源積累的方式。在此意義上，我們會發現女性寫作實際上已參與城市文明建構，其精神財富和物質財富的屬性可衡可量。城市女作家群可說是城市靚麗的風景綫，不能想像城市沒有女作家的存在。大中華語境的女性主義文學思潮貢獻的文學文本數量眾多，改編為電影電視的作品不勝枚舉。許多女作家出版有個人文集，並在繼續不斷地創造新的文本。女性主義文學思潮體現了現代性競爭中女性的文化生產力和競爭力。從文本研究、作家研究、現象研究，進而深入研究思潮，將體驗到女性參與文化生產所釋放的巨大潛能。女性主義文學思潮實際上也是我們這個全球化時代的創意思潮之一，女性的生存經驗和創意想像正改變世界和創造未來。[1]

由此也特別要論及，商業思潮對大陸女性寫作的影響。始於 1999 年的"衛慧棉棉現象"持續了數年，她們的寫作迥異於前輩女作家如張潔、鐵凝，也不同於年輕一代女作家如徐坤等，在衛慧的代表作《上海寶貝》[2]、棉棉的代表作《糖》[3] 中，年輕女性的身體和性成為書寫重頭戲，正如書名"寶貝"和"糖"所昭示，迎合商業市場的描寫充滿字裏行間。

《上海寶貝》的女主人公是 25 歲服務小姐可可，她一方面與毒品成癮性無能的男友天天同居，另方面迷戀已婚德國情人馬克的性欲。"一個是為了愛情，另

1　荒林：《日常生活價值重構——中國當代女性主義文學思潮研究》，北京：北京大學出版社 2013 年版，第 9 頁。本人在已出版著作中對大陸女性主義文學思潮做了詳細研究，因而本書的此部分有所參照並略去重複的內容。

2　衛慧：《上海寶貝》，瀋陽：春風文藝出版社 1999 年版。

3　棉棉：《糖》，珠海：珠海出版社 2009 年版。

一個是為了欲望"，小說展示一種靈肉分離的生活，如同展示不同的商品口味。迄至結束，天天死了，馬克走了，愛情和欲望皆虛無。《糖》的女性人物紅（也即"我"），是一個"問題少女"，她退學、當走穴小歌星、傷人、追求性欲和浪漫愛情。她的情人賽寧是個搖滾樂隊的吉他手，也是個癮君子。他們在一起除了做愛並無所追求，同居四年分手又不能習慣，紅以墮落的方式消耗自己的生命：酗酒、吸毒、戒毒、自殺，體驗非常規生活之後，紅與賽寧繼續糾纏。

軀體寫作本是女性主義建構女性話語的一種策略，意在打破父權體制對女性身體的控制。但受到商業影響的女性寫作，卻利用軀體寫作而放棄對女性主體成長的探索，展示的是迎合讀者窺探女性生理心理秘密。女性主義思潮和商業思潮都想駕馭軀體寫作，利用女性身體資源。前者希望達到女性解放的目標，後者卻使女性陷入被看被欲望的處境。

女性寫作受到商業思潮影響源於兩個方面原因，其一是商業利益即稿費收入，其二則是這些作者本身是商業思潮的體驗者和受害者。《上海寶貝》和《糖》都是半自傳體小說，記錄了"衛慧"和"棉棉"們的商業生活，也見證了商業對於女性的異化。在此意義上，她們的寫作一方面迎合商業市場，另方面又是商業市場異化女性的鏡子，是我們可以用於研究女性商業處境的文本資料。它們並非女性主義文本，但對女性處境的呈現，卻又需要女性主義的研究，它們是解構的、虛無的，讓我們看到並非處處都有女性主義的力量。

三

新女性主義、激進女性主義與台灣女性主義文學思潮

　　台灣曾經是日本殖民地，1945 年 10 月回到祖國懷抱。1949 年後在國民黨統治期間經歷過黨禁，20 世紀 70 年代經濟起飛，80 年代解嚴，1996 年開始民選。這一系列歷史演變，促成台灣人經歷的現代性與大陸很不相同，也讓台灣女性主義文學思潮獨具特色。某種意義上，新女性主義和激進女性主義社會運動的出現，是衡量台灣社會成功現代轉型的尺度之一。而女性主義文學思潮的繁榮，則豐富了台灣現代意識形態。

　　作為反思現代性的女性主義社會運動和文學行動，在台灣是互相影響互為促進的。一方面女性主義社會行動促進女性主義文學思考，另方面也要藉助女性主義文學來推動意識形態開放。而女性主義文學也會以女性主義社會運動為表現對象，甚至對女權人物進行塑造或者反思。例如女性主義文學對女性參政運動和女權主義者反思的名篇《北港香爐人人插》，[1] 就是台灣女性主義文學對於台灣女性主義社會運動的尖銳批判之作。它一方面見證了台灣女性參政事實，另方面反思了女性參政的代價。它也意味著此類題材還有廣闊開掘前景。

　　成功的現代轉型意味著男女平權社會的到來，但女性權利的獲取是自己去爭取和建構的，這一過程並非一蹴而就。現代社會為兩性提供平等競爭機會，競爭的嚴酷性，包括了傳統性別資源的利用。傳統父權的力量無疑會極大束縛女性發展。現代父權也並不希望女性和自己平起平坐。女權運動有針對性地解決社會上男女不平等問題，女性主義思想則可以幫助觀念更新，促進女性資源開發，為女

1　李昂：《北港香爐人人插》，台北：麥田出版有限公司 1997 年版。

性主體建構貢獻多種參照。但作為文學的女性主義，則還有自身的審美功能，不像社會權力交接的實用性，文學對於女性想像力的培養，對於人類藝術經驗共性的喚醒，是其更加本體的要求。當然，文學想像力開發也是女性主體豐富發展的尺度之一種。

20世紀70、80年代隨著政治轉機，並直接受到大批留美回台知識分子帶回的西方女性主義思想影響，台灣產生了女性主義社會運動，這一社會運動包括新女性主義和激進女性主義兩股潮流。前者接近西方自由女性主義，鼓勵女性積極參政、參與選舉活動；代表人物是呂秀蓮，她於1974年出版了代表作《新女性主義》，並身體力行，投身女性參政運動，直至當選"副總統"。後者代表人物是何春蕤教授，她於1994年5月22日反性騷擾大遊行中喊出著名口號"我要性高潮，不要性騷擾"，以類似西方激進女性主義的激進姿態，倡導女性身體解放、探索情欲空間，出版了大量學術著作和性解放普及讀物。[1]

台灣的女性主義社會運動深刻影響了台灣女性主義文學的主體想像，使台灣女性主義寫作更關注政治論述和欲望寫作。在台灣女性主義文學中出現了李昂《殺夫》（1983）這樣明確宣示女權的象徵作品。這是一篇清理傳統父權壓抑女性資源的力作，標誌著台灣女性主義文學對傳統父權的徹底清理，對女性受壓抑歷史的想像性否定。

《殺夫》講述的實際是一個前現代故事，女主人公林市被家族嫁給屠夫陳江水，以身體換取生存。林市的命運是母親命運的延續，母親也曾是以性換飯糰的可憐女子，強姦她的軍人往她嘴巴塞一飯糰，她再也發不出聲音。林市則每天在家等候屠夫陳江水帶回吃食，陳江水的條件是她必須先給他身體享受，並享受她因受他性虐而發出豬嚎般的聲音。林市的嚎叫引起鄰居寡婦阿罔官心理變態的反應，阿罔官到處散佈流言，使林市陷入無地自容的處境。一方面在家中受性虐，另方面環境壓抑無法發出呼號。林市多次嘗試自立，她想養小鴨出賣來養活自己，擺脫因吃食受制於人而命運受制於人的困境。然而，屠夫殘忍處死了她的鴨

1　如1994年出版了著名的《豪爽女人》（台北：皇冠文學出版有限公司）；1996年出版了被稱為類似西方《海蒂性學報告》的《性心情》（台北：張老師文化事業股份有限公司）。

群，扼殺了她的希望。最終她舉起屠夫的殺豬刀，下意識模仿屠夫殺豬的樣子，殺死了丈夫。這部小說讀起來血腥、暴力、原始，小說中懸掛在陳江水簡陋陰暗家中的低亮度電燈泡，可說是唯一的現代符號，從藝術設計的角度，這個電燈泡是一種象徵，是照亮這一原始暴力空間性別關係的光源。這可說是作者的精彩一筆。它意味著這是一個作家對於傳統性別關係的反觀思考，也可說，作者是藉助了西方女性主義思想資源，來反思傳統體力時代男女性別關係的實質，吃飯與性欲的交換關係很直接，這一交換關係得以實現，具有暴力血腥的性質，是男性通過體力強勢，和壓抑女性聲音來實現。[1]

這當然是文學的女性主義想像，目的並非鼓勵現實中男女戰鬥，而是思考女性的傳統處境，這一處境如何束縛了她們的現代轉型？想像的殺夫是一種現代行為藝術，通過想像釋放壓抑，開闢尋找女性自我主體的路徑。台灣社會的女性處境相對而言受到傳統束縛更多，這與大陸女性直接受到社會主義解放婦女影響不同。因此，李昂的小說文本，見證了台灣和大陸女性尋找現代性自我的差異。用文學的"殺夫"方式，台灣女性主義思潮高昂吹奏了顛覆傳統父／夫權的號角，是女性寫作與傳統斷裂的一種強烈現代性追求表徵。

由於台灣女性主義社會運動的全球性影響，和台灣女性主義文學思潮略早於大陸女性主義文學思潮，而改革開放又促成對於台灣女性文學的出版傳播，台灣女性主義文學思潮對於大陸女性文學寫作產生了啟發性影響。當代大陸女性主義文學思潮始發，一些沿海地區的大陸女作家比大陸內地女作家更早表達性別平等理念，也更早具有開放的文本競爭意識。如與台灣隔海相望，住在鼓浪嶼上的詩人舒婷，早在 1977 年就更早受到台灣風氣影響，寫出了她的名篇《致橡樹》。這首女性愛情獨立的宣言，表達了對男女兩性平等發展關係的思考。

> 我如果愛你── 絕不像攀援的凌霄花，借你的高枝炫耀自己；我如果愛你── 絕不學癡情的鳥兒，為綠蔭重複單調的歌曲；也不止像泉源，長年送來清涼的慰藉；也不止像險峰，增加你的高度，襯托你的威儀。甚至日光。

1　趙園：《試論李昂》，《當代作家評論》1989 年第 5 期。

甚至春雨。不，這些都還不夠！我必須是你近旁的一株木棉，作為樹的形象和你站在一起。

……

　　儘管大陸社會主義婦女解放是國家政策，人們的日常生活也仍然受到傳統慣性支配，台灣的女性主義思想和文學思潮，引發了大陸女性寫作反思傳統的一面，豐富了大陸女性主義思潮的現代性表徵。

　　事實上早期台灣文學和台灣女性文學也與大陸"五四"新文學傳統血脈相連。發軔於 50 年代初期的台灣女性寫作，大多數女作家是由大陸遷台，其中包括 20、30 年代便已有名氣的蘇雪林、謝冰瑩、沉櫻等人，正是她們的凝集和影響，使台灣省婦女寫作協會在台北成立並創辦純文學雜誌《婦女文學》(1955)。優秀的女作家張秀亞、琦君、鍾梅音、徐鍾佩、郭良蕙、華嚴等湧現出來。

　　50、60 年代台灣女性寫作的主題圍繞著鄉愁，這鄉愁包括二重意味。一重是大陸實體家園，另一重是"五四"新文學傳統精神家園。通過描寫女性婚姻、愛情和家庭悲劇為主這兩個主題，寄託感傷情懷和反思情結。如林海音的短篇系列小說《城南舊事》(1960)，懷念北京生活，思考傳統女性命運的不幸，便是代表作品。

　　60 年代中期至 70 年代，台灣本土經驗獲得重視，女性寫作開始探索台灣女性生活經驗，如歐陽子小說《長頭髮的故事》、《秋葉》，曾心儀《朱麗特別的一夜》等，受到西方文學思潮影響，主要探索人物的內心世界，呈現區別於前期女作家的特徵。而商業文化的發達，有助流行文學繁榮，台灣出現了瓊瑤小說現象、三毛散文現象等。前者以青春言情為主要情節，後者表達年輕的生命個性的追求，雖然內容範圍較狹窄，卻仍然體現了台灣現代性追求的一個棱面，即青春和個性的張揚。流行文學可說是時代氣質的折射。女性寫作創造流行文學，使更多讀者意識到女性創造力，也召喚更多女性寫作文本進入市場流通，在體現女性資源開發上，無疑具有鮮明現代主體追求特徵。

　　值得論及的是，瓊瑤的言情小說中對傳統父權的戀舊表達，如風靡兩岸的《還珠格格》，將妻妾傳統美化，把父權統治寫得溫情脈脈，與李昂的《殺夫》

恰成強烈對比。看似與女性主義文學思潮背道而馳的通俗言情，卻擁有廣大讀者觀眾，可以解釋的接受心理，正是傳統父權在西方父權強勢壓抑下的女性化處境。《還珠格格》利用了傳統父權失勢的創傷懷舊心理，並利用了邊緣民族元素，事實上達到了對於壓抑的現代性的釋放效果。而同樣需要清醒的是，女作家也可以是父權文化的生產者，在女性主義思潮洶湧之際，父權文化回潮也是可以理解的現象。

80 年代開始台灣進入新女性主義寫作階段，即台灣女性主義文學思潮繁榮時期。如前所述，台灣的女性主義社會運動對於女性主義寫作產生了直接影響。新女性主義領軍人物呂秀蓮本人亦是作家，她 1984 年出版的女性主義小說《這三個女人》，就是將她十年前的女性主義理論文學化，藉助文學形象的力量，引導女性做 "新女性主義者"，小說中呂秀蓮彷彿化身女主人公高秀如，做出如下女權宣言：

> 所謂男尊女卑的論調，無非是以壓抑女性來抬舉男性罷了，男人的趾高氣揚，好比女人的低聲下氣，都是人為的不自然，前者有如穿高跟鞋，後者是裹小腳，皆有失天足本色。[1]

和李昂的激情相比，呂秀蓮顯得平和，新女性主義呈現了對於中國傳統文化較自信的立場，能夠指出男權自身的脆弱。她的小說通過三個女人三種不同生活模式的展示，對結婚的女人、獨身的女人、寡居的女人，所不同的精神狀態進行細緻描寫，指明了改變女性傳統生活方式的道路，認為從以上三種可能的女性生活模式中，都可衍生出獨立的女性主體，找到自我的存在。這樣，小說就具有一種現代女性生活的示範作用，為女性如何獨立自主的生活提供參照。呂秀蓮這種自覺進行文學女性主義的運作，可見新女性主義對於文學形式的極度重視，實可謂是女性主義的 "文以載道"。

激進女性主義者何春蕤也精於 "文以載道"。何春蕤於 1994 年出版轟動台灣社會的《豪爽女人：女性主義與性解放》（皇冠文學出版有限公司），用散文

1　呂秀蓮：《這三個女人》，台北：自立晚報社 1985 年版，第 67 頁。

化的語言宣揚激進女性主義思想，把性能力和性愉悅看成女性積極正面的自我解放路徑。1996 年出版的系列紀實散文《性心情》就是她的代表作之一。記錄激進女性主義者創辦的性工作作坊中，女性探索自己的身體情欲空間，如何獲得愉悅，釋放壓抑，取得自信和幸福。可讀的故事性源於這些不同的女性，會講述自己各種不同的苦悶和壓抑，甚至無知、痛苦，經過在性工作作坊的啟蒙，她們開始細緻深入探索受到壓抑的身體，發現各種驚喜和快樂，獲得了身體自信，開發了主體意識，從而擁有了以身體為中心的自我主體資源。

《性心情》在台灣多次重版，擁有眾多讀者，使激進女性主義深入人心。激進女性主義的身體立場，是台灣女性主義現代性個性追求的強烈表徵。事實上它引導台灣女性走出了恥於談性的傳統，不僅把性和談性視為自然的事情，而且將性資源的獨立看成是獲得解放的必須。

台灣激進女性主義也倡導一切性／別的解放，把酷兒、同性戀和某些獨特的性愛好，都視為生命個體存在的獨特性，認為是個體生命泉源的開發。這種激進女性主義的性想像，為都市寂寞孤獨的生活，提供某種人性自然的撫慰，更為文學寫作提供頗為可觀的開發空間。這可解釋台灣女性主義文本中，欲望書寫文本數量繁多。[1] 一方面它們見證了台灣女性現代性追求中，對壓抑女性性與身體存在傳統的抵抗，另方面也呈現了現代都市生活欲望個體的存在真相，就像李昂《迷園》所書寫的欲望的 "迷失" 狀態。女性需要反思現代父權將女性視為欲望對象，女性如何主宰自己的欲望，並在與現代父權較量中取得欲望主體的平等，本書將在後面的文本分析中專門就《迷園》展開論述。

經呂秀蓮和她的同道們倡導，鮮明的女性意識和豐富的社會內涵在台灣女性主義寫作中獲得發展壯大，加之激進女性主義對性解放的倡導，女作家們將社會內涵和情欲書寫結合起來，大大拓展了台灣女性寫作的領域。有研究者發現，台灣女性主義寫作在情欲開發上體現了如下的空間拓展遞進：閨閣空間—原鄉—都市—以身體挑戰國體。[2] 由此可知，台灣女性主體建構充分利用了社會資源和

1　艾尤：《在欲望與審美之間——論 20 世紀 80 年代以降台灣女性小說的欲望書寫》，蘇州大學博士論文，2006 年。

2　林美娟：《女性主體論述——台灣現代女性小說的空間想像與身體書寫》，東海大學中國文學系碩士學位論文，2008 年。

身體欲望雙方面資源，經歷了由窄小到寬闊的成長歷程。

　　台灣女性主義思潮亦延伸影響，使香港女性主義寫作獲得資源和活力，有些台灣作家移身香港空間，發力台灣女性主義手法，如施叔青寫出著名的《香港三部曲》，將歷史題材與情欲思考糅合創造，使女性主義想像力達到新高度。80、90年代台灣女性文學氣象萬新，繁花似錦。這一繁榮景象延續至今。

　　台灣女性主義文學思潮湧現的代表作家作品有：李元貞《愛情私語》、陳若曦《最後夜戲》、曾心儀《彩鳳的心願》、李昂《殺夫》《迷園》、廖輝英《油麻菜籽》、朱秀娟《女強人》、蘇偉貞《沉默之島》、袁瓊瓊《自己的天空》、施叔青《窯變》《一夜遊》、朱天文《荒人手記》《世紀末的華麗》、朱天心《擊壤歌》《古都》、平路《台灣奇跡》等。新的作家作品還在不斷誕生中。與大陸一樣，女性主義文學思潮已成為台灣重要文化現象，體現出女性的文化創造力。

　　特別值得論及的是，龍應台是一位獨立於台灣女性主義社會運動，卻深具文學女性主義特徵的著名女作家。她將女性主義思想貫穿於社會批判，使台灣女性主義文學參政力度達到新高度。

　　1984年龍應台以《中國人，你為什麼不生氣》一文，在台灣點燃熊熊社會批判的野火。她的社會批判雜文集《野火集》向台灣社會、文化、生活、觀念、制度、法律、習俗提出挑戰，以西方民主模式和法制生活為比照，展開寫作，引導台灣日常生活的現代性建構，在台灣產生重大影響。2009年她的長篇紀實作品《大江大海一九四九》用口述史方式，書寫國民黨敗退台灣的歷史，兼寫世界大戰史，書中每一位講述者的苦難史，都證明了大歷史與個人命運的關係。口述史所塑造的"失敗者"形象，穿越大陸和台灣時空，與現代世界演變對接，全書以強烈的反思性關懷男性現代性處境，體現了女性主義介入和改寫歷史的企圖。龍應台甚至提出母性在關注歷史現實中的重要意義，用以反思和豐富台灣女性主義。[1] 她的創作構成台灣女性主義文學思潮壯闊的風景之一，為大中華語境女性主義文學思潮反思男性現代性提供了寶貴樣本。本書將在文本分析部分專題論述龍應台書寫男性失敗經驗，對於重建兩性平等現代關係的女性主義意義。

1　　張雪媛：《當代華文女作家論》，台北：新銳文創出版有限公司2013年版，第97頁。

四

殖民現代性與香港的女性主義文學思潮

因鴉片戰爭而植入現代性，香港經驗從割讓給英國的創傷開始。殖民地在短暫的歷史中完成強制的現代性繁榮，與大陸形成強烈反差，香港現代性的空間特徵鮮明。

香港早期殖民現代性具有西方現代性持續向中國大陸擴張的入侵色彩，現代教育也是其中的重要內容，但教育的溫和風格吸引大陸學子前往香港接受現代性洗禮。如孫中山年輕時在香港求學長達 8 年時間，並在此形成革命理念，試圖以主動接受現代性的方式，改變大陸落後面貌。[1]

張愛玲 1939 年由上海到香港求學，1941 年底太平洋戰爭爆發，不久她親歷香港淪陷，文明的脆弱給予年輕的她強烈印象。戰爭期間她無法繼續完成學業，無法前往考取的英國倫敦大學深造。於是開始以寫作維生。張愛玲的寫作與香港現代性體驗息息相關。她個人身世對中國傳統文明衰落有深刻體驗，香港求學經驗對現代文明體驗同樣深刻，這使她的寫作建立於文明衝突的尖銳裂隙，並從女性觀察和感悟的角度發聲，開闢了香港女性文學的現代性書寫歷史。

張愛玲晚年的英文自傳體小說（1963）*The Book of Change*（中譯《易經》），和中文自傳體小說（1976）《小團圓》，香港經驗均為重要內容，這不僅表明作家始終在思考香港現代性經驗，而且也意味著香港女性主義寫作的連續生長。

著名文學史家夏志清先生的《中國現代小說史（1917—1957）》[2] 中譯本1979 年由香港友聯出版社出版，書中張愛玲的篇幅多於魯迅一倍，給大中華語

1　典典：《革命者對現代中國之想像藍本——十九世紀末期的香港及其對孫中山的影響》，《澳門研究》第 69 期，2013 年版。

2　夏志清：《中國現代小說史 (1917—1957)》，康涅狄格紐黑文：耶魯大學出版社 1961 年第 1 版，1971 年第 2 版。

境很大衝擊，引發“張愛玲熱”。夏志清先生正是從現代性表達的豐富成熟角度發現了張愛玲不朽的價值。某種意義上，先在港澳和海外興起、之後席捲大陸的“張愛玲熱”，構成了大中華語境女性主義文學思潮的組成部分，它既促進女作家書寫現代性的探索，也促進讀者對於女作家文本的閱讀關注。促進了文學女性主義的文本生產。如前所論，張愛玲文本對於中國語境現代性的深刻洞見，啟迪了大中華語境女性主義文學思潮對現代性新空間的駕馭。

香港作為世界最有名的商業都會之一，英國殖民者對文化統治採取了相對寬鬆的管理方式，這使本來就依賴大陸文化的香港文化獲得了相對自由的發展機會。香港以商業經驗為根本，發展出自己的商業文化模式，成功的通俗文學模式如言情、武打小說，它們與影視業結合，使得文學走上完全商業化的路徑。已有學者指出：“香港小說配合香港經濟成長與社會轉型。……在通俗而大眾文學方面，金庸、亦舒等已跟現代都會的心態相呼應。”[1]

香港的女性主義文學思潮不如台灣激進，也不如大陸繁榮。但大陸改革開放以來的香港女性主義文學思潮卻既接受歐美女性主義思潮影響，又受惠台灣和大陸女性主義文學思潮互動，結合香港商業文化，形成了香港式女性文學書寫特徵。在香港回歸之後，“一國兩制”一方面保證了香港經濟繁榮，另方面也促進了香港文學與大陸交流，女性主義文學的成果在香港和大陸互動傳播。如張愛玲寫香港的小說《傾城之戀》，改編為電影在大陸上映。如大陸作家王安憶《長恨歌》經香港導演關錦鵬改編為電影在香港上映。形成傳播風潮的，則是香港女性主義寫作的商業化模式，它們體現了香港式女性文學書寫特徵所具有的市場通行力。其中亦舒和梁鳳儀便是文本生產量和銷售量最大的著名女作家。亦舒的“言情”系列小說和梁鳳儀的“財經”系列小說，無疑投合了大陸開放環境下，職業女性和商場女性，面臨激烈競爭，如何獲取物質和精神自立的現代性需求。

亦舒的“言情”系列小說，雖以“言情”元素為文本主綫，但背景是香港現實生活，題材是職業女性的物質追求和精神領悟，或者是女性對於物質和愛情多

1　黃繼持：《七、八十年代的香港小說》，黃繼持、盧瑋鑾、鄭樹森主編：《追跡香港文學》，香港：香港牛津大學出版社 1998 年版，第 27 頁。

重需求的尋覓，並不把女性引向唯情處境和情感宗教，相反，倒總指引她們走出迷津，獲得智慧。她亦倡導女性情誼，將女權主義的姐妹情誼聯盟觀念進行形象表達，使女性在奮鬥中獲得精神慰藉，因此而常常成為了白領女性的"葵花寶典"。有學者指出："亦舒的可貴之處在於，她常常並不模式化地複製一些虛幻的故事，而是深入到現代女性的內心，多方體察女性的境遇和心態，力圖體現出一定的意義。"[1] 其實就是女性主義思想的通俗版本。

如她的代表作《獨身女人》，就生動再現了香港職業女性的生存處境和精神現實。女主人公中文名林展翹，即展翹飛翔之意，英文名叫 JOY，即快樂的意思。作者的立意顯而易見，把獨身女人形象塑造為令人嚮往的香港女性形象。她擁有收入豐厚的職業和優秀的工作能力，她可以不斷處理面臨的困擾。以她的條件，她會不斷遇到感情紛擾，這就是她的故事，另方面，則可說是作者的"言情"方式。作者為獨身女性設置的故事和懸念，引發讀者閱讀興趣。最終，獨身女人相遇了條件相當的優秀男性，作者卻並不把小說寫入大團圓結局，這就使亦舒迥然不同於瓊瑤。文本的政治便在此。亦舒立足女性主義的立場，保持她的人物精神獨立。結果是，獨身女人不希望自己陷入與理想男人的複雜關係，她最終放棄了他。小說結尾別有一番令人含笑的哲理："人生是一個旅行團，你反正已經參加了這個團體，不走畢全程看看清楚，多麼可惜，代價早已付出，多看一個城市總好的。"這樣的通暢明朗，自然令普通讀者感同身受，獲得釋放的快感。當然，這是一種現代性的個人成長體驗。

她的另一部改編為同名電影的小說《喜寶》也如此，女主人公取名"喜寶"，和"展翹"一樣，明確表達了作者對於女性的信心與期待。借人物之口，亦舒告訴現代女性："你到底要什麼？"喜寶說："愛。如果沒有愛，錢也是好的。如果沒有錢，至少我還有健康。也不過如此。"這就是亦舒為現代女性建立的心理需求塔式結構，以健康打底，永遠是健康的。亦舒創造了大中華語境女性主義通俗言情小說的新境界。

梁鳳儀 1989 年才開始小說創作，比亦舒晚起步的她同樣能夠佔領流行市

1　趙稀方：《小說香港》，北京：生活·讀書·新知三聯書店 2003 年版，第 242 頁。

場，與她極強的商業選材有關，更與 1990 年代大中華語境已然形成，大陸經濟騰飛，商業發展的歷史已然讓人期待總結，商業故事已有廣泛閱讀心理期待，有直接的關係。她的暢銷於台港和大陸的小說：《風雲變》、《昨夜長風》、《大家族》、《花幟》、《歸航》、《金融大風暴》、《豪門驚夢》，無不充滿了時代風雲。

然而，將梁鳳儀歸於女性主義文學思潮論述仍然非常合適，原因是，她的小說多以香港風雲變幻的商界為背景，雖被稱作"財經小說"，事實上，"財經"只是外殼，她的小說借由講述財經界、商界裏的愛情故事，演繹的卻是職業女性在精神、情感上的成長主題。把女主人公安排在風雲詭譎、爾虞我詐的商場上，讓她們經歷現代生活的險惡競爭，成為脫穎而出的女強人，擺脫她們原先或是豪門小妾、或為望族少奶，甚至是偷渡來港的大陸妹這樣低微的身份，獲得獨立自主的強者身份。[1] 梁鳳儀小說的看點如股市風雲、商場莫測、人事沉浮、家族興衰以及金錢異化，都圍繞女性成長主題，如此，實際上展現給閱讀女性開闊的現代性畫展和開拓自我的舞台。

如代表作《歸航》是梁鳳儀為慶賀香港回歸而撰寫的長篇歷史小說，這也是第一部由香港作家所寫的香港歷史題材小說。作品紀實和虛構相結合，從楊思、錢力、錢程、易祖惠、姜山等人物的命運變遷，反映自鴉片戰爭到"九七"香港回歸之間的歷史風雲。分《日落紫禁城》、《西風逐晚霞》、《籬下的歲月》、《滄波萬里風》、《深情似往時》、《衝上九重天》共六卷百萬字，歷史事件的可讀性，與女性人物祖惠投資大陸建設，經歷個人情感成長旅程的懸念交錯編織，使全書呈現梁鳳儀式流行小說的魅力。作者特別提醒讀者看到，現代女性經歷自我成長的領悟："易祖惠在這農曆年的除夕之夜，有很大的感慨。最大的感觸是，又要長一歲了。也許真是人類天生的品性，女性過了三十歲，就會想到終生的歸宿問題。尤其是她困擾在一段如此浪漫而真摯，卻又是不會開花結果的戀愛之中，就越發會希望能飛越感情的牢籠，夢想著有日會忽然有奇跡出現。多麼可惜，生長在遍地奇跡的香港，慣於創造奇跡的商界強人，偏在自己其實可以全權控制的感情問題上，困在死胡同內，無法有任何突破。最大的原因是她過不了自己的一

1　曹維勁：《商戰背後的女性情結——評梁鳳儀的財經小說》，《社會科學》1993 年第 4 期。

關。錢程亦然。逢年過節，無家無室的人是特別敏感的。過了年，一切恢復正常，就不再易胡思亂想了。春天，總是一年之始，充滿希望的。這不是檢討得失的時分，而是努力向前衝刺的季節。於是，易祖惠的心情也平靜得多了。"[1]

塑造能戰商場、可越情感，充滿"努力向前衝刺"精神的現代女性形象，使梁鳳儀的流行，也為大中華語境女性主義文學思潮增加"風行"元素。[2]

從台灣文壇遷移到香港文壇的施叔青，在她的名作《香港三部曲》中，把台灣女性主義寫作特色與香港女性主義寫作特徵，進行有效嫁接，使她的小說在情欲探索、政治論述和女性於商業中成長的流行元素三個方面都獲得充分發育，為香港女性主義文學思潮貢獻了精彩篇章。

在香港面臨"九七"回歸的重大歷史轉折時期，一批優秀香港女作家及時把握時代脈搏，書寫了重要文本。如前梁鳳儀的《歸航》塑造了積極融入祖國的形象，而李碧華的《胭脂扣》則表現港人的"懷舊之風"，通過扮成女鬼的名妓如花返回 50 年後的香港尋找 50 年前與之雙雙殉情的情郎故事，描摹一部民間情義史。黃碧雲的小說集《其後》也對香港本土生存狀態寫出留戀和反思。相比而言，施叔青雄心勃勃的女性主義意圖，是要重塑香港殖民歷史，體現一種女性主體的改寫力度。

《香港三部曲》由《她名叫蝴蝶》、《遍山洋紫荊》、《寂寞雲園》構成，運用了許多香港特有的富含豐富的文化內蘊的動植物及建築意象，來表現香港，深化主題，為香港樹碑立傳。如黃翅粉蝶、洋紫荊、紅棉樹、雲園等。每一卷都用卷中特有的反復詠吟表現的意象來點題、化題。如她把小說的主人公喻指為"蝴蝶"。[3] 同時又喻指香港，"蝴蝶，我的黃翅粉蝶，我的香港。"[4] 這也是整部小說的最後一句。黃翅的粉蝶於嬌弱的外表下，卻敢於挑戰既定的命運；被強盜劫掠後淪為妓女的黃得雲，受盡人間煎熬，卻以自己頑強不屈的生命力，揪住歷史

---

1 梁鳳儀：《歸航之深情似往時》，香港：香港勤＋緣出版社 1997 年版，第 317、318 頁。

2 梁鳳儀把自己定位為風行小說家，見梁鳳儀：《西風逐晚霞‧序》，《歸航》之二，北京：人民文學出版社 1997 年版，第 9 頁。

3 王瑞華：《殖民與先鋒：中國痛苦——三位女性對香港的文學解讀》，北京：社會科學文獻出版社 2006 年版，第 42 頁。

4 施叔青：《我的蝴蝶（代序）》，《她名叫蝴蝶》，廣州：花城出版社 1992 年版，第 5 頁。

機遇，把握自己的命運，終於成為香港的富豪名流。這與香港的命運驚人相似，不幸淪為殖民地，成為繁榮富裕的商貿中心和國際大都會。如此龐大的歷史與現實，藉助於一隻美麗的蝴蝶，鮮明、形象地浮現於人們眼前。蝴蝶、女人、香港三位一體，這種性別改寫手法，顛覆了他的故事的歷史（history），香港變成了她的歷史（hertory），憑藉漢文化對蝴蝶的多種寓意，[1]女性書寫顛覆力度從容自如。體現了文學女性主義的話語魅力：運用美學政治，於美的沉醉中，改寫歷史，改寫文化想像。而殖民現代性本身的女性化處境，也通過女性主義書寫加倍突出。

在香港的女性主義文學思潮中，優秀的女作家西西始終是一位前沿探索者。她思考個體和邊緣生存處境，拓展張愛玲開闢的現代性思考的深度：即在殖民現代性與民族主義支配力雙重壓抑之間，如何獲取個體女性與／獨特香港的主體性問題。她的小說總是獨闢蹊徑，書寫一些獨特女性題材，既表達獨特女性的獨特境遇，又暗喻香港的獨特性，開啟人們的思考，引向哲學境界。

如成名作《像我這樣一個女子》，寫一名殯儀館女化妝師的愛情故事，顛覆男性想像中化妝與美麗、女人與鮮花的必然關係，把化妝與死亡、鮮花和訣別並列，講述一個從事死人化妝的女子，有了戀人之後不敢相告職業，職業大白之時必是愛情離去的內心獨白。讀來既冷峻又發人深思。文學的女性主義深刻揭露了美學中的男權政治，它所設置的界限讓人忽略邊緣職業和邊緣人群。

西西的文本探索邊緣，賦予邊緣尊嚴和力量。在短篇《母魚》中寫未婚先孕少女，不從對錯看問題，而是道出“愛是不必蒙羞的”觀點，讓人正視個體存在尊嚴。名篇《哀悼乳房》以女病人的身份書寫癌症失乳之後的心理體驗，將治療過程發展成一個包含心理分析、疾病知識和女性文化想像的另類故事，刷新人們對女性身體、個體生命處境的認知。

身處香港商業環境，西西和其他香港女作家一樣，很重視小說的流行元素，她在小說形式探索上同樣很前衛，她採用的流行元素之一是視覺圖畫，圖文互涉

1　楊義：《中國敘事學》，《楊義文存》，北京：人民文學出版社 1997 年版，第 291 頁。認為：蝴蝶是中國古詩文中常見的意象，莊周夢蝶的典故很有名，後世有《蝴蝶夢》的雜劇和傳奇；以蝴蝶喻女色，詞牌中出現了《蝶戀花》……

與對照是西西作品的重要特徵。最見作家想像奇趣的是短篇《浮城誌異》，她選了 13 幅比利時超現實作家馬格利特的畫作，與文字平行拼貼，借題發揮，連貫成關於香港的寓言。這使她深刻前沿的思想內容，獲得生動趣味的視覺傳達，從而能夠讓普通讀者分享對香港的思考。

她採用的流行元素之二是童話寫作，西西自稱其小說為"頑童體"，合適生存壓力大而時間匆忙的香港讀者放鬆閱讀。中短篇系列《肥土鎮的故事》、長篇小說《我城》和《飛氈》都是西西思考香港身份處境的重要作品，香港的自然風物、歷史由來、權力紛爭和前途思考，藉童話視覺獲得全新表達。而孩子和女性這種邊緣身份的奇異活力，也藉此獲得了傳達。"在認真的遊戲裏，在真實與虛構之間，我以為講故事的人自有一種人世的莊嚴。"[1]西西能夠讓自己深刻前沿的思考也變得流行，體現了香港女性主義文學形式探索的重要意義。

擴張本是殖民現代性特徵，在香港獲得本土商業經驗的支持後，形成為"流行"風格。深得"流行"三昧，香港女性主義文學思潮湧現的作家作品廣為大中華語境讀者熟悉，通過文學的女性主義方式，不僅傳播和普及了女性主義思想，也使香港的現代性演變為可供學習和參照的生活方式。

---

1 何福仁：《與西西對談——人物：博爾赫斯、卡爾維諾、巴爾特》，香港：《素葉文學》第 42 期，1993 年。

五

"澳門性" 與澳門的女性主義文學思潮

　　和台灣、香港相比，曾作為葡萄牙殖民地的澳門，有著更為漫長的殖民記憶。

　　作為世界上最早的殖民地，澳門雖然早在明末淪為殖民地，但並沒有經歷戰爭恥辱。葡萄牙和澳門的關係不同於英國與香港的關係。葡萄牙早期的殖民活動尚受到中國大國的控制，澳門相對面積較小，後期殖民活動又受限於後起香港的競爭壓力。總體而言澳門殖民方式相對溫和妥協，葡萄牙人在此發展出本土群落，土生葡萄牙人成為文化混血兒。1976 年葡萄牙革命運動取得勝利，新政黨提出澳門不再履行殖民地政策，並在中國日漸強大的影響下，華人的政治地位得到改善，於八十年代逐漸參與政府對澳門地區的治理。至 1999 年澳門順利回歸，"一國兩制" 的政策保證了澳門繁榮穩定。

　　由諸種歷史條件所促成，在後殖民時代，澳門更類似一種局部實現的全球化的雛形，即 "跨文化場"，在此場域中，不同文化文明能夠平等並存，各顯其長而互相獨立或者交融。饒芃子教授在她對澳門文化文學的研究中，敏銳地發現了澳門現代性的這一獨特存在，她將之稱為 "澳門性"，並形象地表達為 "小地方，大文化"。[1]

　　可以說，"澳門性" 正是地域性與世界性充分滲透滋養的空間現代性，此處傳統和現代鬥爭的遊戲不復存在，[2] 而是 "相峙相存"。在這裏，有中國廟宇，有教堂修院，也有清真寺；有中國人居住的簡陋房屋，有西人葡人的寬闊邸宅；有

1　陳涵平：《解讀澳門文學，尋找 "澳門性" —— 評〈邊緣的解讀 —— 澳門文學論稿〉》，《華文文學》2009 年第 2 期。

2　葉啟政認為傳統與現代沒有優劣之分，關於傳統與現代的權力相逢、抗爭與妥協，參見葉啟政：《傳統與現代的鬥爭遊戲》，台北：巨流圖書有限公司 2001 年版。

葡國傳統的廣場、大街，也有聚焦中國人的小巷；不同的文化標誌在這塊 16 平方公里的土地上融匯著。[1]（按照新華網 2008 年 5 月 30 日報導，澳門特區政府統計局公佈的數據，截至 2007 年底，澳門陸地面積為 29.2 平方公里。澳門由於山多平地少，1863 年進行第一次填海工程以來，一百多年來通過填海增加的陸地面積已超過 9.3 平方公里。）

"澳門性"的另一種特色景觀，便是如豪華宮殿般密集的賭場，它們每天吸引來自世界各國的遊客和賭客，帶來了澳門的財富和繁榮。新葡京賭場的建築設計，在象徵澳門荷花的同時也象徵娛樂業的輝煌。區別於香港的加工業和貿易商業，澳門資本主義集中於博彩金融業，它給予個體參與者的現代性體驗，正如巴赫金所說，"人們過著狂歡式的生活。而狂歡式的生活，是脫離了常軌的生活，在某種程度上是'翻了個的生活'，是'反面的生活'"。[2]

這與澳門寧和平靜的生活構成強烈對比的賭場生活，充滿了無數驚險和故事，是很多文學作品的素材所在。筆者 2013 年負責為《香港文學》第 10 期組織"澳門文學專號"，8 位澳門活躍的當代小說家，提供的 8 篇小說有 5 篇直接或者間接寫到賭場，賭場情節對於澳門生活和作家的影響可見一斑。[3]

著名作家嚴歌苓在她的《媽閣是座城》中，深刻展示了"澳門性"這強烈現代性的一面，"以致世界有時顯得是內在地朝著我們崩潰了"[4]。她的小說人物厭倦日復一日的尋常生活，覺得"錢去時竟跟億萬眾生毫無二致：戰戰兢兢無聲無色"，嚮往媽閣即澳門"充滿三更窮，五更富，清早開門進當舖的豪傑"[5]。不惜以生命為代價。追求資本主義金錢"加速"運轉，體驗極致人生，賭場作為一種現代金融運作模式，無疑使投身其中的人體驗強烈的"時空崩潰"，把資本主義現代性演繹到極致。這一澳門現代性特徵，事實上不可忽略地構成了反思現代性

1　廖子馨：《論澳門現代女性文學》，澳門：澳門日報出版社 1994 年版，第 9 頁。

2　（俄）巴赫金：《巴赫金全集》第五卷《詩學與訪談》，錢中文主編，白春仁、顧亞玲譯，石家莊：河北教育出版社 1998 年版，第 161 頁。

3　見《香港文學》2013 年第 10 期。

4　（美）戴維·哈維：《後現代的狀況——對文化變遷之緣起的研究》，閻嘉譯，北京：商務印書館 2003 年版，第 300 頁。

5　嚴歌苓：《媽閣是座城》，北京：人民文學出版社 2014 年版，第 6 頁。

的重要資源。

如澳門作家寂然在他的科幻小說《未來》中，[1] 講述一位賭場普通職員的命運演變，他因長相俊偉得賭城王欣賞，在賭城王行將就木之際，他被劫去科學實驗室，科學家們在實驗室裏將他的頭腦信息更換為賭城王的，以便統治長存。但是，科學家們因不滿賭城王的壟斷統治，在給小職員植入賭城王統治信息時，竟然加入了一部分改變賭城秩序的民主意念。

女作家廖子馨在她的小說《梳頭》中，[2] 寫到了與賭場生活相關的職業妓女問題。她的反思視角建立於澳門與大陸之間，也可說是現代與傳統之間，因她的女主人公是來自大陸的農村，是一個非常傳統的女孩。小說的全部篇幅展開於女孩對鏡梳頭這一深具反思象徵的場景之中。女孩在家鄉有一位自己心儀的對象，囿於傳統，兩人之間並沒有發生性關係。然而，她被從事職業妓女工作的女友所誘來到了澳門，即將投身女友的行列。她在鏡中為女友的華麗所吸引，又不斷受到傳統觀念的召回，她的自我分裂成鏡中碎片。女友告訴她性不過是一件商品，讓她接受商品可以買賣的原則。她要改變貧窮，就意味著她也要改變觀念，改變身體和異化自我。小說深刻呈現了女作家對女性現代命運的關注。

由漫長殖民史所形成的"澳門性"，既包含現代性面向未來的"世界性"，是"小地方、大文化"所具有的中西交匯、包容開放精神氣質，又包括現代性的悖論"賭性"和"時空崩潰性"、意義虛無之惡等。如此豐富複雜及悖論，使澳門文學書寫面臨極大挑戰。如同心理學家所說："只有通過'再記憶'的工作和新形式的理解，歷史才能以使之對現在有生活價值並且使現在完全活躍起來的方式被重新創造。每一代人都有創造新歷史的任務，在心裏為過去預留一個空間，在現在中重構過去。"[3]

顯然，這一創造新歷史的任務非常艱巨，也並非一定由澳門作家獨立承擔。

北美移民作家嚴歌苓在她的《媽閣是座城》中，已體現一種重構"賭性"現

1　《香港文學》2013 年第 10 期。

2　同上。小說《梳頭》署名夢子，為廖子馨筆名。

3　（英）凱瑟琳·霍爾：《"視而不見"：帝國的記憶》，法拉·帕特森編：《記憶》，戶曉輝譯，北京：華夏出版社 2006 年版，第 23 頁。

代性的野心。她在澳門賭場體驗生活,並深入鑽研早期資本主義全球化過程,移民所遭遇的現代性衝擊,用生命和血汗"賭"時間與物質財富的歷史,並進而反思現代性持續至今的"賭"性,深入批判了資本主義之惡,也深刻揭露了人性的缺陷。正是嚴歌苓這種跨越式寫作,讓我們看到"澳門性"與大中華語境反思現代性的相關性。換句話說,反思"澳門性"需要從更大視野進行,需要俯瞰資本主義的興衰演變,和它對於人性的影響。偶爾一賭也許自古皆有,但只有資本主義能將"賭"變成產業,激發人的賭性,把賭性演變成再生產,這實際上是資本主義競爭本質的反映,而資本主義競爭本質對人類影響的多元後果,無疑是無盡的話題。

基於這樣的反思角度,可以理解,澳門的女性主義文學思潮遲於台灣、香港和大陸出現。某種意義上,它需要更多資源啟動,事實上正如此。

"在婦女史中,澳門婦女並非受苦最深的,她們獲得的思想解放早於內地婦女,接受西方先進思想也是直接的。"早在二十世紀初澳門成立的詩詞組織雪社中就有女詩人,其詩作表達中西合璧理念。1900 年澳門即有男女同校,男成員受西風影響,甚至寫詩詞祝賀女成員剪髮西化。[1] 殖民地受歐風影響,對婦女的約束較少於內地。受全球女權主義運動影響,聯合國推動世界婦女發展的計劃,澳門葡制政府和回歸後的特區政府,都與國際同步履行。因此,在作家和批評家廖子馨看來,澳門的女作家們"只可能在精神解放的程度與物質解放的程度形成正比時,才會爆發創作動力"[2]。這就是大陸改革開放,澳門經濟騰飛,大中華語境形成,漢語在澳門獲得主流地位,特別是,澳門進入後殖民時期,澳門作家提出建立"澳門文學"的形象問題,女作家們"創造新歷史"的激情才獲得喚醒。[3]

1　廖子馨:《論澳門現代女性文學》,澳門:澳門日報出版社 1994 年版,第 14 頁。

2　同上書,第 16 頁。

3　在 1984 年舉行的"港澳作家座談會"上,既是香港作家也是澳門作家的韓牧提出建立"澳門文學"的形象問題,使澳門作家自覺地要凝集成一股勢頭,從而促進文學創作發展,開始了澳門文學創作的春天。1987 年澳門筆會成立,從組織上將作家聚集起來,推動本土文學創作,五月詩社 1989 年正式成立。1986 年澳門大學召開澳門文學座談會,首次就本土文學進行詩歌、小說、散文和戲劇的研討。參見廖子馨:《論澳門現代女性文學》,澳門:澳門日報出版社 1994 年版,第 19 頁。

葡制時期主流語言為葡萄牙語，澳門文學的主流是葡語作家的寫作，此方面的成就當另行專門研究。就漢語新文學在澳門的成長歷程而言，"澳門新文學自1930 年代萌芽、1980 年代覺醒起飛至今的發展歷史，寫實敘事已成為澳門文壇主要的書寫傳統"[1]。用漢語書寫澳門城市故事，"創造新歷史"，的確是大中華語境形成之後，才獲得 "爆發創作動力"，而 "寫實敘事" 成為澳門文壇主要的書寫傳統，正是 "創造新歷史" 所需要的。澳門的女性主義文學思潮，就是在澳門文壇為建立 "澳門文學" 的形象，澳門作家為創造澳門的新歷史的背景下，湧現出來的女性作家們的文學行動。

澳門的女性文學可說是集中體現了澳門文學的生產特色。澳門中文報紙與澳門文學關係密切，一方面，澳門中文報紙是澳門文學最主要的傳播媒介，對文學作者群、讀者群的培植起著重要作用，也對澳門文學體裁、題材與主題的發展變革以及澳門文學觀念的更替都起著重要的作用；另一方面，澳門文學也是澳門中文報紙的重要組成，有效地拓展了澳門中文報紙的新聞表達空間、加強了澳門中文報紙的媒體競爭能力並建構了澳門中文報紙的文學文化品位。[2] 澳門女作家周桐、林中英、廖子馨等，既可說是澳門中文報紙培養出來的作家，也可說她們的文學成就使澳門的中文報紙體現出對女性創造力的尊重和引導。她們主要通過《澳門日報》等澳門主流媒體副刊發表作品，日報等媒體每日發行，讀者回饋迅速，引發女作家的文本再生產。事實上，以報紙為主要傳播方式的澳門女性主義文學思潮，生產了代際相承的女作家群體，而澳門女作家群體也使得澳門的女性主義文學思潮加入到了大中華女性主義文學思潮的合唱。一方面以小我思考大我，有人類之思；另方面不斷思悟自我的身份，以詩意情懷和理性認識建構澳門 /女性主體想像。在文體上，"其小說、散文、詩歌均有可以躋身中華文學歷史之佳作"。[3]

1980 年代中後期，正值台灣女性主義文學思潮風起雲湧，大陸女性文學創

1　張堂錡：《澳門小說 "道德教化" 敘事傳統的形成與形態》，《澳門研究》2014 年第 1 期總第 72 期。

2　王列耀、溫明明：《回歸十年：澳門中文報紙與文學互動研究》，《安徽大學學報（哲學社會科學版）》2011 年第 6 期。

3　閻純德：《試論澳門女性文學》，《南京師範大學文學院學報》2012 年第 1 期。

作引人注目之際，得風氣之先的《澳門日報》凝集澳門女作家群體，開設了著名的《七星篇》和《美麗街》兩個專欄，一時成為澳門女性文學集體的象徵，專欄關注澳門現實生活，鮮明而溫和的女性立場，幾乎家喻戶曉。《七星篇》後來經過篩選而結集成書，獲得普遍的重視。其中年齡上也體現了澳門作家三代相承的特點，如林蕙（凌棱）是第一代女作家，第二代周桐（沈尚青）、林中英都曾受到她的影響，廖子馨（夢子）則是年輕的第三代。接續的更年輕一代梁淑淇、馮傾城、袁紹珊等等則是 21 世紀的風景。

及至廖子馨這一代澳門女作家，對於女性主義文學思潮已有清醒的理性認識，廖子馨出版的第一個集子是《論澳門現代女性文學》（1994 年，澳門日報出版社），分甲、乙、丙三輯。甲輯專題討論澳門女性文學，對女性文學進行界定和描述；乙輯對澳門文化進行了論述，把澳門文學評價建立於澳門文化背景，已呈現文化批評特色；丙輯對大陸和台灣女性文學進行研究，尋找與澳門女作家之間的關聯。如認為澳門第一代女作家林蕙的散文，繼承了大陸作家冰心的“愛”的傳統，但相比冰心散文而言，林蕙的散文不只是表達女兒性，更有濃郁的母性情感。如分析澳門第二代女作家林中英“在模仿丁玲張愛玲中成熟”，指出女作家之間師承和突破的傳統。認為澳門小說能手周桐受到了台灣和香港流行文學的影響。可見澳門女性主義文學思潮兼收並蓄的特點，和對於大中華語境加入的自覺。

正是內因和外因相加，啟動了澳門女性主義文學思潮。思潮貢獻的代表性作家作品，體現了對於“澳門性”現代性的反思和豐富。

小說家周桐在 20 世紀 70 年代至 90 年代二十多年的時間中，長期在報紙開設專欄，先後開設了“我的週記”、“八妹手記”、“西窗小語”等專欄。她的這類作品信息豐富，內容涉及世界各地的社會生活、政治、經濟、宗教，是現代社會中的“即食文化”，頗受讀者的青睞。寫專欄一方面培養了她的讀者群，另方面還為她的小說寫作提供了敏銳的感覺和豐富的素材。事實上，周桐很擅長講故事，她吸收了香港和台灣通俗小說的技巧，而能夠投合澳門讀者的所需。比如她本人的工作是國際新聞翻譯，為澳門及時輸送世界各地信息，她據此把接觸到的奇異事情，也演變成故事，令她的小說頗具世界氣息。如她的環保和科幻長篇

《香農星傳奇》，寫地球的攣生星球來客，在澳門與澳門少女相戀，一起探討環保和科技發展，批判唯科學主義，想像奇特，思想前衛，可說開創了大中華語境女性寫作的新空間。

周桐的短篇小說場面集中，情節錯綜複雜，對人物極端性格的刻畫深刻有力，有的篇章堪與張愛玲《金鎖記》比美。如名篇《勝利者》、《栖山盟》。前者寫一個傳統女子被丈夫拋棄後的故事，通過她對鏡化妝把鏡子劃破，出席晚宴找偏僻的洗手間座位落座，卻發現丈夫新歡落座自己身邊手戴巨大項鐲，她不能自控地起身到洗手間嘔吐哭泣，寫出棄婦嚴重自卑心理和渴望報復的極度痛苦。奇特的是，當棄婦返回座位，小說家筆鋒一轉，寫丈夫新歡已成又一棄婦，她來喝酒不過是醉生夢死。她和她，兩個情敵相逢，戰爭已然結束，卻沒有勝利者。小說名《勝利者》，抨擊男權婚姻的同時，也諷刺了棄婦們的可悲處境。兩個棄婦之間沒有任何對話和交流，她們失語於宴席的場景卻令人難忘。《栖山盟》中的阿松和朝吉的故事，表面看來是一對戀人的浪漫殉情，實則是殘忍的兇殺；阿松活活勒死了朝吉。小說一邊描寫阿松朝吉那不顧一切的愛與欲望，一邊鋪墊這種愛與欲望在村莊不被允許，險惡的氛圍和熱烈的欲望構成小說強烈的場景。當村人要求偷情野合的阿松和朝吉按慣例到山頂岩石自殺，阿松看出了朝吉的動搖，阿松決定不放過朝吉。小說寫阿松將朝吉勒死而後自殺，使村莊中的男子們再不相信偷情只有女人死去的傳說。這兩部短篇小說文字精粹，內容卻深長豐富，包含了強烈的象徵意義，暗寓男權體制本身的離奇荒誕，在塑造女性形象方面，將女性的原始生命力和悲劇命運之間的張力發揮到極致，使極端性格呈現得相當飽滿。不僅寫作手法相當高明，而且體現了作家對於女性主義思考的深度。

對女性主義思考的深度，還體現在周桐婚戀長篇小說的獨特講述手法上。她利用"言情"這一港台通俗小說的元素，創造出饒有意味的澳門女性文學另類言情特徵。即她的言情不言青春之戀情，卻言文學忽略之錯情隱情和殘缺之情，探討人類邊緣生活，開拓個性成長空間。如《半截美人》寫殘疾人之追求與愛，《錯愛》寫一時失誤衝動導致一生考驗之愛，《晚情》寫老年人之愛的複雜糾葛，等等。雖然周桐也利用三角關係和複雜的情感糾葛這些港台通俗流行小說的懸念，但她更多執念於主人公如何走出矛盾，主人公的心理成長、生命發現、理性成熟，及在成熟中如何做出人生的選擇，以一種成熟的魅力吸引讀者認同。智慧、勇氣和承擔，某種昇華的必然，一種精神標高的結局，用傳統的批評詞彙，也可以總結為：發乎情，止乎禮義。周桐的小說演繹了澳門文化理性的一面。可以說，澳門文化生產了周桐的小說，周桐的小說又豐富了澳門文化。

女作家林中英自 1968 年進入《澳門日報》工作至今。她於八十代中期寫作成熟並成為澳門女作家群的代表人物之一。1985 年香港綠洲出版社出版了她的兒童故事結集《愛心樹》8 篇小說，這些兒童故事是為報紙專欄而寫，融入了林中英自己身為母親的切身經驗，澳門的生活場景，澳門兒童的生活現實，在小說中得到了生動的表現。1987 年同樣是香港綠洲出版社出版了她的短篇小說集《雲和月》12 篇小說，這些小說以女性的眼光觀察和表現澳門都市生活的凡人小事和婚戀、家庭等人際關係，體現出 "書寫澳門" 的自覺。其名篇《重生》涉及澳門身份思考和女性欲望關係，引起批評家廣泛注意。

《重生》中的銀彩是個偷渡到澳門的無證少女，四年來因為沒有居住登記證只得像老鼠一樣東躲西藏，過著非正常人的極為單調苦悶的生活。領到登記證後，她欣喜若狂。但就在這個慶幸重生的日子，"快樂突然悄悄隱伏，絲絲悵惘冒出來"。長期的性壓抑隨著自由的獲得變得無法控制，身為女傭的銀彩對男主人產生了強烈的性衝動，終於投入男主人的懷抱。人物的性飢渴在林中英的筆下得到淋漓盡致的展現。既是對傳統禁欲主義的大膽反叛，也是對身份壓抑的大膽控訴。性的越界在小說中，同時隱喻了身份越界的衝動。澳門的街道風景，購物場景，家居內室，在小說中都有精細描寫，《重生》無疑是典型的澳門生活另類題材，寫出了澳門特有的地域身份對於人們日常生活的影響。日常生活、地域、性別，林中英的短篇小說精緻豐富，在澳門敘事文學上獨具價值。也許是執意澳門經驗的緣故，林中英將更多精力和時間用於了散文寫作。

她在《澳門日報》的《新園地》一周一篇隨筆，擁有自己的讀者群，在散文寫作空間展示澳門和她自己的個性魅力。1994 年，澳門日報出版社出版了林中英散文集《人生大笑能幾回》。這部散文集收入了她 1988 年以來的專欄精品。李鵬翥先生為這本書寫了序言，名為《脈脈含情妙手傳》。指出："作者的題材，常常從身邊撿拾；作者的觀察，也不脫女性的細緻"，但可貴的是 "在生活裏發掘出許多有意義的題材，寫來卻似妙手偶得，脈脈含情，綿密細膩，收縱自如，散發著哲理的光芒"。一方面是澳門，一方面是女性的自己，在林中英的散文中，她們互為存在，都是她審視、反思和熱愛的對象。這種地域和女性同構的駕馭方式，使林中英獲得了散文寫作區別於其他作家，並不斷實現自我超越的可能。1996 年，香港獲益出版社推出林中英 70 篇散文結集《眼色朦朧》。香港批評家東瑞撰文稱"林中英散文真精彩"，他指出"中英十幾年散文魅力不衰，原因就是她不斷更新、創新她的表達形式，美化她的敘述語言。我們從未感受到她的守舊，相反，在她的魅力文字間，常常明顯地感受到她的周密思路和新鮮創意" [1]。

寫於澳門回歸前夕的《小澳門大澳門》是林中英散文經典作品，[2] 文章縱橫捭闔，將 24 平方公里 40 萬人口的澳門之小，與國際身份人類歷史之中澳門之大，相向對比，寫得精彩細緻，細節即論述，親切優雅而有力，再現了澳門"小地方，大文化"的風采。

澳門回歸是中國歷史上的一次大事件，但除了主流的聲音和說法之外，來自澳門的聲音是什麼樣子？2009 年，林中英寫出了另一篇散文經典《十年》。這篇散文透露著濃濃的澳門情懷，展示了澳門人對於國家、民族命運的思考。紀念十年，從回溯十年前重要的時刻開始，一方面參差對照寫不同身份的人面對回歸的不同反應，另方面重點敘寫了作為澳門人的父親在回歸之夜的不尋常表現。監獄長提前棄職避返葡國，葡國旗從關閘、澳督府降下，有幸出席特區政府成立儀式，父親特意打上棗紅色領帶，凌晨在乘車回家的路上，父親居然因興奮而迷路了，這位老澳門人內心的激動躍然紙上。十年對澳門意味深長，但散文不著一字議論，而用敘事寫法"大家走著，走著，走進歷史新時期"。這種敘事即象徵的寫法，體現了女作家"創造新歷史"的文本自信。

2011 年澳門日報出版社出版的《女聲獨唱》，收錄林中英十二載散文精品，印證了林中英的散文和澳門地理文化呈現為二位一體的特色。如寫女性化妝的

1　東瑞：《林中英散文真精彩——〈眼色朦朧〉印象》，澳門：《澳門日報》1997 年 3 月 26 日。

2　林中英：《小澳門大澳門》，澳門：《澳門日報》1998 年 10 月 5 日。

《臉面工程》和《搶救幾毫米》，從凡俗題材寫出深刻人類學意義和存在哲學。《臉面工程》將女人的化妝打扮比喻為裝修工程，進一步喻為不朽之追求：從口紅到眉筆，細細操作；臉部裝修是一輩子的工程；臉龐裝修是最艱巨的工程，因為一邊裝修，一邊被歲月摧毀。《搶救幾毫米》再次對化妝裝修做出精細描寫，引入新科技的努力，"人面的青春美麗，就是在毫米的移動間漸漸消失的"，"毫米的移動像地球板塊的移動，終將來一次破壞性的爆發"。讀之深感"小澳門"、"小文體"之"博大深刻"。

也是在澳門回歸前夕，年輕的女作家廖子馨發表了小說《奧戈的幻覺世界》，講述土生葡人"尋根"的故事。這是第一篇從華人角度反思在澳門出生的葡萄牙人命運的作品，這個作品不久引起世界性反響，被翻譯為法文、葡萄牙文和英文出版。之後又被改編為電影《奧戈》放映。

廖子馨出生於柬埔寨，成長於老撾，之後到大陸讀書，再來澳門工作。這種移民身份，令她對於土生葡萄牙人命運有到位的把握。主人公奧戈的爺爺是葡萄牙軍人，與他家的中國籍婢女私通生下奧戈的父親，父親娶馬來西亞女子為妻，奧戈身上便有了葡—馬—華三種血統。奧戈雖長著歐洲人的高鼻子，但皮膚黑黃且有突出的亞洲人臉孔，使他入學後被純種葡人孩子罵為"中國雜種"，常被打得鼻青臉腫回家，17歲時還曾遭葡萄牙醉鬼雞姦。奧戈處於一種身份分裂中長大，他以自己的高鼻子為榮，即使打架也小心護著鼻子，為改變作為亞洲人特徵的黑黃皮膚，就業後他借出差葡萄牙在里斯本海灘故意將皮膚曬紅。在巴黎逛紅磨坊，他借酒勁雞姦了一位歐洲男人……作品充滿了對奧戈的身份幻覺描寫，將性與身份的錯亂進行交錯表達，手法現代，技巧新進。體現了澳門第三代女作家優秀的潛質。

廖子馨從20世紀90年代開始從事不同文體的創作，包括雜文隨筆、散文、小說和電影劇本改編等。她還是較早開展研究澳門女性寫作的文學研究者，這一切使她對澳門女性主義寫作有自覺的追求。如前論及她的中短篇《洗頭》，從性的角度關注現代女性命運。她的《命運——澳門故事》書寫女性新移民在澳門奮鬥，獲得澳門身份的故事，體現了為澳門城市創造新歷史的書寫意願。

澳門更新一代女作家如梁淑淇是第一屆澳門文學獎小說組冠軍，分別以《小心愛》和《我和我的……》連續兩屆成為澳門中篇小說獎的得獎者,她同時活躍於網絡,是成功把小說推廣給其他地區讀者的典型範例。馮傾城則是小說、散文和詩歌多種文體都擅長的作家。袁紹珊的詩歌具有鮮明女性主義立場,澳門意象與世界視野,加上技藝精湛,已獲得詩歌界認可。她們以及更多新生女作家、外來移民女作家,無疑將繼續推進澳門的女性主義文學書寫。

北美新移民空間的女性主義文學思潮

　　人類在遷徙和定居之間的選擇，所帶來的生活變動和情感故事，可說是文學永恆的題材之一。古典“鄉愁”曾是人類對美好家園的深刻情結。現代以來城市化進程，全球化推進，卻使人類的遷徙流動變成日常生活，每一位移民都會切身體驗到自己與傳統的斷裂和必須重建未來的理性，移民故事無疑已演變為衡量文學現代性的尺度之一。

　　塞繆爾·亨廷頓指出：“如果人口分佈是天定的，那麼人口流動便是歷史的發動機。”“人口輸出可能是 16—20 世紀西方崛起的最重要的衡量標準。”[1] 他的這一觀點，不僅有助理解美國作為移民國家的活力，也助於理解中國大陸開放以來，出現的數次移民浪潮。於中國崛起階段出現的移民浪潮，不同於歷史上出於戰爭、政治動盪而被迫移民的現象，後者可說是生存的需要，前者卻是發展的選擇。選擇到更發達國家留學深造、發展專業特長和更好生活，或者投資移民到更合適賺錢的地方，大陸開放之後出現的這種尋求更好發展前景的移民浪潮，通常稱之為“新移民現象”。[2] 也可說是主動追求現代性的現象。

　　如前章所述，由於大陸開放之後主動接受美國主導的現代性，向美國學習的姿態，或者說以美國現代化程度為參考標準的時尚，使美國成為中國新移民

1　（美）塞繆爾·亨廷頓：《文明的衝突與世界秩序的重建》（修訂版），周琪、劉緋、張立平、王圓譯，北京：新華出版社 2010 年版，第 176 頁。

2　新移民現象的統計數據報告權威版本包括：李慎明、王逸舟主編：《2007 年全球政治與安全報告》，北京：社會科學文獻出版社 2007 年版；王輝耀、劉國福主編：《中國國際移民報告（2012）》，北京：社會科學文獻出版社 2012 年版；王輝耀、劉國福主編：《中國國際移民報告（2014）》，北京：社會科學文獻出版社 2014 年版。

的主要目的國。[1] 從統計資料可知，中國大陸精英更多選擇到美國發展，如中國送出的留學人員總數字於世界首位，清華北大成為美國博士生最大來源學校。又如，至 2011 年我國永久性移民超過 15 萬，其中獲得美國永久居留權人數近 9 萬人，在中國國際移民總數中排名第一。[2] 這種新移民流向，構成了大中華語境與以美國為主導西方語境對話的開闊平台和真實情境，體現了大中華語境對於現代性追求的趨向。正如新移民作家陳謙所說：新移民群體，也就是中國改革開放後出國留學的那些人，"他們是有良好的教育背景和較高的智商，又努力上進的群體。在美國這樣一個鼓勵個人奮鬥和自我實現的國度，他們是很容易闖過生活的第一關，解決溫飽問題"，"而在溫飽解決了之後，有追求的人肯定就會迎來'人吃飽以後該做什麼？'這樣的問題"。[3] 基於這樣的背景，就不難理解在美國新移民作家大量出現，關注中西方發展落差，體驗個體選擇多元，反思東西方文化差異和現代性對於人類的影響，"美華文學可以說代表了海外華文文學的最高水平"。[4] 呈現全球化過程中，"跨太平洋的文學連結與遭遇，特別是亞太經驗如何形塑當代美國文學的問題"。[5] 已有學者發現並研究，女性主義文學思潮在其中啟動了"她的傳統"。[6]

北美新移民空間的女性主義文學思潮，相比大陸、台灣、香港和澳門，更有著語言和文化混雜的多聲部特徵，對現代性的反思體現出多重角度和策略，其中對現代移民身份問題的反思，更體現了移民跨國離散情境中的創造力。

弗羅姆指出，人的身份（Identity）是人能夠意識到作為一個獨立存在的自身，恰恰是"與關聯性、根源性和超越性的需要在一起，這種身份感的需要是如

1　王輝耀、劉國福主編：《中國國際移民報告（2014）》，北京：社會科學文獻出版社 2014 年版，第 8 頁。

2　同上書，第 7-8 頁。

3　荒林、陳謙：《在美國的寫作與〈紅樓夢〉、性別、人類及美國夢之間——對話硅谷作家陳謙》，《創作與評論》2014 年第 6 期（下）。

4　莊園：《文學與歷史——美華作家引領"新文革"小說潮》，莊園：《女性主義專題研究》，廣州：中山大學出版社 2012 年版，第 073 頁。

5　李有成：《關注式的閱讀——馮品佳教授著〈她的傳統：華裔美國女性文學〉序》，馮品佳：《她的傳統：華裔美國女性文學》，台北：書林出版有限公司 2013 年版，序言第 2 頁。

6　馮品佳：《她的傳統：華裔美國女性文學》，台北：書林出版有限公司 2013 年版。

此重要和緊迫"。[1] 某種意義上，現代以來的移民現象，本身可歸為人類集體認同現代性的歸屬需要，然而具體到每一個體，與生而來的文化關聯和本土根系，與現代性所指向的超越性需要之間，並非簡單水乳交融。既與原鄉本土離散，又不能真正匯入移民所在文化家園，其結果便產生了新的現代性形態"文化氣根現象"，"文化氣根現象"可說是移民精神歸屬的形象概括。[2]

台灣學者馮品佳在《她的傳統：華裔美國女性文學》中，從移民"認據美國"（Claiming America）和"認據離散"（Claiming diaspora）兩個角度梳理了移民女作家的英文寫作和中文寫作，如扇形展開女性主義的跨語境對話。認為女作家們通過英文或者中文"講述隱無的故事"，揭示中國移民和女性在美國正史中"隱無"的處境，從而揭露種族壓迫和性別壓抑，並反抗英語霸權，在講述中實現弱者的"返回"，弱勢的賦權。她採用並論證了台灣學者李有成教授在《離散與家國想像》論文集緒論中提出的"離散的生產性"觀點。即認為，無論移民女作家"認據美國"，採用英文寫作，還是"認據離散"，採用母語中文寫作，她們在講述移民經驗之際，都重構了移民歷史，並在重構之中再生產了自我的主體性。因為在"不同家園或中心的拉扯之下會造就出'離散的生產性'。也就是說，離散的位置雖然看似邊陲，但是也具有雙重、甚至多重可能的視域，因此可從中產生更敏銳的洞察力與批判力"。[3] 這一觀點和朱壽桐教授的"文化氣根現象"相呼應，指認了移民身份可具有的多重反思據點。

馮品佳教授充分注意到了華裔美國女性文學對於女性和母親/中國文化傳統的傳承。在考察英文寫作講述"隱無的敘事"時，上溯到"第一位在歷史文獻中出現的華裔女子名叫阿芳妹（A fong Moy 音譯）"，"她在 1843 年被'進口'到美國，安身在紐約的美國博物館，目的是讓遊客觀看'天朝女子'與西方婦女有何不同"。[4] 遊客享受她的失語，正如觀看她的三寸金蓮。西方和西方女性的優越

1　（美）埃里希·弗羅姆：《健全的社會》，王大慶、許旭虹、李延文、蔣重躍譯，北京：國際文化出版公司 2007 年版，第 59 頁。

2　朱壽桐、許燕轉：《文化氣根現象與新移民文學心態——兼論澳門新移民文學中的文化氣根現象》，《華文文學》2009 年第 6 期。

3　馮品佳：《她的傳統：華裔美國女性文學》，台北：書林出版有限公司 2013 年版，緒論第 17 頁。

4　同上書，緒論第 22 頁。

霸權，恰是中國和中國女性弱勢失語的對照存在。論證華裔女作家在美國英語寫作脈絡中，努力講述個人、家庭以及族裔的歷史，是為了在美國文學中發出"不應隱無的聲音"。列舉 1970 至 1990 年代，有金惠經（Elaine Kim）的《亞美文學》（*Asian American*）從理論上討論亞裔美國人之自我建構，有林英敏（Amy Ling）《不同世界之間》（*Between Worlds*）為早期華裔女作家整理族譜，更有 90 年代張敬珏和黃秀玲針對亞裔美國文學所寫的評論集《善言的沉默》和《閱讀亞裔美國文學》，認為閱讀寫作的政治有助中國文化傳統在英文空間的"生產"，"認據美國"的英文寫作在進行文化記憶與文化存活上起著重要作用。

關於亞裔美國文學中英文寫作的女性主義傳統，馮品佳教授雖然沒有直陳美國女權運動的影響，但不可否認，亞裔女作家們正是受到西方女權運動啟動，才會自覺尋找和重構中國女性傳統。另一方面，中國大陸的開放與文化復興，無疑從"認據離散"的"文化家園"提供新的啟動，使她們的英文寫作更有融匯語境。亞裔美國文壇知名作家伍慧明 1993 年出版第一本小說《骨》，講述舊金山唐人街家庭如何面對家中一員自殺的故事，追溯家庭悲歡離合，再現華人歷史的潛藏文本，更深刻揭示，華人在美國生活所面臨的中西方文化衝突和認同掙扎，在唐人街的女孩子們"想要搬到城裏的另外一區，可以像是渡過太平洋一樣"，[1] 她們的心路歷程，正是英文寫作所要經歷的文化旅程。

雖然如此，華裔美國女作家譚恩美卻以英文寫作成為美國文壇的暢銷書作家。她早在 1989 年以《喜福會》一舉成名。可以說，女性主義要求和中國文化元素的結合，正是譚恩美小說贏得英文讀者的原因。在《喜福會》中，採用多組中國母女故事強化敘述，多角度講述美國華裔家庭的文化融合與衝突喜劇，女性主體"認據美國"的結局，既可解釋為中國元素的美國化，也可理解為文化大整合的開放。但是，1949 年從大陸移居美國的背景，無疑是四位女性故事特別吸引英文讀者的原因。某種意義上，由於中國大陸的開放，重讀中國當代歷史，重新理解中國傳統文化，包括重新理解中國女性，成為中美之間語境交流對話的需要，也構成了譚恩美英文寫作暢銷的市場基礎。譚恩美是一位深懂文化市場的作

1　馮品佳：《她的傳統：華裔美國女性文學》，台北：書林出版有限公司 2013 年版，正文第 17 頁。

家。她很好地利用了中國元素和女性主義要素。在《靈感女孩》中，小說以"我的鄺姐姐相信自己具有陰眼"開始，敘寫中美混合家庭的愛情故事，一方面利用中國文化元素的神秘吸引英語讀者，另方面賦予了中國神秘文化強大力量，可以穿越生死，前世今生，輪迴轉世，並把女性愛的精神和中國神秘文化進行了融合，這無疑豐富了美國英語文學和文化。

英文寫作的另一位著名華裔美國女作家湯亭亭，成名作是回憶錄式小說《女勇士》(*The Woman Warrior: Memoirs of a Girlhood Among Ghosts*,1976)，用一人稱手法講述一個華人女孩在美國成長的經歷，開創了華裔女性成長小說先河，並以"女勇士"、"女鬥士"形象的成功塑造成為女性主義代表作。小說以家族除名的姑姑"無名女子"(NoName Woman)開篇，回憶母親教育在美國成長的女兒，讓她不要像家族中投水自殺的姑姑，而接受了美國文化教育的女兒，卻認為以死抗爭的姑姑才是英雄，從而否定了中國壓抑女性的傳統。重要的是，這個美國華人女孩找到了中國文化中的另一種傳統，這是一種和美國女權主義相比美的傳統，她用自己的行動演繹這一傳統，令生命昂揚，贏得了在美國生活的尊嚴和幸福。作家把這一傳統寫得文武兼備，可說是充滿了女性主義的教育和引導意義。一位是中國文化中的傳說人物花木蘭，女扮男裝，維護正義和秩序；另一位是中國歷史人物蔡文姬，被匈奴人劫去異鄉，她歷盡磨難後歸來，日夜思念留在匈奴的孩子們，寫下著名的《胡笳十八拍》。湯亭亭借重構女性主義的中國文化傳統，把女性成長和民族文化融合、女性寫作創造歷史，多重複合的議題進行了虛構和探討。如果說文化混雜是湯亭亭英文小說的特色，不如說女性主義借文化跨越來實現自我建構是她的創造。

事實上，湯亭亭所開創的華裔女性成長小說英文寫作傳統，得到了任璧蓮等女作家的發揚，如任璧蓮在小說《夢娜在應許之地》(*Mona in the Promised Land*,1996)中，同樣講述華人女孩成長的故事，移民母親與第二代女兒之間關係的思考，就有了新的突破，甚或可說，母女關係是互動發現。女兒夢娜甚至突破了尋找中國文化傳統的思維，她拒絕遵循血統決定族裔，決心變身為猶太人。這一成長故事，可說不僅跨越了中美文化，也打通了猶太文化，在女性主體擁有開闊的文化選擇之際，一個地球村女性形象欣悅誕生。任璧蓮的小說充滿了幽默，表現出女性主義寫作的自信，揭示女性身份建構有助移民獲得主體歸屬。

在《她的傳統：華裔美國女性文學》中，馮品佳教授論述華裔美國女性文學的中文寫作傳統，是從移民空間的 "雙語性" 入手。她以聶華苓《桑青與桃紅》英譯本（1981）獲得 1990 年美國國家圖書獎，討論移民女作家的中文寫作在美國文學界受到重視，中文移民文學已構成 "多語文的美國當代文學一部分"，認為《桑青與桃紅》中文（1976）和英文雙語版本各有自己的讀者群，這種語言上可 "單" 可 "雙"、"左右逢源" 的流動性，也可說是美國華文文學的重要特性之一。[1] 馮品佳本人也是雙語寫作的學者，對華裔美國女性文學雙語流動所形成的中西方跨越對話意義揭示深刻。她分析作家聶華苓所說《桑青與桃紅》創作的源起來自中文寫作在英語環境的困頓，指出書寫創傷有助於掙脫壓抑，當作家克服語言的障礙，實際是為願意聆聽的人 "翻譯" 出自己創傷的經歷，從而透過語言穿梭於中國大陸、台灣以及美國等不同的文化與社會地景。象徵意義上講述桑青與桃紅的精神分裂，現實意義上中文小說文本就實現了跨國女性主體的形成。[2]

文學社會學的倡導和建立者、法國著名學者羅貝爾·埃斯卡皮指出，"作為交際的文學" 擁有與人類其他信息交際文本不同的意義，"只有文學作品，人們可以引入許多新的意義而不破壞它的同一性"。[3] 此處的 "交際" 原文為 communication，亦有 "交流"、"溝通"、"傳播" 之意。作為台灣 20 世紀 50、60 年代留美移民中的一員，作家聶華苓將自己的移民生活經驗、大陸經歷戰爭流離的經驗及在台灣的日常生活經驗，藝術地組合為 "作為交際的文學"，使得《桑青與桃紅》成為不同閱讀者可以引入許多新的意義，可以進行翻譯對話和交流的文化場所。事實上，正是文本記錄了 1940 至 1960 年的中國大陸／台灣歷史，又經由桑青／桃紅的美國生活將 1960 年代的美國社會納入小說的歷史經驗，才打通了中西方語境的對話交流。此時國族的苦難與個人的身份認據，見證

1　馮品佳：《她的傳統：華裔美國女性文學》，台北：書林出版有限公司 2013 年版，正文第 122 頁。

2　同上書，正文第 124 頁。

3　（法）羅貝爾·埃斯卡皮：《文學社會學》，于沛選編，杭州：浙江人民出版社 1987 年版，第 112 頁。

了現代性的殘酷一面，反思了西化對於東方的影響。自然，女性人物和作家的女性主體自覺，創造了移民中文寫作的女性主義傳統。這一傳統在大陸開放之後，獲得空前發揚。

20 世紀 80、90 年代大陸留美移民的一代女作家，多數擁有雙語閱讀寫作能力，她們吸收華裔女作家英語和漢語寫作二脈傳統，而側重中文寫作。這無疑與大陸開放所形成的廣闊中文閱讀市場有關，即是說，大陸、台灣和港澳讀者，及至 90 年代進入網絡時代全球範圍的中文讀者，對於北美移民經驗的消費熱情，促進了北美新移民作家中文寫作的繁榮。而新移民女作家們也把女性主義文學思潮推向了高峰。嚴歌苓《扶桑》《天浴》、張翎《交錯的彼岸》《陣痛》、陳謙《愛在無愛的硅谷》《望斷南飛雁》、沈睿《假裝浪漫》《想像更好的世界》，都可說是大陸的暢銷書。王周生《陪讀夫人》、呂紅《美國情人》也是大眾熟悉的讀物。

研究新移民文學的美國華裔學者陳瑞琳甚至認為："海外的華語作家其實仍就是特定意義的'中國作家'，因為他們的創作完全屬在'中國文學'的範疇。"[1] 新移民的代表性作家嚴歌苓也用創作經驗映證了這一觀點，她說"我一年回內地 4 次，每次一個月，這樣我就對大陸的生活很熟悉，了解那裏的每個變化"。我"應該說是一個中國作家吧。因為我寫的都是中國人。我不會寫外國人的，即使用英文創作也不會寫外國人的。至少他不會是我的主角"。[2] 倘若從打通大中華語境與美國為中心的西方語境對話來看，新移民女作家可說更加"中國化"，一方面是出版流通的"中國化"，另一方面她們作品中的女性形象相當"中國化"，可以形象地比喻為從中國出走的娜拉，在北美歷練自我，無論酸甜苦辣，竟然是成長了。她們使女性主義思想從西方脫胎到中國，與大中華語境其他板塊的女性主義文學思潮交相輝映。

廣闊的中文閱讀市場，為新移民作家們提供了"漢語文學共同體"的歸屬感，這使他們大大減少了前輩移民作家在"認據美國"和"認據離散"這樣的身份認同上的矛盾。另一方面卻極大地強化了他們作為"移民身份"的敏感，

1　（美）陳瑞琳：《冷靜的憂傷——從嚴歌苓的創作看海外新移民文學特質》，《華文文學》2003 年第 5 期。

2　王威：《嚴歌苓"解析"嚴歌苓》，紐約：《彼岸》月刊 2004 年 7 月。

"移民，這是個最脆弱、敏感的生命形式，它能對殘酷的環境作出最逼真的反應"，[1] 甚至正是這種敏感所提取的"現代人無家可歸意識"，讓他們可以穿行在中國和北美之間，進行大中華語境與西方語境的跨越對話，促成了他們寫作中對於中國問題和西方問題雙向的反省，對於全球化和不同現代性的深刻反思。"移民身份"與"現代人無家可歸意識"，與女性婚姻生活體驗有驚人相似之處，"出嫁"類似於"移民"，一個女人所擁有的是生命的移民身份，她既不能重返父母的家，也無法在丈夫的家獲取自我，於是成為"一個無家可歸的人"。"她們更無定數，更直覺，更性情化"，[2] 新移民女作家審視移民身份和女性身份，進而反思國族和文化身份，豐富的資源不斷生產女性主義文學文本，貢獻了女性主義文學思潮新的形象和思考。

事實上新移民浪潮幾乎與大陸女性主義文學思潮同頻率，也與大陸競爭激烈程度同頻率，映證了塞繆爾·亨廷頓所說移民是發展和崛起的重要標準，也證明了女性主義思潮是反思現代性的產物。

80、90 年代大陸女性主義文學思潮已形成第一次高潮，詩人翟永明提出了鮮明女性意識，散文家葉夢和斯妤專注抒寫女性經驗，小說家張潔、殘雪、王安憶和鐵凝等，都已出版引起廣泛影響的重要作品。赴美留學之前，嚴歌苓已出版《綠血》、《一個女兵的悄悄話》和《雌性的草地》，這三部長篇小說也使得她獲得哥倫比亞大學藝術創作全獎留學機會。其中《雌性的草地》是嚴歌苓自己最滿意的作品之一，[3] 它對於女性原始自然和永恆力量的思考，對於性愛、復仇與寬宥的激情之思，日後在嚴歌苓小說中不斷深化完善。如果說留美學習加強了嚴歌苓小說的專業技巧、增加了身份敏感意識和由此而生的中美比較視野，那麼，在大陸所奠定的女性主義思考母題，則借合力而得到更加深化的表達。

嚴歌苓在海外創作的代表作《人寰》和《扶桑》，前者反思中西方現代父權

1　（美）陳瑞琳：《冷靜的憂傷——從嚴歌苓的創作看海外新移民文學特質》，《華文文學》2003 年第 5 期。

2　莊園編：《女作家嚴歌苓研究》，《嚴歌苓 VS 莊園》（代後記），汕頭：汕頭大學出版社 2006 年版，第 284 頁。

3　嚴歌苓：《嚴歌苓：性感也沒了是徹底失敗》，原載"星辰在綫"網站，收入莊園編：《女作家嚴歌苓研究》，汕頭：汕頭大學出版社 2006 年版，第 265-267 頁。

對於女性的不同控制方式，創立了情感政治策略表達模式；後者反思中國移民史，深刻揭示西方擴張與東方創傷之間現代性的張力關係，創造了歷盡屈辱滄桑而生生不息的女性／東方文化形象，同樣運用情感政治策略，達到了爐火純青的程度。女性／東方文化原始自然和永恆的力量，令人產生由魅惑而反省至敬畏的情感旅程。這兩部作品也象徵著北美新移民女性主義文學所達到的思想和藝術高度。

《人寰》的敘事策略，從女主人公向精神病醫生傾訴性壓抑入手，不斷用中英文混合語言，錯亂講述"我"在中國的少女時代故事，和在美國的中年奮鬥故事，切入無處不在的性政治。講述似乎是完全不同國情的故事，前者是"反右"和"文革"中國背景，少女暗戀駕馭父親的上級賀叔叔而備受心靈壓抑，後者在美國大學校園，中年讀書的女博士與年長老教授舒茨發生戀情。女主人公原是為了切斷在中國的歷史才來到美國，卻發現"人寰"真相："我們的整個存在就是那無所不在的傷。"在小說中，性政治對於女性來說，是一部隱秘的情感歷史。佔據大量篇幅的中國故事，父親和上級賀叔叔之間的權力"情義"關係，與"我"對賀叔叔的傾慕關係，正是中國式的父權秘密，它以情感模式宰制命運，使父親和"我"不同程度做了賀叔叔的精神奴僕。然而，向精神導師舒茨講述往事，卻使"我"再一次陷入了精神屈從的境地，中英文混合語言意味著經驗的權力關係。經由女性自我情感檢審，嚴歌苓所反思的中西方父權控制，對全球化背景中女性主體成長有深刻警醒。

《扶桑》則是一部具有高度象徵意義的小說。一重象徵源自張愛玲《談女人》中所說的地母，與大自然力量渾然一體的妓女形象。另一重象徵源自對中國傳統文化進行隱喻寄託。第三重象徵是對中西方文化關係的情欲模式設置。

小說開篇如電影鏡頭般推出妓女扶桑：

> 是陸續漂洋過海的三千中國妓女中的一個。你登上這遍地黃金的海岸時已二十多，因此你成熟、渾圓，是個火候恰好的小娘兒。你沒有技藝，也沒有妖惑的嫵媚，絲毫不帶那千篇一律的淫蕩眼神。你的平實和真切讓人在觸碰你的剎那就感到了。你能讓每個男人感受洞房的熱烈以及消滅童貞的隆重。

因此你是個天生的妓女，是個舊不掉的新娘。也如特定鏡頭般亮出中國服飾文化：這個款款從喃呢的竹床上站起，穿猩紅大緞的就是你了。緞襖上有十斤重的刺繡，繡得最密的部位堅硬冰冷，如錚錚盔甲。我這個距你一百二十年的後人對如此繡工只能發出毫無見識的驚嘆。

串起小說核心情節的另一個人物：克里斯，那個白種少年。

第一次見你，起念嫖你時，他只有十二歲。還是在一切都沒開始的時候，一切亂糟糟的情、冤孽、戮殺都尚未開始。

作為移民歷史題材小說，從象徵高度設置人物情節，正是作家面對中西方現實語境的發言。這發言中包括對女性主體、文化主體和中西方權力關係的多重審視。將女性主體和文化主體合二為一，使得中西方關係的情欲模式充滿了互動，從少年迷戀到晚年的清醒，完成了對中西方關係的認識。這也是女性主義文學思潮思考國際權力關係的深度。

相比 1995 年世界婦女大會與大中華語境的對接，新移民浪潮更早直接打通了中西方女性主義對話交流。早在 1989 年留美女學者成立了海外中華婦女學會。海外中華婦女學會凝集北美移民女學者資源，致力中西方女性主義成果互動翻譯和傳播，如王政翻譯的《女性的崛起：當代美國的女權運動》於 1995 年世界婦女大會前由當代中國出版社出版，鮑曉蘭主編的海外中華婦女學會論文集《西方女性主義研究評介》同年由生活・讀書・新知三聯書店出版，這些都為大陸女性主義提供了及時學習和借鑒的資源。[1] 之後還有馬元曦、康宏錦、柏棣和蘇紅軍等持續不斷的翻譯傳播工作，並與大陸女性主義學者互動合作，共同推動"中國女性文學文化學科建設"，促進了女性主義在文學空間的思潮更加深化。[2]

早在 1992 年北京大學出版社出版了張京媛主編的《當代女性主義文學批評》，這本西方女性主義文學批評文集，動用了譯介的權力，編者第一次將"女

1　荒林：《中美比較：女權主義的現狀與未來——美國密歇根大學王政教授訪談錄》（上），《文藝研究》2008 年 7 期。
2　2001 年"中國女性文學文化學科建設項目"由美國福特基金會資助，由海外中華婦女學會學者與大陸學者共同承擔。"中國女性文學文化學科建設項目"系列叢書由廣西師範大學出版社推出。

性主義"一詞在中國語境中合法化。理由是："女權主義"和"女性主義"反映的是婦女爭取解放運動的兩個時期，前者是"婦女為爭取平等權力而進行的鬥爭"，後者則標示"進入了後結構主義的性別理論時代"。[1]這樣闡釋 Feminism 更為深層而真實的理由，則是為了迎合中國語言環境，"女性主義"是一個比"女權主義"更令人接受的詞彙，在避免中國文化對於"權"的敏感和拒絕之後，西方女性主義和中國女性主義更好地營造了大中華語境的女性主義思潮氛圍，為女性主義文學文本的生產和傳播創造了更好環境。

《當代女性主義文學批評》收集了 19 篇西方第二階段女性主義批評中前沿性的研究論文，作者包括美國的伊萊恩·蕭瓦爾特、桑德拉·吉爾伯特、蘇珊·格巴、喬納森·卡勒、佳查·斯皮娃克，法國的波萊娜·西蘇、魯思·依利格端、朱莉亞·克里斯蒂娃等。儘管由於篇幅限制，書中每位學者的思想都只能反映出一鱗半爪，但是這麼大的陣營本身就有很大吸引力，這是一個集群的符號，對於激發中國語境的女性主義文學想像力的作用是空前的。從前言來看，編譯者應該是有意識地將"西方"兩字從書名中隱去了，這兩個字的空白，既說明女性主義文學批評方法的通用性，也可說為閱讀傳播提供了激動人心的想像圖景：當代女性主義是全球性的，在當代女性主義中，中國的聲音是什麼呢？中國的聲音常常從北美移民空間流轉回來，這無疑是大中華語境女性主義文學思潮最動人的風景。此時女性主義文學已無中心邊緣之別，中國文學與北美新移民空間的文學已無中心邊緣之別，意識到女性主義文學思潮在大中華語境融匯力量的作家嚴歌苓，自信而喜悅地說"移民文學將成大氣候"。[2]

2001 年《扶桑》英譯本被列入美國"最佳暢銷書排行榜"，繼《桑青與桃紅》之後進入中英文雙語流動空間，呈現了打通移民史，重構中美現代性想像的文學力量。而嚴歌苓大量作品被改編為電影電視放映，"當今世界跨文化傳播中，影視無疑是國際交流的最重要的形式之一，具有最廣大的觀眾和覆蓋面"[3]，加速了

1 張京媛主編：《當代女性主義文學批評·前言》，北京：北京大學出版社 1992 年版，第 1-15 頁。

2 嚴歌苓：《主流與邊緣》，莊園編：《女作家嚴歌苓研究》，汕頭：汕頭大學出版社 2006 年版，第 213 頁。

3 劉介民：《西方後現代人文主流——徵候群研究》，北京：北京大學出版社 2010 年版，第 279 頁。

新移民文學和女性主義思潮的傳播。

北美新移民空間的女作家們多擁有自覺的專業寫作意識，這使她們的文學創作從主題到技法都相當講究。硅谷作家陳謙，原本是一名留美移民的計算機工程師，對硅谷前沿科技與人類命運的深刻關注，令她放棄待遇優厚的工作而投身專業寫作。她把自己的精力集中到寫 "那些為了夢想而百折不撓的人"，"為抵達內心深度" 甚至 "用很慢的速度寫"。[1] 她的小說體現了北美移民文學的前沿探索，探索人們在物質需要滿足之後，精神的痛苦與飛翔姿態。

長篇《愛在無愛的硅谷》寫一對青年的留美移民，一位從事美國和中國之間的電信貿易，一位在硅谷做軟件開發，年輕成功而物質豐足，但舒適的同居生活並沒有把他們引向幸福的婚姻。女主人公渴望一種有感覺的生活，為了這種感覺的呼應，她做了種種探索，與物質並不富裕的藝術家體驗一種近乎原始的生活，在藝術創造中感受生命，然而生活並沒有想像的美好，生命脆弱而受傷，僅留下藝術想像的永恆。

另一部《望斷南飛雁》寫一名叫南雁的女子，在陪伴丈夫度過漫長的博士、博士後生涯，生下一兒一女後，在丈夫工作日趨穩定，終身教授職位就快到手時，選擇離開，去到舊金山藝術學院，追求內心深處多年來的夢想。小說並沒有寫這位溫良家庭主婦擁有實現夢想的能力與手段，她尚且不知能否實現所謂的夢想，但她就是必須去追夢。

《繁枝》講述了兩家人兩代在中國和美國發生的繁雜糾纏的故事，愛情與私生女，化學物品與不明的死亡或者謀殺，透過移民知識女性成長史，回顧中國文革期間知識分子壓抑的生活，對比在美國可以自由科研和發揮所長，但人與人之間複雜感情和精神隔膜卻沒因環境改變而改變，小說探索了人性和生命有如繁枝的複雜。

陳謙喜歡用物質的繁華來反襯人物內心的寂寞，寂寞本身則是對美國高科技生活的反思。小說主人公通常是一位有精神追求的女性，她一開始還不明白自己

1　荒林、陳謙：《在美國的寫作與〈紅樓夢〉、性別、人類及美國夢之間——對話硅谷作家陳謙》，《創作與評論》2014 年第 6 期（下）。

要什麼，卻被一種巨大的熱情推動，感受到自己有一種說不清楚的需要，這種莫明所發出的召喚，使她離開原來的生活軌道，寧肯放棄舒適打破寧靜投身其中。女主人公並沒有生活在父權的壓制之下，她們的出走，看起來與受到男性壓迫沒有關係。她們不是為了逃離父親或者丈夫的迫害，而是為了尋求一個更加真實的自我而出走的。這就使得她們內心的寂寞格外強烈。理性與感性，文明與自然，女性生命的觸角敏銳感覺到了現代文明與自然隔離的壓抑。如果說中西方女性主義都曾探索 “娜拉出走問題”，陳謙的探討則深化了這一主題，在北美移民女作家群中，學者型作家沈睿是一位自覺的女性主義者。2008 年她翻譯的貝爾·胡克斯名著《激情的政治：人人都能讀懂的女權主義》(*Feminism is for Everybody*)在北京出版，掀起了女性主義知識的普及風潮。貝爾·胡克斯是美國著名的黑人女性主義理論家，她的理論改變了白人中心婦女解放觀念，對於有色人種婦女解放和第三世界女權運動有重要貢獻。大陸早在 2001 年就出版了她的《女權主義理論：從邊緣到中心》，但影響僅限於學術界。沈睿的翻譯文筆優美生動，並在書後附錄自己對美國女權主義的研究筆記，從而使廣大讀者有機會領略 “女權主義是有遠見的政治” 和 “女權主義為人人” 理念。

2009 年沈睿自己的美國生活隨筆《假裝浪漫：一個女人的視界》在北京出版，這是一部集中抒寫女人中年生活和思考的優秀之作，“人到中年，尤其是四十歲之後，我開始獲得了一種過去沒有的信心，就是對自己能力的相信，包括對自己的判斷力，自己對人，對世界的判斷力的相信”[1]。全新的女性主義立場，令讀者看到全新的女性人生，激勵開創生命新格局。

2011 年北京商務印書館推出沈睿抒寫人與自然的圖文本散文集《荒原上的芭蕾》，刻畫貓狗、飛鷹、狼群和獵狗等等動物個性，描摹荒原大海，抒寫個人生命與大自然相遇的奇跡，表達現代社會人與自然關係的思考。

沈睿於 2012 年出版的《想像更好的世界：美國社會觀察筆記》，頗受青年讀者和年輕知識分子群體喜愛。就像書名所說，這部內容涉及美國社會、政治、民主、自由、女性、文化、教育等等方面的隨筆集，其實是 “想像更好的世界”

1　　沈睿：《假裝浪漫：一個女人的視界》，北京：文匯出版社 2009 年版序。

的產物，一方面因為想像更好的世界才留學移民，另方面因為想像更好的世界就會認真對比觀察，發現美國和中國的差距異同。作者沒有簡單肯定美國現代性優越於中國，而是從日常生活細節各方面，展示了中國可以借鑒的部分，和美國值得反思的地方。不僅批判美國社會問題，也批評了"想像更好的世界"的簡單幼稚。女性主義視野使這部暢銷隨筆集打通中美社會視野的同時，也打通了中美女性主義視野，使大中華語境與西方語境的對話更加直接明了。

按照詹姆遜的描述："現代性不是一個概念，不是哲學或任何別的概念，它不過是各種各樣的敘事類型。現代性，只能意味著現代性的多種情景。"[1] 北美移民空間的女性主義文學思潮，可以歸為一種新生的現代性情景，它同時也是大中華語境經由漢語本身創造的敘事類型。它通過文學方式連接中西方現代性，並在兩者之間進行流通，生成了自己獨特的"文化氣根"現象，並形成了"文化氣根氣象"，如同一片繁茂的新生榕樹，每一處氣根自身也變成了叢林風景。

事實上更廣闊意義上的大中華語境，包括了全球漢語使用者所形成的中文閱讀網絡。在此意義上，英語環境中的中文寫作，都可納入大中華語境敘事類型研究，可以發現想像中國的不同方式，建立於"想像更好的世界"這一現代性歸屬指向。

以英籍女作家虹影為例。虹影著有小說《飢餓的女兒》、《好兒女花》和《英國情人》、《女子有行》等，詩集《倫敦，危險的幽會》、《我也叫薩朗波》等。

長篇小說《飢餓的女兒》以自傳體方式書寫中國大陸的飢餓時代，反思人性和愛，享有世界聲譽。《飢餓的女兒》和《好兒女花》是互為文本的系列自傳小說，前者敘寫飢餓年代，後者敘寫改革開放時期，都以個人和家庭變遷為主綫，以女性主義的立場講述了歷史對於個體生命的深刻影響。置於英語環境中的中文寫作，在自傳敘述中，暗含著"中國的這一個"講述，於是，中國本身作為一個想像背景，也需要進行敘事定位。對於飢餓時代的敘事定位和開放年代的敘事定位不可能相同。作者對飢餓年代的控訴，和對開放年代的反思，都建立於與西方

1　（美）詹姆遜：《現代性、後現代性和全球化》，王麗亞譯，北京：中國人民大學出版社 2004 年版，第 74 頁。

社會的對話場域，作為向西方講述中國，既讓西方人傾聽，又是中文寫作，更多是中國人聆聽，複雜的語境必然令寫作必須做到"多聲部"聲音，或者說，使寫作的情景具備"縱橫交錯"的目光。於是"想像更好的世界"這樣更高的視野，是中西方皆可以觀察的立點。這幾乎是大中華語境中寫作的最佳視角。也使得文本充滿了立體音響和豐滿色彩。《飢餓的女兒》戰勝了物質和精神的飢餓，向《好兒女花》傳承，生育了中西混血女兒。苦盡甘來，大團圓的欣悅中，充滿了對更好世界的信心。應該說，大中華語境中的中文寫作，是使中國經驗進入世界經驗的良好途徑。

小結

大中華語境文學的女性主義空間政治特徵

以上不同板塊現代性空間，女性主義文學思潮針對不同現代性議題而生發，發聲不同，卻有如下共同特徵：

第一，用文學的形式反思現代性、見證女性參與現代性。

大陸的女性主義文學思潮，反思"中國特色"現代性，見證大陸由封閉現代化探索到開放現代化實踐，大陸女性經驗的豐富複雜。台灣的女性主義文學思潮，與台灣的女權社會運動相呼應，不僅參與台灣社會由傳統向現代轉型建構，而且自覺塑造新的現代女性，開發女性資源。香港的女性主義文學思潮，記錄了香港現代性生長的歷程，反思女性在其中的角色變化，力圖為女性找到獨立的邊緣的身份價值。澳門的女性主義文學思潮，生發於對澳門現代性地域特徵的理性思考，見證了澳門性和澳門女性多元的現代生活。而北美移民空間的女性主義文學思潮，見證了新移民對現代性的自覺追求，反思離散與歸屬現代身份，打通中西方女性主義對話，想像更好的世界。

一方面思潮用文學的形式反思現代性、見證女性參與現代性，形成文學的女性主義；另方面文學的女性主義共性，再現的是現代性差異空間，體現出女性主義政治的複數意義。正如阿倫特所說："政治是複數中發生的行動。"[1] 不同現代性板塊的女性主義文學思潮，反思了不同的現代性議題，它們形成的是文學女性主義的複數行動，"權力總是潛在一種力量，而不是像強力或體力那樣是不變的。權力是人們中間生髮出來的力量，他們一分散開，權力就消失了"[2]。文學的女性主義在大中華語境匯集，成為女性顛覆傳統父權和現代父權的文學政治，經

1　（美）漢娜・阿倫特：《人的境況》，王寅麗譯，上海：上海人民出版社 2009 年版，第 3 頁。

2　同上書，第 175 頁。

由文學形式，爭取女性主體的現代成長空間。它是一種空間政治。

第二，思潮代際相承，文本互動響應，記錄和探索女性主體成長與自我解放面向。

各不同現代性板塊的女性主義文學思潮，分別呈現了自身對不同現代性經驗的體驗和記錄，表達了對不同現代性議題的反思，各有自身歷史的連續性，但又體現了互動響應特徵。大陸女性主義文學思潮出現了三次浪潮，台灣女性主義文學思潮歷經數代積累，進入持續的繁榮時期，香港和澳門的女性主義文學思潮，北美移民空間的女性主義文學思潮，也都體現了幾代女作家之間的寫作相承。思潮代際之間的相承，一方面體現出女性主義寫作主題的繼承性，對現代性議題探索的連續性，女性主義文學思潮所具備的持續反思和改造現代性的力量，正體現於歷史的持續進程中；另一方面，在代際相承的探索過程，經驗積累、思考深化，女性主體獲得成長的自覺。女性在主體成長面向的開拓上，代際之間互相借鑒，文本互動響應；各板塊之間的作家和文本也在參照系中成長，從而使女性自我解放擁有多種藍本的想像資源。如大陸女性主義文學思潮中出現的與男性在同一地平綫競爭的健碩女性形象，台灣女性主義文學思潮中湧現的多種形式的新女性形象，香港女性文學思潮中的獨身女性形象，澳門女性文學中呈現的較理性女性寫作者形象，北美移民空間身份流動的女性形象。她們在女性文學文本中複數存在，創造了女性形象的"第三空間"，為閱讀女性提供了豐富多元的女性主體想像資源，提供了女性自我解放和群體解放的多重面向。

第三，思潮之間互相影響、啟發，共同匯成文學的女性主義政治。

各不同現代性板塊空間因現代性議題不同，女性主義思潮的生發點有別，然而，基於大中華文化共同背景，在反思不同現代性議題之際，反觀傳統資源，將傳統資源在現代轉型上、現代性生長探索上，呈現為互相影響和啟發的關係。如台灣女性主義對大陸女性主義的影響，主要表現為反思傳統父權，台灣女性主義對香港女性主義的影響，則更多是欲望書寫策略。香港女性主義對大陸的影響，較多體現為獨身女性形象塑造；而大陸、香港、台灣女性主義對澳門女性主義的影響，是啟發了澳門女性主義的本土和世界性。大陸和台灣女性主義對北美空間女性主義思潮的影響，體現為作家在這些空間的遷移流動，展開中西方文化對話，表達重建漢語文化共同體的自覺；北美空間女性主義思潮對大陸、台灣、香港和澳門的影響，則是不斷將西方現代性與大中華不同板塊現代性之間進行流通對話，比如移民歷史的重寫、翻譯傳播的影響等等。

思潮之間互動影響啟發，正是文學女性主義複數政治的表現，它們成功以文學文本空間旅行形式實踐"第三空間"的社會批判職能，從而構成大中華語境獨特的女權主義運動方式，豐富了世界女性主義的政治鬥爭形式，為性政治提供了文學女性主義政治這一溫和深長的東方樣本。文學女性主義是複數的，多聲部的，又是合唱的，共建女性主體的政治。

雅克·德里達在《文學行動》中指出，"文學文本像簽名一樣是一種行為"，[1] 寫作主體天然具有政治性，能夠使"文本之'中'存在著召喚文學閱讀並且復活文學傳統、制度或者歷史的特徵"[2]。按照德里達文學行動理論所指出文本的空間敞開特徵，我們可以進入大中華語境中女性主義文學思潮這一龐大空間現象的諸多文本的空間走廊，發現文本之間的串通呼應，正是女性主義政治主體之間力量的召喚。

接續的四、五、六章，集中對大中華語境中湧現的重要的文本進行比較研究，敞亮不同現代性板塊空間女性主義文學思潮文本之間的空間串連，從中提取文學女性主義一系列的政治策略，如重建女性形象、重構女性經驗，及對男性現代性經驗的反思和男性形象的重構，發現不同空間女性主義講述新的故事、締結新的關係，描寫和闡述新的抵抗，所呈現女性主義政治反思和豐富現代性的同一政治目標，也即"文學的女性主義"價值目標，通過文學行動更新人類對於女性形象、女性經驗和男性形象及男性經驗的知識生產。

1　（法）雅克·德里達：《文學行動》，趙興國等譯，北京：中國社會科學出版社 1998 年版，前言第7頁。

2　同上書，第 11 頁。

下　編
文本論

第四章

文學女性主義
重建女性主體形象
的政治策略

大中華語境不同板塊現代性空間，女性主義文學思潮針對不同現代性議題而生發，發聲不同，卻有驚人的同一性，即用文學的形式反思現代性、見證女性參與現代性，如合唱般匯成文學的女性主義政治。饒有意味的是，重建女性主體形象的政治策略，亦有如共謀，於不同空間展現了各自經驗獨特性的同時，具有互補呼應的空間走廊特徵。其一，分頭講述女性／百年中國現代性演變的不同空間故事，如《扶桑》是北美移民空間的故事、《無字》是中國大陸北方故事、《長恨歌》是大陸上海故事、《迷園》是台灣故事、《香港三部曲》是香港故事、《香農星傳奇》是澳門故事，這些故事如同互相串通的時空走廊，把百年現代中國後發現代性在不同空間的演變狀態，進行了各自講述和互相印證，從而互相聯結成通向未來的空間。不同空間中不同的女性形象，都因歷經苦難而各具魅力，在通向未來的空間路徑上，她們都擁有主體力量。其二，在不同現代性板塊的女性主義文學思潮中，文學女性主義把父權體制中貶抑至最底層的妓女形象作為書寫對象，如《扶桑》《香港三部曲》等都把妓女形象作為長篇主人公，在她們身上賦予民族國家象徵喻意的同時，改寫了妓女形象，顛覆了父權體制中出賣肉身的妓女是低賤的觀念的同時，賦予了最底層妓女以主體形象。其三，文學女性主義鍾情於不同獨立女性形象的塑造，如大陸、台灣、香港、澳門和北美移民空間的眾多女性主義文本，裏面都充滿了經濟獨立、思想獨立的女性主體形象，她們在不同的文本中，彼此呼應而存在，形成女性獨立風潮。其四，文學女性主義採用了對傳統父權婚姻體制進行重新解讀的策略，如北美移民空間產生的《小姨多鶴》、大陸空間的《笨花》和《天香》，均以中國傳統父權的妻妾婚姻為書寫對象，卻寫出舊式婚姻中全新的妻妾關係，重構女性姐妹情誼和獨立主體，用另一種方式顛覆了父權，藉助改寫對傳統婚姻的認識，寫作女性實際上參與中國傳統文化倫理的現代轉型。文學女性主義在如上四種女性主體形象建構上所體現的共謀策略，強化了女性主義文學思潮的複數政治意義，體現了文學的性政治空間風景。

講述女性／百年中國現代性演變的不同空間故事

父權體制將男性和女性分隔於兩個不同空間，女性不得參與男性大世界的事情。英語中的歷史一詞 history，明確無誤標明了父權文明特徵，相關人類的歷史都是"他的故事"，與"她"無關。在女權主義者看來，女性的歷史之所以變成"空白之頁"，是因為父權體制將女人"與生俱來"的創造力限定在與育兒、養兒有關的事務上，她們適情適所的地方被規定只能是在家庭內；相對地，男性的創造力則與語言、文明、文化、意義的創生相連屬。後者意味著絕對的優越性。[1]

在前現代時期，有關女性講述歷史的故事，一向充滿了神秘色彩，著名的阿拉伯民間故事《一千零一夜》說道，在古阿拉伯的海島上，有一個薩桑王國，國王山努亞殺死了行為不端的王后，此後他每天娶一名少女，次日早晨便將其殺掉，以此報復天下女子。宰相女兒山魯佐德為了拯救千千萬萬的無辜少女，自願嫁給國王。到了晚上，她開始講故事，天快亮的時候，她的故事也到了緊要關頭，但是山魯佐德停住不再講下去。山魯佐德憑著一千零一個故事活下來。山魯佐德的故事，就是女性與歷史講述關係的隱喻。她只能在"夜裏"講述，她的講述需要特別有魅力，這樣的講述才可以改變命運。事實上，《一千零一夜》便是"空間結構"的經典作品，各個故事之間具有"框式嵌接"關聯，能夠連接人類經驗和智慧的多種維度，能夠迴避和協調性別的對立衝突。山魯佐德拯救了其他少女，也使自己得救並名垂青史。山魯佐德創造了另一種歷史講述方法，這可看

1　宋素鳳：《多重主體策略的自我命名：女性主義文學理論研究》，濟南：山東大學出版社 2002 年版，第 56 頁。

作是文學的女性主義悠久的源頭。

　　自從工業革命促使女性走出家庭空間，現代以來女性進入專屬男性的公共空間越來越頻繁，女性主義源於反思現代性，不僅希望爭取兩性在公共空間的平等，而且希望改變男性把原屬女性的家庭私人空間貶低化的觀念，倡導男性參與育兒和家務勞動的同時，提倡重新認知人類的日常生活價值。女性主義的歷史維度，因此體現出空間特徵，不像父權的 history，他的故事只講述宏大歷史而屏蔽私人空間，女性主義倡導的她的故事，繼承了山魯佐德的智慧，在講述宏大歷史的時候會加入私人故事，在講述私人故事的時候也會打通宏大歷史。講述的文本策略，依據經驗不同、需要不同，而隨機應變、多種多樣。

　　王德威在《小說中國》中提出："強調小說之類的虛構模式，往往是我們想像、敘述‘中國’的開端。國家的建立與成長，少不了鮮血兵戎或常態的政治律動。但談到國魂的召喚、國體的凝集、國格的塑造、乃至國史的編纂，我們不能不說敘述之必要，想像之必要，小說（虛構！）之必要。"[1] 他分析起源於清末的壓抑的現代性在文學想像中國中的各類表現，講述"小說中國"的多樣性，從而讓人們發現各種各樣的"中國"，不同階級、不同個人對現代中國有不同的現代經驗，有不同的想像自我與中國關係的認識。他的觀點和分析方法，當然也適應性別角度的"小說中國"。事實上，他非常重視女性主義想像中國的方式，他分析了張愛玲和王安憶，蘇偉貞和朱天文、朱天心等大中華語境女性主義作家，發現從女性主體角度想像現代中國的特點，有"半生緣一世情"的方式，有"現代鬼話"，也有"華麗的世紀末"。[2] 自然，他發現了這些女作家講述"小說中國"，正是女性主義所倡導，把私人的故事與宏大的歷史打通，女性的現代性經驗，有感情糾纏、有夢魘鬼話，也有世紀末華麗。

　　倘若將大中華語境不同現代性板塊女性主義文學思潮湧現的重要長篇文本並置，則可發現，不同空間的女作家們在分頭講述女性／百年現代中國演變的故事，這些故事用王德威式的分析方法仍然有效，更體現了雅克・德里達所說文學

1　王德威：《小說中國》，《想像中國的方法——歷史・小說・敘事》，北京：讀書・生活・新知三聯書店 1998 年版，第 1 頁。

2　同上書，分別參見第 179、213、270 頁。

作為一種簽名行動式的政治，她們在召喚女性主義創造歷史的激情。這些文本如北美移民空間的《扶桑》，大陸北京的《無字》、上海的《長恨歌》、長江腹地的《婦女閒聊錄》，台灣的《迷園》，香港的《香港三部曲》，澳門的《香農星傳奇》等等，構成反思後發現代性"第三空間"的百年現代中國演變的歷史長廊，裏面的女性與歷史互為喻體：她們的苦難與壓抑，她們的不屈與崛起，一方面是女性生命故事，另方面是現代中國故事，不同時空發生了不同故事，匯合又是現代女性與現代中國的交響。如此，現代女性主體與現代民族國家主體也同步確立。值得指出的是，女性的私人空間、情感及身體領域，也同時是受到壓抑的現代中國的空間、情感及身體——現代中國相對於西方現代性，它的女性化處境使它的宏大歷史經驗例如它的傳統的驕傲受到貶抑，變成女性化的次要的經驗，因之與女性經驗同一化，經由女性主義的發掘而浮出歷史地表。正如女性主義後殖民論述所發現：以女性主體在性別、身體、家國、殖民話語的多重複雜的牽涉，對國家、民族、鄉土話語有進一步的省思與開拓。[1]

（一）《扶桑》：[2] 北美移民空間的女性／中國文化講述策略

　　這就是你。這個款款從喃呢的竹床上站起，穿猩紅大緞的就是你了。緞襖上有十斤重的刺繡，繡得最密的部位堅硬冰冷，如錚錚盔甲。我這個距你一百二十年的後人對如此繡工只能發出毫無見識的驚嘆。

　　再稍抬高一點下頦，把你的嘴唇帶到這點有限的光線裏。好了，這就很好。這樣就給我看清了你的整個臉蛋。沒關係，你的嫌短嫌寬的臉型只會給人看成東方情調。你的每一個缺陷在你那時代的獵奇者眼裏都是一個特色。

　　來，轉一轉身。就像每一次在拍賣場那樣轉一轉。你見慣了拍賣，像你這樣美麗的娼妓是從拍賣中逐步認清自己的身價的。當我從一百六十冊唐人

1　宋素鳳：《多重主體策略的自我命名：女性主義文學理論研究》，濟南：山東大學出版社 2002 年版，第 205 頁。

2　嚴歌苓：《嚴歌苓文集·扶桑》，北京：當代世界出版社 2002 年版。

街正、野史中看到這類拍賣場時：幾十具赤裸的女體凸現於烏煙瘴氣的背景，多少消融了那氣氛中原有的陰森和悲慘。你始終不同於拍賣場上的所有女子。首先，你活過了二十歲。這是個奇跡，你這類女子幾乎找不出活過二十歲的。我找遍這一百六十本書，你是唯一活到相當壽數的。其他風塵女子在十八歲開始脫髮，十九歲落齒，二十歲已兩眼混沌，顏色敗盡，即使活著也像死了一樣給忽略和忘卻，漸漸沉寂如塵土。而你絕不同於她們。

不要急著展現你的腳，我知道它們不足三寸：兩個成了木乃伊的玉蘭花苞。別急，我會給你機會展露它們。你畢竟不像活在一八九〇年到一九四〇年間那個女人，住企李街一百二十九號，靠展覽她的三寸金蓮掙生計。每天有幾千遊客肅穆地在她門口緩緩移動，看她死亡的足趾怎樣給平整地折向腳心。他們多半從已有斯文的東部來，也有的從大西洋彼岸來，專門來參拜這活生生軀體上的一個古老末梢。他們從那腳的腐臭與退化中，從那盤根錯節的繁雜秩序中讀出 "東方"！[1]

"這就是你"、"東方情調"、"東方"，這位從歷史塵埃中翻撿出來的人物，在作家審視的目光下，直接命名象徵東方的 "扶桑"。為還原她的樣貌，作家對她的服裝、臉龐，她的三尺金蓮，進行了刻意的 "東方" 特寫處理。這一象徵手法帶領的女性人物出場儀式，同時就是 "東方" 被掠奪的控訴儀式。女性和東方二位一體，互為指喻，在展示女性身體的遭遇過程，展示東方 "被女性化" "被身體化" 的不幸。實際上，此處的作家，也呈現了自己反思文化身份的立場：

這時你看著二十世紀末的我。我這個寫書匠。你想知道是不是同一緣由使我也來到這個叫 "金山" 的異國碼頭。我從來不知道使我跨過太平洋的緣由是什麼。我們口頭上嚷到這裏來找自由、學問、財富，實際上我們並不知道究竟想找什麼。[2]

作家的反思在此處做了巧妙的跳躍，從一個空間進入了另一個空間。從象徵

1　嚴歌苓：《嚴歌苓文集·扶桑》，北京：當代世界出版社 2002 年版，第 1-2 頁。
2　同上書，第 3 頁。

進入現實。一方面東西方之間的現代性落差，導致追隨西方現代性持續進行；另方面，作家回到了身為女性的現實，包括書寫女性，將女性作為喻體，其目標自然不是為了消費女性身體，而是要改寫女性歷史。於是情節被推進到東方與西方相遇的故事：

> 你再次轉身，現在我看見你腦後那個龐大的髮髻，一根白玉簪，一串淺紅絹紗花從左耳一路插下來，繞半個髻。幾年後你的髮髻深處將藏一顆制服銅鈕釦，是克里斯的，那個白種少年。

> 第一次見你，起念嫖你時，他只有十二歲。還是在一切都沒開始的時候，一切亂糟糟的情、冤孽、戮殺都尚未開始。[1]

這個東西方男女相遇的故事，是小說書寫的重頭戲。在這部重頭戲裏，扶桑的主體性，有著地母般的篤定，任由苦難災難降臨，她以靜制動，終是不可摧毀的存在。作為強大的存在，她深深吸引著成長中的白種少年克里斯，令他一生投入對東方的仰慕、迷戀、解讀之中。

扶桑本是湘南農家女兒，定親嫁給廣東男子，尚未見面的丈夫早已赴三藩市打工，她被騙子拐賣到舊金山做了妓女。以妓女的身份，她被白種少年迷戀。以妓女的身份，她仍然執念尋夫。以妓女的命運，她遭遇無數鞭打、無數踐踏，仍然坦然承受，以認命的寬容甚至是寬恕，她有另一種悲憫生命的釋懷，永無仇恨，微笑接納世界的傷害。她的主體性存在恰恰是接納世界一切的存在。作家在扶桑身上寄託著對東方哲學的理解，更是對女性歷史，千萬年無聲，卻以生命存續的歷史，一種哲學高度的理解。

但《扶桑》不只是女性主題，它要講述女性／中國的苦難，女性的苦難和男性的苦難相輔相成，被西方女性化的中國，它的男人們失去了傳統的優勢，被迫流落舊金山打工。小說塑造了中國男苦力群像，他們遠離家園，忍受白種人的歧視和羞辱，僅少於零的工資，無止境的辛勞，更有敵意的鞭打。一位年老的男苦力被白種人鞭打致死，捱打的過程，他先是忍一忍，以為打打就過去了，發現

1　嚴歌苓：《嚴歌苓文集‧扶桑》，北京：當代世界出版社 2002 年版，第 3 頁。

忍而無用，他開始哀求，以家中有老伴相等，老母需要他，希望感動鞭打者的良心，仍然無用，他在一片血海中，最後的哀求是，希望鞭打將他打死，竟然也未能如願。他死在風雪之中。他不反抗的形象，令人心慟。作家的控訴是深刻的，不僅控訴西方白人人性的淪喪，也控訴傳統文化束縛對中國男性反抗能力的剝奪。更深刻揭示了種族歧視深刻的原因，是對文化和文明的極度蔑視，是一種野蠻行徑。這無疑是喚醒全球現代性反省，反思單一父權現代性擴張的野蠻，導致人類文明處於受損害的女性化的處境。

儘管扶桑的丈夫被作家塑造為一位卓爾不群的中國男性形象，他野性剽悍，手執飛矛，令白人聞之喪膽，但由於他沒有先進武器，最終還是被槍擊身亡。他被捕示眾，扶桑在刑場、也是廣場上，與他舉行了中國傳統的婚禮。兩個優秀的中國男人和女人，在北美的舊金山碼頭的廣場，如此悲壯地訣別，小說至此可說達到一種文化追思和反思的高度，一方面對西方父權現代性的暴力本質進行深刻控訴，另方面對女性的文化維護和承擔進行謳歌。

《扶桑》講述北美移民空間的故事，講述時歷史與現實是雙聲部進行，作家對照反省的立場鮮明，為的是揭露中西方文化衝突的實質乃是現代性的不平等。正是在這樣的不平等中，性別的不平等被錯位出現，扶桑支持理解自己的丈夫，並維護傳統的婚姻形式。扶桑也愛著迷戀她的白種男人克里斯，但她不會也不可能與他一起生活。扶桑是文化所形成的女性，扶桑在文化的衝突中，堅守著女性的主體性。扶桑這個形象也同時是民族文化的象徵。這便是嚴歌苓的文本策略。文學的女性主義政治，它是女性主義的，也是文化主義的，它用文學這一文明的形式，昭示著文明平等尊重的重要意義。在此意義上，《扶桑》和嚴歌苓為代表的北美移民空間女性主義文學思潮，無疑是中國文化文明復興的意志和象徵的表現。

（二）《無字》《長恨歌》《婦女閒聊錄》：[1]
大陸空間的女性 / 中國現代演變講述策略

　　作為大陸代際相承的三位女作家，張潔、王安憶、林白在她們的重要文本《無字》、《長恨歌》和《婦女閒聊錄》中，分別講述了大陸北京、上海、長江腹部農村三大代表性空間的現代演變故事。在文本策略上，都採用了講述女性 / 中國現代演變的方式，各以不同女性經驗折射中國整體經驗，共構成一個立體空間，較全面地呈現了中國大陸封閉到開放的歷史演變。

　　女主人公在《無字》中是一名鬱悶的情感體驗和思考寫作者，她試圖書寫母親譜系而不得，她與男性的關係以失敗告終。回顧在冷戰背景的全球格局，中國在西方強勢現代性中的處境，也類似《無字》中女性的情形。《長恨歌》中的女性被作為上海的象徵，作為後發現代性成長空間的上海，處處是女性化空間，裏面充滿了渴望飛翔的夢想。到了《婦女閒聊錄》，一個來自長江腹部農村的打工女子，用她的見聞見證了中國內陸的深刻變化。她們的講述越瑣碎，越是證明了中國城市化進程和歷史變化的深刻，就像哲學家阿格妮絲·赫勒所說，因為日常生活提供的答案表達了這樣的信念，社會變革無法僅僅在宏觀尺度上得以實現，進而，人的態度上的改變無論好壞都是所有變革的內在組成部分。[2]

一

　　儘管現在這部小說可以有一百種，甚至更多的辦法開篇，但我還是用半個世紀前，也就是一九四八年那個秋天的早上，吳為經過那棵粗約六人抱的老槐樹時，決定要為葉蓮子寫的那部書的開篇——

　　"在一個陰霾的早晨，那女人坐在窗前，向路上望著……"

　　只這一句，後面再沒有了。這個句子一擱半個多世紀……

1　張潔：《無字》，北京：十月文藝出版社 2002 年版；王安憶：《長恨歌》，北京：作家出版社 1995 年版；林白：《婦女閒聊錄》，北京：新星出版社 2005 年版。

2　（匈牙利）阿格妮絲·赫勒著，衣俊卿譯：《日常生活》，重慶：重慶出版社 2010 年版，英文版序言第 3 頁。

二

　　她為這部小說差不多準備了一輩子，可是就在她要動手寫的時候，她瘋了。也許這沒有什麼值得遺憾的地方，個案，不過於造就那個案有關聯的事物才有意義，對他人，比如說讀者，又有什麼意義呢？而且這件事也不值得大驚小怪，每時每刻有那麼多人發瘋。事實上你並不能分辨與你摩肩接踵，甚至與你休戚相關的人，哪個精神正常，哪個精神不正常。但吳為的瘋卻讓人們議論了很久。[1]

　　《無字》女主人公名吳為，也就是"無為"的意思，這個開篇，點明了女性要寫歷史，無論從個人生活出發，還是書寫宏大題材，都太困難。但在象徵的意義上，那 1948 年的秋天，那半個世紀的擱置，卻又正是中國大陸遭遇西方隔離，現代性停步不前處境的寫照。吳為曾決定為母親葉蓮子寫一本書，卻一生也沒有完成，當她要動手寫的時候，卻瘋了。時間斷裂造成的精神分裂，使個人史和民族史書寫都難以為繼。所謂"大音希聲，大象無形"。張潔的長篇三卷本《無字》，實際是一個傳達斷裂的現代性"空間文本"。

　　小說的人物活動場域，從農業文明的象徵空間"原"開始。"為寫《無字》我又去了西北三次，給了我更為感性的認識。《無字》中，我努力寫了'原'，西北的地貌變化很快，希望我的文字能保留一些原的原始面貌和它給我們的啟迪。"[2] 見證"原"在心靈中的力量，和抗拒"原"在心靈中的佔有，可說是農業文明向工業文明轉變過程，整個中國承擔的重量。小說讓它的人物承擔了這份"斷裂之沉"。

　　並不是每個人承擔的分量都相同。小說以母親譜系的追溯，來見證"斷裂之沉"的殺傷力。"在一個陰霾的早晨，那女人坐在窗前，向路上望著……"她還在因循傳統，把丈夫當成生命的主心骨。但他卻奔波於戰場，自身難保。男人的傳統歷史空間，已被現代力量擊破，女人的傳統私人空間，也因此被棄如敝屣。

　　男人在外力強勢追擊之下，如兵痞混日為生。女人和孩子，徹底失去庇護。

1　張潔：《無字》，北京：十月文藝出版社 2002 年版，第 1-2 頁。

2　荒林、張潔：《張潔訪談：存在與性別，寫作與超越》，載《文藝爭鳴》2005 年 9 月。

更慘烈的，女人試圖找到男人，找回一種想像中的往昔的男主外女主內的生活。這激怒了自身難保的男人。男人將自身遭遇的強勢壓力，演變為對女人和孩子的暴力。顯然，作為弱者的女人和孩子，承擔了半個多世紀更沉重的"斷裂之沉"。

葉家的三代女人，見證了農業文明退出歷史舞台，給予女人生命的影響。第一代不過是生育的工具，第二代是被棄的生育工具，到第三代，即吳為這兒，要承擔被棄之後的迷茫和尋找之痛。吳為其實一生都不明白，自己需要一個什麼樣的男人。她因循結婚生育了女兒，離婚之後又因愛好文學與人生育了私生子，直到遇見"他們階級裏的精品人物"胡秉宸。這位延安革命者，改革參與者，同時亦是文學知音的男人，吳為用了大半生愛，換來的卻是，他也不過是感受不同格調的女人而已的結局。這導致吳為瘋了。

吳為之瘋，可說是對胡秉宸們製造男人新歷史的絕望。胡秉宸在政治追求和權力傾軋之中，一再將女人作為利用資源。在延安時利用妻子白帆贏得革命中的權力分配，在北京又利用情人吳為度過改革中的失落。到晚年時局演變，他竟然要吳為給他到美國出版著作。

說到底，把女人當作工具的農業文明父權思想，仍然充斥在胡秉宸們製造男人新歷史的事實中。或者說，革命和改革，不過是父權延續的另一種行頭。現代性追求，仍然是父權延伸的方式。《無字》表達了對於新老父權的雙重鞭撻。

作為中國大陸最早也最有女權思想的作家之一，張潔的文學女性主義策略，是到《無字》臻於成熟。在她最早的《愛，是不能忘記》文本中，她試圖探討革命和感情的同一性。在長篇《沉重的翅膀》中，她試圖探討改革與感情的同一性。至《方舟》，她發現了女性群體在社會空間和家庭空間處於雙重的困境，倡導女性聯合起來。而在《無字》中，她深刻表達了對自己早期女權主義思想的反省，揭示了現代性追求掩蓋之下的男權實質，他們所表現的革命和感情的非同一性、改革和感情的非同一性。因女人被認為代表了感情，這種非同一性，實際上是男人和女人的分裂存在。這種分裂存在，導致女性的生活經驗隔離於社會宏大歷史，使女性寫作無法進行真正的歷史書寫，因此只能呈現為"無字"狀態。吳為，無為，無字。

一個試圖書寫歷史的人物竟然瘋了，以這樣的瘋女人形象開篇，全書用反撥的方式，反思女性與革命、與改革的情感精神關係，張潔的文本策略，是經由女性隱秘經驗通道，解構父權精神控制，深刻揭示女性／中國大陸的現代性演變所遭遇的父權精神困境。這正是文學的女性主義達到的深度。

相比《無字》，《長恨歌》文本的空間策略是顯而易見的，它試圖創製一個女性的城市空間，書寫女性／中國上海的現代性演變歷史。它的"弄堂"空間，迥然不同於北方的"原"。作家要讓她的女性人物在中國南方的上海如魚得水，而不是焦慮瘋狂。

小說前四章先後設置了"弄堂"、"流言"、"閨閣"、"鴿子"四大空間。

> 站一個至高點看上海，上海的弄堂是壯觀的景象。它是這城市背景一樣的東西。街道和樓房凸現在它之上，是一些點和綫，而它則是中國畫中稱為被法的那類筆觸，是將空白填滿的。[1]

把城市的背景推向前方，"弄堂"鋪墊了作者要講述歷史的視野。接著進入的歷史角度是"流言"：

> 流言總是帶著陰沉之氣。這陰沉氣有時是東西廂房的黃衣草氣味，有時是樟腦丸氣味，還有時是肉砧板上的氣味。它不是那種板煙和雪茄的氣味，也不是六六粉和敵敵畏的氣味。它不是那種陽剛凜冽的氣味，而是帶有些陰柔委婉的，是女人家的氣味。[2]

既然"弄堂有多少，流言就有多少，是數也數不清，說也說不完的"，歷史的講述便是空間的故事了。作者於是把故事的空間確定為"閨閣"：

> 在上海的弄堂房子裏。閨閣通常是做在偏廂房或是亭子間裏，總是背陰的窗，拉著花窗簾。[3]

封閉的壓抑的"閨閣"就是故事的源頭。有無數的"閨閣"，有無數的流言，

1 　王安憶：《長恨歌》，北京：作家出版社 1995 年版，第 3 頁。
2 　同上書，第 7 頁。
3 　同上書，第 12 頁。

它們是歷史的變種。

歷史由誰說了算？作者提出"站一個至高點看上海"，推出人類視野之外的更高視野：

> 鴿子是這城市的精靈。每天早晨，有多少鴿子從波濤連綿的屋頂飛上天空！牠們是唯一的俯瞰這城市的活物，有誰看這城市有牠們看得清晰和真切呢？許多無頭案，牠們都是證人。牠們眼裏，收進了多少秘密呢？牠們從千家萬戶窗口飛掠而過，窗戶裏的情景一幅接一幅，連在一起。雖是日常的情景，可因為多，也能堆積一個驚心動魄。這城市的真諦，其實是為牠們所領略的。[1]

用人類之外客觀的角度，就巧妙地排除了男權中心角度，這一文學女性主義策略，避免了性別衝突，堂而皇之令女性講述歷史變得公正。經由以上四個空間設計步驟，"這城市的真諦"，作家的主題，集中到了女性與日常生活的上海：

> 王琦瑤是典型的上海弄堂的女兒。每天早上，後弄的門一響，提著花書包出來的，就是王琦瑤；下午，跟著隔壁留聲機哼《四季調》的，就是王琦瑤；結伴到電影院看費雯麗主演的《亂世佳人》，是一群王琦瑤；到照相館去拍小照的，則是兩個特別要好的王琦瑤。每間偏廂房或者亭子間裏，幾乎都坐著一個王琦瑤。[2]

作家要突出王琦瑤形象的普遍意義，使用了一系列數學修辭，"一群"、"兩個"、"一個"，強化女性複數的政治意味，渲染女性在城市空間存在的不可忽略。因之，她的任何故事，具有天然的合法性，都可說是城市歷史的組成。

《長恨歌》綜合了城市的通俗言情故事和女性的成長故事，講述一個女人四十年的情與愛，見證一個女人與城市共生共榮的歷史。王琦瑤由中學生選美成為"上海小姐"，為物質享受做了上海要員李主任的外室，時局大變李主任遇

---

1   王安憶：《長恨歌》，北京：作家出版社 1995 年版，第 16 頁。

2   同上書，第 20 頁。

難，重新過上平淡生活。憑藉注射打針養活自己，仍然追求相對精緻的日子。不管世事沉浮，與不同趣味的男性交往，再次選擇了曾是資本家背景的男人生育孩子。而平常可靠的男人仍然是度過難關的幫手。社會變遷年歲亦長，外表的氣質和內心的激情不變，被城市風雅者看上也不甘寂寞與之相戀。黃昏畸戀，反被戀金的城市小青年失手殺死。"長恨"繫於情和金子兩極，情不盡而金的欲望也無窮，文本所塑造的女性，象徵了城市的物質與感情。女性王琦瑤或者女性上海，在平常女子的生活選擇中，體現城市自然法則，它是物質主義的，也是向上的，它的務實，它的風雅，和它的情意，物質精美中寄託人的精神。

關於王琦瑤的故事，是從"片場"開始。小說清醒地呈現了城市與現代性的生產關係。上海並不是天生的，而是現代性所生產。無數的王琦瑤都希望成為電影中的人物，正是電影中的人物造就了王琦瑤們的生活。源於西方的現代電影工業，是城市再生產的酵母。像電影中的人物一樣追求時裝，像電影中的人物一樣戀愛，也像電影中的人物一樣生活在物質天堂。電影為王琦瑤們，也為上海，提供了生活的藍本。故事從"片場"開始，正是文本的現代性反思切入點。除了電影，與現代性再生產相關的媒體，如攝影、雜誌、選美和服裝等等，也在小說文本中佔據相當重要的篇幅，它們對於王琦瑤的形象的創造而言，不亞於任何一位男性人物。事實上媒介的權力取代父權，體現了作者對於現代城市的認識。

> 王琦瑤住進艾麗斯公寓是一九四八年的春天。這是局勢分外緊張的一年，內戰烽起，前途未決。但"艾麗斯"的世界總是溫柔富貴鄉，綿綿無盡的情勢。這也是十九歲的王琦瑤安身立命的春天，終於有了自己的家。她搬進這裏住的事，除了家裏，誰也不知道。[1]

就像《無字》將一九四八年秋天作為文本的時間銘刻一樣，一九四八年的春天是《長恨歌》文本的記號。這充滿了大陸特徵的記號，恰是大陸現代性反思的起點，它可以將父權尖銳衝突的背景深化或者淡化。《無字》選擇了深化，《長恨歌》則選擇了淡化。深化可以達到批判的目的，淡化則更利於女性主體形象

1　王安憶：《長恨歌》，北京：作家出版社 1995 年版，第 88-89 頁。

建設。

原來駕馭上海的李主任遇難身亡，年輕的王琦瑤只剩下金條相伴。將男權背景淡化，把男主人公撤離，這一文本策略，促成了王琦瑤自我成長的開始。

她將獨自承擔生命中遭遇的一切。她的物質熱愛之情並沒有減少。當動盪艱苦的時代來臨，她亂中取靜，仍然享受私人空間微薄的物質之美，把上海小吃做得盡可能精美，把簡潔的衣裝穿得盡可能得體，當然，也隱秘地享受她的愛情，隱忍地承受沒有丈夫而獨自生養孩子的日常。王琦瑤經歷了女性生命的成長，完成了自己與城市相處相融的命運。

作為獨立的女性主體，她也代表了生活和生命活色生香的一面，象徵了上海生生不息的現代性追求。如此，王安憶一面記錄女性／上海的成長，一面完成了不同於張潔的對女性／中國現代性演變的另一種想像。

作為對《無字》北方空間和《長恨歌》上海空間的呼應，林白在她的《婦女閒聊錄》中，創立了一個象徵中國中部農村腹地空間的王榨鄉村。她所講述的女性／中國現代性演變，把女性形象設立為一名普通的王榨鄉村到北京打工的女子。通過這位名叫木珍的打工女的口述，呈現出女性主體、地方主體建構的文本策略，從而豐富了大陸空間的女性／中國現代性演變講述策略。

時間：2004 年三月地點：北京東四十條講述人：木珍，女，39 歲 [1]

作家以不動聲色的記錄員身份，甚至連口誤字一並保存，將普通打工女子木珍的"口述"實錄下來：

過完年坐火車來北京，車上沒水喝，筆直（一直）沒有。大家都帶的可樂，我也帶可樂，在滴水車站旁邊買的，讓我弟弟買的，可能是五塊錢一瓶，沒喝完。一塊來的有七個人，做木工的，油漆工，做縫紉的。王榨一個女的，她弟弟在北京開服裝廠，做羽絨服，是麻城的，在火車上坐在一塊兒，她身上穿的羽絨服可能就是這個廠出的，質量不好，羽絨蹭得到處跑，妯娌兩人，衣服都一樣，羽絨從針眼裏跑出來，到處都是白的，滿身都是。

---

1   林白：《婦女閒聊錄》，北京：新星出版社 2005 年版，第 2 頁。

那女的，帶她外甥女到廠裏幹活，去了肯定有活幹，收入多少不知道，她不是王榨的。[1]

王榨人進京，火車上坐著各種各樣到北京打工的王榨人，火車上一直沒水喝。講述的女人對沒水喝的印象顯然太深，開口就說，連說兩次，但在強調了這一生理感受之後，她並沒有增加抱怨之詞，她的注意力集中到穿羽絨服的女人身上，描述了羽絨從針眼裏跑出來，到處都是白的。顯然，羽絨服存在的品質問題，緩解了她對沒水喝問題的焦慮。而且，那人不是王榨的，還潛在更多比較。她對進城隊伍充滿好奇，艱辛的過程變得適應：

> 回去的車上沒上廁所，來的時候擠了一趟廁所，排隊，下腳的地方都沒有。滴水的人最多，後來黃崗、麻城上來的人都一路站著，以後上車的都一路站著，到了壩州，全下光了，就有位置了。[2]

小說開篇這一看似本真的講述，其實暗含了作家文本設置的多重匠心。第一，把北京和長江腹地農村王榨，兩個地理距離遙遠的空間，用打工女的講述，變成對話的平台。大陸城鄉的差距，也可說是現代性的落差，經由對話中呈現。正是經由記錄或者傾聽講述所發生的對話，木珍對作家的講述，也變成王榨對北京的講述，女性／王榨的聲音——它也是中國現代性演變過程中最底層的聲音，發音出來。第二，木珍的看似"跟著感覺走"的講述，實則被上升為一種現代性前行的象徵，她進京所遭遇的艱辛如沒水喝、沒廁所上，在講述中被當成過程，她從未抱怨，她自行解決困難或者承受困境的能力，體現了一種面向未來的信心，這或者正是女性／中國現代性演變的動力所在。

"婦女閒聊錄"明確標明女性主義的寫史立場，顛覆父權中心宏大敘事和男性中心經驗，為"閒聊"正名。木珍雖為打工女，但"在勞動中的主體性極大地提高女性能力與信心，也極大地豐富了女性的生活和想像"[3]。木珍所閒聊的個人

1　林白：《婦女閒聊錄》，北京：新星出版社 2005 年版，第 2 頁。

2　同上書，第 2 頁。

3　李銀河：《女性權力的崛起》，北京：中國社會科學出版社 1997 年版，第 19 頁。

生命變化、家鄉人物風物變遷，不僅印證了閒聊本身與正史演變的關係，而且讓人發現閒聊包含著生命更加細微深刻的易變。《婦女閒聊錄》分為"回家過年"、"從小到大記得的事"、"王榨（人與事）"、"王榨（風俗與事物"和"在湖北各地遇見的婦女"五卷。打工女木珍離開家鄉王榨，也遠離了傳統婚姻的束縛，這使她回望家鄉，回顧自己，擁有了自己的歷史過程和講述歷史的資本。在此意義上，打工本身作為現代性經歷之一種，也賦予了閒聊現代性。

值得一提的是，在《婦女閒聊錄》中，作家塑造了性別關係逆轉的木珍與丈夫小王的關係。木珍在北京打工，丈夫小王在家照顧兒女。木珍從北京回家，小王裝病躺在床上，要木珍給他錢花。木珍口述個人史和家鄉史，丈夫小王是一個弱者形象。這一顛倒的性別關係，恰好證明了性別是變成的，是社會性別，與自然性別無關。在中國的現代性演進過程，無數性別關係逆轉正在發生，地方不平等關係亦是同理。對這一演變過程的講述，不僅體現了作家的女性主義立場，也見證了女作家關注中國大陸空間現代性所表現出的豐富多樣的表徵。

農村女子木珍進京打工，講述自己的歷史，創造了自己的女性主體。她是城市化進程中參與中國現代性演變的平凡一員。她也是作家講述女性 / 中國現代性演變的動人策略。

（三）《迷園》：[1] 台灣空間的女性 / 中國家族史詩講述策略

上世紀 70 年代開始的台灣社會的現代轉型，在台灣女性主義作家文本中留下深刻印跡，對傳統父權和現代父權的雙重反思，可見證台灣女性主義思想力度。80 年代李昂在《殺夫》中表達了一種與傳統父權決裂的姿態，進入 90 年代，她有了更加策略的方式。在她的第一部長篇《迷園》中，對傳統父權選擇了一種妥協溫和的姿態，文本通過讓傳統父權受挫而轉移能量的方式，重塑父親形象；又通過讓女性與現代父權正面交手的方式，培養女性成長，進而獲得女性主體性，取得男女平等發展機會。《迷園》文本不僅是台灣現代轉型的象徵，也為

---

1   李昂：《迷園》，台北：貿騰發賣股份有限公司 1991 年版。

女性建構了一個"都會的鄉土想像""菡園"。[1]

　　早在父親身體大致康復，但仍需要修養的期間，父親便開始他的攝影，那時離朱影紅小學三年級寫"我生長在甲午戰爭末年"的作文，已經近一年時間。父親先是用他遊學時代購自德國的一架 Leica Ⅲ 相機，在"枕流閣"臨近拍攝可列入鏡頭的種種。一開始是一般的景物照，中景式遠景通常是設置的標準，於是，放大、洗出來的照片，便可見"橫虹臥月"迴廊的彎轉迻置角度，或者，"菡樓"起翹的燕尾斜斜插入天空、"枕流閣"前一池綠葉翻騰的荷花。[2]

《迷園》的第一重象徵，可看作是傳統父權的迷途迴旋之地。父親受到政治迫害，一生無所作為，只能在祖傳的菡園拍照度日。其實，早在政治迫害之前，父親一直充滿危機感，他原來準備利用祖傳財富和創辦的中學，抵抗日本殖民統治，殖民統治於他早已是內傷。當遭遇國民黨政治迫害之後，他已是再度受傷，這使他身體健康狀態也不好。幸而還有祖傳的菡園，它是如此繁複精美，集傳統文化和自然之美，背後更有深愛父親的母親支持打理。它成為父親療傷的後花園，精神的寄託。

但父親朱祖彥，就像他的名字寄託著祖先榮光一樣，他也並沒有忘記他的前輩曾經的榮耀，他常常對年幼的女兒說起自己的祖先，父親和爺爺。他們在日本人統治的時代，仍然是名門顯族，上的是日本人的貴族學校，甚至盡可能保持與日本朋友平等交往。對待家中的司機和傭人，他們有明確的規矩，也非常尊重。父親的言行潛移默化地影響著女兒。或者說，由於父親不能再像祖先一樣統治和管理，父親重溫歷史的想像，實際是對女兒的管理學熏陶。女兒成人之後的能力證明了她的教養。

文本並沒有僅把父親當成女兒的家教來寫。父親更像是女兒心心相印的朋

1　參見丘貴芬：《歷史記憶的重組與國家敘述的建構：試探〈新興民族〉、〈迷園〉、及〈暗巷迷夜〉的記憶認同政治》，丘貴芬主編：《仲介台灣·女人：後殖民女性觀點的台灣閱讀》，台北：元尊文化出版社 1997 年版，第 216-223 頁。

2　李昂：《迷園》，台北：貿騰發賣股份有限公司 1991 年版，第 275 頁。

友，一種卸去父權威嚴的父女關係，才能真正幫助女兒培養人性和美學。也是在此意義上，菡園成為女兒成長的精神花園，"都會的鄉土"。父親攝影，女兒畫畫，父女一起欣賞音樂。這是一處人間天堂。為女兒朱影紅日後面對現代父權，擁有交手能力，特別是改造能力，奠定了深厚基礎。文本精心地安排了父親與時代對接的路徑。父親不再擁有家族統治權和社會控制能力，父親需要反思歷史，面向未來。攝影是意味深長的選擇。攝影通過鏡頭讓父親加深對菡園的理解，他反覆地接近習以為常的自然和建築，發現它們日日新的內涵，這是他的自我發現，也是他對日常生活的發現，這一切與權力統治不同，是對平常生命的驚喜，是生命平等相處的美的湧現，也是對中國傳統文化深層內涵的解讀。《迷園》優美的文字，詩情畫意的意境，深得中國傳統文化真諦，為女性主義寫作與傳統文化對接做了成功嘗試。父親也通過攝影將傳統文化賦予現代意義。使父親與時代天衣無縫聯繫在一起的，便是現代攝影技術，父親為了更精確拍攝到菡園的美，不斷地購買新的攝影器材，從追隨德國攝影機，到追隨日本新發明，從請人送貨，到自己買好車上台北選貨，父親走到了現代生活的前沿。文本成功實現了對傳統父權的轉型。傳統文化的精華，則獲得現代新技術的光大。

　　他們站在"菡園"外已成林的相思樹下，株株一丈高的相思樹，細尖的葉片不曾全然網罩陽光成蔭，黃昏的斜陽仍透過參差的樹葉縫隙串串灑落。喚名相思的樹尚未結血紅的相思豆，還在開一樹細碎的黃花，在籟籟的微風下黃花點點灑落。

　　"我不同你爭，每次講到你父親，一句壞話都不能說。"

　　他嘟吶地抱怨，然後，極為突然的，他意興風發地接道：

　　"你父親讓你生在這個園子，長在這個園子，而我，我要幫你把園子修復，讓你可以重回'菡園'來住。"

　　無備中又全然出乎意料，朱影紅抬起眼睛，慌亂地看著他。

　　"所以，我要你嫁給我。"

　　林西庚匆促但一貫決斷地說。在那遍開黃花的相思樹下，淚水湧上朱影紅的眼睛。而離她斷然地自己去拿掉懷著的他的孩子，也只有幾天。[1]

《迷園》的第二重象徵，可說是女性精神家園的尋找，是男女平等相愛，靈魂互補發展的召喚。朱影紅和林西庚的愛情，在台北沒有收穫成果，來到相思樹成林的"菡園"，才收穫正果，然而，付出的代價不僅是欲望，更有孩子。現代父權強勢人物林西庚，此前已二度結婚，有多個孩子，他幾乎從沒有把女性放在眼裏。操縱台北房產和商業命脈，金錢和自信令他也沒把"菡園"的女兒朱影紅放在與自己同等的位置對待。在漫長的時間中，他一直將她看成任他驅使的享樂對象，他愛她的美貌才華，卻把愛變成欲望的消費，從不曾考慮她的主體存在。然而，"菡園"的女兒自有尊嚴和智慧，她從欲望中升騰自我，毅然決定拿掉孩子，決然辭職離開台北，拒絕林西庚的邀約。她在"菡園"文化中表現的主體精神，更扭轉了現代父權不平等姿態。

文本再現台灣經濟騰飛的歲月，以開闊的筆墨書寫男主人公林西庚在商場馳騁，女主人公朱影紅作為助手和智謀起到重要作用。從最初的一見鍾情，到陷入狂放的欲望，林西庚駕馭著朱影紅，使她不斷感受到屈從的被虐的沉湎。小說亦呈現了台灣女性主義文學思潮對情欲資源開發的立場，用多種場景描寫不同的情欲方式和感受。朱影紅從一再被虐的沉湎，走向主動駕馭情欲，每一次情欲體驗都有所悟，從而走向清醒和理性，並設局試探和考驗林西庚的愛情。

文本深刻揭示了資本主義現代父權迥異於傳統父權的性政治方式。如果說傳統父權對女性的控制集中於婚姻制度和貞操，讓女性做生育的工具，現代父權卻可在婚姻之外任何場所對女性進行欲望消費，用金錢和陽具的力量操縱女性的身體，將女性的整個身體看成商品。因此，女性主義必正視性政治鬥爭場所的"身體化"和"欲望化"。這也是台灣女性主義倡導情欲解放的動因所在。《迷園》書寫了台北都市撲朔迷離的情欲、狂放肆意的性戰，也書寫了沉迷之後的空虛，虛委之後的買單，再現了現代父權情欲戰場的複雜性。朱影紅歷經情欲戰鬥，才練就駕馭現代父權的本領，將情欲戰場上所向披靡的林西庚征服，並將他引向尊重女性，男女平等相愛的境界。

1　李昂：《迷園》，台北：貿騰發賣股份有限公司 1991 年版，第 276 頁。

由於情欲戰場或者說性政治的複雜性，女性欲望主體的獲取有相當的難度，父權扭轉更難辨分曉，如果沒有完全擺脫男性中心的視野，《迷園》就會令人迷糊："作為讀者，我們受到小說中謎樣循環邏輯的影響，越陷越深，無從幸免。我們難以決定究竟要將這部作品視為世紀末台灣的頹廢見證，還是近代台灣史破繭而出的象徵。"[1]

但女性主義的講述策略是如此明朗：《迷園》中的"菡園"，是女主人公朱影紅出生和成長之地，也是她的精神家園。這裏讓傳統父權平靜轉型，這裏又讓現代父權服膺，作為理想的台灣和中國文化的象徵，"菡園"即漢園演繹了台灣中國家族史詩，幾代不同的男性依賴於它又修復它，成功延續了文明的精華即平等、愛和美。"菡園"想像，可說是文學女性主義的奇跡。

（四）《香港三部曲》：[2]
女性家族史 / 香港城市詩史的講述策略

香港是百年中國痛楚的開篇，如何書寫它的百年演變，考驗著每一位雄心的作家。香港學者也斯（梁秉鈞）指出書寫香港的難度在於：

> 他們都爭著要說香港的故事，同時都異口同聲地宣佈：香港本來是沒有故事的。香港是一塊空地，變成各種意識形態的角力場所；是一個空盒子，等待他們的填充；是一個漂浮的能指（signifier），他們覺得自己才掌握了唯一的解讀權，能把它固定下來。[3]

大陸學者趙稀方則認為：

1　王德威：《想像中國的方法——歷史‧小說‧敘事》，北京：生活‧讀書‧新知三聯書店 1998 年版，第 291 頁。

2　施叔青《香港三部曲》寫作時間長達八年，在台灣由台北洪範書店出版有限公司分不同時間單本推出：《她名叫蝴蝶》1993 年出版，《遍山洋紫荊》1995 年出版，《寂寞雲園》1997 年出版。大陸廣州花城出版社於 1999 年將三本同時出版。

3　也斯：《香港的故事：為什麼這麼難說？》，張美君、朱耀偉編：《香港文學 @ 文化研究》，香港：牛津大學出版社 2002 年版，第 12 頁。

香港是英國的殖民地，作為“宗主國”的英國形成了一套關於香港的歷史敘事，而作為“祖國”中國對於香港又有一套自己的敘述，這兩套截然不同的歷史敘事，加諸於同一對象身上，“想像的共同體”的特徵立即畢露無疑。[1]

完成了大河式長篇小說《香港三部曲》的施叔青感言：

香港是一座幻影似的港口城市。它沒有固定的形貌，沒有樣式，任由島上的住民捏塑改造，一直在變形。[2]

如果說學者梁秉鈞看到了香港書寫的多方權力較量，他也看到了權力較量之下文本勝利的難度。趙稀方則參考王德威《小說中國》的方法，提出各路作家自己發揮香港想像，創立各不相同香港的可能。並分析了施叔青《香港三部曲》於中英歷史敘事借用中，通過差異反省提供有深度的獨特的香港想像。[3] 不過，作家施叔青自己的感言饒有意味，她似乎迴避了兩位學者擔憂的權力敘事的干擾，她的擔憂放在“島上的住民捏塑改造，一直在變形”，她從寫作對象本身的變幻，而不是外部敘事權力影響，思考香港書寫如何抵達香港存在真相。也許，這正是我們進入《香港三部曲》的通道。

《香港三部曲》寫作時間長達八年，在最後一部《寂寞雲園》中，作家自己出場議論香港，說出了如上的感言，這似乎是對她寫作期間香港變幻莫測的感慨。她起筆於 1989 年底，寫作途中香港回歸。她在《寂寞雲園》中將黃家第四代傳人黃蝶娘，安排為一位“生平無大志，以玩樂為正職”的大膽、放浪的女性形象，似乎有著某種放縱想像，任由捏塑而不為然的自由。與其定位為後現代立場，不如定位為後現代女性主義立場。

事實上，大河式的《香港三部曲》，恰因它包含多元豐富視野，為大中華語境的女性主義文學思潮提供了一個卓越的後現代女性主義文本。讓人們看到，後

1　趙稀方：《小說香港》，北京：生活·讀書·新知三聯書店 2003 年版，第 1-2 頁。

2　施叔青：《寂寞雲園》，台北：洪範書店出版有限公司 1997 年版，第 95 頁。

3　趙稀方：《小說香港》，北京：生活·讀書·新知三聯書店 2003 年版，第 171-177 頁。

現代女性主義並不是解構什麼，而是極大包容多元，並在包容之中，創造多聲部的發言，從而使生存有可能呈現其本相的複雜豐盛多樣貌。正是在這樣的複雜豐盛多樣貌中，女性主體發出的聲音才是強有力。

這可以解釋，在《香港三部曲》中，香港故事的起源，並沒有地道的香港人，女主人公黃得雲是被人劫掠自東莞的少女，她來到香港成了無根妓女，男主人公是來自英國的殖民者，他並非心甘情願來香港，是作為英國底層不得志青年而來工作。年輕的他們因為恐怖的鼠疫而相遇，開始了傳奇的人生。然而，後者並沒有在傳奇中持續，即是說，作為殖民者的亞當‧史密斯，他並沒有真正願意和不斷書寫被殖民者黃得雲的志向，他本人擔心失去在殖民者中間的身份，事實上是逃離了對黃得雲的控制。作為被拋棄者的黃得雲，從妓女變成情人，她是使用了對於亞當‧史密斯的性政治手段的。這使她懷上混血孩子，變成了母親。當然，她也沒有能夠最終控制住情人亞當‧史密斯，只能另謀人生。殖民者的確改變了她的命運，但命運的改變也是她主動而為。同時，更有許多偶然因素參與其中。文本所呈現的性政治的豐富信息，正是作家還原歷史，書寫香港故事的獨特所在。

選擇妓女黃得雲作小說的主人公，將香港喻為妓女，用意並非只取喻意香港被殖民者任人踐踏，也意指妓女／香港對於踐踏者的利用，她正是通過利用殖民者而改變了身為妓女的身份，最終變成香港上流社會顯貴。在黃得雲形象演變成香港形象的過程，就是香港由荒島變成繁華東方明珠的過程。殖民者和被殖民者在此城中相遇，如同情欲糾纏，勝負難分，性政治複雜的意味充滿了文本，讀之彷彿進入香港歷史語境，這恰是《香港三部曲》迷人的魅力：

> 南唐館接待的對象以西人為主，總得拿點中國情調給人看看。這裏妓女清一色旗裝打扮，捏著繡花手絹，腳下高跟旗鞋搖搖擺擺，儼然滿清公主現身。纖手微微朝上一揚，掀起百鳥朝鳳的蘇繡門簾，金漆屏風後，藏了個外國人心目中的中國：牆上掛著臨摹的山水古畫，屋角立著景德鎮的粉彩花瓶，沙發絲絨躺椅之間，青花鼓凳、硬木桌交錯，古玩擺件堆得滿坑滿谷，

當中少不了鴉片煙榻。[1]

　　這一妓院場景的描寫，還原歷史真實，體現施叔青文本要揭示妓院經濟學與殖民者共謀的關係，即妓院為了生存發展，對於殖民者消費的自覺迎合，在這種迎合之中，妓院把國家形象、公主形象，主動設置為讓殖民者滿足征服想像的符號。換而言之，妓院為了賺錢，並不只出賣性，或者說，出賣性是不夠的，還需要出賣國家形象。殖民者前往妓院，在消費性的同時，享受精神征服的愉悅，這或者才是更高消費所在。由妓院與殖民者雙方共謀的生意，維持香港"西塘風月"的繁華。妓院經濟尚且如此，其他各行業經濟的發展，又如何離開與殖民者的共謀？文本揭示了香港殖民地經濟特徵。

　　關於妓女和嫖客的關係，施叔青進行了更深刻的性政治刻畫：

　　　　史密斯腳一伸，重重踢了匍匐在他腳下的女人一腳，立即想離開這娼妓的屋子。他在凌亂的被褥找尋自己的衣褲，他的赤裸的腰從後面被狠狠抱住，出奇有力的把坐著的他按倒回床上，躺回他原來的位置。那個被他踢過的女人，雙眼發光，反過來騎在他身上。史密斯感到被侵犯了，試著掙脫，女人卻插入他血肉裏，和他連在一起，變成他的一部分。她撩撥他，施展所擅長的韻術蠱惑他，使他感到有如千萬隻螞蟻的腿在血管裏抓爬，史密斯禁不住撩撥，不只一次興奮起來。在放蕩的惡行過後，他躺在那裏，比以前更感到孤獨。他意識到身體的某一部分已經不屬自己，他控制不了它。他出賣自己的感官，做不了自己完全的主人。[2]

　　黃得雲和史密斯在妓院屋子裏所進行的性戰爭，可說比硝煙戰火更讓人觸目驚心。始而史密斯重重一腳踢向匍匐在他腳下的女人，他這樣做，當然是充滿了不屑和歧視。然而，接續發生的反抗和進攻，完全超出了他的想像，致命的是，雙眼發光的黃得雲並沒有其他武器，她只有唯一的性武器，"千萬隻螞蟻的腿在血管裏抓爬"，肉體的進攻卻如此囂張，足以將他拖入萬劫不復的放蕩惡行，使

1　施叔青：《她名叫蝴蝶》序曲 2，廣州：花城出版社 1999 年版，第 26 頁。
2　同上書，第 86-87 頁。

他通過自我懲罰陷入虛無之中。他被她劫持而消耗的不僅是體力，他的精神幾近崩潰。事實上，他不再是自己完全的主人，便是他的殖民主體性和優越性的淪喪。這正是他最終會逃離黃得雲的內在理由，他知道無法戰勝她，他只能被她所利用。與黃得雲的性戰也深刻改變了史密斯對東方中國的認識，使他在香港統治中——雖然他只是一名皇家警察——深感白人在東方的虛幻，他無力像其他無知狂妄的殖民者那樣殘酷對待被殖民者。當然，這也使他被排除出統治者的行列。

通常解讀他們關係的結束，認為史密斯拋棄黃得雲，這其實是受制父權邏輯的想像，把黃得雲視為弱者。事實上，施叔青文本中的黃得雲自始至終是命運的強者。她十三歲不幸被劫掠到香港，從未屈從命運，做了幾年妓女之後，她已是一個人精，精通嫖客身份階層及內心世界，完全具備了駕馭他們的能力。這也是為何鼠疫驚恐中的史密斯一頭撞入，就被她充分利用，她等待已久把香港的災難，演變成自己改變命運的機會：

> 史密斯驚悚顫抖，驚魂未定地回到人間，抹過油的外套被陽光曬乾了，龜裂了，隨著抖動，發出細微的落葉似的窸窣聲，他摟住了一個軀體——有體溫、柔軟的女人的軀體。他感到安全。
>
> "讓我抱抱，讓我抱抱。"
>
> 得雲撫弄他鹿一樣無助豎起的招風耳，又是一個背井離鄉，來向她索求片刻慰藉的孩子。她閱歷無數的眼睛閃過一絲幸災樂禍、冷冷的光，嘴角輕佻的嚅動。她扶起懷中的頭，紫緞大袖滑溜下來，露出她赤裸的肩膀。史密斯揚起半個臉，正好對住她艷紅的、娼妓的肚兜，血光一樣刺眼。他怔驚了，被褻瀆似的摔開女人撫弄他的手，站起來返身便走，得雲來不及看清他的臉。[1]

黃得雲和史密斯的初次相遇，在人生經驗上，可說完全不對等。黃得雲的閱人無數和史密斯的單純驚恐，使得鼠疫災難之中的戀情，實際上不可能由史密斯

1　施叔青：《她名叫蝴蝶》序曲 3，廣州：花城出版社 1999 年版，第 37-38 頁。

駕馭。儘管他似乎是在征服她，實際卻被她所利用，她要的正是他的征服，使她從此擺脫妓院，成為他的情人。他一直害怕懷上孩子，她卻偏偏懷上了。混血的兒子將繼續改變她的命運。身處弱勢地位的黃得雲並非弱者，身處強勢地位的史密斯也並非強者，文本顛覆了被殖民者和殖民者之間的關係，也顛覆了男強女弱的想像。

施叔青所書寫的殖民地文化，既解構了宗主國歷史敘事，也不同於祖國歷史敘事。從作家獨創想像而言，她有明顯的女性主義優勢，女人即使身為妓女，改變命運的能動性也超出想像，對身體本能資源的開發，暗含一種女性優越感。

黃家的第二代，便是混血兒黃理查德，他的一半白種人血統，使他們母子區別於一般被殖民黃種人。被白種人所愛成為一種資本。這一資本又一次被黃得雲所用。她再次投身被英國上司派遣來的屈亞炳。在與屈亞炳的情欲關係中，她完全處於上位，文本對黃得雲旺盛的欲望和生命力進行渲染，也暗示她將不斷尋機改變自己的命運。事實上，當屈亞炳離開她另娶，她即應徵當舖工作，很快掌控了當舖，獲得擴張財富。十年之後，她已經買下一塊地，成為了香港真正的有地之主。她和她的混血兒子，進一步向房產發展。有地又有房，跨界白人和黃種人，黃家第二代成為了香港新富商賈。

又十年，黃家已是顯赫富裕門戶。貴族出身的銀行大亨英國人西恩·修洛造訪黃家，被風韻猶存的黃得雲所吸引，黃得雲再次施展魅力，與西恩·修洛忘年戀。但這位教養良好的銀行大亨西恩卻在黃得雲面前沒有性能力。他的身心完全受黃得雲支配。幾年之間，黃得雲母子倆得到西恩·修洛從中擔保，大舉向滙豐銀行貸款，利用工人罷工社會動盪機會，以低價購得跑馬地數棟空樓，開始建立黃家基業。第三代黃威廉也幸運降生，迎接他的命運是成為香港上流社會大法官。

在 1939—1941 年日本入侵、香港淪陷時期，黃家的雲園被日本人所佔，改成和式招待所。西恩被關，黃得雲前往探望。雖然不是傾城之戀，但此時黃得雲卻體驗到了平等愛情的滋味。她用一生性戰，至此獲得和平幸福。文本也在某種意義上象徵了現代父權戰爭的後果，令殖民地身份重構，究竟是誰的殖民地？關於殖民身份記憶，在小說第三部中有專門探討，所謂為何香港人對日本僅三年的殖民反不堪回憶，而對英國長達百年的殖民卻充滿留戀。這是一個微妙的殖民好壞問題，也是一個關於人類身份的弔詭的問題。這使文本具有了鮮明的後現代意味。

在第二部《遍山洋紫荊》中，黃家的第三代黃威廉已是地位高貴的大法官，所以順利娶了英國女子伊麗莎白。洋紫荊作為香港的象徵，它也是一種雜交的植物，生命力特別旺盛。小說再次寫到了女人與男人做愛女上位的場景，伊麗莎白上位於黃威廉，類似黃得雲與幾位男人的性愛關係。文本再度流露出女性優越感，或者是有意進行性政治宣揚，同時亦有著"女王之城"的象徵。他們的後代也是女孩。成為第三部《寂寞雲園》的主角。《香港三部曲》體現了作家有更大的野心，它不要長恨，它要永遠的傳奇。就像它的英文版標題所顯示，它要建構一座母親譜系的城市。英文書名 City of the Queen，女王之城，副標題 A Novel of Colonial HongKong，殖民地香港 [1] 的故事。既借用英國早期殖民者狂妄想像之名"女王之城"，也象徵女性在殖民地香港生根開花結果，儼然如女王。

1997 年在香港即將回歸中國之際，伊麗莎白回到英國，永遠離開她的丈夫黃威廉。雲園也被拆除。不過，第四代黃蝶娘已經成人，有她自己的人生觀，她成長於繁華幸福之家，志向是以玩樂為正職。小說借她的眼光重新審視殖民歷史，使香港傳奇成為反思和解構各種等級價值的符號遊戲。文本體現了鮮明的後現代女性主義風格。

面對施叔青《香港三部曲》建構的"女王之城"，仍有學者提出，施叔青這樣的情節安排，反而沒有擺脫父權制約，父權的異性戀霸權，內化為妓女黃得雲改變命運的動力，她渴望像殖民統治者一樣過上體面的生活。當她努力奮鬥進入了父權機制，演變成新的顯貴階層，她和她的家族複製了父權的階級等級。[2]

這一看似成立的觀點，體現了這樣一個邏輯：即女性講述個人歷史，應該迴避父權宏大歷史，尤其不可以最終與父權宏大歷史合流。然而，這一邏輯表面上

1　SHIS SHU-CHING, *City of the Queen: A Novel of Colonial HongKong,* translated from the Chinese by Sylvia Li-chun Lin and Howard Goldblatt, Columbia University Press (New York, 2005).

2　謝世宗：《性別圖像與階級政治：否想施叔青〈香港三部曲〉，台北：《中國現代文學》第十九期，2011 年 6 月。

是極端女性主義，實則是違背女性主義旨歸。女性主義並非要與男性歷史經驗分離，當然它也不能歸順。這就需要回到文本的結構，考察文本對於父權宏大歷史的修改力度。在小說的第三部《寂寞雲園》中，敘事者是兩位女性，一位是黃得雲的曾孫女兒黃蝶娘，一位是作者"我"（施叔青）。她們交織的講述，其實是一種空間策略，把家族歷史和香港歷史，拉成不同角度的觀察審視和反思，將女性主義政治直接端上檯面。黃得雲家族的確成為了香港社會主流人物，但在黃蝶娘看來，這其實只是一個過程，並沒什麼了不起，她並不認為維護某種特權和統治是家族的必然。這樣，文本通過黃蝶娘，實際上解構了黃得雲家族複製父權統治的事實。

此外，我們可以發現施叔青用來標誌情節轉折或故事敘述骨幹的重大歷史事件幾乎都塑造了"負面的"城市空間意象，整個《香港三部曲》敘述的父權百年歷史中，充滿了疾病、天災和戰亂。有學者總結為"悲情城市"，認為施叔青建構的女性"欲望城市"是建立於"悲情城市"對比。[1]

女性家族的崛起，源於不屈命運的奮鬥，更源於對時代機遇的準確把握，香港從荒島演變成繁華國際都市，同樣如此。女性家族史和香港發展史二位一體，是女性所講述的香港百年現代故事。

（五）《香農星傳奇》：[2]
澳門的女性／反思人類現代性講述策略

維記洋行來了一位英俊瀟灑的男職員龐雅倫，行內的女孩子個個魂不守舍。龐雅倫有過人的工作能力與智慧，個性獨特，我行我素，似有看透人心的本領。但他來歷不明，不懂世情，竟然在公司會客室看三級影帶。洋行內的年青採購女經理由處處對他提防，到不知不覺愛上了他，更從他的身上揭

1　黃冠翔：《打造香港城市空間——施叔青〈香港三部曲〉的悲情及欲望》，台北：《新地文學》2013 秋季號，第 112-125 頁。

2　周桐：《香農星傳奇》，澳門：澳門日報出版社 1999 年版。

開了一個驚人秘密……

　　這是澳門女作家周桐出版於 1999 年澳門回歸前夕的科幻小說《香農星傳奇》一書的封底介紹。這部由澳門日報出版社出版的科幻小說，是澳門第一部長篇科幻小說，也是大中華語境女性主義文學思潮中湧現的第一部科幻長篇。講述來自外層空間另一個類似地球的名叫"朱諾星"上的少年龐雅倫，尋找被他的星球稱為"香農星"的地球，在澳門找到工作並與澳門少女香穗相遇交往，所發生的傳奇故事。藉此作家寄託了反思現代性，重塑年輕女性形象，和重構性別及人類與萬物關係的理想。在書中，作家把中西文化交匯的澳門想像為人類理想家園。

　　"朱諾星"和地球極其相似，是地球的胞兄，"朱諾星"上高度發達的文明，使得它的人類已耗盡了自然資源，他們會各種各樣高科技，從實驗室培養高智慧生命，龐雅倫就是取自父母最優良遺傳基因培養而成。由於高度發達，資源枯竭，早在龐雅倫父母一代，尋找新的宜居家園，就成為了"朱諾星"神聖的使命。"朱諾星"人發現了地球，並命名為"奶蜜之地——香農星"，這兒的樹木山水，正是他們曾經所擁有，卻由於發展科技而失去已久。尋找"香農星"並不只是尋找資源，"香農星"地球已成為了"朱諾星"人的鄉愁，令他們反思後悔自己對環境的摧毀，他們不僅渴望找到地球，還希望告訴地球上的人類，珍惜現有生存狀態。文本饒有意味地設置了一個地球之外、人類想像之外的"第三空間"，幾乎印證了美國學者愛德華·W. 蘇賈把"第三空間"發展為社會批判空間的理論。體現了文學女性主義高度的政治智慧。

　　澳門在中國明末開始淪為當時世界霸主葡萄牙的殖民地，它的殖民地處境，與西方現代父權推進現代性幾乎完全同步。作為世界上最早的殖民地，澳門見證了人類現代性演變。在澳門回歸前夕完成的《香農星傳奇》文本，也見證了澳門女作家反思現代性的力度。

　　龐雅倫的父親是"朱諾星"上最優秀的科學家之一，曾駕駛飛碟探索地球，在地球的百慕大三角，他遇到一艘南美洲到澳門的航船正遭遇風暴襲擊，為了拯救船上的人類，他犧牲了自己的生命。龐雅倫的大腦中攜帶著父親關於地球的全部記憶信息，他隨時隨地可以複製出父親的記憶圖案，他帶著父親沒有完成的使命，來到了"香農星"地球上的澳門，因為他父親記憶中最重要的船員就居住在澳門。老船員已退休，一個人與聰明美麗的孫女兒香穰相依為命，寧靜而幸福，生活在澳門一座面向西南海風的六層小樓裏。香穰的母親在美國，香穰因不捨祖父，隻身在澳門維記洋行工作，23 歲的香穰已是採購部經理，工作之餘她潛心探索科技，熱心環保，她做的科技實驗都與環保事業相關。這個身穿背帶褲，一頭清爽短秀髮，一心思考自然與人關係的年輕女性形象，寄託了作家全新女性理想，便是女性對現代人命運的承擔。來自外星的男主公也被她深深吸引，與她共同探索生命的價值和未來。文本因此成為一部女性／人類現代性的過去與未來的暢想曲。

暢想建立於"朱諾星"與"香農星"地球的對比，那是一個過去與現代的對比——高度的科技發展並非人類的未來，它只會摧毀地球，"朱諾星"就是一面"過去"的鏡子。文本用空間巧妙地解構了現代的綫性發展時間觀。

暢想也建立於龐雅倫與香穰日常生活的對比，那是一個高度發展的男性少年與思考發展的女性少年的對比。少年龐雅倫只吃隨身攜帶的食物粉片，腸胃已退化，他很羨慕香穰精緻平常的美食，可惜無福再擁有。香穰發現龐雅倫有超常的智慧，能夠預測天氣，能夠畫出中國西昌火箭發射全程圖，更可以複現爺爺當年遭遇海難的過程。她感知了他是科技高度發達的外星人，與他交流生命的意義。他不忍離去，又不得不離去，因為他不僅要回去傳達給自己的星球關於地球的知識，事實上，他也沒有辦法繼續在地球上生存，他隨身攜帶的食物片即將用完。科技的大限，便是生命的大限。文本以星際之間的美好愛情，見證自然保存之重要。龐雅倫一再傷感地告訴香穰，地球是多麼美好，現存是多麼值得懷念。

暢想因此也是人類與其他星際關係的想像。珍惜地球的美好，不要貪圖家園之外的家園，是對現代科技狂妄擴張的清涼劑。

當然，暢想還體現了作家唯美的追求，小說的男女主人公都年輕、美好、明亮，並共同關心人類明亮美好未來。而海風吹拂的澳門，被作家想像為地球人和星際人熱愛的福地。

中國的科幻小說起源於清末，源於對"軍事科技、器械發明的興趣"，體現了對於西方科技文明帶來新烏托邦世界的想像。[1] 如清末吳趼人的科幻長篇《新石頭記》，改寫曹雪芹的《紅樓夢》，讓賈寶玉懷抱改變世界的理想再次來到現實世界，卻發現"文明境界"遠比大觀園神奇，人類可以上天入地，他可以坐潛艇穿越海底。在這樣的科技力量面前，賈寶玉再次發現自己是無用的石頭，又一次回到了青梗山上。這部科幻小說其實也反映了清末作家深感人文知識的無力。科幻小說在"五四"之後一直沒有獲得很好成就，一方面，原因應該也在於局限於對於西方科技的嚮往與認同，因而無法展開新的想像空間。另一方面，更是人文知識反思科技文明的力道還沒有培養起來。

當西方第一波女權運動在反思現代性時，主要著力於爭取女性與男性同等參與現代發展的權力，尚沒有深入反思現代科技的負面力量。到其代表人物瑪麗·沃斯通克拉夫特即《為女權辯護》作者的女兒這一代，情況才有改變。瑪麗·沃斯通克拉夫特的女兒瑪麗·雪萊，也是英國著名詩人雪萊的妻子，感受到科技迅速擴張的不可控後果，很年輕就意識到了反思科技負面力量的重要性。1818 年她創作了科幻小說《弗蘭肯斯坦》，[2] 用文學的方式開闢了女性主義對現代科技反思的科幻小說傳統。

《弗蘭肯斯坦》寫科學家 Frankenstein 在實驗室用光電的方法將死屍啟動，創造了怪物 creature 即他自己的創造物，但這個怪物跑出去了，所到之處令人驚恐萬分，沒有人願意接受他，但他卻越來越渴望像人一樣生活，渴望愛情。於是，他回來找 Frankenstein，要求為他再創造一個異性同伴。Frankenstein 擔心無法控制自己的 creature，最終沒有再造一個 creature。然而，怪物不肯就此孤獨地活在人間，要向 Frankenstein 復仇。創造者和他的造物於是一路追殺，直到創造者死去，被造物懺悔，小說於陰鬱驚恐之中結束。

《弗蘭肯斯坦》體現了女性主義者對於人類科技力量的擔憂。事實上，這個

1 　王德威：《想像中國的方法——歷史·小說·敘事》，北京：生活·讀書·新知三聯書店 1998 年版，第 47-51 頁。

2 　*Frankenstein*，《弗蘭肯斯坦》在中國有眾多譯本，較早譯本有，瑪麗·雪萊：《弗蘭肯斯坦》，陳淵、何建義譯，南京：江蘇科學技術出版社 1982 年版；較近譯本有，瑪麗·雪萊：《弗蘭肯斯坦》，張劍譯，北京：中國城市出版社 2009 年版。

文本自從誕生，被電影一再複製，也證明了人類普遍的擔憂。裏面怪物渴望愛的情節，也暗示了科技沒有愛的精神之可怕與荒誕。

我們將澳門女作家周桐的《香農星傳奇》文本，置於中國科幻小說發展的歷史背景，和世界女性主義反思科技與人類關係的傳統，從這樣兩個坐標來定位，就能夠感受到《香農星傳奇》的開創意義。一方面，它是一個優美而深刻的反思現代性文本，體現了澳門中西文化交融之後的平和，也體現了文學女性主義在澳門的獨特創造力。另方面，它的想像力空間以幾何方式突破了中國百年科幻小說壓抑的傳統，體現了大中華語境現代性新空間生長的力量。

小結

以上對北美，中國大陸北京、上海和長江腹地，台灣和香港及澳門，各不同現代性板塊空間重要的文本進行比較分析，發現它們所講述的百年中國現代性演變故事，一方面充滿了各不同空間的在地經驗，如同文學地理學研究方法所指出，"地理環境以獨特的地形、水文、植被、禽獸種類，影響了人們的宇宙認知、審美想像和風俗信仰，賦予不同山川水土上人們不同的稟性"[1]。而同時，"雙源的或多源的地理空間，是一種開闊自如的空間"[2]，使這些文本以自己獨特的生態存在，又互相顧盼相生。另一方面，它們所採用共同的策略是用女性指喻各自的歷史，從而形成共謀的女性／中國百年現代性演變故事講述，這使得不同現代性板塊的文本串通，構成第三空間的文本政治，把百年中國現代性演變的多層歷史長廊呈現於大中華語境。除了共同的女性講述策略外，各不同文本還隨機呈現了不同的文本策略，以便打通不同的隔離，一起通向講述女性／百年中國現代性演變的歷史，呈現為並置空間的"有差異綜合體"。

父權歷史象徵體系曾將女性經驗屏蔽，將女性主體驅趕出宏大歷史講述，中國女性曾長期處於歷史地表之下。大中華語境的文學女性主義，意欲從女性主義

1　楊義：《文學地理學的本質、內涵與方法》，《文學地理學會通》總論編，北京：中國社會科學出版社 2013 年版，第 4 頁。

2　同上書，第 10 頁。

角度重建百年現代中國歷史,她們想像中國的方式,通過將不同空間的女性經驗和地域經驗編織到歷史講述當中,實現了"有差異綜合體"的文化共同體想像。以上對不同重要文本的闡釋,呈現的便是空間闡釋學所能夠讓我們看到的,女性浮出歷史地表的空間特徵。某種意義上,她們的文本串通達成的文化共同體即大中華語境本身,女性講述百年現代性演變故事和大中華語境是互動生產的關係,生產出不同於父權歷史象徵體系的女性歷史象徵系統。"講述"和"語境"都必須是"有差異綜合體",否則女性就沒有發言空間,換言之,女性無法發言的歷史就是父權綫性平面歷史。"女性發言"就需要"女性主體"進入語境進行講述,這就是實質的空間政治,這也正是文學女性主義政治,是大中華語境女性主義文學思潮湧動的現代性新空間,是女性歷史新的象徵體系。

對妓女形象的改寫

　　父權體制和其文化象徵體系將男性和女性分隔在不同空間，建立起男尊女卑的等級，進而再將女性分裂為良家女子和妓女，好女人和壞女人，天使和魔鬼，從而建立了女性之間的等級，間離了女性群體團結合作的可能。因此，顛覆設立於女性之間的等級，促成女性之間的合力，被女性主義視為瓦解父權統治的重要政治策略。

　　波伏娃在《第二性》中指出：婚姻與娼妓制度有著直接的聯繫，娼妓制度猶如籠罩家庭的陰影，從古至今伴隨著人類。將女人分為正派女人和無恥女人兩極，妓女是被用來發洩欲望，然後將她唾棄。但靠賣淫出賣自己的女人和靠婚姻出賣自己的女人，她們之間的唯一差別，是價格的不同和履行契約時間長短的不同。"是男性的需要刺激了妓女這種供應，對此感到驚訝是十足的虛偽，因為它只不過是一種基本的、普遍的經濟過程的活動。"[1]

　　米利特在《性政治》中更加尖銳地指出：男權制度將女人分成兩個階級的後果，導致兩個女人相互敵視，妻子和妓女之間強烈的敵視，使得統治的男人獲得優勢，介入兩者之間享樂。[2]

　　權威女性主義理論的洞見，有助我們理解大中華語境文學女性主義對妓女形象塑造的政治。瓦解父權體制賦予妓女角色的內涵，可開掘性別隔離壓制的諸種女性經驗和男性經驗，釋放想像力的空間可說極其開闊。

　　文學女性主義對妓女形象的改寫，主要實施了如下幾個策略：書寫妓女真

1　（法）西蒙娜・德・波伏娃：《第二性》，陶鐵柱譯，北京：中國書籍出版社 1998 年版，第 628-630 頁。

2　（美）米利特（Kate Millett）：《性政治》，宋文偉、張慧芝譯，台北：桂冠圖書股份有限公司 2003 年版，第 46 頁。

情；講述妓女改變命運的努力和事實；追溯妓女所受蹂躪的歷史；還原妓女生活真相。

（一）書寫妓女真情

早在 1985 年香港女作家李碧華以妓女為題材的言情小說《胭脂扣》出版，[1] 不久由關錦鵬執導，梅艷芳、張國榮主演，1988 年上映即在台灣和香港獲大獎，隨之風靡大中華語境。表面上，懷舊的旗袍，30 年代香港的繁華，都是閱讀和觀賞的消費對象，但將妓女如花塑造為一位殉情而死、死後變成情鬼，重返人間尋找愛人的至情形象，才是最大衝擊點。這部言情小說及改編的同名電影，一反婊子無情的父權陳規，正如有學者發現，李碧華所實施的"奇情的衝擊"具有極大改寫人們觀念中刻板女性形象的能量，她總是把傳統女性、尤其是妓女寫得極具傳奇性，能夠突破陰陽世界生死輪迴，在新的空間再現女性的情感力量。[2]

空間講述是這部言情作品的政治策略，打破父權綫性歷史故事，文本將香港時空前後 50 年進行串通，讓一個殉情而死的妓女變成的情鬼，講述 50 年前香港生活，那時的街景、生活、愛情，與她目睹的現時街景、生活、愛情，構成強烈對比，建立了一個空間並置的對比世界，物與人皆非，而妓女的愛情執念仍在，新人在新物中繼續愛情故事。50 年前香港石塘咀職業妓院區一片繁華，50 年後，香港小姐選美如火如荼。女人的命運有多大改變呢？

文本中巧妙地安排了"胭脂扣"和"三八七七"兩個懸念。"胭脂扣"是妓女如花的戀人、十二少陳振邦贈送如花的定情禮物，如花隨身攜帶，隨時隨地為自己的美貌撲上胭脂香粉，以使自己更加迷人。但妓女如花和十二少陳振邦的愛情遭遇陳家反對，雖然如花並無貪心，只想做個姿與十二少相依終身，然而商賈顯富之族的陳家，決不接受妓女玷污家門，甚至將十二少也驅逐出家。兩個年輕

1　李碧華：《胭脂扣》，香港：天地圖書有限公司 1985 年版。

2　李志艷：《奇情的衝擊——李碧華言情小說的女性主義解讀》，《作家》2009 年第 4 期。

的戀人無以婚姻，最後也無以度日，十二少陷入鴉片煙中逃避現實。如花悲傷過度，決計殉情而死。她相約兩人在三八那天的七時七分吞食鴉片殉情，並相約來生再相愛，相約來生相認的記號就是"三八七七"。結果如花到了陰間，久等也不見十二少的到來。這女鬼就請求返回人世七天來尋找戀人。人間已過 50 年，女鬼尋找的唯一綫索就是"三八七七"。幫助女鬼一起在人間尋找的，是兩位年輕戀人袁永定和楚娟。兩位都是香港報館的工作人員，永定在廣告部工作，楚娟是記者，楚娟一直在為香港小姐選美的新聞報導而奔波。兩個 80 年代的年輕戀人，為 30 年代的愛情所動，然而，七天過去再多了一天，也沒有找到舊日的十二少。原來十二少並沒有死，他苟活到了 70 多仍然在鴉片煙中。而如花臨告別兩位年輕人時，也說出了她可怕的陰謀，她當日其實在十二少的酒中投放了大量安眠藥，之後才讓他與她一起吞食鴉片，以防止他後悔與她一起殉情，沒想到他竟然還是沒有死。

　　文本的奇情和奇異反抗與離奇執念，不能不說扣人心弦。然而，"胭脂扣"和"三八七七"這兩個關鍵的符碼設置，才是 50 年時空並置的旋轉門。"胭脂扣"象徵女性容貌始終是父權欲望對象，是鎖定扣住女性命運枷鎖。50 年前妓女消費，和 50 年後香港小姐選美，女性在表面上處境不同了，但實質仍然是被欲望的對象。50 年前"三八"是如花以死抗爭命運之日，50 年後國際婦女節證明女性仍然需要抗爭。"七七"即七夕，是中國傳統牛郎織女相會的愛情節日，愛情所需要的平等，女人真正擁有了嗎？

　　文本正是把強烈的女權意識和社會批判精神寄寓於文學的美學形式，達成了文學的女性主義政治。如花這一令人難忘的妓女形象，顛覆了人們對妓女的刻板印象。

（二）講述妓女改變命運的努力和事實

　　李碧華塑造的妓女形象之所以令人難忘，就在於這個妓女的至情，是她努力改變命運中致命的一環。

　　妓女如花一直在努力改變自己的命運。她從小被賣予倚紅樓三家，根本不知本身姓什麼、而且客人絕對不問她"貴姓"。她努力學會謀生,用風情而不只是身體,用她的聰明和智慧,做到了香港石塘咀的紅牌妓女,也就是妓女的最高身份,她已不必用性來侍候嫖客,她的主要工作是技藝,給消費者精神享受。她靠奮鬥獲得了不同於其他妓女的待遇,擁有自己獨立的房間。

然而,她還努力追求真正的愛情。她要越界妓女的身份。她希望像普通女子一樣生活,擁有愛自己的人和平常的日子。她懂得了父權體制隔離的殘酷。但她決定以死來維護愛情和夢想。她死了,她的精神卻仍然不懈地要解開命運的結,於是再返人間。

小說顛覆了傳統男作家所寫,當妓女與嫖客發生真情,就讓妓女單方面殉情結束的悲劇(如明代馮夢龍名作《杜十娘怒沉百寶箱》),而是寫了妓女改變命運的不屈努力。如花設計用安眠藥毒死戀人,這其實是她與命運血腥的博弈。當她發現戀人沒與自己同死,她竟然以鬼的身份再來找他,足見她反抗死亡的不公平結局。

與《胭脂扣》中的如花歷盡艱辛而仍然是悲劇的命運不同,施叔青的《香港三部曲》在講述妓女改變命運的努力和事實方面,堪稱重量級的文本,為妓女形象刷新了衝破父權隔離體制的紀錄。

前文已經分析,施叔青於 80 年代末開始《香港三部曲》寫作,選擇了妓女黃得雲做香港的象徵,文本講述她不甘於被劫掠變成妓女,首先用自己唯一的身體武器進行反抗,改變命運,繼而不僅用身體,更用聰敏的頭腦經營商業,她不屈的奮鬥,和她的智慧,使她從一名無根妓女,改變為香港上流社會顯貴。她贏得兒孫相續,家業繁榮,以黃氏家族流傳於香港。正如研究者所發現,施叔青塑造妓女形象,實則演變為"以黃得雲為始的黃氏家族史為經,輔以香港歷史為緯"[1],也就是說,這一重新敘述香港歷史的文本實則是對香港歷史的女性主義還原。

因為香港開埠與香港妓院出現幾乎同步,這並不神秘。就如同《胭脂扣》中

1　黃冠翔:《打造香港城市空間——施叔青〈香港三部曲〉的悲情及欲望》,台北:《新地文學》2013 秋季號,第 113 頁。

80 年代的年輕報人袁永定，在圖書館找到《香港百年史》，發現的事實是：香港從 1841 年開始闢為商埠，當時已有娼妓。一直流傳，領取牌照，年納稅捐。大寨設於水坑口，細寨則在荷李活道一帶。"若不把貶抑性的缺失感或者對求助者的渴望強加於香港，我們如何描述它的獨特性，如何思考它作為一個城市的種種？"[1] "婦女們的眼睛裏看到了什麼呢？她們是怎樣雕刻、塑造和解釋世界的呢？"[2] 英國殖民者抵達香港，幾乎清一色男性，向中國大陸劫掠女性做妓女，是他們殖民生活的一部分，雖然表面上這一事實並非由他們親自出面。而妓院經濟不僅滿足殖民者生理需要，甚至納稅還成為香港城市建設的資源組成，其所帶動的商業消費更多種多樣。

施叔青在《香港三部曲》中還原這一事實：少女黃得雲並非情願自願當妓女，她是被劫掠。她既已被迫當妓女，聰敏並未變成愚鈍，在被踐踏的痛苦中，她學會了觀察男人並透過男人觀察社會階層與身份。她同時也學會了妓女的招數，成為她日後改變命運的武器。妓女的身體和溫情對於殖民者意味著什麼？是他們征服世界之後生理放鬆的地方，也是他們了解中國風情的場所。鼠疫發生的時候，他們到她們那兒尋找安慰，證明自己還活著。當災難和戰爭降臨，她們是他們的慰藉，證明自己不是第一個死去的人。那麼，男人世界變遷的一切，對於妓女們意味著什麼？

台灣學者黃冠翔指出："我們在探討《香港三部曲》所塑造的城市空間時，自然不可忽略其中的最重要的要素——歷史背景，《香港三部曲》的情節發展，大致上與香港的真實歷史契合，但有趣的是，我們可以發現施叔青用來標誌情節轉折或故事敘述骨幹的重大歷史事件幾乎都塑造了'負面的'城市空間意象，整個《香港三部曲》敘述的百年歷史中，似乎充滿了疾病、天災和戰亂。"[3]

這就是作家從妓女們的觀察角度講述的香港歷史。妓女們置身正常人的生活

1　周蕾：《寫在家國之外》，香港：牛津大學出版社 1995 年版，第 126 頁。

2　（法）維維安・福里斯特：《婦女的眼睛所看到的》，瑪麗・伊格爾頓編：《女權主義文學理論》，胡敏、林樹明等譯，長沙：湖南文藝出版社 1989 年版，第 126 頁。

3　黃冠翔：《打造香港城市空間——施叔青〈香港三部曲〉的悲情及欲望》，台北：《新地文學》2013 秋季號，第 114 頁。

之外，更置身宏大歷史之外，她們與歷史發生關係的時候，必是父權社會出現大動盪的時候，也就是"疾病、天災和戰亂"發生的時候，此時父權鬆懈，男人們因秩序混亂而身心不安，到妓女們那兒尋找慰藉。於是，妓女們獲得了觀察父權社會歷史的縫隙。這也是她們浮出歷史地表的唯一空間。香港名妓黃得雲聰明過人，每一次這樣的歷史的縫隙，都成為她浮出、上升的機會。

前文也已分析，香港 1894 年發生鼠疫，英國殖民警察亞當・史密斯負責衛生淨化，年輕的他對死亡充滿恐懼，不小心踏入妓院，立刻被黃得雲逮住機會，她給予他溫情和慰藉，迎合年輕的他滿懷征服之心，最終成為他的情婦，懷上白人的孩子。1895 年香港政府拆除唐樓導致兩萬多人遷移回鄉，黃得雲本是其中一員，但找不到故鄉的碼頭之後，她決定留在香港自建家園，她的商業頭腦越來越機靈。1896 年香港準備下一年的英維多利亞女王登基 60 年鑽禧大典，官員們忙於撫平香港亂局，屈亞炳被他的英國上司派去送遣散費給黃得雲，黃得雲再一次逮住機會，成為了屈亞炳的新情人，贏得不少賺錢的機會。最後一次重要的機會是香港大旱，英國銀行家來造訪黃得雲家，黃得雲再一次收穫了改變命運的愛情和金錢。

晚唐詩人杜牧亦曾在他的詩作中，見證亂世歷史與妓女的關係。他的名作之一《遣懷》寫道："落魄江湖載酒行，楚腰纖細掌中輕。十年一覺揚州夢，贏得青樓薄倖名。"在父權正統看來，正是"落魄江湖"的男人，才會與妓女同流合污。他的名作之二《泊秦淮》寫晚唐社會動盪不安，國將不國，但此時的妓女們似乎在大拉客大賺錢："煙籠寒水月籠沙，夜泊秦淮近酒家。商女不知亡國恨，隔江猶唱後庭花。"施叔青用香港的"疾病、天災和戰亂"來襯托妓女黃得雲的發跡，目的卻不像杜枚或借妓女形象來反襯男人的悲哀，或貶抑妓女無家國榮恥更無情義可言。《香港三部曲》之所以能夠用於象徵香港城市史，在於施叔青對於妓女黃得雲形象商業才能和商場奮鬥內涵的開拓。

事實上，杜牧的詩作也透露了歷史上受到父權嚴酷隔離的妓女們的生存真相。她們出賣色相，也因此積累了商業經驗。明代馮夢龍名作《杜十娘怒沉百寶箱》，也證明了妓女擁有經濟能力甚至是極好的理財能力。美國著名女性主義人類學家理安・艾斯勒指出，妓女"作為一個在性行為和經濟上都有自由的活動的婦女，對於一個嚴格的男性統治的社會的全部和經濟組織乃是一種威脅。這種行為不可能得到支持，以免整個社會和經濟制度土崩瓦解。因此，'必需'給予最嚴厲的社會的和宗教的譴責，以及最極端的懲罰"[1]。

然而，施叔青文本的顛覆意義，正是在父權體制及其象徵體系都嚴格控制、反對和懲罰的妓女與經濟的內涵上，做了最大的開發。她讓妓女黃得雲發揮了全部商業頭腦，利用性和經濟的自由，贏得了在香港的成功，並象徵了香港城市的成功。

換一個角度看，《胭脂扣》中妓女的改變命運，奮鬥點集中於情感升級，因此無法成功。而《香港三部曲》著力於經濟升級，因之大功告成。文學女性主義在妓女形象的探索上勇氣驚人。

（三）追溯妓女所受蹂躪的歷史

妓女的歷史與父權體制一樣漫長，但父權歷史中卻沒有她們的真相記載。追溯妓女所受蹂躪的歷史，顯然是一項艱巨的工作。張愛玲在她的名作《談女人》中說：如果有這麼一天我獲得了信仰，大約信的就是奧涅爾《大神勃朗》一劇中的地母娘娘。

《大神勃朗》是我所知道的感人最深的一齣戲，讀了又讀，讀到第三四遍還使人心酸落淚。奧涅爾以印象派筆法勾出的"地母"是一個妓女。"一個強壯、安靜、肉感、黃頭髮的女人，二十歲左右，皮膚鮮潔健康，乳房豐滿，胯骨寬大。她的動作遲慢、踏實，懶洋洋地像一頭獸。她的大眼睛像做夢一般反映出深沉的天性的騷動。她嚼著口香糖，像一頭神聖的牛，忘卻了時間，有它自身的永生的目的。"她說話的口吻粗鄙而熱誠："我替你們難過，你們每一個人，每一個狗娘養的——我簡直想光著身子跑到街上去，愛你們這一大堆人，愛死你們，彷彿我給你們帶了一種新的麻醉劑來，使你們永遠忘記了所有的一切。（歪

1　（美）理安・艾斯勒：《聖杯與劍：我們的歷史，我們的未來》，程志民譯，北京：社會科學文獻出版社 2009 年版，第 121 頁。

扭地微笑著）但是他們看不見我，就像他們看不見彼此一樣。而且沒有我的幫助他們也繼續地往前走，繼續地死去。"[1]

張愛玲信仰的，是前父權時代的"妓女"，那時的妓女是"地母娘娘"，人類處於群居雜婚時代，知其母而不知其父。是母性繁衍和延伸了人類，地母的身體如獸、身心合一如神聖的牛，充滿了完整的美。在中國文化的傳說中，也保留了地母原型，如著名的祖先堯和禹都不知其父，他們都是母親未婚或者說無婚所生，在沒有婚姻制度的母系時代，多性而不知夫的事實，人與大自然身心合一產生愛的結晶，常以感應天地懷孕來形容這一情形。堯母名慶都，"年二十，寄伊長孺家。無夫，出觀三河之首，奄然陰雨。赤龍與慶都合，有娠，而生堯"。禹母名女狄，"女狄暮汲石紐山下泉水中，得月精如雞子，愛而含之，不覺，遂有娠，十四月生夏禹"[2]。她們都神秘受孕，生下絕頂聰明的兒子，可說是典型的地母。

張愛玲用象徵手法對比了前父權時代和父權時代"妓女"處境的不同，同一個"妓女"或者地母，跨進父權時代就變成了"新的麻醉劑"，被人避之不及或者視而不見，她因遭遇歧視和隔離而瘋狂，她像瘋婦一樣訴說，為何人類遺忘了自己的歷史！"雌性"這個詞出於男人之口時，有種侮辱性的含義，可是，他並不為自己的動物性感到羞恥。因為他現在將她束縛在性的區別中！[3]女人的性被從自然的完整存在中分離、區別。同是女人，父權意志將她們的性異化為兩種工具，一種是婚姻中生育用的性，一種是婚姻外享樂用的性。從此地母再也不能擁有神聖完整的美。妓女所受蹂躪的歷史，貫穿整個父權社會。

嚴歌苓通過她的中篇《金陵十三釵》[4]和長篇《扶桑》，繼承了張愛玲對妓女地母原型的想像，她的深刻之處，在於揭示了現代父權與妓女受蹂躪的歷史關係，揭穿了妓女的現代生產機制：戰爭與征服。如果說歷史上妓女的形成同樣

1　張愛玲：《張愛玲典藏全集散文卷一：1939—1947 年作品》，哈爾濱：哈爾濱出版社 2003 年版，第 66-67 頁。

2　衡禕妹：《創世女神》，荒林等著：《微笑的話語行動——中國女性主義學術文化沙龍文集》，北京：九州島出版社 2007 年版，第 300 頁。

3　（法）西蒙娜·德·波伏娃：《第二性》，陶鐵柱譯，北京：中國書籍出版社 1998 年版，第 5 頁。

4　嚴歌苓：《金陵十三釵》，西安：陝西師範大學出版社 2011 年版。

是戰爭與征服的話，現代戰爭與征服的規模遠大於古代，與古代的地區性戰爭相比，現代戰爭基本上是國際性的，其製造妓女的殘酷與規模，遠比古代嚴重。二戰遺留的慰安婦問題便是明證。

日軍侵略中國，攻佔南京，四處搜尋良家婦女，更不放棄尋找女孩充當慰安婦。嚴歌苓《金陵十三釵》正是基於這樣的歷史史實展開。作家在金陵這個被稱是“自古秦淮之地”出妓女的地方，撕開塵封歷史一角，讓良家女孩和妓女並置於戰爭包圍，呈現了觸目驚心的真相：天使般的良家女孩，眨眼就被戰爭禽獸變成妓女，妓女是用暴力、強姦、屠殺製造出來的。《金陵十三釵》的文學女性主義政治當然還有更加智慧的策略，它要讓妓女還原為良家女子。當侵略者進入教堂，要求神職人員把天使般的女學生送去做妓女，同時在教堂避難的十幾名妓女為了保護女學生們，全體更換女學生裝，內衣中藏著剪刀和利器，去赴侵略者的蹂躪晚宴。這場性政治晚宴的設置，讓“金陵十三釵”蛻變為神聖天使，她們的犧牲，拆除了父權體制橫隔在良家女子和妓女之間的等級，徹底顛覆了妓女形象。這一顛覆的力度，甚至可以讓人悟透，陳寅恪為何窮晚年全部精力研究“秦淮名妓”柳如是，為她寫下煌煌 80 萬言的別傳？柳如是從小被賣為妓女，連自己的父母家鄉都不知，她的身世，幾乎是非戰爭時期淪為妓女的不幸女子們的縮影。《金陵十三釵》的這些妓女們，也和柳如是一樣，她們的身體從小就被暴力侵害和買賣，她們被變成卑賤的妓女。嚴歌苓用換裝手法，還原了這些妓女們的女學生本色，這一還原，既是對父權社會暴力的嚴正控訴，也闡釋了歷史上的名妓們多才多藝的真相。名妓柳如是的學問才藝與當時文化名流錢謙益相當，品節更高錢謙益一籌。小說文本和歷史文本的相印互證，自然不是偶然。女性主義文本與男學者男作家文本潛對話的自覺，也是文學女性主義的政治策略之一。

如果說在《金陵十三釵》中，嚴歌苓用一場殘酷的戰爭和犧牲，使童貞少女書娟和妓女玉墨之間完全和解，打通了良家女子和妓女的隔離，突破了父權設置女性之間的等級障礙，那麼在長篇《扶桑》中，妓女扶桑就被賦予完全的張愛玲所信仰的地母品格。小說不再為扶桑安排女性對比人物，而將妓女扶桑一個人置於男人的世界，她全部的工作就是向不同的男人佈施她的身體和心靈，她是一個地母。作家的目標就是要還原一個遠古精神的女神形象。如前章所論，這個女神被作為中國文化象徵，她承擔、寬容、寬恕、理解和愛。神的境界，也是人類渴望的文化的歸屬，作為精神寄託的宗教都以神為皈依。妓女形象回歸到原始神聖時代，可見女性主義政治的力道。

扶桑是一個現代社會才會出現的國際妓女。她從中國被拐賣到美國舊金山，在嫖客市場被多次轉賣，歷盡滄桑蹂躪，死而後生。扶桑從現代妓女演變為原始女神形象，寄託著作家對現代性的強烈反思批判。期間，小說文本不斷與歷史文本對話，作家不斷講述自己在一百六十本聖弗朗西斯科的史志裏翻尋，她要用三千被賣中國良家女子變成妓女的史實，甚至最小的是五個月的女嬰，控訴父權現代性擴張的野蠻和非人性。她同時要演繹，弱者、被蹂躪者、妓女對現代父權進行拯救，這斷裂的反差，就必得神性才能填充。文本如此描述扶桑受輪姦的情景：

> 當她從床上渾身汗水，下體浴血站起時，她披著幾乎襤褸的紅綢衫站起時，她是一隻扶搖而升的鳳凰。
>
> 這是個最自由的身體，因為靈魂沒有統治它。靈魂和肉體的平等使許多概念，比如羞辱和受難，失去了亘古的定義。她緩步走出那床的罪惡氛圍，黑髮、紅衣、眼神猶如長辭般寬恕和滿足，遍體鱗傷和疼痛無不寫在她的動作和體態上。她嘴角上翹，天生的兩撇微笑，一切都使那巨大的苦難變成對於她的成全。受難不該是羞辱的，受難有它的高貴和聖潔。[1]

文本讓扶桑被西方白種少年迷戀，被中國男人寵愛，從而呈現她全部的神性：她是大地一般地敞開、接納蹂躪，她使他們因暴露自己的獸性而獲得人性發現。她是無限的大地。他們是有限的生命。和大地相比，他們全部像無知的孩子，只是不同的孩子而已。他們向她索要的，並非他們懂得。他們無法佔有她，不能擁有她。苦難使她已經越過人的有限性，用神性燭照父權的暴力和無知：

> 這些是克里斯在六十歲想到的，用了他幾乎一生才想到的。他想到她長

1　嚴歌苓：《嚴歌苓文集·扶桑》，北京：當代世界出版社 2002 年版，第 86 頁。

辭般的微笑，只有母性有這樣深厚的寬恕和滿足。[1]

寬恕使扶桑從妓女變成女神，作家以妓女 / 地母的形象對男性進行了神性 / 人性的啟蒙。文學女性主義追溯妓女所受蹂躪的歷史，強烈批判父權體制的野蠻本性，召喚人的完整性的復歸。

（四）還原妓女生活真相

台灣於 1997 年實施廢公娼，引發公娼抗爭運動和社會各界對性工作重新認識。台灣激進女權主義代表人物、中央大學何春蕤教授總結此次事件，編輯了《性工作研究》一書。[2] 此書不僅對台灣性工作者處境進行了深入研究，也用了大量篇幅對香港性工作者進行研究，研究論文均出自社會學家和性別研究學者之手。如台灣著名社會學者丁乃非的《娼妓、寄生蟲、與國家女性主義之"家"》，何春蕤本人的《自我培力與專業操演：與台灣性工作者的對話》等等。作為直面妓女生活真相的學術書，編者表達了維護性工作者權利的立場。這一立場使得這本書並非簡單研究著作，如同編者本人在序言中所說，這是一本試圖刷新關於賣淫嫖娼問題認識的書。簡潔而言，這本書試圖和事實上採用了"性工作"這一命名，這一命名以中性的"工作"兩字，將"性"的買賣還原為經濟學。

早在 1933 年，也是民國時期倡導廢娼呼聲高漲的背景下，學者王書奴出版了《中國娼妓史》，他用六章篇幅梳理了中國娼妓歷史，在第七章對民國廢娼問題提出自己存疑的看法。1988 年上海三聯書店重版這本娼妓史研究名著，使大陸讀者有機會系統了解中國娼妓起源和歷史。王書奴認為中國娼妓起源於殷商，春秋時代管仲建立官妓制度，漢武帝時加以制度化，後沿襲細化，中國歷史上的妓女，由宮妓、營妓、官妓、家妓和民妓組成。即是說妓女來源於不同女性階層，當然她們的服務對象也針對不同階層男性的需要。

民國廢娼並不成功，這是為何會在台灣再度出現廢娼問題。但新中國成立之

1　嚴歌苓：《嚴歌苓文集·扶桑》，北京：當代世界出版社 2002 年版，第 86 頁。

2　何春蕤編：《性工作研究》，中壢：中央大學性 / 別研究室 2003 年版。

後，用封閉妓院的革命方式，用勞動改造妓女的拯救方式，終於在大陸消除了賣淫嫖娼。不過，隨著大陸開放，地下的賣淫嫖娼現象再度出現，大陸不斷用掃黃運動的方式進行治理，仍然未能取得理想的效果。大陸社會學家王金玲有專著研究大陸的賣淫嫖娼問題，她在《誤入歧途的女人——中國大陸賣淫女透視》一書中，[1] 發現大陸賣淫女多數是源於經濟動機，即開放流動環境中，性工作更容易獲得收入。當然，這些從事性工作的女性通常文化水平不高，沒有更好途徑獲得較多經濟收入。

現代資本主義把賣淫嫖娼看成一種經濟活動，這可解釋荷蘭、德國等國家和中國香港、澳門等地區，妓女從業需要按照法律手續進行。何春蕤教授在她主編翻譯的著作《性工作：妓權觀點》中，基於翻譯的台灣語境，不僅從經濟學角度看待妓女問題，而且提出維護妓權的觀點。她在序言中提出"被壓迫的知識終得返回"，認為貶低妓女，實際是對妓女勞動的剝削，並認為廢娼的結果是讓妓女無償出賣身體，是一種不公平交易。[2] 她的論點由全書的譯文來支持，如《世界妓權憲章》、《國際妓權組織》，[3] 這些維權實質是經濟利益的維護，但因此也保護了妓女的人權。原因是，不合法的賣淫嫖娼如果不能徹底消除，受害者仍然是女性，一方面良家女子有被拐賣危險，另方面妓女有被暴力傷害危險，這些都成為社會不安定因素。反之，用法律手段約束的性工作，各方安全獲得法律保護，國家還可以收取正當稅收。何春蕤並沒有停留在譯著中介紹這些常識，她還撰寫了自己的論文《女性主義的色情／性工作立場》，從女性主義的立場提出色情與現代性的問題。在她看來，正是現代性的發展，使得色情從人類的私人生活中獨立出來，變成可以用不同方式消費的商品，從而也使得性工作變成一種服務職業。[4] 如此，何春蕤從現代性角度為性工作進行了"正名"。

不論我們是否接受何春蕤教授激進的觀點，由台灣廢公娼事件引發的妓女生活真相之辯，有助大中華語境女性主義思考現代性的複雜性。下面是澳門著名女

---

1 王金玲：《誤入歧途的女人——中國大陸賣淫女透視》，南京：江蘇人民出版社 1998 年版。

2 何春蕤：《性工作：妓權觀點》，台北：巨流圖書有限公司 2001 年版，序言第 2 頁。

3 同上書，正文第 1 頁、第 5 頁。

4 同上書，正文第 213 頁。

作家林中英筆下的澳門性工作者形象：

> 　　北方女郎的臉孔白皙，長髮，清麗些。泰籍女郎個子矮小，臉上尤重眼部的化妝，金藍金藍一片，閃著奇詭。她們都穿黑色，體態妖嬈。黑色是很奇特的色彩，可以是莊重高貴，也是神秘和情欲的。無意之間，她們都以黑色標示了身份。相逢在電梯內，她們總愛站前一些，面向電梯的鋼門，只讓人看到她的背，鋼門一開，她風一樣捲去；相逢在大門口和電梯口，她們直愣愣的目光往直而去，從不跟他人的視線相觸。她們的臉結了一層薄冰，脆硬脆硬的。沒有對視，沒有反應，不會友善，也無惡意，彼此狀若透明，惟門前梯口遺下一縷餘香。以冷漠分開自己與他人的兩個世界，她比常人加倍高傲，為在非謀生時間裏保住零星落索的自尊。[1]

　　收錄在林中英散文集《女聲獨唱》中的《黑白的魚》，堪稱一幀精妙絕倫的黑白素描。如上片段，再現了澳門合法職業妓女們的生活風景，作家並沒有寫她們的性工作，而是寫這一職業對她們生活的影響。通過描摹她們黑白特色外形，冷漠穿行於人群的態度，寫出她們隔離於正常社會關係之外，所形成強烈反差的精神世界，毫無貶義的形象刻畫，表達出作家對妓女們獨特的理解，這份理解建基於對歷史和現實冷靜的觀察。它還原了一部分女性處境的真實。由此也還原了當代生活的部分真實。

　　我們在思潮部分已論及澳門另一位女作家廖子馨，她的中短篇小說《洗頭》，是寫一名大陸少女來澳門即將從事性工作前夕的內心活動。"洗頭"不只是這個少女在洗頭髮，也在更新她的觀念，她在金錢的誘惑下，要把性當成一件商品，她正在對鏡進行激烈思想鬥爭。"洗頭"，也可以看成是我們傳統文化與現代商業文化相遇的場景。關於妓女的各種形象和我們試圖追尋的真相，其實都是文化的產物。女性主義渴望加入到重構性別平等，打破一切女性隔離的文化建設之中，這使大中華語境中的文學女性主義對妓女形象做了深入顛覆和重造。

1　　林中英：《黑白的魚》，林中英：《女聲獨唱》，澳門：澳門日報出版社 2011 年版，第 83 頁。

三

獨立女性形象的塑造

擺脫婦女的屈從地位，爭取做獨立的女性的權力，是世界女權運動的肇因，和男性一樣獲得女性主體性，做獨立的女性，可說是運動的歸宿。當女性和男性一樣獨立，社會性別將不復存在，男人和女人都以個體的多樣性存在參與社會創造。伍爾夫所說"擁有一間自己的屋"，指的是女性獲得經濟和精神雙重的獨立。波伏娃指出：一個女人"一旦她不再是一個寄生蟲，以她的依附性為基礎的制度就會崩潰；她和這個世界之間也就不再需要男性充當中介"[1]。

然而走向獨立女性之路何其漫長，經過第一次女權運動，世界上大多數女性仍然處於附庸狀態，第二次女權運動的發起人之一、著名女權主義者貝蒂·弗里丹說：女人的危機是"我們沒有自己的未來形象——作為女人沒有自己的形象"[2]。由此可見，獨立女性形象的塑造，對於女性求得真正解放，是一項多麼重要的政治工作。就像奴隸從奴隸制度中解放出來，面向未來的設計，每一步都意味著是否真正獲得解放的考驗。獨立女性形象的塑造，也是如此。這是因為，經濟能力的喚醒和精神能量的啟動都需要想像力創新，將受制於父權鉗制的女性從傳統慣性召喚到超越性生存，獨立女性形象的感召和示範，有助女性意識覺醒，有助反思現存的缺陷，更有助賦予擺脫父權力量的束縛，促成女性於反思現代性中成長。

大中華語境女性深受中國傳統文化影響，"未嫁從父，既嫁從夫，夫死從子"和"德、容、言、工"的三從四德觀念內化為東方女性形象指徵。因此"五四""新女性"出現之際，"娜拉出走"式的，魯迅《傷逝》中子君所說"我

1　（法）西蒙娜·德·波伏娃：《第二性》，陶鐵柱譯，北京：中國書籍出版社 1998 年版，第 771 頁。

2　（美）貝蒂·弗里丹：《女性的困惑》，陶鐵柱譯，哈爾濱：黑龍江教育出版社 1988 年版，第 60 頁。

是我自己的"，便成為獨立意志的第一聲宣言。"我是我自己的"意味著對自身處境進行反省觀照，子君突破了父的家卻並沒有在"新青年"涓生的家獲得持續的自我補給，她的努力以失敗告終。子君一代新女性，如前論及張愛玲《小團圓》中的母親秋蕊，她們受制於中國傳統父權和西方殖民父權雙重壓抑，無法獲得真正的獨立。現代性新空間的增量要求，對女性資源的需要，才能促成女性獨立的社會實現。20 世紀 70 年代以來亞洲發展和中國大陸開放，創造了豐富開闊的現代性新空間，新女性獨立成長的機會成熟，文學的女性主義創造了系列獨立女性形象，她們再現了大中華語境女性從傳統角色向現代獨立女性轉型，所經歷的內在覺醒和外部抗爭，呈現了相當鮮明的內省和成長特徵。可以看到文學女性主義開掘壓抑空間的巧妙政治策略。

（一）創造獨立女性群體形象

創造獨立女性群體形象，可說是文學女性主義首要的政治策略，因為如果沒有群體存在，單個的獨立女性很難生長，反之，有了群體形象之後，單個獨立女性形象就可以成為探險開拓者。這一策略也得益於歷史的教訓，出走的子君和秋蕊，單個奮鬥，缺乏後援和群體的溫暖，最終只能凋零。獨立女性群體形象的出現，是文學女性主義具有代言女權社會運動政治功能的標誌，對於喚醒女性群體解放具有重要意義。

20 世紀 80 年代，在大陸和台灣的女性主義文學思潮中，都湧現了以知識女性群體形象為表現對象的重要文本。1982 年大陸北京女作家張潔寫出《方舟》，[1] 她在題記中警言"你將格外地不幸，因為你是女人"，小說塑造了荊華、梁倩、柳泉三位獨立自強的知識女性形象，她們都是大陸 60 年代的大學生，可說是大陸男女平等政策下誕生的知識女性，她們都有強烈的事業心和獨立意識，這卻使得她們在個人生活和事業上處處碰壁，她們或離婚或分居，三個女人住在一起互相支持鼓勵，共同對付惡劣的外部世界，在小說結尾，三個女人與她們撫

1　張潔：《方舟》，《收穫》1982 年第 2 期。

養的男孩濛濛乾杯說"為了女人，乾杯"，寄希望於新生的男性。小說從題記警言到結尾乾杯，作家批判男權社會、召喚女權改造社會的主題十分醒目。

1984 年台灣新女性主義倡導者呂秀蓮在獄中寫出《這三個女人》，[1] 作為她的新女性主義理論的文學實踐，小說塑造了高秀如、許玉芝、汪雲三位知識女性形象，講述她們如何從不同的際遇獲得獨立意識，最後都成為了獨立的女人，領悟到女性獨立成長的幸福。不同於大陸張潔筆下的知識女性與環境衝突，呂秀蓮筆下的三位知識女性，主要是自我人生選擇的衝突。三位女性中高秀如獨身而過著豐富的精神生活，許玉芝隨丈夫赴美，生活周而復始在單調中自我漸失，得到高秀如幫助又找回自我。汪雲美貌如花，自以為為愛情而生，不料丈夫竟有外遇，在丈夫死後她才發現外遇者並非美女，她由此領悟到愛的複雜。三位知識女性互相鼓勵成長，體現了台灣女性主義自我賦權的特徵。

1989 年大陸上海女作家王安憶發表三個知識女性故事的小說《弟兄們》，[2] 提供了不同於張潔和呂秀蓮的探索知識女性群體解放的第三種角度。小說中的三位知識女性，是大學同班惟有的三個女生，同住一個宿舍，互相以老大、老二與老三兄弟相稱，並將各自的丈夫稱作老大家的、老二家的和老三家的。她們深感相遇相知的寶貴，將彼此命名為兄弟，在美專她們的宿舍比男生宿舍更髒亂，她們調皮勝過男生，做起事來，也做得比男生出色。小說用弟兄們取代姐妹們，文本語言充滿了論辯風格，作家意在說明"命名是可以改變的"，"女性是變成的"，她們變成男性同樣勝任角色。無疑，這三位知識女性構成的獨立群體，頗有烏托邦色彩，是一種女性情誼的伊甸園。但文本的深刻之處，卻是對於這個三人烏托邦的解構，當她們走到一起，可以形成弟兄們一般的情誼，一旦離開，各自要面對和承擔生活中的角色，這種共同情誼和由此體驗的獨立自我就面臨崩潰。老三最早離開這個三人伊甸園，她為了丈夫而回到縣城工作，不久就感覺生活平庸無

1　呂秀蓮：《這三個女人》，台北：自立報系出版部 1985 年初版。1979 年 12 月 10 日，震驚海內外的"美麗島事件"爆發，時任《美麗島》雜誌社副社長的呂秀蓮，被國民黨政府以"暴力叛亂"的罪名起訴，處 12 年有期徒刑，實際入獄服刑 5 年餘。在監獄中呂秀蓮於 1984 年創作了《這三個女人》。

2　王安憶：《弟兄們》，《收穫》1989 年第 3 期。

意義。老大懷孕生子了，老二去看望她與她共談精神話題，忽然兒子跌出嬰兒車險些發生危險，老大立刻對老二變臉相待，兩個人之間的精神氛圍消散無存。老二一個人也難以堅持伊甸園，她在一次次工作調動中並未體驗到精神生活，最終茫然。小說對"妻性"、"母性"和"工作"與女性群體獨立關係的思考，發人深思。知識女性獨立群體的存在是相對的，或者說，需要條件。在相對存在中，她們能夠與男性匹敵，她們可以探討超驗性存在。然而進入現實的平庸生活，當她們在現實中分散於妻子、母親和工作的角色時，內心的超驗嚮往與實際生活的瑣碎，構成消解關係，凝集起來變得相當困難。

《方舟》、《這三個女人》和《弟兄們》寫作時序先後相繼，見證了大中華語境知識女性群體引領女權覺醒和女性運動的事實。文學女性主義對獨立女性群體形象思考的連續性，為我們提供了如下啟迪：

其一，文本都對中國文化熟語"三個女人一台戲"進行了女性主義政治演繹，正如呂秀蓮所解釋："每個人都有故事，每個女人更有她說不完的故事。但故事怎麼說？誰來說故事？效果可能就不一樣了。"[1] 一反熟語中家長里短的講述，三位作家對三個文本中的九位知識女性，都把超驗性追求歷程作為講述重心，為此她們努力奮鬥，互相支持鼓勵，體現了群體共存的統一女性主體價值。這正是女性主義求得群體解放的需要。這也是這些文本塑造的知識女性群體形象的激勵意義和示範作用所在。如《方舟》中的荊華是出色的馬克思理論研究者，她能夠洞透社會主義實踐中父權負面的影響，她試圖改變。她支持梁倩的導演工作、柳泉的翻譯事業，她滿懷悲憤思考女性的現實困境和出路，體現了大陸女權思想的激情。《這三個女人》中的高秀如，自小陪伴母親戰勝人生困難，艱苦成長歷程令她比別人更早領悟女性獨立的重要，她熱愛事業奉獻社會，首先做系主任繼而成為校長，過程中她始終關注和鼓勵女友許玉芝和汪雲共同成長，成為大家走向獨立的表率，體現了台灣女權運動的示範自覺。

其二，三是複數概念，三三得九，文本象徵知識女性群體抵抗外部男權，或

1　呂秀蓮：《"3+1"個女人的人生故事》，《這三個女人》，台北：聯合文學出版社 2008 年新版，序言第 1 頁。

者反思自身內部所受男權觀念束縛，將女性群體所受性別壓迫的二重處境揭示出來，一重是社會處境中男女不平等，一重是婚姻家庭處境中女性的附屬狀態。女性需要掙脫這雙重壓抑，需要團結互助，需要互相鼓勵，也需要男性的支持理解。《方舟》中三位女性缺少男性支持幫助，揭示了大陸女權運動面臨的嚴峻困境，如何啟蒙和召喚男性，成為對大陸女權運動智慧策略的考驗。《這三個女人》中三位女性最終不僅體驗到獨立的幸福，也分別從不同角度加強了對於男性的理解，從而使文本切合了"新女性"的新定義："以生為女人自傲，能充分發揮志趣，適度保持自我，負責任盡本分，有獨立的人格思想而與男女兩性均維持和睦真摯關係的女人。"[1] 這也反映了台灣的女權運動在傳統文化和現代性對接上處理很成功。這當然值得大陸女權運動學習參考。這也正是獨立女性群體形象互動的期待。《這三個女人》2008 年被改編成電影，在台港反響很大，也可能將來會影響大陸女性群體形象的創造。

其三，《弟兄們》這個文本頗具後現代特徵，它首先建立一個三人獨立群體，然後又將之解構，體現了文學女性主義政治上的成熟。誠如美國後現代女性主義學者徹拉·珊多伐（Chela Sandoval）所倡導，女性主義者應採取"戰術式"的主體位置，依照情境的不同，運用不同形式的女性主義政治。[2]《弟兄們》探索了知識女性群體形象建立和解構的不同情境，通過文本的操練，讓我們看到現實女性情境的複雜微妙，後者需要更多現實政治策略，使得女性在個體處境中仍然有機會感受群體存在的支持，但"戰術式"的主體位置探索，將是如何更好地塑造女性群體形象的考驗。

其四，正是這樣的考驗使我們需要面對以上三個文本共同的局限：《方舟》、《這三個女人》和《弟兄們》都是知識女性群體的"方舟"，她們被賦予知識權力，面向未來，是現代性新空間的主體，是女性性別主體生長的方向，但大中華語境的現實情況是，相比男性群體，女性群體的大多數，更缺乏面向未來的知識權力。這三個文本既揭示了大中華語境文學女性主義代言女權社會運動的理由，

1　呂秀蓮：《新女性主義》，台北：前衛出版社 2000 年版，第 161 頁。

2　Sandoval Chela. U.S. Third World Feminism: The Theory and method of Oppositional Consciousness in the Postmodern World. in *Genders*, 10(spring 1991), pp.1-24.

即知識和書寫、創造知識的權力，使得文學女性主義擁有改造傳統和現代父權能力，具有反思現代性的女性主義知識立場。但另一方面，文學女性主義如何塑造更多元女性群體形象，發現和開拓非知識女性中的經驗知識，調整知識精英姿態，賦予普通女性更多權利，展開更多元女性群體形象想像，值得深入反省。早在 20 世紀 40 年代，波伏娃就指出，並非只有知識女性追求獨立主體身份，她認為從普通生活中發現女性普遍渴望獨立的傾向，是女性主義堅實的群眾基礎，"當她成為生產性的、主動的人時，她會重新獲得超越性；她會通過設計具體地去肯定她的主體地位；她會去嘗試認識與她所追求的目標、與她所擁有的金錢和權利相關的責任"。"我曾聽到一個在旅館門廳擦地板的女勤雜工說：'我從不向任何人求任何事；我成功全靠我自己。' 她為自己能自食其力而驕傲，就跟洛克菲勒似的。"[1] 從這個角度看，《弟兄們》中的三位知識女性，可以回到她們不同的生活情境中，找到另外的重建女性主體策略，作家可以為她們設立新的"戰術式"主體位置，文本可以開放生長。她們目前所局限的，恰恰是原來過於知識精英的理念，與活生生的生活相脫節而無法看到生活中的源頭活水。大中華語境文學女性主義在獨立女性群體形象創造上，亦有同樣的想像力局限。幸而多元女性主體形象的豐富多樣，彌補了群體形象集中於知識女性的不足。無論散佈在何處的女性，她們都渴望獲得人的主體性而摒棄附屬性，這正是女性主義源頭活水所在。嘗試的大膽和勇氣，於她們，於作家文本，都是一種解放力。

（二）獨身女性形象的創造

在波伏娃看來，婚姻制度中無法創造獨立的女人，"婚姻對於男人和女人，一向都是完全不同的兩回事"，婚姻使"男人在社會上是一個獨立完整的人"而使"女人變成生殖和家務的角色"[2]，"女人的發展前景一直在受著壓制並且喪失了

1　（法）西蒙娜·德·波伏娃：《第二性》，陶鐵柱譯，北京：中國書籍出版社 1998 年版，第 771-772 頁。

2　同上書，第 488 頁。

人性，現在是時候了，讓她為了自己的利益，為了全人類的利益去冒險吧！"[1]
獨身女性形象的創造，一種意義是女性主義拒斥婚姻制度，另一種意義是女性主
義尋求"從男性統治向男女合作的轉化"，期求一種新的平等合作的夥伴關係。[2]
波伏娃本人的獨身生活和與哲學家薩特的終身夥伴關係，事實上也為個體女性獨
立形象提供了現實參照。

就在 1986 年《第二性》和相關波伏娃與薩特譯著在中國大陸出版後不久，[3]
大陸女詩人伊蕾創作了著名的《獨身女人的臥室》組詩（14 首），宣告大陸女性
主義文學中獨身女性形象誕生：

鏡子的魔術

你猜我認識的是誰

她是一個，又是許多個　在各個方向突然出現　又瞬間消隱　她目光直
視　沒有幸福的痕跡　她自言自語，沒有聲音　她肌肉健美，沒有熱氣　她
是立體，又是平面　她給你什麼你也無法接受　她不能屬任何人

——她就是鏡子中的我　整個世界除以二　剩下的一個單數　一個自
由運動的獨立的單子　一個具有創造力的精神實體

——她就是鏡子中的我　我的木框鏡子就在床頭　它一天做一百次這
樣的魔術

——你不來與我同居[4]

詩中的獨身女人，也是鏡子中的獨身女人，是現實中女人渴望獨身獨立、
自由創造的精神鏡像，"一個自由運動的獨立的單子，一個具有創造力的精神實
體"，也就是一種獨身精神。這樣的獨身精神鏡像，一度充滿大陸女性主義寫作

1　（法）西蒙娜・德・波伏娃：《第二性》，陶鐵柱譯，北京：中國書籍出版社 1998 年版，第 809 頁。

2　（美）理安・艾斯勒：《聖杯與劍：我們的歷史，我們的未來》，程志民譯，北京：社會科學文獻
　　出版社 2009 年版，第 236 頁。

3　1986 年由桑竹、南珊翻譯的《第二性》原著第 2 卷由湖南文藝出版社出版。

4　伊蕾：《獨身女人的臥室》，溪萍編：《第三代詩人探索詩選》，北京：中國文聯出版公司 1988 年
　　版，第 229-240 頁。

文本，如陳染長篇小說《私人生活》、[1] 林白中篇小說集《瓶中之水》、[2] 海男傳記小說《女人傳》[3] 等。幾乎都是年輕女子，幾乎都需要拒絕婚姻的誘惑，最終以獨身的形象象徵了獨立和自由的寶貴。這些詩歌和小說文本互動呼應，形成一種獨身精神氣象，是大陸女性主義文學對"五四"以來女性文學寫作的發展豐富。

陳染的《私人生活》女主人公取名倪拗拗，是一位不與現實生活合流的年輕知識女性，一位不需去上班掙錢養活自己的書寫者，更是一位思考者，思考，就是她全部的私人生活。倪拗拗也明確標明了自己的女性主義立場，她研究美國女性主義著作，聲稱"私人的就是政治的"，把自己的思考生活定性為女性主義政治。因此，獨身生活就是她天然的選擇。她的年輕戀人尹楠是一位詩人，遭遇了時局危機必須出國，她和他不談論將來和婚姻，而是用獨身精神面對愛情離別：

> 我說："尹楠，我想……要你記住我。" 他說，"我永遠都會記住你！"
> 我說，"我要你的身體……記住我。" [4]

《私人生活》中另一位近似獨身女性的禾寡婦形象，也被作者進行精細描摹，強調她獨身生活的精緻美好，對於年輕女孩倪拗拗深有吸引，禾寡婦的獨身生活其實是倪拗拗嚮往的生活，使倪拗拗從父母婚姻生活的迫害和傷害中出逃，禾寡婦的更衣室和床在小說中被專章節描寫，用於對比父母充滿硝煙戰火的婚姻臥室，是女孩倪拗拗的精神避難所和發育地。

《私人生活》的深刻之處，不僅寫出了獨身精神由婚姻對峙形成，也寫出了獨身生活遭遇的困境，如禾寡婦死於無人維修的電冰箱爆炸，如倪拗拗與父權社會抗爭的孤獨。但"私人生活"值得堅守，獨身精神是反思、批判現實的維度，這一立場使《私人生活》成為大陸女性主義文學不可忽略的作品，體現了大陸文學女性主義的政治自覺。

林白中篇小說集《瓶中之水》包括《迴廊之椅》、《瓶中之水》、《子彈穿過

1　陳染：《私人生活》，北京：作家出版社 1996 年版。
2　林白：《瓶中之水》，瀋陽：春風文藝出版社 2007 年版。
3　海男：《女人傳》，合肥：安徽文藝出版社 1999 年版。
4　陳染：《私人生活》，北京：作家出版社 1996 年版，第 201 頁。

蘋果》、《致命的飛翔》及《同心愛者不能分手》等十部中篇小說。這些中篇文本幾乎可以看成是連續的畫面，講述的獨身女性的故事，其實也是可以互相更換和互相補充的，作家的目的顯然是用詩和畫一樣的語言，訴說獨身女性如水的情懷、如迴廊之椅的詩意的存在。她的獨創之處是，抒寫了獨身女性之間互相的吸引、試探及同性之愛的精神狀態，這就豐富了獨身女性形象。

《瓶中之水》寫獨身女性二帕，滿懷的理想是"成名成家"，她在報上尋找和自己一樣理想的女人，看到一則意玲的介紹恰如心願，不覺心動。之後相遇一字之差的年輕女性意萍，陷入想入非非的同性好感，一起工作策展。小說寫二帕和意萍兩位年輕女性幽微的感情，唯美的想像與女人的靈性聯繫在一起，但過於接近時同樣體驗到權力抑制的關係，更重要的是，她們的感情受到了異性戀感情挑戰，最終意萍竟然嫁給了她並沒看上的男人碰碰。二帕雖然事業成功，總感覺少了意萍就少了靈感。瓶中之水，似乎是二帕內心的精神，是一種孤獨的獨身女性精神。瓶中之水也可以看成是獨身女性形象的象徵，她們滿懷著自己的精神。

《迴廊之椅》則可以看成是一篇獨身女性尋根的小說。這篇小說裏的"我"是書寫者，是獨身女性，她寫作的對像是姨太太朱涼和朱涼的侍女七葉，故事發生在"我"路過的熱帶的南方邊陲小鎮，是一個革命時代的故事。姨太太朱涼已是照片裏的女人，但她的侍女七葉從"我"的眼睛看到了自己舊日的主人，穿越半個世紀的時光，三個女人的故事交匯於那幢高踞河岸的紅樓之中，迴廊之椅於時光中竟似永恆的講述和傾聽。姨太太朱涼和侍女七葉之間終日相伴，肌膚相親，她們的同性之愛，使"我"理解了姨太太的孤獨、自足、高貴氣質的由來。"她每日坐在廊椅上看書或勾花，廊椅上永遠放著一隻暗紅色的有五片花瓣圖形的杯墊，杯墊有時托著一杯茶，有時空著。"小說的主題是要為"我"繪出一幅女性身心自由怡然的歷史圖畫，為此，作家在父權森嚴的妻妾體制中砌出一角獨立花園，讓主僕兩個女人獲得同性愛的滋養，"性實踐有能力使性別變得不穩定……一個人之所以是女人，是因為在主導的異性戀框架裏擔任了女人的職責；而質疑這個框架，也許會使一個人喪失某種性別歸屬感"[1]。"我"尋找到

1　（美）朱迪斯・巴特勒：《性別麻煩：女性主義與身份的顛覆》，宋素鳳譯，上海：上海三聯書店2009年版，作者序第5頁。

了主僕兩個女人的故事，也解構了妻妾體制，並意識到獨身精神對於性別歸屬的消除。林白的小說用跳躍和詩意的語言，用空間對話，呈現一種女性話語政治探索。

海男的《女人傳》也用了跳躍和詩意的語言，但沒有讓多個女人的故事分散注意力，她集中講述一個女人 10 歲到 80 歲的生命故事，這個故事並非個性化的故事，這個女人甚至不需要名字，這當然是一個女性主義立場的女性生命文本，實際是講述一種獨立女性精神獲得的生命過程。女性從 10 歲開始領悟女性的人生與婚姻的關係，之後她一直在認識、理解、抗爭這一關係，她看到父親和情人約會，看到父親廣闊的社會空間，母親卻生活在她的幻覺中，於是，她的成長隱含著 "獨身精神"，她經歷性和愛，她也接受婚姻誘惑，但她的精神是獨身的，這使她能夠越過世俗平庸，從超越性層面觀看自己的生命演變歷程，直到 80 歲肉身完結，精神卻經歷了 "粉色"、"藍色"、"紫色"、"黑色" 到 "白色" 極其豐富精彩的過程。《女人傳》本質上像一首生命之詩，而不是一般意義的小說，用一個女人象徵眾多女人尋求獨身精神或者獨立之美。

對於獨身女性精神的倡導，使大陸女性主義作家在獨身女性形象創造上，呈現一種理想化取向，這一特徵以上文本都有所表現，但集中體現於張抗抗著名的長篇小說《作女》。[1] "作女" 一詞的意思就是永不停頓、永不放棄的女人，小說主人公名卓爾，就是卓爾不群的取義。獨身女子卓爾足蹬運動鞋、身穿休閒服，滿腦子創意，活躍在與男人並肩競爭的創意領域。擁有自己的房子，她卻在思考，一間自己的屋，如果不從事自己喜歡的事有何意義？如果從事自己喜歡的事周而復始意義又何在？她最終賣掉自己的房子，去探險世界。這個女人的身心力量還表現在，面對男主人公、既是她的上司、也是女友陶桃的男友鄭達磊的勇猛追求，她懂得這是強勢男人對強勢女人的征服欲，她毫不示弱予以回應。小說寫鄭達磊深夜攜寶石鑽戒闖入卓爾家，卓爾剛沐浴畢，不可預期的事發生，卓爾在床上：

卓爾蜷縮著，血液一下子衝到了頭頂，臉漲得通紅。她本能地抓過毛巾

1　張抗抗：《作女》，北京：華藝出版社 2002 年版。

被蓋住了自己的身體。這是她的床，一個單身女人的床，清潔的床單散發出淡淡的溫香和女人氣息。沒有人能夠佔有這一塊她僅有的、唯一的領地。誰也不能。現在他來了，不是她邀請來的，而是一個突如其來的闖入者。性戰場上的侵略者與其他侵略者的區別在於，他們首先要做的事情是卸去自己的盔甲，就像鄭達磊此刻正手忙腳亂地脫著自己的衣褲鞋襪，只須留下那最後一件隨身攜帶的利器。

……她捶著他的肩膀使勁地推著他說：喂喂，你聽著翻過來，翻過身來，懂了麼？

……卓爾輕輕地坐了上去，從容動作起來。她忽然覺得自己變成了一個狡猾的捕獸者，張開了柔軟無形的巨網，猶如一個倒置的陷阱，深不見底，將獵物天衣無縫嚴嚴實實地扣在其中。牠被一圈圈一層層纏繞、絞殺、窒息，然後被她鮮紅的小嘴一口口吞食……

……上位。她說。女上位，你覺得怎麼樣？

……女上位？他喃喃道。我不喜歡女上位……

這是在我的床上，對不起了。卓爾說著，突然劇烈地動作，頻率快而幅度大。她懷著滿心的好奇？熱情？失望？或者說是報復的惡意，像一個熟練而驃悍的騎手，躍過濕潤的河灘，馳過黑色的草地，在一片金黃色的沃土上顛簸……[1]

文學的女性主義在此使用了米萊特《性政治》中分析的床上性政治，獨身女子卓爾身手不凡，戰勝了性侵。這一性政治描寫場景，以女上位取代男上位，以女性勇氣和智慧獲勝，無疑顛覆了傳統中國文學包括現當文學的性描寫歷史。

健康的身體，充足的經濟能力，擁有自己的屋子，可以戰勝性侵略者，並將獨自赴南極探險，《作女》所塑造的獨身女性形象，是一位卓爾出眾的女超人形象。聯繫張潔在《方舟》中塑造知識女性群體難以得到男性理解支持，不難理解個體獨身女性形象被賦予智勇力諸多能量，這樣做既是一種文學女性主義的策略，也是大陸女性自醒自救的策略。

1　張抗抗：《作女》，北京：華藝出版社 2002 年版，第 378-379 頁。

綜觀大中華語境對獨身女性形象的創造，相比大陸充滿理想熱情，香港和台灣的獨身女性形象較為客觀而冷靜，如果說大陸獨身女性形象是女性主義 "理想政治的想像"，香港和台灣的獨身女性形象可說是女性主義 "務實政治的想像"。她們要處理身為獨身女人面臨的現實問題、現實困境和精神困境，以香港亦舒的《獨身女人》[1] 和台灣蘇偉貞的《沉默之島》[2] 為例，可以看到香港和台灣獨身女性形象務實的思想寄寓。

亦舒的《獨身女人》寫一名香港中學女老師，獨身女性林展翹在工作和生活中遭遇的系列故事。小說開篇介紹名字和獨身身份，以一人稱手法講述快樂的一天，"我" 有工作可以養活自己，也有住房可以安心看書學習，更有十五年來情誼如初的男同學男朋友，同時在工作單位也有獨身女朋友可以偶爾相聚交流。看起來應該是正常而快樂的生活，林展翹也的確是快樂的，她給自己取名 "Joy"，希望快樂一生。現實困境卻隨之開始環繞獨身的快樂。困境首先來自無形的環境壓力，周遭都是婚姻圍城中的人，圍城外的林展翹日復一日要回答別人和自己：有沒有合適的人選呀？為何看不上十五年對你如一日的男朋友呀？你想要什麼條件的人做老公呀？願意不願意和誰誰交往呀？今後你成家了，我們還能保持如今的交往嗎？年近三十的林展翹難以擺脫如煙似霧的關心、詢問、自問，凸現了婚姻制度對於獨身女性的壓迫。這個困境於是導致了更嚴重的困境接踵而至，林展翹的學生家長開始給林展翹送花，鮮花和愛情引誘著林展翹，要不要接受一個看上去優雅的男士的愛情？要不要婚姻？林展翹於困擾對比中，已遺忘獨身的獨立快樂，她關心學生，探訪學生混亂的家，受到學生和學生的父親、即送花男士雙重愛的表達，感覺自己責任重大，決定接受求愛，準備結婚，以使這個家庭完整。為了裝修這個家，林展翹辭職了。林展翹全力以赴如同任何準備結婚的新娘一樣，把家裝修一新，把漂亮的婚紗買好，就等吉日變成婚姻中人。林展翹的困擾似乎將要進入婚姻而打句號了。然而，吉日的前夕家中來了一名女客人，不是別人，正是這個家離家出走的女主人，她回來了。這是小說的精彩情節，也是文

---

1   亦舒：《獨身女人》，《亦舒作品集》，北京：中國戲劇出版社 1999 年版。

2   蘇偉貞：《沉默之島》，台北：時報文化出版企業股份有限公司 2004 年版。

學女性主義務實的策略。它告誡獨身女性，獨身的資本你若不重視，就可能隨時被利用，現實中這樣的騙局其實不少，當然，這個小說情節並非騙局，離家出走女人的回歸是出乎男人和女兒意料的。林展翹的困境才會因此更加深重，她辭職了，她也失去了進入婚姻的機會。小說最終由另一位有經驗的老年女性告誡林展翹，把首飾和錢賺了，再開始新的人生，不然太不合算了。《獨身女人》實際上提出了獨身女人身份價值的問題，這無疑是務實的、經濟學的。女性主義回到現實地基才能真正實用。

香港社會學家周華山在他的《異性戀霸權》一書中，討論獨身的政治經濟學，從分析婚姻已不適應現代經濟學入手，他提出十一個不等式，認為婚姻不等於人生必經階段，不等於生育，不等於戀愛，不等於性經驗，不等於父職母職，不等於家庭主婦，不等於終生制，不等於一夫一妻，不等於扼殺其他親密關係，不等於感情成功，不等於幸福，他解構了婚姻神聖地位與道德優越性，讓婚姻成為一種可選項，成為現代人更多生活選擇方式之中的一項。並提出香港邁入非婚年代單身經濟學在於可以自由調處生活節奏與步伐。[1] 基於社會學家的分析背景，香港的獨身女性生活更有現實經濟意義，不像大陸獨身女性針對父權壓抑而更具有政治理想承載。

台灣作家蘇偉貞的《沉默之島》，探索的是獨身女性的精神困境，她們的身體、欲望如何處置的問題。小說女主人公獨身女性晨勉，一開始生活在婚姻中，遇到男人祖，發現性與生命的意義，從此告別婚姻，不停地在不同的男人之間感受生命和愛，她愛丹尼，也想念鍾，他們是她不同時空中不同的愛人，但她始終覺得自己和所愛的人，都像水中的島，受到無常所主宰。小說追溯了晨勉對婚姻和人生的困惑，晨勉的父親是個貨車司機，出車時一路嫖妓，回家還若無其事地告與家人，母親忍無可忍把父親給殺了，被判了無期徒刑。晨勉成長的過程受困於這種背景，她和姐妹努力學習改變命運，也不斷在潛意識中思考性與婚姻。壓抑中長大的晨勉成年後擁有良好商業能力，卻過著與不同男人交往的孤獨生活。在她足跡遍及的香港、印度尼西亞、新加坡和歐美等地，她與不同的男性有不同

1　周華山：《異性戀霸權》，香港：三聯書店（香港）有限公司 1993 年版，第 100-105 頁。

的記憶。她每次都努力嘗試追憶交往的歷史，卻發現她與他們都生活在空間連結中，沒有時間的連續性。她的身體和精神處於"一座孤島"的狀態，這是一種獨身精神的困頓——或者是，需要另外的命名、理解，作為人類現代性的內在欲求的命名。《沉默之島》標誌著台灣文學女性主義對於獨身女性形象的深度思考。

大中華文學女性主義對於獨立女性群體和獨身女性形象的塑造，打破了父權男/女二元結構中女性形象從屬地位的歷史。獨立女性形象一改"三從四德"面貌，呈現女性主體存在的自覺，表達女性對超驗生存的追求和體驗，是女性主義倡導"新性別政治"實踐，關注性別平等、性別跨越、身體變性和酷兒理論等等人類全新性別觀念，[1] 所做的具體努力。獨立女性形象書寫的歷史雖然短暫，貢獻的形象之豐富多彩，思考內涵的深刻，卻足以證明文學女性主義想像力和創造力。

1　（美）朱迪斯·巴特勒：《消解性別》，郭劼譯，上海：上海三聯書店 2009 年版，作者前言第 4 頁。

四

傳統婚姻關係的重寫

　　婚姻關係是女性主義研究的重要課題，也是女性主義寫作深入涉及的領域。即政治學意義所言："女權主義主張一是在強制性的社會組織中實現男女平等，另一是如何在非強制性的社會組織中，特別是在家庭內，實現男女平等。"[1]

　　波伏娃寫作《第二性》時就指出："結婚，是社會傳統賦予女人的命運。現在仍然如此，大多數女人，有的就要結婚，有的已經結婚，有的打算結婚，也有的因沒有結婚而苦惱。"[2] 因此，如何塑造婚姻中的女性形象，是文學的女性主義不可忽略的政治。上節所論獨立的女性形象，也多數源於對婚姻體制的反思。隨著現代社會的發展，和世界女權運動的深入人心，大中華語境中傳統婚姻的異性戀霸權地位雖已受到質疑，然而，傳統婚姻體制所形成的文化，是大中華傳統文化的重要組成部分，父權力量在文化中的延續仍然令現代女性遭遇諸多困境。如已有香港學者指出，大陸開放之後，經濟發展和人們的生活都向西方靠攏，然而性別問題特別是婚姻文化反而出現了 "返祖現象"，"小三" 現象和中港跨境的 "包二奶" 現象便是明證。[3] 這些促使文學女性主義不能不對傳統父權婚姻文化進行有力改造。通過對傳統婚姻關係進行權力質疑和權力關係顛覆，釋放其中壓抑的能量，可以令人們認識權力關係的流動性和可改變性，從而尋找婚姻關係內部變革力量，拓展女性解放新空間。

　　自從進入父權社會，女性生兒育女的使命幾乎都在婚姻體制中進行。非婚

1　黃勇：《全球化時代的政治》，台北：國立台灣大學出版中心 2011 年版，第 237 頁。

2　（法）西蒙娜・德・波伏娃：《第二性》，陶鐵柱譯，北京：中國書籍出版社 1998 年版，第 487 頁。

3　譚少薇：《中國改革開放與性別——中港跨境 "包二奶" 現象初探》，葉漢明編：《全球化與性別：全球經濟重組對中國和東南亞女性的意義》，香港：香港中文大學香港亞太研究所 2011 年版，第 279 頁。

生子女被視為私生子，為社會所不容。中國傳統父權體制擁有完備的繁衍保障機制，它採用妻妾等級制來維護婚姻對於生育的絕對撐控。通常的情況下，門當戶對，也就是經濟條件和社會地位是傳統包辦婚姻形成的前提，媒妁之言在此前提下，測試一下男女生肖性格，男女甚至無須見面就由長輩決定終身大事。終身大事實則是兩項，維護傳統父權統治的門戶相續，維護傳統父權統治的父子相續，至於男女雙方是否相愛幸福並不在考慮之列。傳統婚姻關係這種對個體意願與個人能量的壓抑，既是現代性需要開發的空間，更是女性主義實踐性別權力顛覆運作的平台。我們選取大中華語境三部頗有影響力的長篇文本，鐵凝的《笨花》、[1] 嚴歌苓的《小姨多鶴》、[2] 和王安憶的《天香》，[3] 考察文學女性主義的政治策略。

（一）從日常生活角度反思父權宏大歷史與傳統婚姻關係

鐵凝的《笨花》從中日甲午戰爭一直寫到抗日結束，嚴歌苓的《小姨多鶴》則從抗日結束即 1945 年日本兵敗二戰一直寫到中日重新建交，王安憶的《天香》追溯明末上海城的形成和上海日常生活的肇始，裏面亦寫到建城與抵擋倭寇沿海搶劫有關。三位重要女作家在她們重要的長篇文本中，都不約而同地書寫近現代宏大歷史，文本之間構成呼應，更從性別角度反思現代性形成演變，對中國傳統文化向現代轉型做了女性主義探索，對傳統妻妾制度中女性地位的思考，更使這三個文本互相串通，擁有一種空間政治的對話效果。而她們講述宏大歷史的入口，卻都是日常生活。

《笨花》的主要情節，寫冀中平原笨花村尚武家族向氏長子向喜，改名為向中和棄農從戎，位至將軍，之後隱退為糞廠經理，死於與日本人搏鬥，他一生與三位妻妾的故事，和他的後代們在抗日戰爭中的作為。長篇從容鋪敘笨花村風物人情，描寫他們有序而自足的農業文明生活。農家西貝一家精於耕種，深諳作物施肥規律，生活富裕安寧。向氏家族尚武但未出人頭地，便經營買賣。兩家相鄰

1　鐵凝：《笨花》，北京：人民文學出版社 2006 年版。

2　嚴歌苓：《小姨多鶴》，北京：作家出版社 2008 年版。

3　王安憶：《天香》，北京：人民文學出版社 2011 年版。

而居，作家用參差的對比，呈現了農業文明自律調整的運行圖。中日甲午戰爭爆發，中國失敗，笨花村祥和的生活圖景開始改變。笨花即棉花，人們依賴的溫暖和美開始失去。

向喜長相堂正，身材魁偉，並讀了私塾，熟記論語，他平日做豆腐腦買賣，節日做佛堂買賣，相比一般農家，向喜經濟自給，並擁有一定對比視野，比如，種田和買賣之間他常思量田荒蕪之可惜，但又計算古人的經濟學現今難保理想生活。他遵循父輩規矩包辦結婚，欣賞髮妻同艾紡織刺繡的精湛手藝，留戀夫妻溫馨生活，但得知袁世凱招兵，便認真準備決計改變人生。向喜如願以償成為享有軍餉的軍人，並得以步步榮升，成為了向大人。向大人在保定服役休閒，下茶館喝茶，見掌櫃的女兒比自己的髮妻個高、腰壯、膚黑，隨即納為妾。髮妻生的本是兒子，按理他可以不納妾，但一日髮妻和兒子來軍中看望向喜，向喜帶兒子河中游泳出事，兒子雖然保命了卻失去原本精神氣質且雙眼幾乎失明了。向喜納妾取名順容。順容為他養育了兩個兒子。一日髮妻同艾攜兒子從家鄉笨花到宜昌軍營，與再度升遷的向大人團聚，妾順容懷抱兩個兒子闖入，同艾才發現丈夫在外納妾已多年，面對一個五歲一個三歲的兒子，同艾驚駭不已昏倒在地。經西醫調理和自己兒子文成陪伴，同艾身體終於康復，向喜去為同艾打了一個厚重的戒指，上面銘刻“向梁式同艾”，表達對髮妻情意。髮妻攜兒子回笨花，妾順容也帶兩個兒子回了保定。兩個女人都離開，向喜在軍中鬱鬱不落，他的下級看在眼裏，一日有雜技班來宜昌演出，便安排向喜排遣情緒。一連看了幾天，向喜對雜技演員施玉蟬入迷了。不久就又納施玉蟬為小妾。施玉蟬年輕美貌深得向喜寵愛，為向喜生女兒取燈。女兒三歲時，施玉蟬寧願餓死也要復出做她的雜技班，向喜無奈只得讓她離開。留下女兒取燈，交給順容在保定撫養，女兒在保定上學之後，戰爭局勢日趨嚴峻，女兒選擇回到笨花，與向喜髮妻同艾及長子文成一起生活。順容的兩個兒子文麒、文麟都已從北京讀畢大學回來。向家人都投身抗日事業了。向喜位尊將軍之後，反而特別想念笨花，要求退伍回去做糞廠經理，因他發現糞肥和農業才是本，其他都不是，他就像懲罰自己一樣整日待在糞廠。但日軍進據笨花無惡不作，他最終寡不敵眾搏鬥而死。

向喜是《笨花》長篇的核心，也是作家敘述宏大抗日歷史的關鍵人物，他讓我們看到中日交戰作為民族戰爭，實則是現代父權擴張戰爭，作為傳統父權代表人物的向喜，他的權威不僅是通過不斷升遷獲得，也通過他可以隨願納妾來體現。一方面是戰爭，一方面是生活，作家的重頭筆墨放在日常生活，因為女人們都在其中。向喜本人的真性情，常常懷念與髮妻在笨花的寧靜美好生活，他雖不懂精神分裂，但他日益深刻認知自己原根的生活才是真生活。然而他也客觀看到順容為他做的犧牲，不僅生育兩個兒子，而且真心對待非親生的女兒取燈。他心中敬佩的女人是小妾施玉蟬，物質和愛情都不能留住她愛自由的身心，她給他講述的自由故事令他終身難忘。作家從日常生活角度，將向喜寫得充滿人情人性，三個不同女人豐富了向喜的人生，也讓向喜在更認清自己的同時，認識到女人的不同，並發現就在他隨意納妾的過程中，他並沒有一直增加在女人中的權威，他在一個個失去她們，他最後失去了所有的女人，僅剩孤家寡人。他當然是深感權力空虛才要回到笨花尋找精神歸屬。作家通過日常生活價值入口，讓宏大歷史敘事展開，又讓宏大歷史敘事回歸，藉此展示了男人在傳統婚姻妻妾制度中的得與失，展示了權力與人性精神的衝突。

《小姨多鶴》的歷史背景是：1945 年日本兵敗二戰，部分極右勢力倡導 "殺身成仁"，隨日軍入侵中國移民而來的部分生活在中國東北的日本平民墾荒團，接到村長命令集體自殺。主要情節是：日本少女多鶴懷著對生的本能渴望，逃過了集體自殺，一路逃亡中，她想到曾在她家做工的中國長工，於是躲入中國村莊，但沒人敢收留日本人，她被裝入麻袋賣給了僻遠的小火車站張站長家。張家的二兒子張儉，有包辦成婚的原配朱小環，夫妻感情甚好，但小環曾因日本軍隊入侵追捕導致流產並損傷子宮，從此不能生育。張家對日本人深懷仇恨，長子亦外出抗戰不曾歸來。買來日本孤女多鶴，張家的目的很清楚，就是用來給張家生兒子，甚至計劃生下兒子後就將她再用麻袋裝好扔入山中。但買來多鶴只是張家單方面意願，張家並不認為需要徵得兒媳小環同意，就像納妾無需徵得媳婦同意一樣。小環不得不接受多鶴為張家生育的事實。但風聲日緊，對外不能走漏買了日本女人的消息。為此張站長利用戰後人口流動的機會和職權便利，把兒子兒媳和多鶴送往工廠，從此多鶴以小環妹妹身份，也就是家中小姨身份，長期與張儉、小環生活在一起。在這個特殊的家，多鶴的使命只有一個，就是為張家生養兒子，不幸第一個兒子夭折，還得繼續生。但外部抓特務的風聲更緊了。一家三口只好又按照張站長設想，搬遷到南方四川新建工廠。多鶴再次懷孕並產下雙胞胎，之後又生下女兒。但孩子們都稱小環為媽媽，多鶴為小姨。孤獨的多鶴日夜辛勞，把家照料得乾淨舒服，在貧困中也保持尊嚴。孩子生下後，張儉多次想趕走多鶴，甚至設計把她帶到江心島上，以便江水把她沖走。求生的渴望令多鶴歷盡艱辛找回家，她的不幸也打動了小環的良心，她們建立了真正的姐妹情誼。多鶴的美麗隱忍終於贏得了張儉真正的愛情。張儉對多鶴產生了不同於原配小環的愛情，這使他深感矛盾掙扎，他和多鶴只能避開小環外出約會，終至發生大事，工宣隊抓捕上門，小環大義救多鶴，在張儉坐監獄的日子，兩個女人都去看望他。他們的孩子們都長大成人，但小時候多鶴教給的日語，讓女兒參軍後又差點暴露身份。在擔驚受怕中，多鶴已是老人，小環和張儉更老了，張儉還得了不治之症。有幸中日邦交正常化，多鶴回到自己的祖國並受到皇室醫生接見，然而多鶴想念中國和張儉，她又回到中國把張儉接去日本治療。張儉還是離開了兩個女人和孩子們。兩個女人在一起懷念和訴說她們苦樂極致的人生。

《小姨多鶴》首先是一個控訴戰爭的文本，它展示戰爭帶給普通人生命和生活的創傷，令人反思戰爭不僅給被侵略方也給發動戰爭方造成巨大災難。作家通過戰爭題材對妻妾制度進行深刻改寫，對性別關係的思考發人深省。文本中多鶴被當成純粹的生育工具，小環則要承受與人分享丈夫的尷尬和悲哀。而男人張儉也並不比多鶴和小環幸運，他分裂自己的身心，實質也是一架生育機器。父權文化對於兒子的病態需求，造成妻妾制度中人的異化，這異化也延伸到子女身上，他們要面臨複雜的父母關係和自我身份關係。戰爭背景，戰敗國女人，這些元素強化了妻妾制度的野蠻特徵。小說讓人性的力量最終戰勝野蠻，謳歌了人的潛能和愛的開發。多鶴是文本的核心，作家總是把她安放在日常生活狀態中，她在低頭擦洗地板、她在晾曬被子、她在挑選菜葉、她在編織毛衣、她在為自己生育嚎叫和止血、她不想死爬上了車……動人的力量源自日常生活。對日常生活的敘述，構成對宏大歷史故事的強烈對比，對野蠻的批判力，人性覺醒的感染力，喚醒人們對於日常生活與和平的維護。

《笨花》和《小姨多鶴》的故事都發生在北方，王安憶的《天香》則講述的是中國東南沿海明末上海的故事。從長江入海江水沖積形成肥沃的平原，平原移入人丁發展，再到疏浚溝渠，圍城築牆建立上海，阻止倭寇搶劫，物質富有和精神豐富的上海人設計各具特色的園林，人們在園林中享受多姿多彩的生活，小說是為上海立傳。可以看成是作家對《長恨歌》文本的續寫，使人們對上海的認識向歷史推進，早在殖民地之前，上海已形成自己的物質與精神風格，所謂現代性，在王安憶的書寫中，便是日常生活和女性的價值漸漸從容呈現。這無疑豐富了我們對後發現代性的思考。這其中包含王安憶對中國文化自身生命力演進的肯定，王德威曾言中國文化內部自身成長的現代性遭遇到西方擴張的壓抑，[1] 王安憶的文本即對此壓抑的高揚。誠如王德威為《天香》台灣版序言所說："她要寫出上海之所以為上海的潛規則。當申家繁華散盡，後人流落到尋常百姓家後，他們所曾經浸潤其中的世故與機巧也同時滲入上海日常生活的肌理，千迴百轉，為下一輪'太平盛世'做準備。"[2]

一個繁華盛世，江南不只是物質繁榮，人才和精神財富也積累起來，體現在充滿人文氣息的園林製造上。宏大的歷史敘述在江南，遠離了政治中心北京，向多元方向發展。士子們嚮往仕途但不唯仕途，這也體現在園林製造上，家有科舉得第升官建園林；家有從仕途退休回來的文士，同樣建園林用於交際唱和，頤養天年；更有科舉不第者建園林，用於提振精神。園林實則是一種南方生活態度和方式，作家有意書寫這自成一格的文化流向，用以追溯上海商業文明的前世今生。天香園，便是申家的桃園，以精美設計和天然桃林渾然而成。建造者申儒世、申明世兄弟，前者從太守職位退下建園，建園後後者調入京師，此園的吉祥明瑞由此可知。園中常住者是申明世長子柯海、次子震海與他們的媳婦們、孩子們。作家從園林的日常生活入手，申家的家族史不再是子承父志，就像儒世、明世這兩個名字所象徵的，古典儒世時代悄然退去，一個新的明世時代正在萌芽生長。父權體制悄然瓦解的故事，正在上海天香園上演。在上海的兒子們並不熱衷

1　王德威：《想像中國的方法——歷史‧小說‧敘事》，北京：生活‧讀書‧新知三聯書店 1998 年版，第 12 頁。

2　王德威：《紀實與虛構——王安憶的，〈天香〉》，王安憶：《天香》，台北：麥田出版社 2011 年版，第 6 頁。

仕途，他們賞物玩物，生活在繁華沉迷中擁有自身的邏輯。妻妾婚姻制度還在延伸，但它反倒呈現了父權體制臨近崩潰的維繫。申柯海的包辦婚姻就頗有講究，娶的是南宋康王一脈的徐家之女小綢。徐家是世家，在上海的申家便覺得這份聯姻加強了家族身份，有趣的是，小綢帶入申家的世代相傳是沉墨，是她精湛的書法技藝，是她和丈夫柯海之間"紅袖添香"的顛覆：小綢的沉墨由數十種中藥精煉而成，吸引柯海在園林中開設製墨廠；小綢立於書房書桌前揮毫，申家長子只有當助手的份。夫婦關係在這種文化交流中顛覆了男主女從。小綢生育的是女兒，柯海納江南閔女兒為妾，卻並非出自要生個兒子的意志，他是被閔家祖傳的繡藝所迷，他對閔女兒的繡姿一見鍾情，他是出於迷戀和媒人撮合而娶回來妾。妻妾關係又再一次顛覆了他的父權處境：閔女兒巧奪天工的繡藝深深吸引了柯海胞弟鎮海之妻，她跟隨學習並彌合小綢與閔女兒之間的嫌隙，三個女人結成女人情義和技藝聯盟，女人們在天香園中開闢了繡園，以閔女兒巧奪天工的繡藝奠定"天香園繡"名號之基，實際上改變了申家格局，女人們用實力駕馭著天香園的生活，甚至在繁華散盡之後，實力仍然從容運行於市井小院尋常生活中。柯海表面上仍然是父權妻妾制度的維繫者，他受到小綢和閔女兒冷落後，再次納妾落蘇並生子。但小綢卻利用做母親的權力，為兒子娶回受過教育、精通刺繡手藝的兒媳，使得家族內部持續女性主體們的主導文化。天香園文化，是日常的、女性的、軟實力的，馥郁芬芳，令人目不暇接。

　　《笨花》、《小姨多鶴》和《天香》三個重要文本，通過日常生活的入口進入對於中國傳統父權宏大歷史的講述，經由對父權妻妾制度改寫，讓我們看到女性主義參與中國傳統文化復興的策略，她們勇於解剖重大歷史題材，從中開掘女性主體受壓抑資源，發現女性主體成長多元路徑，形成空間對話交叉花園，悄然瓦解父權壟斷，呈現中國文化軟實力復興中所包含女性文化的力量。

（二）批判傳統妻妾制度婚姻關係對女人和男人的傷害

　　周蕾曾談及東方傳統文化所形成女性經驗的複雜性，"她們作為'女人'的經驗，是不能窄化到僅僅是'女人們'——對——'男人們'這樣的性別區別範疇就可以一語道盡的。"[1] 不同於西方基督教文化一夫一妻制度，東方妻妾制度是父權多性、多級不平等關係構成，其野蠻特徵不僅傷害女性，也不同程度帶給男性傷害。三位作家在文本中展示了這一制度的暴力性質。

在《笨花》中，向喜深知原配同艾對自己一往情深，他隱瞞她納妾生子，多年後同艾發現此事，當場就昏倒在地。《小姨多鶴》中張站長家單方面決定購買多鶴用於生孩子，媳婦小環氣憤地跑回娘家。《天香》中柯海與小綢原本一往情深，柯海納妾，小綢傷心欲絕，把自己幽禁在閣樓數月不出，從此與柯海再不說話。三個長篇文本中的三位妻子，都是妻妾制度的受害者，文本對她們受害的深度都做了深刻表達，讓我們看到她們實際被遺棄的精神斷裂之痛，遺棄作為一種暴力行為，對她們的身心施加暴力，不僅令她們一生不幸福，這種不幸也必然擴散到整個家庭家族範圍。首先是孩子心靈必然受扭曲，其次是丈夫將受到感情冷遇的報復而心情不爽，再次是妻妾之間的尷尬處境導致家庭倫理複雜和關係處理精神成本巨大，不利於人性正面資源培養。

事實上，男人在妻妾制度中的受害程度也不亞於女人，表面上一開始他們很風光，可以隨心所欲，但隨著時間推移，被他們傷害的女人不再信任他們，他們生活於良心譴責，精神空虛，及處理妻妾矛盾、孩子問題的複雜糾纏之中，最後精疲力竭，成為對自己和生活絕望的人。《笨花》中，納妾了的向喜常常想念妻子同艾，但他卻再也得不到妻子美好純潔感情的響應，他接著被妻和妾以離開的方式所拋棄，她們無法離開婚姻卻離開了他的感情和心靈，對他進行了信任的否定。《小姨多鶴》中，將多鶴當生育工具的張儉，多次發生心靈危機，差點成為殺人犯，有了愛情之後，只能偷偷摸摸，生命顯得卑瑣。《天香》中的柯海，沒有納妾前身心歡悅，充滿對事物的好奇心，納妾之後，整個活的意願都沒了，失去妻妾的信任，他生活在靈魂的飢渴中，顯得可憐而卑微。三個文本中的男人，他們被妻妾制度所異化，付出人性的代價，這傷害不可謂不大。

女作家們對傳統妻妾制度中女人和男人所受不同傷害所進行的揭示，讓我們

---

1   Chow Rey. Violence in the Other Country: China as Crisis, Spectacle, and Women. in Monhany ed. *Third World Women and the Politics of Feminism.* (Bloomington and Indiana University Press, 1991) 83.

看到這一制度的野蠻性。這一制度得以維持，一方面是體力勞動時代，男主外的力量被拔高，另方面是女人在家庭生育和家務中的勞動被貶低，這一高低之間，男人的自我想像被放大，女人的能量被壓抑。三個文本都用大量篇幅書寫了女人的生育、女人的家務，並強調男人們對於女人生育的重視及對於女人家務的嚴重依賴。三個文本實際採用了相同的女性主義立場，即將受到壓抑的女性的生育、女人的家務，提升到重要表現空間，補充到男性宏大歷史講述中。三個文本也對女性的主體能量進行了極大開發，讓我們看到女性堅強的個性、出色的技能、對人類承擔的付出，文本將她們的優秀加入到宏大歷史的講述中。文本對女性壓抑的張揚，使得批判傳統妻妾制度婚姻關係對女人和男人的傷害意旨，獲得更好表達。既然這一制度不是雙贏而是雙損，顛覆和取消這一制度便是歷史的必然。文學女性主義用文學的方式回顧這一制度的歷史，有助清理這一制度遺留的男性自大文化，消除這一制度隨經濟繁榮而死灰復燃。

（三）書寫傳統妻妾制度婚姻關係中女人之間的姐妹情誼

傳統妻妾制度並非兩性雙贏的婚姻制度，其嚴酷的等級分割體系，更令女性被妻妾對立化，她們之間爭寵內耗的可能性，使女性主體成長的機會被減損到最小。在這種嚴酷的壓抑中，傳統文學書寫很難看到女性聯合反抗的身影。但女性主義立場使《笨花》、《小姨多鶴》和《天香》三個重要文本，充滿了文學女性主義特有的智慧，這些文本努力營造女性之間的理解、溝通，建立起寶貴的姐妹情誼，用於拒斥父權迫害，用於傳承人類優秀的文明。

《笨花》中的三位妻妾同艾、順容和施玉蟬，被強勢的丈夫向大人分割在三個不同的女性位置上，她們按照大妻、二妾、三小的等級生活，並被分割在三個不同的地理空間，同艾住在家鄉笨花、順容生活在保定、施玉蟬居住在宜昌。她們之間並沒有機會平等相坐切磋問題。她們分別面臨自己的困境，都是被給定的困境。同艾雖然擁有大妻的身份，卻永失了平等的愛情；順容做了妾，衣食無憂，卻沒有愛的尊嚴；施玉蟬得到短暫的愛，卻失去了自己職業的自由。文本再現了中國傳統妻妾制度婚姻關係中女人的真實處境。她們並沒有現實手段改變自己的命運。但文本通過同父異母子女們的紐帶，還是為三位不同等級和地理空間位置的女性提供了建立情誼的平台。

三位女性都在自己被給定的困境中做出過反抗，雖然反抗並沒有實質改變她們的處境，但反抗帶來了束縛的鬆動。順容的反抗是昏倒之後要求回家，她再也不與向喜感情交流，她在自己的鄉土找到感情寄託，她也把這種厚樸的生命感情轉移到後代身上，當順容和施玉蟬的孩子們在抗日中來到笨花，她給予了溫馨的家的關懷，從而拉平了三位女性之間的隔離。她的這種一視同仁的感情，是生命的立場，打破了父權等級隔離女性及其子女感情的做法。施玉蟬的反抗是永遠離開，她的行動贏得向喜尊敬，也暗中激勵了同艾和順容。施玉蟬出走之後留下幼女，順容毫無二心將女兒視為己出，她把女兒撫養長大，又將女兒交給同艾。三個傳統女性，在子女一代，到底是改寫了命運鐵定的隔離狀態，一種大氣的母愛的寬容，正是她們貢獻給後代和民族的精神。如果說同艾、順容和施玉蟬之間的情誼更像是生命理解的母性情義，也可說，在傳統中國維繫漫長的妻妾婚姻制度，幸有此種母性情義才使殘酷的等級統治不能將文明精神扼殺殆盡。鐵凝通過《笨花》傳達了女性主義對於民族精神的闡釋。

相比《笨花》中的三位女性，《小姨多鶴》中的小環和多鶴之間，達成了真正的姐妹深情。她們之間由排斥敵視到親密團結，至於晚年就餘兩人叨絮，漫長歲月的磨礪，可說感人至深。由於不得不生活在同一個屋檐下、同一個床上，這兩個不同國家、不同身份的女人，在與同一個男人的實質性妻妾關係中，因生育的流血艱辛、生活的艱苦掙扎、生命的來之不易，超越了父權等級的野蠻，承擔著呵護生命的使命，變成互相扶持、互相理解、互相尊重的姐妹。小環對於多鶴的保護，從幫助接生、撫養孩子，到心靈理解，給予愛的尊重，徹底打破了妻妾等級，變成動人的平等姐妹。

《小姨多鶴》除涉及到生育和母愛這一令女性結盟的共同的女性經驗，還探索了兩個女人通常容易產生妒嫉的異性戀分享問題。小環和張儉是一對情投意合的夫妻，一開始他們是共同對付多鶴，多鶴處於極端弱勢狀態，這一狀態首先由於共同的女性經驗喚醒了小環的良知，小環和多鶴站到了一起，但不久張儉也被喚醒良知，作為異性，他的愛情也被喚醒了。這三個人的關係，發生了由野蠻對抗到愛情交融的轉變，不過，此時的小環變成了局外人，異性愛的排他性令她倍受考驗，而她終究把姐妹情義放在首位，讓出了異性戀的機會。這份姐妹情深的書寫，幾乎帶有理想色彩，但也因這份理想色彩，《小姨多鶴》奏出了人性之歌。

《天香》中的姐妹情誼又是另一重意味。小綢和閔女兒作為妻妾關係中隔離的兩方，得到第三方即鎮海媳婦的"穿針引綫"，聯結共同的姐妹經驗，通過她們共同傾心的刺繡藝術，三人結成"天香園繡閣女兒幫"，日日於楠木下刺繡，時日相伴，靈性欣賞，使同性情誼超越了異性關係。天香作為女性情誼、技藝、智慧和文化的象徵，是王安憶創造的姐妹生產力烏托邦，呈現了女性主義開發女性受壓抑潛能的想像力。

綜上，我們從《笨花》、《小姨多鶴》和《天香》三個重要的長篇文本，可以看到文學女性主義改寫傳統妻妾婚姻體制的力度，用日常生活價值介入父權宏大歷史，批判妻妾體制對於女人和男人產生的傷害，重構姐妹情誼，從而使中國近現代演變史呈現出文學女性主義的講述話語，在文本效果上，它們是對話的、互補的、串通中國北方和南方地理空間的。因此，它們實踐了文學女性主義的空間政治策略。

第 五 章

文學女性主義
重建女性經驗價值
的政治策略

圍繞女性主體政治重建，文學女性主義在展開女性主體多元形象建構的同時，非常重視支撐女性主體形象的女性經驗價值建構。重建女性經驗價值的政治策略同樣體現了空間串連特徵。在大陸現代性空間，日常生活價值重構是女性主義文學思潮的共同主題。在台灣現代性空間，女性主義文學思潮的重頭戲集中於女性的隱秘經驗價值開發。香港女性主義文學思潮、澳門女性主義文學思潮和北美女性主義思潮，則進行女性經驗與地域地方經驗共建，打破中心與邊緣隔離，嘗試經驗多重開發。各不同現代性板塊複數呈現了女性壓抑經驗開發的多元經驗價值。更新人類對於女性經驗價值的認識，改變歷來父權知識生產僅以男性主體經驗為加工對象的格局。在女性主義看來，"女性經驗成為衡量作品是否真實的標準，成為區分文學男性化和女性化的標誌"[1]，"女權主義的經驗理論更像是一個可操作化的程序，是從研究方法上對認識論的改變。它強調傾聽婦女的經驗，並賦予這些經驗以價值。女性生活經驗的價值在於在男權社會壓抑下的女性所提供的知識是與傳統知識不同的，它能夠提升我們對社會的認識能力。……確立經驗的價值在於說出現狀，說出真實。"[2]

　　關於女性經驗的分類，通常採用伊萊恩·蕭瓦爾特（Elaine Showalter，1941—　　，也譯成伊萊恩·蕭沃爾特）提出的兩類：一種是女性隱秘經驗，即女性在父權社會中被壓抑的身體與欲望經驗；另一種是女性日常生活經驗，這是被父權社會視作周而復始不具備形而上知識價值的經驗。蕭瓦爾特是美國著名的女性主義經驗批評實踐理論家，1977 年她在成名作《她們自己的文學：從勃朗

1　陳曉蘭：《女性主義批評的經驗論》，《外國文學評論》1995 年第 2 期。
2　佟新：《女性的生活經驗與女權主義認識論》，《雲南民族學院學報（哲學社會科學版）》2002 年第 3 期。

特到萊辛的英國婦女小說家》（*A Literature of Their Own: British Woman Novelists from Bronte to Lessing*），提出女性基於她們自己的經驗創造她們自己的文學，構成了人類不可忽略的亞文化現象。她分析並認為女性的寫作出於一種共同的心理和生理體驗：青春期、行經、性心理的萌動、懷孕、分娩，和更年期閉經等女性特有的生理過程及其作為女兒、妻子和母親的社會角色所特有的心理體驗等。[1] 女性作為生命存在體，不同於男性生命存在體，她們體驗到的生理過程經驗，在父權知識體系中完全缺如，成為一種女性之間的隱秘經驗，對此命名書寫，將豐富人類生命知識，也會為文學創作洞開全新天地。女性作為女兒、妻子、母親的社會角色，及常年承擔的日常生活，同樣積累了不同於男性公共生活的豐富經驗，對此進行開發研究，將使人類經驗更完整更全面，也使文學回到日常生活的生動細節之中。蕭瓦爾特的女性經驗說讓我們看到，正是不同於男性的女性共同經驗是女性寫作的內在支撐，是女性之間文化上的聯繫和女性自身的傳統，也是女性創造之源。

大中華文學女性主義印證了女性主義的經驗理論，在不同現代性板塊，女性主義文學思潮對現代性的反思，都建立於女性經驗基礎，由於現代性差異，女性經驗開發重點有別，女作家們根據性政治需要，形成差異互補的女性經驗話語譜系，從而使女性經驗價值在不同空間分別參與主流價值構造，改寫只有男性經驗的知識格局，提供大中華現代性經驗的不同資源補給。

1　（美）伊萊恩·蕭瓦爾特：《她們自己的文學：從勃朗特到萊辛的英國女性小說家》（增補版），北京：外語教學與研究出版社 2004 年版，第 3-37 頁。

一

女性隱秘經驗書寫

福柯說"在蠻荒狀態不可能發現瘋癲,瘋癲只能存於社會之中"。[1] 同樣,女性隱秘經驗只存在於父權壓抑社會。傳統父權將女性生存空間壓縮於閨閣,她們的隱秘經驗是對閨閣突破的各種想像和表現。艾里斯・楊(Iris Young)指出,現代父權"資本主義最重要和基本的特徵就是婦女的邊緣化,這個現象隨之而來的結果是:婦女淪為次要勞動力",[2] 在我們身處的現代和後現代都市生活中,女性被作為勞動力市場次要的補充力量,或者被看作購物和消費大軍。女性隱秘的經驗是什麼樣的?其價值何在?

台灣女性主義文學思潮對於台灣現代性的反思,從傳統父權壓抑和現代父權欲望控制兩個向度展開。一方面,台灣新女性主義和激進女性主義社會運動,努力在社會權力層面為女性爭得政治、經濟、法律、身體等層面與男性的平權。另一方面,文學女性主義者們,通過文學手段為女性的隱秘經驗正名,開發女性身體被壓抑資源,為女性創造力提供後勁。從思考隱秘經驗與壓抑的對抗關係,到思考隱秘經驗與邊緣的獨立關係,台灣女性主義文學對女性經驗與話語權力的關係,進行了深入探究,創造了女性隱秘經驗書寫的話語譜系,呈現了女性隱秘經驗話語批判父權的力量和反思現代性的價值。

1　(法)米歇爾・福柯:《瘋癲與文明》,劉北成、楊遠嬰譯,北京:生活・讀書・新知三聯書店1999年版,第273頁。

2　(美)羅斯瑪麗・帕特南・童:《女性主義思潮導論》,艾曉明等譯,武漢:華中師範大學出版社2002年版,第175頁。

（一）女性隱秘經驗話語浮出

《最後夜戲》是陳若曦早期作品，[1] 創作於 1961 年，是台灣現代文學名篇之一，可以視為台灣女性主義文學探索女性隱秘經驗話語的源頭作。短篇小說集中於歌仔戲旦角金喜仔的一次演出場景，她為愛情付出沉重代價，染上毒癮懷上孩子，演出時心神不寧。兒子在後台發出的哭鬧聲使她加倍意識到自我的危機。小說用心理描寫突出女性隱秘經驗："我的寶貝，母親的罪惡通過奶水全遺傳給你了"，她把性看成罪惡，她遭遇的茶商，也是孩子的父親，用性引誘和毒品使她墮落，但她力圖拯救自己和兒子，然而，曾備受歡迎的歌仔戲遭遇現代電影衝擊，越來越沒有觀眾，她收入日微，繼續帶兒子的後果即面臨解僱，"她恍惚看到一個肥胖的婦人"，"她覺得嘴唇乾裂"，她在猶豫是否要將孩子送人時，從孩子的臉上看到引誘自己墮落的茶商的罪惡的臉，這使她斷然決定將兒子送人。"最後的夜戲" 一語雙關，一方面喻指傳統的歌仔戲在現代的沒落情景，另方面象徵女性的人生夜戲即隱秘經驗，性與生育，決定女人及其後代命運。這雙關正是女作家所獨創，用女性的隱秘經驗話語反思傳統戲曲命運，在反思中浮出的女性隱秘經驗，凸現了女性遭遇現代衝擊時，艱難的個人化的成長。

1968 年 17 歲的李昂發表處女作《花季》，[2] 書寫少女成長的隱秘經驗，一舉成名，開闢她日後不斷探索女性隱秘經驗道路，最終形成李昂對女性 "那不可言說的性的世界" 表達體系。[3]《花季》改寫父權文化中少女如花如天使想像，虛構了花園花匠令少女憧憬又帶給少女性侵犯想像的故事，敘述一個暫時逃逸學校制度的女孩的冒險之旅，在 "路上來來回回地繞圈子" 每一段看似與學校越離越遠的旅程，在驀然回首中才驚奇地發現學校即在 "不遠的樹叢裏隨著風搖動樹木而忽隱忽現"，逃脫學校與花匠進行一場無法自主的旅程的女學生，在與花匠前行

1　陳若曦：《最後夜戲》，原載一九六一年九月十五日《現代文學》第十期，陸士清等編：《台灣小說選講（上）》，上海：復旦大學出版社，1983 年 10 月，第 387-395 頁。

2　李昂：《花季》，台北：洪範書局 1985 年版。

3　王德威：《序論：性、醜聞，與美學政治》，李昂著：《北港香爐人人插：戴貞操帶的魔鬼系列》，台北：麥田出版股份有限公司 1997 年版，第 38 頁。

的路上反復於內心中搬演一場場關於性的侵犯與逃脫的戲碼：

> 我安心地坐著，開始構想一幕好戲。花匠再也跑不動了，我還能快速地奔跑，像一個矯健的山林女神，一面還回過頭來嘲笑她的愛慕者。[1]

同樣是處理性隱秘經驗，不同於通常女作家處女作涉筆愛情，李昂把少女的性隱秘經驗引離愛情，少女在逃離學校體制壓抑，不談青春愛情，少女也在逃脫關於花季少女的文化制約，她不斷想像年長花匠侵犯強暴自己的種種情境，並想像自己如何逃離強暴，那想像的欲望窺視之眼並沒有出現，少女在想像中完成對父權文化束縛女性的隱秘戰爭，操練一種想像成長的經驗。

關於女性隱秘經驗與女性成長關係的重要性，台灣女權運動重要推手、《婦女新知》雜誌創辦人李元貞在她的代表作《愛情私語》（1992）中進行了深入透徹表達。[2] 女主人公何未明從性的朦朧無知，到性的覺醒、解放，實現自我追尋，改名何來明，被作家寫成長篇成長小說，人物的成長幾乎是性意識和身體自主權的獲得和駕馭。小說中何未明在美國留學，受到經驗豐富的美國中年離婚男子尼爾引誘，抗拒之後接受了性愛啟蒙，懂得了性與愛，並用類似的方式與台灣來的另一位留學生小張進行性交往，意識到性可以是知識，何未明充滿了自信快樂。回台灣戀愛、結婚、生育，與丈夫茂全的相處，何來明能夠把性經驗和性知識的主動權把握好。在她看來，懂得自己滿足自己，也懂得滿足丈夫，是一種生活的知識，所以她進行自慰，也進行陰道縫合變小手術。小說對於女性性生活的種種體驗詳寫，類似性知識手冊，對身體隱秘由未明到明了，名字也隨之改變，作家賦予人物的女性主體意識便是對於身體的控制權和發言權。作家對人物的命名，即是對隱秘經驗的正名。"愛情私語"，可說是女性身體隱秘經驗的另一種說法。但通透直白，實際就是作家對隱秘經驗的賦權：既然一個女人可以駕馭自己的身體，就不會陷入愛情的迷亂和性的困擾之中，男人也就無法將她奴役。

1　李昂：《花季》，台北：洪範書局 1985 年版，第 5 頁。

2　李元貞：《愛情私語》，台北：自立晚報出版部 1992 年版。

（二）《殺夫》：[1] 女性隱秘經驗話語對傳統父權的顛覆

李元貞式的隱秘經驗的賦權，具有實用性，卻缺少文學想像力。挖掘女性隱秘經驗成因，開發隱秘經驗改造社會的潛能，是台灣女性主義寫作競爭力所在。將女性隱秘經驗話語與父權體制對話，展開對於父權壓抑機制的清理，是李昂繼她的《花季》浮出之後，一直深入探索的工作。李昂的文本充滿奇異想像力，用創造性的場景，將女性隱秘經驗之"隱秘形成壓力"與"隱秘爆發"全程展示，因此而充滿強烈張力。《殺夫》被認為是台灣女性主義文學經典作品，也是李昂最有名的作品，[2] 名字的刺激性，正在於它穿透了父權製造的全部隱秘特徵，是一場"隱秘爆發"，掀翻了"隱秘形成壓力"的暗箱，將"夫唱婦隨"的規約和理想打入了"地獄"。

事實上，李昂創作《殺夫》文本的過程，歷經了對於女性隱秘經驗的反復研究。早在 1977 年李昂在美國戲劇學研究生畢業，到洛杉磯白先勇家做客時，偶然發現收錄在《春申舊聞》一書中的社會新聞"詹周氏殺夫"。"它是一個少見的不為姦夫殺本夫的故事。"敏感的李昂意識到了女性受壓抑隱秘經驗的力量，但如何表現這種力量，令她思考了許久。發生於一九四五年春天的上海的殺夫案，發生的第二日即三月二十一日，當時上海最有名的媒體《申報》第二版即以新聞標題《新城警察分局破獲一起謀殺親夫案》公佈。接續的三個月中，圍繞此案的討論很熱烈。案件發生的一九四五年三月恰好是上海通俗文化的一個黃金時期。詹周氏這個原本普普通通的市井婦女因一樁罕見的兇殺案而成為亂世的一章。案情的極端在上海激起了諸多公憤，但詹周氏生逢其時，她的周圍也湧現了眾多的同情者，將她視為一個被迫害的走投無路的窮苦女性，為她伸張正義，尋求法律的寬恕。女性作家和公共知識分子的積極參與成為媒體的沸沸揚揚中的一個響亮的聲音。當時的各類法律文件、報章文獻和坊間故事都大量記錄了這個案件，為重新審視這段歷史提供了豐富的數據。案件所帶來的一系列連鎖反應，發

1　李昂：《殺夫》，哈爾濱：北方文藝出版社 1988 年版。

2　黃心村：《從醬園弄到鹿港：詹周氏殺夫的跨國演繹》，《台灣文學學報》第十八期，2011 年 6 月。

生在戰爭和淪陷即將結束之際，是戰時流行文化的表徵，也代表了上海都市文化發展的一個巔峰時期。更重要的是，在一批女性作者的帶領下，一個新的文化舞台在上海這個被佔領的城市建立了起來。這些女性不僅從事寫作、編輯和出版等事業，她們對現代知識結構也進行了定義和改造。當時與張愛玲齊名的蘇青，圍繞此案寫作了著名的散文《為殺夫者辯》，發表在《雜誌》月刊的六月號上。

"民國三十四年三月二十日上午六時許，在上海新昌路醬園弄八十五號，詹周氏殺死了她的丈夫詹雲影"，文章一開頭，蘇青用簡單明了的一句話概括了兇案。如此簡潔的敘述顯示她關注的並不是兇案本身，而是詹周氏案件的社會效應："於是當地大小報章便熱鬧起來，有的標題為'醬園弄血案'，有的稱為'箱屍案'，最普遍的則是叫做'謀殺親夫'。我以為夫則夫耳，有什麼親呀不親的；至於預謀，就照堂堂判決書中所述也是不見得有，因為她在午夜三時還曾向他'力陳變賣家具設攤營業'，及至六時許才因也不成寐，感慨身世而'頓起殺機'。故我以為此案若不加醬油糖醋，老老實實說來就只應叫做'殺夫案'，什麼血啦，箱屍啦，未免太像偵探小說口吻，而謀殺親夫云云又是十足封建氣味的。"[1] 這位詹周氏在戰後有幸離開監獄，此案可說實際上考慮了"情有可原"，對女性受壓抑受迫害的反抗殺夫行為，當時的上海已有了寬宥情節的餘地。

數年中李昂對此案進行反復研究思考，加之"對婦女問題有進一步的思索，才替'婦人殺夫'找到了一個明確的、新的著眼點，想寫一個就算是'女性主義'的小說吧！"，她的小說文本與蘇青的散文文本，當然也有著女性主義內在的連續性，和必然的自覺的超越性。直至 1983 年她將故事背景從上海移置到台灣鹿港，這兒不僅是她的家鄉，有她熟悉的風土人情，也是大陸中原文化積澱地，從大陸撤退台灣的軍人和家屬及大陸移民，在此維繫著中原傳統生活方式，即傳統父權統治的生活模式。思考台灣由傳統向現代轉型過程女性隱秘經驗開發，使李昂把文本定位於"隱秘形成壓力"與"隱秘爆發"，"殺夫"這一象徵行為，頗似引爆實際已面臨崩潰的傳統父權壓抑機制，是一次文學女性主義的空間政治演

1　黃心村：《從醬園弄到鹿港：詹周氏殺夫的跨國演繹》，《台灣文學學報》第十八期，2011 年 6 月第 1-26 頁。

練。因為父權機制存在的時間漫長，回到時間起點是不可能的，隨著時間推移，現代父權對於傳統父權的取代也近在眉睫，文學女性主義在此發揮的"殺夫"想像力，實際功效是為女性隱秘經驗開闢空間噴發信道，使女性成功擺脫傳統父權慣性鉗制思維，實現於現代平台上與男性平等競爭。

《殺夫》的核心情節是性與食的交換，[1] 這是對傳統父權性政治的高度概括，在父權體力優勢控制下，女人提供性，男人養活女人，所謂"嫁漢嫁漢，穿衣吃飯"，各階層階級男女婚姻不論附著多麼不同的形式差異，實質在於性與食的交易關係。李昂文本的創意在於，剔除一切儀式偽裝，單把性和食的交易關係赤裸裸拎出來，以觸目驚心的形式，讓我們看到不公平交易所需要的"隱秘形成壓力"，也讓我們發現，這種不公平交易到了極限，所引發的"隱秘爆發"：

> 下肢體的疼痛使林市爬起身來，以手一觸摸，點滴都是鮮紅的血，黑褐的床板上，也有已凝固的圓形深色血塊，血塊旁赫然是尖長的一把明晃晃長刀，是陳江水臨上床時隨手擱置的豬刀。
>
> 林市爬退到遠遠離開刀的一旁再躺下，下肢體的血似乎仍潺潺滴流著，林市怕沾到衣服不敢穿回衣褲，模糊地想到這次真要死掉了，但在倦怠與虛弱中，也逐漸昏昏睡去。
>
> 被搖醒已是日午，陽光透過房間的唯一小窗刺痛林市的眼睛。有人端著一大青碗飯菜站在面前，林市忙出手接住，才看清站在床前的陳江水。
>
> 雖是昨天宴客剩的隔夜菜飯，仍有大塊魚肉，林市在飢餓中吞嚥下有記憶以來吃得最飽的一餐飯。吃完後才留意到陳江水一直以怪異的眼光看著自己，林市低下頭來，發現下身衣褲褪到足踝，自己竟是赤裸下身吃完這碗飯的。害怕陳江水會再度來襲擊，也驚恐於自己的裸身，慌忙把衣褲拉上坐在床上仍不敢下來。陳江水再看她一會，交代一句他要出去一下，轉身即大步出門。[2]

1　林丹婭：《當代中國女性文學史論》第五章第一節，廈門大學出版社 1995 年版，第 212-215 頁。

2　李昂：《殺夫》，哈爾濱：北方文藝出版社 1988 年版，第 12 頁。

這是林市嫁給陳江水，初夜之後的情景。林市用她潺潺滴流的處女之血，換來了有記憶以來吃得最飽的一餐飯。這種交易的血腥和悲涼，無疑是對讀者閱讀心理的考驗。

接續的日夜，陳江水不斷用性虐待對待林市，他每次向她施暴，要求她發出像豬一樣的嚎叫之聲，如果林市不依從，就斷食。而林市發聲，鄰居寡婦阿罔官就用婦德羞辱她。一方面是家中的性暴力，一方面是外部環境的冷暴力，這種雙向"隱秘形成壓力"，正是性與食的交易極不公平的表現。事實上，"情欲是根植於每一個人身上的資源與力量，但每一種壓迫為了其本身的延續，都必須極盡所能去腐蝕、扭曲被壓迫者足以從事改革的各種力量，這當然包括對女人情欲的壓制，因它富有提供女人力量與信息來源的無限潛能。女人一向被教導要去質疑這種資源，去毀謗、凌虐或貶抑它。"[1] 小說中，正是家庭空間和社會空間共謀的雙重迫害，使林市和林市的母親重複同樣的以性換食的命運，她們的性被貶抑到不值一碗飯的價值，她們養活自己的能力被剝奪，她們的性被凌虐，於是她們只有兩條路：在沉默中死亡或者爆發。林市的母親死了。林市爆發了。

李昂不同於我們前面論述的幾位改寫傳統妻妾婚姻制度的女作家，她的目標不在探討婚姻之內女性曾經如何實施自己的身份，也不在想像女性之間互相啟蒙和聯手反抗父權。比如她不會讓林市的母親引導林市改變命運，相反，讓林市悲悼母親，反觀母親命運而倍感絕望。李昂的"殺夫"想像，目標是女性隱秘經驗話語對傳統父權的顛覆。數千年性與食的交易所形成的婚姻體制，女性在其中，她們的"性和土地和生產工具一樣，都屬男人，性的產品子女也屬男人"[2]。在這場亘古的婚姻經濟學中，她們在婚姻中只解決了飢餓問題，有時飢餓問題還得不到解決。《殺夫》試圖通過對極度壓抑的引爆，揭露婚姻中性與食交易關係的極度不公平性質，女性被壓抑的隱秘經驗噴發而出，引起人們對女性隱秘經驗價值的重新認識。在此，"飢餓"臨界線的設置相當重要，它以資源匱乏的背景，呈現女性資源被壓抑和被剝奪的事實。女性何以不能養活自己？不是不能，是不

1　（美）奧菊·羅德：《情欲之為用——情欲的力量》，台北：《婦女新知》雜誌，1995 年 8 月號。

2　李銀河：《女權主義與性問題》，荒林主編：《中國女性主義》2004 年春卷，桂林：廣西師範大學出版社 2004 年版，第 166 頁。

讓，何以不讓，是要佔領她的性。她的性是何種隱秘資源？李昂的懸念設置，意在步步引向對女性隱秘經驗揭秘。

這個壓抑的、值得認識和開發的資源、潛能、甚至是知識空間，當然是女性主義對女性身體的自我認知，也是現代競爭帶來的女性自我反思。現代性展示了女性隱秘經驗所具有的人類知識價值，包括與女性身體心智相關的認識世界方式。現代性也要摒棄人類對體力的依賴，像陳江水這種憑藉體力行使暴力的男人，被"殺夫"似乎罪有應得。《殺夫》可以看作是現代文明對前現代野蠻的割裂和斬斷。這可解釋葛浩文（Howard Goldblatt）《殺夫》英譯本在英語世界所引起的反響，一些人認為這是"第三世界女性書寫的代表作"，一些人認為"李昂所要表達的主題是在男權社會中，一位女性對實現自我價值的要求"，[1] 這些觀點證明了這一文本所創造的女性隱秘經驗話語所具有的現代性。或者說，英語讀者通過"殺夫"這樣激烈的現代斷裂式經驗，看到了所謂"第三世界"現代性的渴求。

《殺夫》之後，李昂在她的《迷園》中繼續進行了女性隱秘經驗話語開拓。如前章所分析，《迷園》書寫了女性與現代父權交手的故事，性的戰爭充滿了女主人公朱影紅和男主人公林西庚的交往。作家探討了女性隱秘資源開發之後所遭遇的種種現代困境，如欲望被男性追逐、利用，都市的色情消費時時把女性物化。前現代女性因食的飢餓而出賣性，現代女性沒有了食的飢餓，也無須用性換取食物和財物，但性作為獨立資源的獨立性，卻遲遲沒有取得。女性的身體仍然是現代父權爭奪的對象，性成為消費商品，女性被物化。女性如何抵抗被物化的處境？如何駕馭自己的欲望和身體資源？如何與現代父權進行欲望較量？李昂試圖創造自己的女性隱秘經驗話語體系，在《迷園》中，李昂動用了百年歷史資源，用歷史支持女性隱秘經驗成長，創造了一個"菡園"烏托邦，在此，女主人公以她精深的知識修養也就是話語實力，贏得了男主人公的愛情，男主人公示愛的方式便是向女主人公正式求婚。從"殺夫"到重新確認一個現代的"丈夫"，

1　黃心村：《從醬園弄到鹿港：詹周氏殺夫的跨國演繹》，《台灣文學學報》第十八期，2011 年 6 月，第 1 頁。

李昂的女性隱秘經驗話語走了一個螺旋，她並不是要否定婚姻經濟學，而是要建立一個女性主義的公平的婚姻經濟學，男女在其中享有物質和精神平等的交換。

（三）《世紀末的華麗》：[1]
女性隱秘經驗話語對現代父權的抗拒

　　如果說李昂致力於思考女性隱秘經驗與父權壓抑的對抗關係，其文本所形成的隱秘經驗話語體系，有助我們看到傳統父權社會向現代父權社會轉型，女性隱秘經驗的開發價值，那麼，朱天文所努力思考的女性隱秘經驗與邊緣的獨立關係，則讓我們看到一種後現代女性主義的自由姿態，對於現代父權採取審視反思而非對抗立場，使女性隱秘經驗呈現自身獨立存在的現代價值。她的代表作《世紀末的華麗》（1990），可說是女性隱秘經驗的交響演奏。文本以西方服裝時尚疾速的更替為綫索，將服裝模特米亞18歲到25歲的青春隱秘以華麗姿態進行演示，她的身體和身體的延伸符號服裝，如翩遷蝴蝶，體驗全球化時代女性欲望的張揚和消費：經歷異性戀、同性戀，做自願的情人，年僅25歲的米亞竟然有年老色衰之嘆，皆因她隱秘而深刻地體驗了人類性別規則更替與性別消解的自由之輕，是所謂世紀末的華麗，自由的身體產生一種頹廢的美。文本的思考上升到哲學層面：身體是永恆的隱秘，創意是歷史的永續，父權結束之後，女性隱秘的經驗將見證，"有一天男人用理論與制度建立起的世界會倒塌，她將以嗅覺和顏色的記憶存活，從這裏並予之重建"[2]。

　　就像李昂小說《殺夫》與蘇青散文《為殺夫者辯》之間，存在文本上繼承發展的關係，更有著伊萊恩・蕭瓦爾特所說女性之間對女性身體隱秘經驗的認同關係一樣，朱天文《世紀末的華麗》與張愛玲散文《更衣記》之間，也有著女性亞

1　朱天文：《世紀末的華麗》，台北：遠流出版社1992年版。
2　朱天文：《炎夏之都》，上海：上海文藝出版社2001年版，第270頁。

文化的血脈關聯。作為"三三文學集團"重要成員，[1] 朱天文寫作文本與張愛玲文本之間的"互文性"一直受人關注。[2] 小說《世紀末的華麗》和散文《更衣記》之間，具有如下鮮明的"互文性"特徵：其一，都是服裝時尚更替題材，以服裝流變敘說時代變遷；其二，服裝在太陽下曬出的味道，在兩個文本中出現，並都被寓以深意，均具有視覺和嗅覺的相通互文；其三，張文寫劉備說過這樣的話："兄弟如手足，妻子如衣服。"可是如果女人能夠做到"丈夫如衣服"的地步，就很不容易。《世紀末的華麗》用小說演繹了這份不容易。

然而，除了與散文《更衣記》之間顯而易見的"互文性"，《世紀末的華麗》還繼承了張愛玲小說對於女性隱秘經驗的政治提煉手法，米亞在"世紀末"反復表達自己作為"煉精術""巫女"身份的自覺，堅守一個都市高處的陽台閣樓作為"觀測天象"據點，以此延伸從張愛玲小說文本到《世紀末的華麗》之間"女性隱秘經驗認同的亞文化"，正是在確認女性隱秘經驗的政治文化價值上，朱天文小說文本與張愛玲小說文本之間具有深刻的"互文性"，即女性隱秘經驗歷史的連續性，敞亮其獨立存在，有助反思現代性。

張愛玲曾在她的小說中深刻揭示傳統父權壓抑下的女性隱秘經驗，並形成自成一家的"閨閣政治"，[3] 即她的小說女性人物在閨閣這一壓抑的空間，採用各種因壓抑而變態變形的手段，表達對壓抑的反抗，如《金鎖記》中曹七巧的變態報復，《傾城之戀》中白流蘇百般心計獵獲婚姻等等，這些女性在閨閣的有限空間並非不作為，她們用反抗壓抑的作為呈現女性不確定的主體性。傳統父權對女性身體的情欲禁忌，同樣也體現在作為身體延伸的服裝上，女性的服裝因此也常常是張愛玲精細描寫的對象，她們把壓抑的時間和精力用於對服飾進行精雕細琢，

1　莊宜文：《在君父的城邦——三三文學集團研究》（上）（下），台北：《國文天地》第 152、153 期，1998 年 1、2 月。文章對三三的形成背景、文學活動和集團特色，以及三三作家的後續發展，均有相當精闢的討論。

2　張瑞芬：《明月前身幽蘭谷——胡蘭成、朱天文與"三三"》，台北：《台灣文學學報》第 4 期 2003 年 8 月；張瑞芬：《一枝花話·話一枝花——論張愛玲、胡蘭成與朱天文》，台北：《刻印文學生活雜誌》第 11 期 2004 年 7 月。

3　林幸謙：《女性主體的祭奠：張愛玲女性主義批評》，桂林：廣西師範大學出版社 2003 年版，第 3 頁。

形成女性隱秘經驗的審美世界。最終，張愛玲通過散文《更衣記》將"服裝政治"的力量呈現出來，用以折射父權歷史的演變。

深得張愛玲衣鉢的朱天文，在《世紀末的華麗》中，一方面創造了一個脫胎於張愛玲"閨閣政治"的城市"閣樓政治"，讓她的女主人公米亞於閣樓中觀賞城市風景流變，與情人纏綿，與女友聚會，更與自己的歷史相對，提煉香精，製作紙箋，像巫女般發出父權歷史將衰的預言；另方面創造了一個華服風尚的人類世紀末風景，讓她的女主人公身著世界不同設計師的不同品牌時裝，演練時代趣味更替，巴黎、紐約、東京和台北於時裝更替中毗連一體，展示全球化地球村時代，身體政治越來越開放，性別等級也越來越式微的歷程。這是一種女性視野的現代性歷程，也是現代性所彰顯的性別意義。

　　這是台灣獨有的城市天際綫，米亞常常站在她的九樓陽台上觀測天象。依照當時的心情，屋裏燒一小撮安息香。

　　米亞是一位相信嗅覺，依賴嗅覺記憶活著的人。安息香使她回到那場一九八九年春裝秀中，淹沒在一片雪紡、喬其紗、網綢、金蔥、紗麗、綁紮纏繞圍裏垂墜的印度熱裏……

　　清冽的薄荷藥草茶，她記起一九九〇年夏裝海濱淺色調。那不是加勒比海繽紛印花布，而是北極海海濱。幾座來自格陵蘭島的冰山隱浮於北極海蒙霧裏，呼吸冷凍空氣，一望冰白，透青，纖綠。細節延續一九八九年秋冬蕾絲鏤空，轉為魚網般新鏤空感，或用壓褶壓燙出魚鰭和貝殼紋路。

　　米亞與老段，他們不講話的時刻，便作為印象派畫家一樣，觀察城市天際綫日落造成的幻化。將時間停留在畫布上的大師，莫內，時鐘般記錄了一日之中奇瓦尼河上光綫的流動，他們亦耽美於每一刻鐘光陰移動在他們四周引起的微細妙變。蝦紅，鮭紅，亞麻黃，者草黃，天空由粉紅變成黛綠，落幕前突然放一把大火從地平綫燒起，轟轟焚城。他們過份耽美，在漫長的賞嘆過程中耗盡精力，或被異象震懾得心神俱裂，往往竟無法做情人們該做的愛情事。……

　　她的女朋友們，安、喬伊、婉玉、寶貝、克麗絲汀、小葛，她最老二十五歲。黑裏俏的安永遠在設法把自己曬得更黑，黑到一種程度能夠穿熒光亮的紅、綠、黃而最顯得出色。安不需要男人，安說她有頻率震盪器。所以安選擇一位四十二歲事業有成已婚男人當做她的情人，已婚，因為那樣他不會來煩膩她。……[1]

與通常的婚姻家庭結構相比，女主人公米亞的"城市閣樓"，是一種邊緣的生活方式，但她擁有男情人和女朋友們，又是一種自足而獨立的生活存在。文本的意圖是要再現一種不同於傳統婚姻的生活，以擺脫傳統父權，也抗拒現代父權對女性欲望的消費，邊緣的才是獨立的，"閣樓政治"立於城市高處陽台上，一個不引人注目的邊緣，卻是一個高處的邊緣。朱天文的書寫始終圍繞女性隱秘經驗話語開發，文本彷彿就是一隻生產女性隱秘話語的魔坊，從各個角度都能夠轉回隱秘的佈局。雖然年僅 25 歲，米亞卻是一位頗具歷史滄桑感的女主人公，她憑直覺生活，對人類世紀末情緒充滿洞察力。她從服裝色彩、天空幻景、藝術作品，處處看到互文交匯的隱秘，壓抑的情緒無處不在，男人和女人都從原來的性別關係結構中游離出來，他們像是在重組關係，卻都停留在沒有未來的灰色地帶，"浪漫的灰"在試探生命，隱秘已回到自我的核心，然而，自我如何確證自我？才 25 歲，經歷和經驗似乎已三生三世了，米亞有最老感覺。她曾很早意識到自我，在肉體和服裝之間，自我的隱秘是如此直接：

那年頭，米亞目睹過衣服穿在柳樹粗丫跟牆頭間的竹竿上曬。還不知道用柔軟精的那年頭，衣服透透曬整天，堅質糯挺，著衣時布是布，肉是肉，爽然提醒她有一條清潔的身體存在。

男尊女卑的法則直接書寫在服裝上，改寫了米亞的隱秘經驗，她與服裝的鬥爭從彼刻開始：

媽媽把一家人的衣服整齊疊好收藏，女人衣物絕對不能放在男人的上面，一如堅持男人衣物曬在女人的前面。她公開反抗禁忌，幼小心智很想試

1　朱天文：《炎夏之都》，上海：上海文藝出版社 2001 年版，第 253-255 頁。

測會不會有天災降臨。柳樹砍掉之後，土地徵收去建國宅，姐姐們嫁人，媽媽衰老了，這一切成為善良回憶，一股白蘭洗衣粉洗過曬飽了七月大太陽的味道。

偷偷倒毀法則的快感是"大太陽的味道"，是善良的回憶。這一切給予米亞隱秘的信心，給予她性別遊戲規則可以更改的自信。18歲開始時裝模特生涯，穿梭於法則遊戲之間，以創意為時尚，她發現了一個時代的隱秘，整個地球村的性別規則都處於類似服裝的遊戲狀態，她懂得其中的破與立：

> 白雲蒼狗，川久保玲也與她打下一片江山的中性化利落都會風決裂，倒戈投入女性化陣營。以紗，以多層次綫條不規則剪裁，強調溫柔。風訊更早已吹出，發生在一九八七年開始，邪惡的墮落天使加利亞諾回歸清純！一系列帶著十九世紀新女性的前香奈爾式套裝，和低胸緊身大篷裙晚禮服，和當年王室最鍾愛穿的殖民地白色，登場。

> 小葛業已拋置大墊肩，三件頭套裝。上班族僵硬樣板猶如圍裙之於主婦，女人經常那樣穿，視同自動放棄女人權利。小葛穿起五零年代的合身，小腰，半長袖。一念之間了豁，為什麼不，她就是要佔身為女人的便宜，越多女人味的女人能從男人那裏獲利越多。小葛學會降低姿態來包藏禍心，結果事半功倍。

> ……

> 那年聖誕節前夕寒流過境，米亞跟婉玉為次年出版的一本休閒雜誌拍春裝，燒花縲縈系列幻造出飄逸的敦煌飛天。米亞同意，她們賺自己的吃自己的是驕傲，然而能夠花用自己所愛男人的錢是快樂，兩樣。[1]

如上的隱秘關係是環環相扣，它們轉來轉去形成女性隱秘經驗結構的磨坊，使《世紀末的華麗》充滿華麗的隱秘。這當然是一個現代的創意發現，是女作家反思現代性的結晶。從18歲到25歲，台灣經濟騰飛、政治開禁、性別結構解紐，米亞於開放的風氣中成長，她所經歷的現代性，便是累積了自己人生足夠的

1　朱天文：《炎夏之都》，上海：上海文藝出版社2001年版，第255-265頁。

隱秘經驗。米亞的異性戀體驗始於快樂終於悲傷：

> 乳香帶米亞回到一九八六年十八歲，她和她的男朋友們，與大自然做
> 愛。……她像貴重乳香把她的男生朋友們粘聚在一起。總是她興沖沖號
> 召，大家都來了。……山半腰箭竹林子裏，他們並排倒臥，傳五加皮仰天
> 喝，點燃大麻像一隻魅魅紅螢遞飛著呼。呼過放弛躺下，等。眼皮漸漸變重
> 闔上時，不再聽見濁沉呼吸，四周轟然抽去聲音無限遠拓蕩開。

在開放的異性關係中，米亞看清楚她愛戀的阿寬部是一個只愛自己的男人。
自我實現正是現代父權的意志，女性不過是消費的對象。米亞比較了多位男性，
觀察了其他異性戀關係，隱秘的體驗令她無比絕望。她投入另一場隱秘體驗，她
嘗試同性戀：

> 米亞漲滿眼淚，對城堡裏酣睡市人賭誓，她絕不要愛情，愛情太無聊只
> 會使人沉淪，像阿舜跟老婆，又牽扯，又小氣。世界絢爛她還來不及看，她
> 立志奔赴前程不擇手段。物質女郎，為什麼不呢，拜物，拜金，青春綺貌，
> 她好崇拜自己姣好的身體。
>
> 寶貝腕上戴著刻有她名字的鍍金牌子，星月耳環，一隻在寶貝右耳，一
> 隻在她左耳。三一冰淇淋那一年出現，三十一種不同口味色彩繽紛結實如球
> 的冰淇淋，寶貝過山羊座生日，兩人互相請，冰天凍地，敞亮如花房暖室，
> 她們編織未來合夥開店的美夢。[1]

物質演變的巨大力量，使米亞們學會了經濟學，有錢，有美好的青春身體，
需要愛，需要獨立和合作的力量。同性戀給予她們這樣的希望。然而可怕的隱秘
是，米亞的同性戀和異性戀一樣，經不起考驗。米亞移情做了老段的情人。回顧
生命歷史，米亞變得沉靜，隱秘使米亞滄桑而老，隱秘也使米亞獲得了真正的精
神獨立。滿懷隱秘的米亞專注提煉花精、製作紙箋，手藝使她自信而篤定：

> 米亞卻恐怕是個巫女。她養滿屋子乾燥花草，像藥坊。……將廢紙撕

1　朱天文：《炎夏之都》，上海：上海文藝出版社 2001 年版，第 265-267 頁。

240

碎泡在水裏，待膠質分離後，紙片投入果汁機，漿糊和水一起打成糊狀，平攤濾網上壓乾，放到白棉布間，外面加報紙木板用擀麵棒擀淨，重物壓置數小時，取出濾網，拿熨斗隔著棉布低溫整燙一遍。一星期前米亞製出了她的第一張紙箋，即可書寫，不欲墨水滲透，塗層明礬水。這星期她把紫紅玫瑰花瓣一起加入果汁機打，製出第二張紙。

雲堡拆散，露出埃及藍湖泊。蘿絲瑪麗，迷迭香。年老色衰，米亞有好手藝足以養活。湖泊幽邃無底洞之藍告訴她，有一天男人用理論與制度建立起的世界會倒塌，她將以嗅覺和顏色的記憶存活，從這裏並予之重建。[1]

《世紀末的華麗》用文字建築了一座女性隱秘經驗的"閣樓"，"閣樓政治"的意義是，它獨立於父權，抗拒現代父權急速演進的物質資本，卻又以獨立創意加入現代物質和精神生產。它見證女性生命的空間容量。它在現代性中加入女性經驗知識系統。25歲，米亞親歷了台灣和世界性別規則解紐，領悟了女性隱秘經驗的無限幽深，正如生命奧義。

從《最後的夜戲》到《世紀末的華麗》，台灣的文學女性主義打造了女性隱秘經驗價值的華麗樂章。

1　朱天文：《炎夏之都》，上海：上海文藝出版社2001年版，第269-270頁。

二

日常生活價值重構

通常認為"日常生活是以個人的家庭、天然共同體等直接環境為基本寓所，旨在維持個體生存和再生產的日常消費活動、日常交往活動和日常觀念活動的總稱，它是一個以重複性思維和實踐為基本存在方式，憑藉傳統、習慣、經驗以及血緣和天然情感等文化因素而加以維繫的自在的類本質對象化領域"[1]。不過，隨著現代科技的生活化，日常生活早已打破個人、家庭範圍。日常生活在廣義上，也包括一種抵抗單一現代職業生活的個人私人生活領域，指帶有自由、放鬆和調整生命狀態的、不同於職業生活的個人日常意願和生活追求等。

在傳統父權時代，女性的生活被圈定在日常生活領域，日常生活幾乎就是女性的生活。女性被排斥在由男性所把持的社會領域和精神生產領域之外。即使在日常生活領域，女性也處於附屬地位即"男主女從"，她們的存在價值要通過順應男人來實現。西方女權運動在最初倡導女性與男性一同參與現代競爭之際，試圖扭轉"男主女從"這一不合理的父權制"日常生活"版圖，女權主義的先驅們首先要使女性生活的領域擴大到社會領域和精神生產領域，因此早先是以否定"家庭天使"和"離家出走"來反對日常生活的。[2] 但隨著現代化推進，女性主義發現單一的機械流水生產剝奪了人類個性創造生活，也使女性陷入異化之中。反思日常生活價值，重建人類日常生活，即兩性平等的、有個性和創造力的日常生活召喚，成為女性主義反思現代性的重要工作，這通常也被認為是世界第三次女性主義浪潮的主潮。[3]

1　衣俊卿：《現代化與日常生活批判》，哈爾濱：黑龍江教育出版社 1994 年版，第 31 頁。

2　伍爾夫：《婦女的職業》，李新譯，《文化譯叢》1988 年第 6 期。

3　蘇紅軍、柏棣主編：《西方後學語境中的女權主義》，桂林：廣西師範大學出版社 2006 年版，第 246 頁。

在蕭瓦爾特看來，父權社會中女性作為女兒、妻子、母親的社會角色，常年承擔日常生活，不僅有不同於男性的心理體驗，也積累了不同於男性公共生活的豐富日常生活經驗，她們的體驗和經驗提供了人類認知自我的另一種可能。[1] 事實上，撫養孩子、照顧老人、讓工作回家的丈夫獲得休息補養，處理家人之間複雜的個性和感情矛盾，日常生活經驗與人的生命質量息息相關，女性的日常生活價值取向可說是人的生命質量，在此意義上，反思現代性對人的異化，需要將日常生活價值作為人類知識價值的重要組成，重構日常生活價值的女性主義話語，便是我們重新認知日常生活的窗口。

大陸的女性主義文學思潮始於日常生活危機的反思。[2] 這是對大陸現代性反思的深刻切入點。大陸的社會主義實踐一度用家國一體化方式，強制將人們的日常生活納入集體整合以實現現代化的整體意圖。迄至"文革"結束，渴望恢復日常生活正常化成為人心主流，大陸的女性主義文學思潮藉此將女性日常生活價值重建演繹得精彩紛呈。從日常生活話語浮出、日常生活價值定位，到日常生活話語改寫歷史，大陸的文學女性主義形成了女性經驗強勁的現代性反思書寫譜系。

（一）日常生活話語浮出

《人到中年》[3] 和《人啊，人！》[4]，是大陸開放之初的名篇。前者是中篇小說，情節非常集中，講述眼科醫生陸文婷超負荷工作，一天連續多次手術後突發心肌梗塞，躺倒在病床上，她的親人和朋友及醫院領導守在她的病床前，她在恍惚中回顧壓力下的人生。後者是長篇傳記小說，情節較複雜，講述了女主人公孫悅與男主人何荊夫悲歡離合的愛情故事，在講述他們的精神歷程的同時，也講述了奚

1　（美）伊萊恩·蕭瓦爾特：《她們自己的文學：從勃朗特到萊辛的英國女性小說家》（增補版），北京：外語教學與研究出版社 2004 年版，第 36-37 頁。

2　荒林：《日常生活價值重構——中國當代女性主義文學思潮研究》，北京：北京大學出版社 2013 年版，第 3 頁。

3　諶容：《人到中年》，《收穫》1980 年第 1 期。

4　戴厚英：《人啊，人！》，廣州：廣東人民出版社 1980 年初版，北京：人民文學出版社 2006 年修訂版。

流、許恆忠、趙振環等不同類型知識分子的人生故事，小說結束於何荆夫的著作《馬克思主義與人道主義》即將出版前夕。文本針對"階級性"提出"人性、人情、人道主義"思辨，這份思辨構成了人物的感情生活主體，作為反思批判"反右"、"文革"和"極左思潮"的小說，《人啊，人！》在複雜的語境中回顧知識分子在政治壓力下的人生。[1]

兩部小說的回顧性和反思特徵是一目了然的。儘管前者的壓力主要是工作，後者的壓力是政治運動，但兩種壓力也可歸納為現代性的不同壓力。《人到中年》醫院不斷重複的眼科手術可說是典型的現代工作，它需要極高的專業知識和敬業精神，陸文婷大夫醫學專業畢業後長期從事高難度的眼科復明手術，成為醫院頂樑柱式的專業人才，這一方面成就了她，另方面異化了她，她沒有時間做家務，沒有時間照顧孩子，也沒有時間陪家人遊玩，自己在高度緊張的工作中身體崩潰。《人啊，人！》中的"反右"和"文革"政治運動則是中國大陸於封閉狀態中進行社會主義實驗，所產生的極端身份焦慮導致的權力鬥爭，女主人公孫悅被捲入複雜的權力鬥爭中，她渴求身心一致的愛情而難得，與她發生感情糾葛的男性人物處於權力鬥爭的不明身份狀態，男主人公何荆夫堅持探索真理受盡折磨，奚流投機功利使孫悅對政治人物與政治的關係反復思考掙扎絕望，許恆忠懦弱又讓孫悅同情，趙振環的背叛使孫悅踏上精神追求的不歸之路。兩部小說的女主人公，都是社會主義大陸的知識女性和職業女性，她們和男性平等獲得了工作和參政權利，她們也和男性一樣，所面對的工作壓力和政治壓力都是社會公共空間的現代性壓力。小說反思她們所遭遇的壓力，採用了明晰的"回顧""反思"手法，女主人公的"意識流"打通時空，進行"理想"與"現實"對比，她們都曾滿懷理想，結果現實卻給予她們慘痛經歷，她們所投身的工作或者政治，並非她們所期待的樣子，相反她們付出青春熱情換來身心創傷。她們的"病體"是一種控訴，也是一種自我否定。

在兩部小說的男主人公眼中，兩位女主人公都是美麗、柔弱、富於理想和獻

---

1 白亮：《"身份"轉換與"認同"重建——兼論〈人啊，人！〉進入歷史敘述的方式》，《當代作家評論》2009 年第 3 期。

身精神的"天使"，他們愛她們，心疼她們和他們一樣，在工作和事業的奉獻中身心俱疲，正是"天使"的受傷和疾病，使小說的社會批判性得到呈現。在此意義上，小說藉助男性視角，達到了社會批評目的，這也是兩部小說作為針砭之作發生廣泛社會影響的理由。如鄧小平觀看了《人到中年》改編的電影之後，對大陸改革如何善用知識分子力量產生了明確意識，提出"落實知識分子政策，包括改善他們的生活待遇問題，要下決心解決"[1]。改善女性／知識分子受損者和弱者處境，意味著社會進步和時代改革，也意味著一種進步的現代性。

吉爾伯特和古巴在她們的女性主義文學理論名篇《閣樓上的瘋女人》中提出，19世紀歐洲女作家寫作"天使"女性時，常在男性表面理想化的女性即天使後面隱藏怪物，如《簡·愛》中溫馴的簡·愛天使後面，是閣樓上的瘋婦，當簡·愛決定嫁給羅切斯特時，閣樓上的瘋婦衝出來，訴說婚姻的恐怖。"瘋婦"實際是"天使"壓抑的下意識，是女性在父權體制中的雙重人格形象。[2]女作家們在父權文學傳統中，形成這種雙重人格書寫策略，傳達女性自我意識的複雜性，保留女性經驗的分裂／完整，促成女性文本能夠在父權文學傳統流通中，為女性意識到自身處境提供借鑒。"在天使的背後隱藏了怪物……怪物女性乃是那些拒絕放棄自我，跟隨自己意旨行動之女性，有故事可敘述之女性──簡單說，是拒絕父權為她們預備之從屬角色之女性。"[3]《人到中年》和《人啊，人！》中兩位男性視角下的天使女主人公，也都擁有隱藏於身後的怪物，正是她們身後怪物的浮出，讓我們看到女性對日常生活經驗價值的自覺，看到日常生活話語浮出的價值意義。

《人到中年》的陸文婷被配有一位審視她的生存處境的女同學、朋友姜亞芬，每當陸文婷焦慮緊張之際，姜亞芬的關心就如同陸文婷對自己的反問：手術太多了，你受得了嗎？孩子生病了，你離開行嗎？當陸文婷昏倒臥床時，姜亞

1　鄧小平：《視察江蘇等地回北京後的談話》（一九八三年三月二日），《鄧小平文選》第三卷，北京：人民出版社1993年，第26頁。

2　托里莫以：《性別／文本政治：女性主義文學理論》，陳潔詩譯，台北：駱駝出版社1995年版，第52頁。

3　同上書，第53頁。

芬選擇了離國出走。姜亞芬和陸文婷像一對反向雙胞胎，把日常生活和社會生活的背道而馳呈現在讀者面前，何去何從變成《人到中年》的女性主題，它豐富了社會批評主題，是日常生活話語對父權社會話語的反思批判。《人啊，人！》的孫悅被配有一位平凡、以過日子為重的女友李宜寧，當孫悅為思考政治和精神追求而迷茫痛苦焦灼之際，李宜寧告誡她說：朋友，像我這樣生活吧！哲學還給哲學家，政治還給政治家，我做一個生活專家，研究治家的業務。在討論政治風雲變幻之際，李宜寧甚至非常高明地指點孫悅說：我看政治課本就像看《毛綫編織法》和《大眾菜譜》一樣，都是工具書，所以我可以不為之動情。李宜寧就像她的名字一樣冷靜，作為中學的政治老師，她的冷靜來自政治知識，更來自歷經政治滄桑，在政治運動中經歷過兩次婚姻，她找到了寧靜生活的舵，與丈夫女兒一起規劃和享受日常生活的幸福美好，她實際是作家表達日常生活政治的"政治老師"。兩部小說為兩位天使主人公都配有怪物朋友，她們是女主人公相反人生態度的女友，她們與女主人公難捨難分，她們不停向女主人公講述拒絕社會角色的生活方式，她們使小說出現一種空間政治，女性以二重自我分裂的狀態，表達對真實自我的嚮往，生病的天使反而是受到否定的自我。文本的豐富意蘊在於性政治和社會批判巧妙縫合，強調了女性日常生活價值於個體於社會不可歧視的存在意義。

當我們隔著時空再看大陸曾經轟動一時的《人到中年》和《人啊，人！》，與它們相關的關於人道主義的啟蒙或是人性的討論，其中男女主人公所呈現的時代熱情和迷亂，於現代性不同壓力中所做痛苦選擇和承擔，卻發現理性思考和冷靜面對的日常生活人物，就陪伴在他們身邊。姜亞芬和李宜寧們，表達著作家內心的女性信息和女性話語：渴望安寧、富足、健康和發展。這是普通人、也是一切階層人的基本人生理想，是人道之具體，是幸福之可感，也是日常生活價值取向之所在。由此，通過女性人物雙重設置的空間政治策略，"她們的小說詞彙已經脫離了文學史上帶有男性視點的慣例的影響，以嶄新的情節、嶄新的視點、嶄新的敘事和表意方式注入女性信息，從而產生了一種較為地道的女性話語。" [1]

1　孟悅、戴錦華：《浮出歷史地表》，鄭州：河南人民出版社 1989 年版，第 225 頁。

日常生活話語作為地道的女性話語，為大陸女性主義文學思潮反思大陸“中國特色”現代性開闢了話語平台。

（二）日常生活價值定位與日常生活話語譜系創造

從女性日常生活經驗提取女性話語，建構日常生活經驗的知識譜系，大陸女作家們打破父權話語對女性日常生活價值的貶低，讓人們看到日常生活價值對於人的存在完整性的意義。主要工作從以下三個方面展開：

其一，開發日常生活的形而上意義。殘雪於 1985、1986 年發表短篇小說《山上的小屋》、《阿梅在一個太陽天裏的愁思》，[1] 直接取材日常生活的“醜惡”，女性人物埋頭於日常生活的瑣碎和重複，然而，正是日常生活無限的瑣碎和重複構造了人物風雲動盪的精神生活形象。《山上的小屋》寫一個女人日夜清理抽屜，內心不斷聽到山上小屋召喚，她從家的小屋走到山上尋找山上的小屋，但小屋並不存在。《阿梅在一個太陽天裏的愁思》寫一個名叫阿梅的女子待在家中做家務，心生幻覺的故事，她感覺自己的母親不久於人世，自己的丈夫和自己一樣並不喜歡也不忠實於婚姻，而鄰居在無聊地搗兩家之間的圍牆，夜裏風吹圍牆就會倒塌。

在殘雪的文本中，這些日常生活中的女人，不用說話，無人對話，正如千百年來日常生活的女人不被歷史關注，殘雪高超的小說手法，是保持人物沉默的日常生活狀態，讓人物靈魂活動像默片電影一樣展開。《山上的小屋》裏走出去的女人，和屋裏一直在清理抽屜的女人，她們是一個人，又可說是兩個人，後者是前者所誕生。《阿梅在一個太陽天裏的愁思》，翻曬蚯蚓的阿梅，看到鄰居在牆上搗洞的阿梅，想像自己的丈夫不斷寄出明信片的阿梅，她們是一個人，又可說是兩個人，三個人。每個人都有一個可以敘寫的不同的故事。人物精神遊歷或者戰鬥的歷程，一個女人朝向形而上的衝動，使她就在日常中否定日常的制約、

1　殘雪：《山上的小屋》，《人民文學》1985 年第 8 期；殘雪：《阿梅在一個太陽天裏的愁思》，《天津文學》1986 年第 6 期。

規則，包括婚姻和倫理定規。她們生活於日常而超離於日常，這使她們獲得多重生活，她們在她們的自我中取得生存哲學。日常生活就像源頭活水，她們是源源不斷的流動的生命。殘雪說：那一天，我的確又上了山，我記得十分清楚。起先我坐在藤椅裏，把雙手平放在膝頭上，然後我打開門，走進白光裏面去。我爬上山，滿眼都是白石子的火焰，沒有山葡萄，也沒有小屋。（《山上的小屋》）阿梅說：太陽就要落到堆房後面去了，母親又在堆房裏咳起來。她是這麼咳已有兩個多月，大概她自己也感到會不久於人世了，所以她把房門緊緊地閂上，為的是不讓我去打擾她。鄰居還在搗牆上那個洞。今晚要是颳起風來，那圍牆一定會倒下來，把我們的房子砸碎。（《阿梅在一個太陽天裏的愁思》）殘雪的小說語言彷彿直接記錄日常生活，讓日常生活見證生命真相，日常生活的形而上意義，便是生命的自我確證。殘雪採用的是垂直開採日常生活的話語生產方式。她的眾多小說構成了殘雪式日常生活思想運動，正如她自己所闡釋："人要是除了常規生活之外，還願意有種夢想的生活，並且有能力、有氣魄將自己的夢想一直保持下去，殘雪的作品就會向他敞開。"[1] 立足於日常生活的夢想是生動豐富而深刻的。殘雪的深奧即在於此。

其二，還原日常生活的社會價值。武漢新寫實主義作家池莉、方方，[2] 廣州新都市文學的代表作家張欣，[3] 分別以中國大陸中部和南方重要都市武漢和廣州為素材基地，將寫作題材集中於城市市民生活，文本呈現了大陸城市物質走向繁榮，市民精神生活的演變。她們的共同之處，如同寫實的畫家，面對她們熟悉的城市，描摹人物的日常生活狀態，對人物的所行所為所思所想，懷著溫馨的理解和對話態度，從而使出現在讀者面前的人物形象，如同現實生活中相遇的鄰居、朋友、熟人，客觀再現城市社會的階層和競爭狀態，還原日常生活的社會價值。在她們的文本中，城市生活就是人們的日常生活，日常生活的衣食住行從基本滿足到審美品位追求，便是她們的小說人物的人生目標，也是人物處於生存競爭的

1　殘雪：《長髮的遭遇·自序》，北京：華文出版社 2002 年版。

2　劉紫芳：《池莉與方方小說對世俗生活的再現綜述》，《文學教育（下）》2009 年第 11 期。

3　楊宏海主編：《全球化語境下的當代都市文學》，北京：社會科學文獻出版社 2007 年版，第141 頁。

具體理由。相比而言，由於大陸現代進程的地域地理差異，沿海比內地物質更加繁華。池莉、方方的作品表現了中部城市武漢的人物為追求更好生活而出現的"煩惱人生"，張欣的作品則表現了南方都市廣州的人物享受物質繁華中出現的"愛又如何，恨又如何"的都市無奈情懷，呈現了日常生活中物質與精神雙向互動的現實，張欣在她的創作中更關注女性日常生活中對情愛的堅守，這份堅守卻反襯了都市競爭的殘酷。

在池莉名篇《煩惱人生》、方方名作《桃花燦爛》中，[1] "人生煩惱"是文本共同的特徵，前者篇名直用"煩惱人生"，後者用反諷的篇名，開篇就是一個"煩"字。兩部中篇都是兩位作者的成名作，以"煩"之實開闢了寫實主義，呈現了中國大陸現實物質和精神渴望改變過程，日常生活的躁動不安：

> "孩子早給摔醒了！"老婆終於能流暢地說話了，"請你走出去訪一訪，看哪個工作了十七年還沒有分到房子。這是人住的地方？豬狗窩！這豬狗窩還是我給你搞來的！是男子漢，要老婆兒子，就該有個地方養老婆兒子！窩囊巴嘰的，八棍子打不出一個屁來，算什麼男人！"
>
> 印家厚頭一垂，懷著一腔辛酸，呆呆地坐在床沿上。
>
> 其實房子和兒子摔下床有什麼聯繫呢？老婆不過是借機發洩罷了。談戀愛時的印家厚就是廠裏夠資格分房的工人之一，當初他的確對老婆說過只要結了婚，就會分到房子的。他誇下的海口，現在只好讓她任意鄙薄。其實當初是廠長答應了他，他才敢誇那海口的。如今她可以任意鄙薄他，他卻不能同樣去對付廠長。
>
> —— 池莉：《煩惱人生》
>
> 栖對自己說，如果他是所名牌大學的大學生而不是一個搬運小隊的小隊長或助理員之類，星子會如現在這樣拒絕他麼？
>
> 栖又問自己，我能不能放棄星子呢？去找一個各方面部說得過去的女孩成個家？像自己說的那樣把星子作為一個長久的朋友相處？
>
> 栖的回答仍是否定的。他對星子有著不可名狀的渴望，星子愈拒絕，這

1　池莉：《煩惱人生》，《上海文學》1987 年第 8 期；方方：《桃花燦爛》，《長江文藝》1991 年第 8 期。

渴望愈強烈，驅使著他窮追不捨的除了感情、還有目的。雖則他說過只要星子允許他愛她就滿足了，實際上，栖深知這是不可能的。他想他是不甘心這麼敗下陣來的。

—— 方方：《桃花燦爛》

一個涉及到日常生活的居所，一個涉及到日常生活的婚戀世故，兩部小說的主人公都是年輕男人，他們平凡普通甚至生活於城市底層，生存問題是他們的頭等大事，他們的故事就是為衣食住行而奮鬥的日常生活故事。但他們的故事其實正是中國社會先解決溫飽、再謀求小康和發展的時代主題之組成，無須渲染和放大，日常生活在此就是現實社會問題。池莉、方方的日常生活話語，還生活以本色，把普通人渴望的物質生活、精神欲求，書寫為正義正當的目標，無論他們用何種手段爭取，他們的目標本身，都被當成值得和應該。這正是池莉、方方的女性話語創造，日常生存的基本需求，生命競爭的基本出發點，生命再生產的前提，一切日常生活維繫的基本，它就是日常生活價值本身，無須另有附加條件。

張欣的中篇《伴你到黎明》[1] 這樣開篇：

下班的路上，安妮擠到友誼商店快餐部買盒飯……收銀員的臉照例板著，一切慢動作。大夥眼巴巴的，又已經在辦公樓搏殺了一整天，根本懶得怒，懶得言。……呆呆地總算排到，買了兩個牛柳飯，安妮提著繼續往家趕。

都市的日常生活，不再是傳統的日常生活，流水綫和快餐的單調重複，使人物的內心倍加寂寞，這正是她們渴求和守望愛情的原因。這部小說通過安妮在追債公司的工作經歷，打開了都市欲望的百寶箱。安妮和安妮身邊的人物，各有不同的欲望和夢想，安妮的父親甚至想用女兒換錢，還有人用愛情手段騙錢。錢當然是都市日常生活不可或缺的條件，但賺錢的過程，人的良知卻是喚醒愛情的條件。殘酷和溫情並存，小說還原了日常生活的社會生態。

其三，創造日常生活話語譜系。大陸女性主義寫作主題關注 "煩惱人生"（池

1　張欣：《伴你到黎明》，《中國作家》1993 年第 3 期。

莉）、"庸常之輩"（王安憶）、"私人生活"（陳染）、"婦女閒聊"（林白）及身體的疾病與死亡（畢淑敏），女作家們開發如上不同卻互補的日常生活領域經驗，建構如七彩光譜一般各不相同又互補存在的日常生活話語譜系。歷來的父權文學傳統，視宏大歷史敘事為主流，日常生活的閒情只是用於點綴附和。女性日常生活話語譜系的創造，改變由父權主體單方面經驗製造的文學話語秩序，通過加入女性生存與經驗而重構和完善文明構成。

日常生活話語譜系涵蓋了日常生活方方面面，為人們提供日常生活方方面面的知識。如陳染的《私人生活》話語，提出私人的就是政治的，讓人懂得日常生活不可侵犯的意義。林白的《一個人的戰爭》女性欲望的敘事話語，展現日常生活中女性個體的孤獨艱難的成長旅程，以"一個人的戰爭"並不亞於軍隊戰役，揭示日常生活要求的嚴肅性。在王安憶的"庸常之輩"話語表達中，平凡渺小的個體同樣充滿生命奇跡，讀之使人懂得自重和敬畏。林白的"婦女閒聊"見證歷史變遷，改變對婦女閒聊的看法，也改變對歷史的認識。"煩惱人生"如上所分析，呈現了都市個體承擔的歷史和現實。日常生活話語譜系為日常生活賦權，為女性賦權，也為每一個體的生活賦權。

每位女作家在建構其日常生活話語譜系之時，調用自己不同的日常生活體驗和經驗積累，有的女作家甚至是從非日常生活入手進入日常生活話語譜系創造的，如軍人出身的女作家畢淑敏，她的處女作也是成名作《崑崙殤》中篇，[1] 講述的是軍人在海拔 5 千公尺高原永凍無人區進行拉練和悲壯犧牲的故事。小說主人公作為崑崙防區最高軍事指揮官，他的名字被"一號"所代替，"一個除了零以外最小的數字，又是一切天文數字的開始"。他可說既是一個真實的軍人，又是一個抽象的權威存在，還是一個女性主義視野中父權的象徵，他和他的更高上級為了軍威，不顧自然極限，要求連隊絕對服從，以幾乎全連傷亡的代價進行了一次無人區的拉練。在人與自然的嚴峻對峙中，小說引入日常生活話語，一是將炊事員做飯、戀愛的故事編織進來，一是將女兵蕭玉蓮來例假的事編織進來。作為對比，日常生活是溫暖、自然、人道的，正是它們反襯了犧牲，把可貴的生命

1　畢淑敏：《崑崙殤》，《崑崙》1987 年第 1 期。

犧牲變成崑崙殤。小說體現了女性話語譜系對於威權的消解和批判，而女性話語譜系的生成，也正是女性日常生活經驗知識對於父權無知的補充。換而言之，如果"一號"以日常生活知識對待生命，就不會違抗大自然極限命令全連開進沒有退路的無人區，是"一號"的威權所包含的無知殤殺了年輕的軍人們。

自《崑崙殤》始，畢淑敏致力於日常生活中的生老病死題材開發，退役後她仍然從醫，之後又攻讀心理學博士，她的系列作品如《女人之約》、《生生不已》、《預約死亡》、《紅處方》、《拯救乳房》等等，形成了她個人獨特的女性日常生活話語譜系，將人的生老病死知識和尊嚴通過文本傳授給讀者。像她一樣，其他女作家也是自覺培養和調用相關日常生活經驗知識，用以建構女性日常生活話語譜系。誠如福柯所說："只有當經驗通過權力獲得言說，進入話語系統，經驗才獲得了命名和表達，詞與物的秩序才得建立。"[1] 文學女性主義政治也是經由話語權力進行表達。

（三）日常生活話語對父權中心歷史的改寫

"歷史是對生物學的人性和變化著的環境之間的相互作用的記錄。"[2] 在父權體制及其象徵體系中，"女性要麼消失在宏大的歷史敘事中，要麼以男權衛道士的面目出現，女性所從事社會活動的歷史被遺忘"[3]。當日常生活的社會價值獲得確認，日常生活就是社會活動的組成部分，日常生活話語對父權中心歷史的改寫就成為可能。女作家們創造日常生活話語譜系就是對父權中心歷史的改寫，而使用純粹的日常生活話語書寫民族歷史，則不僅呈現女性全視野對父權單一視野的改寫，而且將日常生活話語內涵的另一種宏大，即大自然的宏大壯麗納入歷史觀察。萬物共存的歷史觀，使女性日常生活話語擁有一種不同於父權征服性宏大的包容性宏大。在生態女性主義看來，父權中心的人類文明壓迫自然生態，不僅表

1　（法）福柯：《事物的秩序》，紐約：蘭登書屋 1970 年版，第 12 頁。

2　（美）羅伯特・麥克艾文：《夏娃的種子——重讀兩性對抗的歷史》，王祖哲譯，上海：上海人民出版社 2005 年版，第 39 頁。

3　祝平燕、周天樞、宋岩主編：《女性學導論》，武漢：武漢大學出版社 2007 年版，第 101 頁。

現於自認高於自然、征服自然，也表現在歷史書寫中自然的缺席。[1]事實上，父權中心歷史將女性看成自然，將女性的日常生活看成非形而上的自然，通過排除日常生活將女性和自然都排除在歷史書寫之外。文學女性主義的日常生活話語譜系則力圖還原歷史真相。

> 我是雨和雪的老熟人了，我有九十歲了。雨雪看老了我，我也把它們給看老了。如今夏季的雨越來越稀疏，冬季的雪也逐年稀薄了。它們就像我身下的已被磨得脫了毛的麂皮褥子，那些濃密的絨毛都隨風而逝了，留下的是歲月的累累瘢痕。坐在這樣的褥子上，我就像守著一片鹼廠的獵手，可我等來的不是那些豎著美麗犄角的鹿，而是裹挾著沙塵的狂風。

這是遲子建獲茅盾文學獎的歷史長篇《額爾古納河右岸》[2]開篇文字。人和自然二位主角，是這部描述東北少數民族鄂溫克人生存現狀及百年滄桑的歷史長篇的共同主人公。這位九十歲的鄂溫克女酋長以第一人稱的身份娓娓道來：在中俄邊界的額爾古納河右岸，居住著一群數百年前自貝加爾湖畔遷徙而至，與馴鹿相依為命的鄂溫克人。他們追逐馴鹿喜歡的食物而搬遷、遊獵，在享受大自然恩賜的同時也艱辛備嘗，人口式微。他們在嚴寒、猛獸、瘟疫的侵害下求繁衍，在日寇的鐵蹄、“文革”的陰雲、在現代文明的擠壓下求生存。她是最後一位女酋長，她的後人們，年輕的他們正萬般無奈告別大自然，告別他們代代相傳的生活方式，搬入現代城市。遲子建將小說的結構比作四個樂章：《清晨》單純清新，悠揚浪漫；《正午》沉靜舒緩，端莊雄渾；《黃昏》疾風暴雨，斑駁雜響；《尾聲》和諧安恬，滿懷憧憬。這四個樂章取自自然的時間和節奏，昭示了鄂溫克民族的百年的歷史，是一部人與自然共存史，也是講述的女酋長個人的精神史。小說的主體部分寫鄂溫克民族的日常生活，信仰、衣食住行、生老病死、婚喪嫁娶、傳統風俗，這一切皆與自然渾然一體，神刻在樹上長在樹上，人死了裹在樹皮裏，神賜再生。日常生活讓鄂溫克民族在世人面前真實而生動起來，那藏在日常生活

1　區結蓮：《走向自主——以婦女為本位的所思所行》，香港：新婦女協進會 2007 年版，第 97 頁。

2　遲子建：《額爾古納河右岸》，北京：北京十月文藝出版社 2006 年版。

之中的民族精神氣質，鄂溫克人與萬物共處，從自然習得常識，對蒼茫大地和人類充滿了悲憫之情，他們蒼涼的生命觀，從容鎮定的目光，不畏死亡的氣節，如同自然萬物的尊嚴，令人深深感動。

《額爾古納河右岸》反思現代性的力度是顯而易見的，通過書寫鄂溫克人無奈告別大自然，作家用敘事權將大自然召回文本，也將人類歷史的完整視野展示給讀者。現代是一個短暫的歷史時期，它對於千萬年歷史的漠視和破壞，導致人類整體生存環境的惡化，不能不引起重視。《額爾古納河右岸》也見證了一個母系平權社會的日常生活，女性在自然中成長，愛情在自然中成熟，女酋長與她的丈夫，兩人因愛而攜手共度生活的難關，部落遭遇瘟疫與雪災之際，他們不離不棄，互為支撐，彼此依靠。

除了鄂溫克民族史《額爾古納河右岸》，遲子建還有長篇歷史小說《偽滿洲國》、災難史《白雪烏鴉》，前者從普通人的日常生活再現偽滿洲國 1932—1945 年十四年歷史，書寫了南滿、北滿的普通百姓生活的變化和持續，也寫了溥儀在日常生活中的身不由己。後者以百年前的哈爾濱鼠疫為題材，小說主要場景定格於哈爾濱的平民生活區傅家甸，在這裏生活的普通百姓成為小說的主角，他們以眾生相的樣貌呈現在讀者面前，在這場災難面前扮演著自己的角色、感受著世態的炎涼。寫歷史而把大自然作為歷史不可忽略的參與者，遲子建自覺繼承了蕭紅《生死場》和《呼蘭河傳》所開闢的女性書寫傳統，日常生活話語對父權中心歷史的改寫，是一份自然與人關係的修正，是萬物共存的歷史。

三

女性經驗與地方經驗共建

在傳統社會，女性的日常生活經驗和隱秘經驗被隔離和壓抑於父權體制及其象徵體系，形成這兩種經驗狀態，需經由一個灰色空間即離散經驗的強制遺忘，這就是女性的婚嫁過程，她們在此過程體驗與家人的離散，再體驗與陌生人的碰撞聚合，最終身份被再造，與眾多關係取得妥協，生存於日常生活空間，身心承受隱秘的經驗。

史料證明，[1] 傳統父權婚姻體制的形成過程，經歷了劫奪婚到買賣婚的演變。母系社會結束，父權以戰爭方式建立自己的權威，戰爭中將男性俘虜殺掉，掠奪異族婦女做自己的妻妾，是劫奪婚的起源，中國的《易經》記錄了劫奪婚的血腥性質，"乘馬斑如，泣血漣如，匪寇婚媾"。父權社會統治穩固之後，劫奪婚終止，買賣婚形式成為和平婚姻模式。買賣婚是父權漫長時期通行的婚姻形式，中國的《曲禮》上說："女子許嫁，纓。"纓，後世發展為紅蓋頭，最初是一種買賣已定的標誌，以免他人再來購買。彩禮也表達了婚姻的買賣的性質。女性出嫁，既是一種勞動資源，也是生育資源，婚姻經濟卻發生在男人和男人之間，女性被作為物、商品，自己反而不能主宰命運。買賣婚姻衍生變相的拐賣婦女行為，伴隨父權社會的婚姻形式。

婚嫁過程作為男人之間的經濟交易，女人被剝奪一切資源，她要變得養活不了自己，才能使婚姻變成合法性存在，使女人相信，不嫁人就沒飯吃。當然，也要求男人有能力養活女人和孩子，使父權社會能夠世代相傳。女性主義要破解父權統治，對於婚姻的形成實質就要進行揭露。因此，對於女性遭遇劫奪、買賣、

1　程欽華、周奎傑編著：《女人的蒼涼歲月》，香港：中華書局（香港）有限公司 1989 年版，第 10-11 頁。

及拐賣經驗的回顧或者說重新書寫，是女性主義的一種政治策略，這一策略把女性婚嫁經驗的真相從遺忘中喚醒，使之從歷史壓抑的邊緣處浮出，上升為一種可以開發的經驗資源，提供給性別關係反思和女性自我重建。

在香港、北美和澳門的女性主義文學寫作中，女性婚嫁經驗的開發，體現為與地方經驗共建，形成一種雙重邊緣經驗反思，重構女性經驗和地方經驗的主體性。

（一）被劫掠身份的女性經驗和地方經驗共建

施叔青的《香港三部曲》寫於香港回歸前夕，追溯香港歷史，建構香港主體想像。它的女主人公黃得雲被塑造為香港的象徵。從妓女到香港名望家族，黃得雲的奮鬥意涵前面部分已分析。此處要論述的是，作家對於黃得雲這一人物被劫掠身份的女性經驗和地方經驗共建策略。

先看地方經驗：香港全境的三個部分香港島、九龍和新界，分別通過不同時期的三個不平等條約出讓給英帝國，1840 年第一次鴉片戰爭後，英國強迫清政府於 1842 年簽訂《南京條約》，割讓香港島；1856 年英法聯軍發動第二次鴉片戰爭，迫使清政府於 1860 年簽訂《北京條約》，割讓九龍半島；1894 年中日甲午戰爭之後，英國逼迫清政府於 1898 年簽訂《展拓香港界址專條》，強租新界。這是香港地方經驗。從民族國家情感角度，可說是一次又一次灰色的屈辱經驗。

再看女性經驗：黃得雲的家鄉被作家設定在東莞，東莞虎門是林則徐焚燒鴉片的地方。焚燒鴉片被認為是鴉片戰爭的導火索，也可說是香港割據的前因。少女黃得雲一天出門買藥，被劫掠到香港。從劫掠開始，她的女性經驗也經歷了一次又一次屈辱波折。首先是被蒙面被劫掠，從此與親人與家鄉離散，離散的痛苦甚至無人傾訴，只能成為壓抑的苦難。到了香港，她原是被賣為婢女，但 1892 年港督軒尼斯提出廢除蓄婢法案，香港舉行聲勢浩大的"反蓄婢會"遊行，她又被改賣為妓女。少女被迫淪落，血淚無人拭擦。這是黃得雲的女性經驗。

黃得雲和香港原是兩不相干的人和地方，但人被劫掠和地方被割據，產生的離散情感具有類同性質，正是離散體驗將女性經驗與地方經驗共建在一起，形成女性和地方的同一象徵，兩者在離散情境中克服苦難，努力經營自我，成長為獨立的存在。《香港三部曲》讓黃得雲的女性經驗與香港的地方經驗縮結在一起，於是成為女性和香港的雙重主體成長交響。

讓兩者在離散情境中遇合，啟動女性潛力，讓女性形象成長為香港象徵，這是作家的空間政治策略，這一策略一方面基於對傳統女性被劫掠經驗的開發，另方面基於對現代資本主義劫掠本性的反思。傳統書寫女性被劫掠，其經驗往往是壓抑和遺忘，以不知所終的結局，悲嘆女性不幸命運。如《紅樓夢》中妙玉被劫掠而不知所終。現代資本主義擴張之際，從非洲劫掠勞工為奴隸，從中國沿海騙取華人為苦力，劫掠年輕女性為妓女，被劫掠者很多不幸死亡，但幸存者如何活下去？如何續寫他們的人生故事？這無疑是資本主義全球史不應該被埋沒的章節。女性的故事，更是女性主義不可遺忘的歷史。

《香港三部曲》中，被劫掠的黃得雲如同一株紫荊花樹，被砍斷家鄉的根，被移栽到香港，不僅仍然成活，而且成長出自己的林子，發展出自己的家族。這一積極正面的女性主體形象想像，也是地方經驗共建的前提。地方因為有了女性而繁榮，地方的繁榮又促進女性發展，女性作為人力資源和生產力，與地方互動的社會價值獲得肯定。在此意義上，《香港三部曲》是女性現代性的一種見證。

（二）建構被劫掠者與劫掠之地的融合關係

《扶桑》講述北美移民空間的故事，女性經驗和地方經驗的結合，有雙重講述。一重講述扶桑這一人物，她是 19 世紀的中國女性，她被劫掠，如同一株扶桑樹，從東方中國斷枝橫移，越洋到了美國舊金山。但她植入美國的方式不同於黃得雲植入香港，她沒有黃得雲的奮鬥和發展機會，她只有扶桑一樣美麗的生命力，在一而再的摧殘中花朵不謝，使她贏得了當地少年克里斯的愛情，她與當地的結合，是接受摧殘和愛情，用她的血肉之軀融入異己的土地。另一重講述是作家"我"這一人物，20 世紀的中國女性移民，通過結婚移民，婚姻幸福而文化交融仍然有困難，不斷質疑自己遠離故國的身份，不斷與隔世紀的扶桑進行對話，在對話中理解扶桑和自己作為女性的命運，便是把異鄉為故鄉。

《扶桑》用了極大篇幅書寫女性被劫掠的經驗。一百六十本聖弗朗西斯科的史誌裏，三千被賣中國良家女子，最小的是五個月的女嬰。小說通過扶桑多次被掛牌出售的場景描寫，將 19 世紀資本主義的現代版血腥劫掠畢現無遺。扶桑的體型和膚色被估價，扶桑的沉默和微笑被叫好，扶桑從一家妓院被轉手到另一家。兩個嫖客為爭奪扶桑打起來。克里斯則因為得不到扶桑而參與到輪姦扶桑的白人群中。五個月的女嬰在買賣現場被掐死，溫熱的小軀體在扶桑的赤腳上變涼，女嬰嘴裏兩粒幼牙露出復仇的猙獰。

文本極寫扶桑被劫掠、被買賣的悲慘遭遇，在此基礎上極寫扶桑天賦的美，苦難不能毀滅扶桑的美麗，反讓她如鳳凰涅槃一般浴火而生。這使得克里斯迷上並終生愛戀扶桑。作家創造了一個女性無家，卻成為他人精神家園的神話。正是這一神話，完成了女性經驗與地方經驗共建，一種無條件的愛，建構了被劫掠者與劫掠之地的融合關係。

文本將"我"的婚姻經驗交織在扶桑故事的講述中，通過一再自我反思，消除了文化隔閡的痛苦，確認了無條件的愛情，用愛與異鄉合二為一，再次強化女性精神家園神話。女，嫁而為家，不是在別處找到自己的家，而是把自己建構成別人的家園，實現一種精神和文化的匯合。作家開發了女性婚姻中的主體性。

儘管不同世紀女性移民的方式不同，不同的女性經驗最終都匯入地方經驗，女性與地方互為家園，使人類生生不息。在此意義上，《扶桑》上升了一種女性經驗與地方經驗結合的哲學，也是一種人類精神故鄉的神話原型。事實上，"扶桑"在中國文化中就是家園神話的寓意。作家開發了家園神話中深藏的女性文化精神，啟動了中國傳統文化的女性精神元素，使人們對中國傳統文化獲得全新認知。

（三）多元共存的女性經驗與地方經驗

將女性經驗與地方經驗共建為家園神話，賦予人類精神家園安寧、幸福、歸宿感，澳門女作家周桐在她的科幻長篇《香農星傳奇》中，把澳門寓意為人類精神家園，表達一種更具普遍意義的現代鄉愁。

澳門的地方經驗見證了人類最早的探險與殖民經驗。西班牙向西航行尋找新大陸的時候，葡萄牙向東航行，來到中國澳門。1535 年，葡萄牙人取得在澳門碼頭停靠船舶，進行貿易的權利。之後近二十年，葡萄牙商人想方設法與澳門當地人建立關係，並取得了成功，約 1553 年前後，他們已懂得中國文化和人際關係交往特點，通過賄賂當地中國官吏，用和平的方式進入澳門居住。按照當時中國明朝政府的管理，交往是商業原則，1557 年起，葡萄牙人每年須向當地中國官吏交納一定銀兩的地租，他們實際是租住於澳門，這一國際租借商業形式維持了近三百年，直到鴉片戰爭之後，中國晚清政府在西方列強的侵略之下被迫割地賠款，中國被迫開放更多門戶，葡萄牙政府也趁機發難，於 1845 年葡萄牙頒佈法令宣佈澳門為"自由港"，藉此拒交地租，拒絕中國管理。之後 1851 年和 1864 年又先後強行將氹仔與路環兩島劃入其"自由港"管轄範圍。1976 年葡萄牙國內革命運動取得成功，新政黨放棄對澳門履行殖民地政策，澳門華人的政治地位得到改善，逐漸參與對澳門地區的治理。1999 年澳門順利回歸，"一國兩制"的政策保證了澳門繁榮穩定。

澳門的女性經驗非常多元。媽祖傳統的海洋母系文明，可以上溯人類母系雜婚時代，女神精神給予航海漂泊者安寧歸屬。封建宗族的一夫多妻制，則是東方父權統治的婚姻模式，女性被分等級附庸於其中。葡萄牙人據澳之後，"在缺乏葡萄牙女人的情況下，澳門的葡萄牙先鋒者與馬來、日本和中國女子結合。許多中國女子是'妹仔'，即父母因貧困賣出去的姑娘"。[1] 一種不同於劫掠又不完全同於傳統買賣婚姻的、華洋雜處的婚姻現象誕生。西方文化傳統的浪漫愛情也發生於中西交匯之中，如葡萄史上最偉大的詩人賈梅士（又譯卡蒙斯）的十四行詩《盧濟塔尼亞之歌》，就被史家認為是詩人寫給他的中國情人的，在詩中他稱她為蒂娜曼尼，他紀念他們的愛情，懷念她與他一起航海卻不幸沉船喪生的經歷。[2]

澳門的地方經驗和女性經驗都具有多元經驗和平共處的特徵。"無論從政

1　吳志良：《生存之道——論澳門政治制度與政治發展》，澳門：澳門成人教育學會 1998 年版，第 84 頁。

2　同上書，第 83 頁。

治、法律還是社會、人文角度看，澳門都好像一個虛構的現實，其奇特的發展演變過程不單在中國歷史上獨一無二，在世界歷史上也絕無僅有。"[1]

周桐在她的科幻長篇《香農星傳奇》中，就把人類現代性推進中所創造的這個"好像一個虛構的現實"的澳門，想像為"奶蜜之鄉"，她採用空間政治策略，設計了一個與地球孿生的星球，那裏的人類追求不斷進步，高度的科技已使他們可以從實驗室創造高等智慧生物，然而，他們用盡資源，淘汰弱小，再也享受不到地球人所擁有的多元生活、美味感覺。作家用他們的"還鄉"，寄託人類對"永存事物"的感情，生命短暫而美好，值得珍惜。

這裏的一草一木，一隻小鳥、一隻小貓，也是頂可愛的。怎可讓它們枯萎消失？應該想辦法讓萬物繼續生存下去。別的智慧生物可能並沒有這樣的福氣，擁有這樣的一片福土。[2]

女性的經驗也屬"永存事物"，她們曾經被父權社會忽略，但就像地方經驗和自然經驗一樣，是人類永恆的財富。

1　吳志良：《生存之道——論澳門政治制度與政治發展》，澳門：澳門成人教育學會 1998 年版，第 3 頁。

2　周桐：《香農星傳奇》，澳門：澳門日報出版社 1999 年版，第 125 頁。

第六章

文學女性主義
重建男性經驗
與男性形象的
政治策略

西方女性主義自 20 世紀 80 年代，將性別研究由關注女性和爭取女性與男性同等的權利，推進到關注男性和男性研究領域，研究父權菲勒斯中心主義對男性的影響，剖析以少數人的成功和多數人的犧牲為代價的父權體制對男性的傷害，推動對父權體制的深層改革。目前男性氣質研究已經成為西方社會性別研究中的重要組成部分，研究視角幾乎涉及社會科學的所有學科領域，甚至包括生物科學和自然學科。那些認為男性氣質由生物決定的觀點，如男性更進取、競爭、好鬥、暴力；如男人的行動由左腦控制，女人受右腦控制，左右腦有不同；再比如，男人每次射精排出 100 萬枚精子，只有一枚精子會與卵子結合，而女人每次排卵只會排出 1 個卵子，所以女人不需要像男人那樣競爭。如此等等的觀點，曾經被認為是男性優越論所建立的生物學基礎，如今已被性別是社會建構的理論所取代。[1]

當代西方最著名的男性研究專家和男性氣質改變實踐家康奈爾，他通過親身實踐和深入田野調查，提出男性氣概是在實踐中建構的，指出並沒有天生的、生物決定的性別，在人類社會中性別是社會建構的。他本人在實踐中將自己的男性氣概重建為女性氣質，在社會公共空間和研究領域，他都把自己的社會性別定義為女性，他在填寫性別表格時一律採用"女"和"她"，因此研究者們也把他的理論直接寫成她的理論。[2] 這位美國學者的理論和實踐行動的知行合一，體現了父權菲勒斯中心主義"男性氣概"和男性氣質的可改變事實。吉登斯評價康奈爾："他的理論在社會學界特別有影響，因為他把父權制和男性氣質概念結合為

1　方剛：《當代西方男性氣質理論概述》，《國外社會科學》2006 年第 4 期。

2　方剛：《康奈爾和她的社會性別理論評述》，《婦女研究論叢》2008 年第 3 期。

一個性別關係的綜合理論。在康奈爾看來，男性氣質是性別秩序的重要部分，不能同性別秩序或者同與之相伴的女性氣質分開理解。"[1]

康奈爾的理論認為：從支配性男性氣質"男性氣概"中，可以分析出權力在實踐過程中的作用。是三個互相影響的社會層面建構了男性氣質。其一是性別權力關係，在當代歐洲、美國的性別秩序中，權力關係的主軸是女性的整體從屬性地位與男性的統治，這一結構也就是婦女解放運動所要挑戰的父權制。其二是生產關係，性別分工差異是常見的，通過對工作的性別分工，資本主義經濟積累著性別的差異，結果是男人控制財富，而財富的積累又通過性別的社會關係緊緊地與生產領域聯繫在一起，使社會呈現為男人主導生產，男人統治管理。其三是情感關係，在這一形塑和實現性欲望的實踐活動中，雙方是自願的還是強迫的？快樂是平等地給予和接受的嗎？實際上性別秩序會參與情感關係實踐。基於以上三個社會建構層面分析，康奈爾認為男性氣質之間存在著等級。他將男性氣質劃分為支配性、從屬性、共謀性、邊緣性四類，它們共同建構現代西方性別秩序中的主流男性氣質模式的種種實踐和關係。具體而言，支配性男性氣質被認為是男性氣質的"理想類型"，一個集團可以憑藉支配性男性氣質來聲稱和擁有在社會生活中的領導地位。被統治男人處於從屬的地位。由於能夠從各方面嚴格實踐支配性男性氣質的男性是相當少的，於是需要從女性的整體依附中獲得共謀性。而邊緣性指那些階級和種族中發展出來的男性關係，如富有的黑人男明星與白種男人富人之間的關係。男性氣質的四種類型處於動態實踐，並受到女性主義改造的挑戰。[2]

康奈爾的理論有助我們理解西方父權對東方的擴張，其支配性男性氣質將東方女性化的過程，也試圖將東方男性變成從屬性、邊緣性，甚至共謀性男性氣質，以便建立西方主導的統治秩序。在西方現代性競爭推進中，東方男性原有的秩序系統遭遇了前所未有的挫折，原來的歷史進程被迫中斷和轉型，抵抗西方男性支配性氣質，重建自身的男性主體形象的努力，可說充滿了後發現代性進程。

1　安東尼·吉登斯：《社會學》，北京：北京大學出版社 2003 年版，第 149 頁。

2　（美）R.W. 康奈爾：《男性氣質》，柳莉等譯，北京：社會科學文獻出版社 2003 年版，第 84-97 頁。

在"亞洲崛起"和"中國崛起"的主流表述背後，充滿了東方現代男性經驗的複雜性，和男性主體形象於破與立之間，複雜權力實踐的張力場域。

　　大中華語境的文學女性主義用文學的方式關注和研究東方男性的現代性處境，幾乎與西方女性主義轉向男性研究同步。早在上世紀 80 年代初，中國大陸開放不久，被稱為大陸第一篇真正意義上的女權之作《在同一地平綫上》[1]，已出現對中國男性支配性氣質重建的關注，小說中的男主人公以畫強悍的老虎為追求，並強烈要求妻子服從於他的事業。老虎作為男性氣概的象徵，和雄獅通常用來象徵東方雄性力量相類似。這篇小說對男主人公身形、氣質與追求的"虎氣"描述，象徵了大陸開放之初的男性支配性氣質張揚。女主人公對男主人公男性支配氣質的反思，則象徵了文學女性主義對男性主體建構的參與。

　　伴隨著"中國崛起"過程，以反思姿態介入男性支配氣質建構，文學女性主義重建男性經驗和男性形象的政治策略，試圖還原男性現代生存真相，充分關注男性中那些"'沉默的、缺席的、沒有說出的、符碼化的'有可能是他自己失落的一部分。"[2] 採用了如下幾項文本政治策略：一是對男性失敗經驗的書寫，二是對男性弱勢經驗的書寫，三是重建男性主體形象，四是關注女性和男性的對話。本章以龍應台《大江大海》、虹影《飢餓的女兒》、張潔《無字》與嚴歌苓《媽閣是座城》[3] 等重要文本的男性書寫分析，來展示大中華語境文學女性主義男性關懷的多重努力。

1　陳曉明：《勉強的解放：後新時期女性小說概論》，《當代作家評論》1994 年第 3 期。陳曉明教授認為，"也許張辛欣是新時期最早具有女權意識的作家，這個自發的女權主義念頭只能一閃而過。她的《在同一地平綫上》把視點對準男女之間的衝突。這種衝突第一次被放置在性別文化的背景上來表現"。

2　宋素鳳：《多重主體策略的自我命名：女性主義文學理論研究》，濟南：山東大學出版社 2002 年版，第 215 頁。

3　龍應台：《大江大海一九四九》，香港：天地圖書有限公司 2009 年 9 月初版；虹影：《飢餓的女兒》，台北：爾雅出版社 1997 年 5 月中文版初版；張潔：《無字》，上海：上海文藝出版社 1998 年 12 月初版，第 1 卷，北京：十月文藝出版社 2002 年 1 月第 1 次出版第 1、2、3 卷；嚴歌苓：《媽閣是座城》，北京：人民文學出版社 2014 年 1 月初版。

對男性失敗經驗的書寫

他們曾經意氣風發、年華正茂；有的人被國家感動、被理想激勵，有的人被貧窮所迫、被境遇所壓，他們被帶往戰場，凍餒於荒野，曝屍於溝壑。時代的鐵輪，輾過他們的身軀。那烽火幸存的，一生動盪，萬里飄零。

……

如果，有人說，他們是戰爭的"失敗者"，那麼，所有被時代踐踏、污辱、傷害的人都是。

…… 請凝視我的眼睛，誠實地告訴我：戰爭，有"勝利者"嗎？

我，以身為"失敗者"的下一代為榮。所有的顛沛流離，最後都由大江走向大海……[1]

2009 年龍應台出版的《大江大海一九四九》（簡稱《大江大海》），是大中華語境文學女性主義貢獻的一部書寫男性失敗經驗的開拓之作。這部力作不僅以內戰為題材，而且囊括了第二次世界大戰的重要內容，全書是對現代父權擴張導致的世界性戰爭的全面、深刻的反思，是大中華語境文學女性主義對"父權制不只是男人支配女人，尚且包括男人之間的軍事主義階層制"[2]進行深刻剖析之作。

（一）文學女性主義的反戰立場

全書分為 8 部 73 個故事，體例即呈現出鮮明的文學女性主義特徵：龍應台

1　龍應台：《大江大海一九四九》，香港：天地圖書有限公司 2011 年 4 月第 12 版，前言第 3 頁。

2　（美）米利特（Kate Millett）：《性政治》，宋文偉、張慧芝譯，台北：桂冠圖書股份有限公司 2003 年版，序第 5 頁。

花了一年多時間尋訪戰爭親歷者，文本由親歷者的口述和歷史照片構成。在此，文學行動不僅是作者的行動，更是作者所調動的親歷者共同進入回顧和反思戰爭的文學行動，同時，龍應台對 19 歲正值服役年齡的兒子飛力普，展開了母親娓娓的對話，把親歷者口述歷史場景拼貼為戰爭的空間地圖，以母親向兒子展示往事的方式，把女性主義對男性命運的溫情關懷滲透於文本。事實上，這本書的結尾正是女性主義的反戰宣言：

> 我不管你是哪一個戰場，我不管你是誰的國家，我不管你是對誰效忠、對誰背叛，我不管你是勝利者還是失敗者，我不管你對正義或不正義怎樣詮釋，我可不可以說，所有被時代踐踏、污辱、傷害的人，都是我的兄弟、我的姐妹？[1]

龍應台顯然繼承了英國女權主義者弗吉尼亞·伍爾夫著名的反戰觀點"女人沒有祖國，女人不需要祖國，她的祖國就是整個世界"，[2]但她卻並沒有採取伍爾夫做戰爭"局外人"的立場。[3]伍爾夫身處第一、二次世界大戰之間，她預感第二次世界大戰即將來臨，在精神崩潰前夕自殺，這使她事實上來不及反思戰爭後果，來不及對男性本身所受戰爭傷害進行剖析。龍應台出生於戰爭離亂年代，父母飽受戰爭流離之苦，她亦曾在二戰的失敗者德國生活十多年，兒子是中德混血兒，正是兒子面臨去服兵役的現實，使她無法以"局外人"的立場回顧戰爭。不做"局外人"，而做一個戰爭廢墟的記錄者、清理者和泣血的反思講述者，使龍應台的女性主義深具文學感染力，也使文學女性主義的政治力道有如柔道一般擊中父權體制最強壁壘的軍事統治。正如台灣學者孫瑞穗指出：

> 不管頭盔或臂章上註冊的到底是"中華民國軍人"，"日皇護衛隊"，還是"台灣原住民"，不論"祖國"何屬，總之，他們年紀輕輕就被犧牲了。那樣純潔而熱情的屍體白白地被隨便丟棄在路旁，在廣場上堆棧如山，無人

---

1 龍應台：《大江大海一九四九》，香港：天地圖書有限公司 2011 年 4 月第 12 版，第 438 頁。

2 （英）弗吉尼亞·伍爾夫：《三個金幣》，《伍爾夫隨筆全集》第四卷，北京：社會科學出版社 2001 年版，第 1141 頁。

3 同上書，第 1182 頁。

閱問，然而，卻成了我們今天進行歷史反思時最不可承受的重量。[1]

《大江大海》出版一年半時，在台港銷量已達四十萬冊，[2] 之後一直持續再版，形成"江海現象"。大陸歷史學家高華認為，龍應台將自己的研究與人性關切緊密地聯繫在一起，從人文和人道的角度，對 1949 年的歷史作出反思，在大陸和台灣都是第一人。並指出，《大江大海》意象複雜，場面宏大，從 1949 年 200 萬大陸人渡海遷台，再到二戰時期的德、俄戰場和南太平洋戰場，從"白色恐怖"對"外省人"的殘酷迫害，到"本省人"對"祖國軍"的期盼和失望，再到"亞細亞孤兒"的悲情……全書有家有國，以個人和家族的變遷，來折射時代和國家的大勢走向對個人命運的影響。作為歷史學家，高華還特別指出，這是部用散文的文體，以新的思維對 1949 年前往台灣的一群中國人進行全新論述的重要作品。在書中，龍應台滿懷溫情地寫了她的父母槐生和美君，千辛萬苦、萬里漂泊到台灣的故事，也寫了一系列當年的小人物，在 60 年前背井離鄉、生離死別、逃難、跨海、落地生根於台灣的故事。過去人們只知道國民黨政權 1949 年被先進的共產黨打敗，逃離退往台島，今天龍應台第一次向世人展現 1949 年庶民渡海遷台的畫卷，裏面由無數的個人和家庭組成，結合起來，就成了一部罕見的中國近代"南渡"史。[3]

與高華觀點迥然不同，台灣作家李敖於《大江大海》出版兩年之際，推出了《大江大海騙了你：李敖秘密談話錄》，[4] 他採用了一些他熟悉的歷史數據，對龍應台書中寫到的一些史實進行質疑，比如長春圍城，龍應台寫到打死和餓死的人數相當南京大屠殺數字，李敖則提供了新的資料，指出國民黨錯誤死守和決策上的"餓民戰術"導致慘敗。李敖從諸多史料證明國民黨的錯誤，並認為龍應台試圖以文學形式延伸蔣介石的思想，他要堅決顛覆"大江大海"的觀點，他質問：

1　孫瑞穗：《失敗者的共同體想像：響應龍應台的〈大江大海一九四九〉》，《思想》季刊第 13 期，台北：聯經出版事業公司 2009 年 10 月。

2　陳一、龍應台：《一把溫柔的鑰匙》，採訪整理：陳一，台北：《天下雜誌》第 466 期，2011 年 2 月 23 日。

3　高華：《六十年來家國，萬千心事誰訴：讀龍應台〈大江大海一九四九〉》，《思想》季刊第 15 期，台北：聯經出版事業公司 2010 年 5 月。

4　李敖：《大江大海騙了你：李敖秘密談話錄》，台北：台灣李敖出版社 2011 年版。

1949 哪來的大江大海？[1]

高華和李敖的褒貶，從不同角度反映了讀者對《大江大海》的看法，但這些不同的觀點卻有一個共同的性別視野的缺失，正是這一缺失，使得他們都沒有看到龍應台對國族立場的超離。如前所述，文學女性主義的立場才是《大江大海》新的思維所在，女性主義的反戰傳統和人性關懷，使龍應台注重個人經驗的歷史價值，她在採訪中記錄史實數據的同時，更偏重記錄人物的感受和心情，文本是沉浸於感覺的文本，不是枯燥的資料，更不是冷冰冰的死亡數字。復活每一位親歷者的生命歷史，讓生命訴說失敗的痛苦，才是《大江大海》撼動人心的"江海現象"所在。龍應台在 12 版篇首語《湧動》中寫道：2009 年秋天，出版，好像有一道上了鎖，生了鐵銹的厚重水門，突然之間打開了，門後沉沉鬱鬱的六十年記憶之水，"嘩"一下奔騰沖瀉而出，竟然全是活水。[2]

這活水可說是男性壓抑於歷史深處，不為人知的戰爭和失敗經驗"浮出歷史地表"。古往今來，"一戰功成萬骨枯"，彪炳史冊的都是成功者，而成功者從來是極少數男性，那些大多數的傷亡者，他們的生命體驗和內心世界，從未被從男性生命史角度進行過觀照。《大江大海》借國民黨失敗史實，將尚幸存的失敗者口述記錄於案，它所折射的卻是全部父權戰爭史的真相。就像女性"浮出歷史地表"，她們中的個人個案，折射著女性全部歷史命運一樣。正由於每一位口述者可以真誠訴說自己內心的恐懼、憂傷、壓抑、等待和痛苦，口述帶來了強烈的反響，帶來了全球範圍"離散譜系"的尋找。

2011 年接受《天下雜誌》採訪時，龍應台再一次鮮明地表達了她的女性主義姿態和男性關懷情懷：

> 《大江大海》是無法同時照顧"大是大非"的，在這個意義上，是的，我是個沒有"是非"的人。……
>
> 如果我來到這個荒蕪戰場的初衷和用心，是為六十年前戰死的白骨上一

1　李敖：《李敖揭批龍應台：1949 哪來的大江大海？》，《文史參考》2011 年第 9 期。
2　龍應台：《大江大海一九四九》，香港：天地圖書有限公司 2009 年 9 月初版，2011 年 4 月第 12 版，前言第 7 頁。

炷香，給仍在看不見的地方受傷流血的人敷藥、包紮，你想我對於你為何失敗、為何勝利這種問題，會有興趣嗎？對這種問題有興趣，而且比我有能力去處理這種問題的人，太多了吧？

不論江湖浪多高，最後我們每個人都要面對的，還是自己最樸素的初衷吧。[1]

（二）男性失敗經驗的書寫與反思

《大江大海》從戰爭離亂開筆，龍應台的 24 歲懷抱嬰兒的母親美君，茫然無知中逃離家鄉，在台灣 60 年，無法遺忘家鄉新安江的水，那是她與自然的紐帶，因戰爭而割裂了。她的兒子離散在大陸衡陽，60 年後，在台灣出生的龍應台回大陸找哥哥，在車站人群中，憑一雙和母親美君相似的眼睛兄妹相認。軍人父親槐生，一生只會唱帶著家鄉湖南口音的戲曲，唱戲聽戲都會眼淚直流。

《大江大海》凝集了 70 多個類似作者個人家庭離散的故事，但這些故事實際經過了作者周密安排，能夠有序呈現戰爭導致的男性失敗經驗，作者陳列這些失敗經驗的目的，不是要譴責男性，而是要揭示它們帶給男性和人類的創傷，作者的反思串起了這些經驗，使得最終表達的反戰思想鏗鏘有力。

在表達政治策略上，體現文學女性主義的空間政治，全書採用對話空框結構，作為母親的龍應台一直與面臨兵役的 19 歲兒子飛力普進行母子對話，70 多個故事分為對話的 8 個部分，包含著母親對兒子家史、戰爭史循循的講述，更包含著母親對與兒子相同和相近年齡的所有戰爭參與者們的深切關懷，她的講述情感傾向上，是把參與戰爭的年輕人都當成與自己的兒子一樣，尚不懂得戰爭殘酷、還不明白父權軍事體制嚴酷，卻已被捲入和犧牲於冷酷戰爭之中的年輕生命。因此，文本的潛對話者，是廣大的讀者，是要讓讀者一起參與反思戰爭，剖析戰爭失敗經驗導致年輕男性生命犧牲，與之相關的家庭破碎、文化中斷、自然割裂、愛情殤傷、心靈扭曲，誠如高華所發現，在此意義上《大江大海》充滿了

---

1 龍應台：《一把溫柔的鑰匙》，採訪整理：陳一，台北：《天下雜誌》第 466 期，2011 年 2 月 23 日。

全新的論述。事實上，這一全新論述便是文學女性主義的反戰思想論述。前五個部分主要書寫戰爭導致失敗經驗的方方面面；第六和第七部分揭示父權軍事體制的暴力特徵，證明失敗經驗是由這一體制製造；第八部分強調戰爭無勝利可言，其暴力本質就是不斷製造各種失敗經驗。

在作者看來，戰爭沒有勝負，戰爭就是失敗，發動戰爭就是父權導致全體人類體驗文明的失敗。這一總的觀點貫徹全書，失敗的經驗書寫則各部分側重不同。具體對話的第一部分《在這裏，我鬆開了你的手》，通過描述家族離散歷史的 13 個小故事，如同 13 幅細描，展示戰爭使人與人離散的悲悽場景，凸顯人在逃亡中死傷無定、喪魂落魄的失敗經驗；第二部分《江流有聲，斷岸千尺》講述文明遭遇戰爭而離散的悲慘遭遇，學校轉移，學生傷亡，教師在維持經典誦讀中唯恐文明斷根，智者於困境中辦學。第三部分《在一張地圖上，和你一起長大》講述戰爭如何製造敵我關係，使年輕人善良友愛的感情慘遭失敗的經驗。將人類劃分出敵我，要消滅敵人，正是一切戰爭的理由。在這些故事中，敵人卻就是童年的好友。戰爭的荒謬無恥令人性經驗扭曲。第四部分《脫下了軍衣，是一個良善的國民》，作者把列寧格勒圍城戰和長春圍城戰，放在同一部分並列講述，一個是德國人對俄國人的戰爭，一個是內戰，同樣的慘烈駭人，餓死人吃人的經驗如此驚人雷同。而不論圍城還是被圍城的軍人，脫下了軍衣，都是一個良善的國民。可見正是戰爭使良人變成了惡鬼。戰爭製造了人性失敗的經驗。第五部分《我磨破了的草鞋》，集中講述軍人們艱苦的軍旅生活和死亡的經驗，他們本應該是大學生，在學習知識的最好年齡，卻因為戰爭而亡命奔波，有人陣亡，有人軍旅途中死亡，帶著尚未實現的各自的心願，充滿遺憾地離開了世界；那些活下來的幸運者，往事不堪回首。

如果說以上五部分講述了失敗經驗的方方面面：人的離散、文明的創傷、情誼的破碎、人性的淪喪、生命的死亡，那麼第六部分《福爾摩沙的少年》和第七部分《誰丟了他的兵籍牌》，就是對以上失敗經驗來源的揭露，通過對比和互補的講述，讓讀者看到父權軍事體制如何實現對於男性的暴力統治，如何支配年少的男人們進入被支配處境。《福爾摩沙的少年》講述徵兵，少年們多為農家孩子，有的還在中學讀書，他們並不知徵兵之後意味戰爭，更無知於戰爭的殘酷。

15、16、17 歲的少年，他們入伍即奔赴死亡等候的戰場！年少、物質匱乏、精神尚不獨立，這一切使他們受到軍車、軍裝和徵兵通告的吸引，他們甚至滿懷喜悅離開了自己的家鄉和親人，直到戰爭的殘酷令他們清醒，然而一切為時已晚。《誰丟了他的兵籍牌》寫對戰爭俘虜的處置，作者陳列了戰爭史料，那殺人滅跡的軍事命令，讀來心驚肉跳。作者難以自禁地對兒子飛力普說：我老想到那個喊救命反而被台灣兵用刺刀戳死的英國男孩——他會不會也跟比爾一樣，謊報十八歲，其實只有十五歲？或者，和我的飛力普一樣，十九歲？作者還寫了一名叫田村的日本兵流落在澳洲特工手中的日記，這位年少的田村愛好文藝，尚沒有戀愛過，內心暗戀一位日本女孩還來不及表白，他寫給女孩的信，永遠沒能寄出。

龍應台用她的史料和講述論證，不論哪國的少年，不論參與戰爭的哪一方，他們都心懷良善和愛情，滿懷生活憧憬和情趣，他們都是人同此心的人類孩子，然而，這些年輕的男孩子們卻自始至終受到父權軍事體制的支配，這一體制異化了他們的生命，他們的生命和內心從未獲得關懷，他們失敗的命運，從進入軍事體制那一刻就注定。《大江大海》為他們而寫：

> 太多的債務，沒有理清，太多的恩情，沒有回報，太多的傷口，沒有癒合，太多的虧欠，沒有補償……[1]

《大江大海》發展了伍爾夫開創的女性主義反戰思想，貢獻了大中華語境文學女性主義對男性關懷最深切的聲音，它不僅是為失敗的、無聲的男性而寫，也是為新一代男性而寫。"我開始思索：歷史走到了二〇〇九年，對一個出生在一九八九年的人，一個生命經驗才剛剛要開始，那麼青春那麼無邪的人，我要怎樣對他敘述一個時代呢？"[2]

《大江大海》的性政治，是對飛力普和他的同代男性，講述自由與和平的女性主義理想，倡導大多數男性的覺醒與反思，倡導反對少數父權支配者對男性和

1　龍應台：《大江大海一九四九》，香港：天地圖書有限公司 2011 年 4 月第 12 版，第 437 頁。

2　同上書，第 26 頁。

人類發動戰爭。在此高度，內戰和世界大戰都被置於作者的反思視野，也因此，超離國族立場閱讀本書，才能獲得對於大中華文學女性主義貢獻的深刻認知。換言之，反思內戰和世界大戰，女性主義立場相比其他立場，因具男性關懷視野，它所呈現的男性失敗經驗，無疑是人類反思現代性的重要依據。未來學家和女性主義學者理安·艾斯勒指出，現代科技和父權統治關係相結合，就會把人類帶向死亡的深淵，但人類可以選擇一個更可持續、更平等、和平的夥伴關係的世界，夥伴關係的世界是一個男女平等、更多的男性不受少數男性所支配的合作世界，更多的男性和女性有機會體驗人性的成長，不必受到戰爭的傷害。[1]《大江大海》對失敗的總結與和平的珍惜，體現的正是這一理想。

1　（美）理安·艾斯勒：《聖杯與劍：我們的歷史，我們的未來》，程志民譯，北京：社會科學文獻出版社 2009 年版，總序第 1-2 頁。

二

對男性弱勢經驗的書寫

　　如果說父權及其象徵體系把失敗男性經驗壓抑於歷史地表之下，那麼對於男性弱勢經驗的書寫同樣諱莫如深。圍繞塑造支配性男性形象的需要，強勢男性經驗籠罩了主流話語。然而，軍事暴力可以消滅失敗男性，日常生活卻無法讓弱勢男性都淹沒。相反，正是日常生活中充滿了真實的、與女性相似的男性，他們的人生經驗，他們與女性一樣受到父權支配的命運，體現了大多數男性生活的真相。儘管男性從小接受男性支配性氣質教育，認同支配成為大多數男性的性別取向，在日常生活中他們以支配女性和接受更強勢男性的支配，來實現作為男性身份的社會認同，但這一認同過程，如同澳大利亞男性研究專家史蒂夫‧比達爾夫指出：他們“孤獨、迫於無奈的競爭、伴隨著終生的情感怯懦”，他們感受到做男人的孤立。[1] 因此，現實中有不少男性從自身處境發出情同此身的領悟，放棄對女性的壓迫性支配，能夠在生活中與女性平等相處，在給予女性生命關懷和理解的同時，贏得女性的尊重和愛情。文學女性主義充分注意並著意開掘男性弱勢經驗的書寫，從女性主義政治策略而言，不僅是爭取大多數男性對女性的理解，而且是女性主義對男性的關懷，以雙性平等的理想，實現人類有愛的生活。

　　英籍華文女作家虹影，寫作了大量自傳體小說，其代表作《飢餓的女兒》，題材涉及 20 世紀 50 年代末 60 年代初發生在中國大陸的大飢餓史實，小說以作家個人的遭遇和家庭遭遇，再現飢餓苦難，講述飢餓中男女相愛生下私生女並由養父撫養成人的故事，其英譯本和漢語本都深受不同語言讀者歡迎，產生了世界性影響。小說的文本政治特徵是，圍繞私生女的誕生和成長，生父和養父與母親

1　（澳大利亞）史蒂夫‧比達爾夫：《男性的品格》，石新輝譯，北京：中信出版社 2009 年版，第22 頁。

一起歷經磨難，形成一道無形的愛的聯盟，他們共同創造了私生女長大成人的奇跡。文本對弱勢男性經驗的書寫，再現了底層男性生活真實，塑造了充滿隱忍精神和愛的努力的男性形象，使小說富於感染力。

在文本中，飢餓的女兒包含三重象徵，她象徵了物質生活的匱乏、精神生活的荒蕪和私生女身份得不到社會的承認。如果說物質生活的匱乏和精神生活的荒蕪是當時普遍的社會現實，私生女問題卻是非常獨特的困境，事實上，私生女情結是一個深含性別秘密的話題。在父權社會之前，母親生的任何孩子都是親生的、平等的，無須說明父親是誰，父權中心婚姻制度確立之後，母親生育了父親之外其他男人的孩子變成非法，出現了私生子或者私生女這樣的概念。因此，私生女問題與婚姻法聯繫在一起，小說中，這個私生女尚在繈褓中，就被帶到法庭，在不同的男人和母親的手上扔來扔去。幸而婚姻中的男人非常善良，就在女嬰被扔來扔去的過程中，他改變了主意，由於他是起訴方，他的改變也帶來了女嬰命運的好轉。關於小說中男性弱勢經驗的書寫，正是立足於父權婚姻遭遇私生女考驗的背景。

養父，婚姻中的男人，他迫於生計航船在外，家中一群孩子全靠妻子負擔。在全民飢餓的時代，養父的工資正常也不能使家人溫飽，不幸他受傷住院，連家都不能回。母親，婚姻中的女人，她已是再次婚姻，帶著第一次婚姻生下的女兒，在第二次婚姻中又生下三個女兒一個兒子，那是沒有避孕工具的年代。她到街道打零工補貼家用，飢餓是家中常態。男人在外地受傷住院使這個家雪上加霜，女人只好去當搬運工，做她所不能勝任的重活，以免孩子們餓死。同情她的青年，是一名母親再婚而他相當於家庭多餘人的文藝氣質的年輕人，他比她小太多，把她當姐姐幫助。但物質的貧窮令他不斷幫助她，精神的荒蕪則使他的同情心演變為愛情，男女的愛情產生了後果，私生女成為了不正常生活中不正常感情的見證。當婚姻中的男人歸來，周圍的人包括鄰居都與他結盟，聲討非法男女和女人肚子中的私生子，丈夫有權棒打出軌的妻子，丈夫打，妻子哀求別打死胎兒。丈夫看著妻子的肚子，停住了打。不久胎兒出生了，鄰居們又鼓動丈夫告到法院。作為對非法男女性關係的懲罰。當繈褓中的私生女被視作小賤物扔來扔去，男人看著可憐的女嬰，決定收留，自己做養父。生父被判每月負擔女兒生活費 18 元。養父雙目變得近乎失明，家中生計全靠母親外出做苦力，養父在家悉心照顧女嬰，並摸索做全家家務，直到女兒成人。

生父，母親婚外情的肇事者，從此不能與女兒相見，每月撫養費通過老母轉給女兒母親。懷抱愛情和親情的生父，在女兒上學的路上尾隨，只為了看見女兒，滿足情感飢渴。年復一年，女兒習慣了被人尾隨的秘密。直到 18 歲那年，年復一年的秘密和周圍人冷漠的歧視，令她要母親交出自己身世的由來。可憐的母親安排女兒與父親見面。憤怒的女兒對自己的命運充滿怨恨，不願叫一聲父親，父親用積攢的錢請飢餓的女兒下館子，又給女兒扯藍底白花的布，為終於可以見到成人的女兒而激動。期間，生父由於侵犯他人婚姻家庭的惡名，不能正常結婚，做了農村人家的上門女婿，雖然生育了兩個兒子，但夫妻感情冷漠。為養活女兒和家庭，生父城裏活鄉下活樣樣幹，在人們的歧視中辛勞度日。見到成人的女兒後不久，生父重病去世，年僅 49 歲。

以上對兩位弱勢男性經驗的書寫，呈現了兩個方面的問題。首先，物質的貧乏和精神的荒蕪，使普遍的人們處於生存弱勢狀態。其次，性別規範的支配力量，深入作用於人們的日常生活，男性的命運同樣受到支配，在弱勢生存處境中，性別規範即婚姻支配的力量，強化了違背婚姻規範的男性的弱勢處境，使他們的生活雪上加霜。而這兩個方面的問題，適用於普遍女性經驗分析。女性在父權社會的歷史和現實處境，始終是物質上相對男性貧乏，精神上相對男性荒蕪，婚姻體制對她們約束更加嚴酷。因此，對弱勢男性經驗的書寫，促使我們對於女性弱勢經驗的更加深入認識，並從超越男女二元對立的視野，看到大多數男性與女性相通的經驗，把反思重點放在性別制度對人性的束縛上。現代性促成人們對受壓抑經驗和弱勢經驗開發，對男女兩性弱勢經驗的書寫，釋放出兩性對話能量，有助兩性互相理解和共建更合理性別交往關係。

婚姻是父權中心體制的核心細胞，它不同於父權軍事體制專門用於戰爭暴力，通常只在非常時期和特殊場所彰顯存在；婚姻滲透於人們的日常生活，它甚至是普通人人生的歸宿。婚姻中明確的性別規範體現為人們的生活習慣：孩子隨父姓、子承父志、嚴父慈母，男尊女卑、夫唱婦隨、女子守節等等。婚姻作為生活習慣式的父權體制，只有當人們違反習慣遭遇懲罰時，才能體驗到父權力量的無所不在。生父由於“侵犯”了父權中心婚姻，身被惡名，一生不得幸福，抑鬱而終。養父由於善良接受了“被侵犯”，生活於巨大的心理創傷中，雙目失明更使他失去“男主外”的能力，使他成為“男主內”的倒置角色。這兩位男性從不同角度遭遇了“私生女”這一違背婚姻習慣事實的懲罰。一個男人必須有能力保護自己的婚姻不被其他男人侵入，其他男人應該建立自己的婚姻，不得侵入別人的婚姻城堡。婚姻為維護父權中心統治，對男性實行習慣性約束，這一約束內化為男性自律，與男性的人性覺悟相抵觸，從而使男性生活於孤立無助處境。兩位弱勢男性的經驗，凸顯了當男人違背婚姻對男性的規範約束，他們都要為此付出沉重的代價。

兩位男性變成弱勢的原因，看似源於物質經濟匱乏和政治權力缺失，然而，他們真正缺乏的是奪取以上權力的能力。他們並非天生不具備能力，他們都勤勞善良，缺乏的是侵犯特徵和支配性進攻欲望。這一父權秘密，也可說是惡的力量，與他們與生俱來的人性善良，具有衝突性質。文本對弱勢男性經驗形成的這一秘密的揭示，正是要喚醒男性對父權及其婚姻制度的反思，這一制度作為男性對女性統治的習慣方式，不僅要求女人必須守貞，而且也嚴格規範了男人之間的職能，他們被要求成為女人的統治者，不能越界，不能自然表達愛情，不能自然傳遞善良。兩位男性的善良，是他們弱勢的根本原因。善良作為人性遭遇欺壓，反證了父權及其婚姻制度的非人道。

文本通過私生女情節，切入對人們習以為常的日常生活和婚姻制度的反思，挖掘了被壓抑的弱勢男性經驗，表達對男性處境和命運的關切。為此，文本深入開發了善良和愛的價值意義，用於抵制無形的惡的力量。經由私生女問題的處理方式，呈現出日常生活中文明與野蠻的無聲較量。養父和生父兩位弱勢男性，在不同的生活空間分別承擔了女兒的撫養責任，盡最大努力付出他們的愛心。他們都沒有歧視私生女，他們都珍視女兒的生命，他們都想方設法讓女兒獲得溫飽和溫暖關懷，雖然女兒並不理解。是他們的努力，在那個隨時會餓死人的時代，“飢餓的女兒”沒有餓死，並在成長中日益領悟到兩位父親愛的珍貴。愛的力量最終戰勝了世俗偏見，使女兒返身關懷兩位父親，她為早逝的生父重建墓地墓碑，向養父掬上心香，感恩他的撫養之情。她最終不僅理解了兩位父親，更深刻理解了男性。愛，無疑是《飢餓的女兒》極力張揚的跨性別的人類精神。

　　為了集中關注弱勢男性經驗，《飢餓的女兒》還塑造了另一位弱勢男性形象，他是飢餓的女兒的初戀情人歷史老師。作為飢餓的女兒的精神父親，他不同於生父養父之處，在於他不像生父養父都是體力勞動者，他是一位知識分子，作為高中歷史老師，他不僅歷史知識豐富，對時代也非常有見解，同時熱愛文學和音樂，年輕有氣質，是女孩心中的偶像。然而，他仍然是一位弱勢男性，作者要揭示的是，一個物質和精神相對並不缺乏的男性，當他無法與支配性男性力量認同時，他同樣會陷入弱勢處境，這樣的弱勢處境，更加深刻呈現了父權統治的不合理。由於天天看報，看到報上嚴酷的政治鬥爭，歷史老師對於現實懷著清醒的絕望，他深感自己無法融入社會，他也沒有愛的勇氣和能力，他沉浸在強烈的孤獨怯懦之中。他在和“飢餓的女兒”做愛之後，自殺身亡。文本細緻刻畫歷史老師的孤獨怯懦，見證男性弱勢的另一種狀態：他做愛時激烈孤獨的身體、他選擇到廚房上吊的自殺方式、他對女孩身體的撫愛和怯懦安慰。這個能夠與女孩平等對話的歷史老師，處於支配男性群體之外，又無法獲得女性群體的支持，也沒有其他同類男性交流。他的孤獨無助自殺離場，留給女孩的不僅是他贈送的圖書，他遺留的精子，更是弱勢男性無法承擔生命和世界的反思。

　　《飢餓的女兒》通過三位弱勢男性形象的塑造，不僅反襯了父權勢力無形的力量，而且揭示出大多數男性在處境上，都是潛在的弱勢群體。父權等級制度中，處於高端的支配性力量很少，少數特權支配性男性集團，依靠軍事武裝力量維護他們的統治，使大多數男性處於被支配的依存地位。被支配男性成為從屬的、或者共謀的、邊緣的幾種狀態而存在。如果男性處於經濟政治階層低處，他們不能從屬、共謀，又不甘邊緣，他們唯一的支配對象是女性，婚姻便成為他們支配女性的方式。如果他們未能在婚姻中行使支配權力，如上生父和養父兩位弱勢男性經驗所呈現，那麼，從這些男性身上會體現出與女性類同的處境，也容易與女性經驗共鳴，由於弱勢而產生人性的同情和愛。這正是女性主義特別重視的人道力量和男性愛的精神。積極培育和發展男性的愛的力量，並使大多數男性從少數男性的支配中獲得解放，正如爭取女性的解放一樣，女性主義是為每個人的愛的哲學。[1]

　　《飢餓的女兒》由女兒的飢餓深入到弱勢男性的飢餓，飢餓在文本中是物質和精神雙重弱勢的象徵，也是作家喚醒男性和女性共同反思父權的策略。

1　　貝爾・胡克斯：《激情的政治》，沈睿譯，北京：金城出版社 2008 年版，第 1 頁。

三

重建男性主體形象

文學女性主義書寫男性失敗經驗和男性弱勢經驗，豐富了我們對於男性形象的認識。但重建男性主體形象的努力，還需要在改造傳統支配型男性形象方面著筆。書寫傳統支配型男性形象受到西方現代父權衝擊所遭遇的複雜情況，反思傳統父權和現代父權的衝突，反思衝突中男性支配氣質所遭遇的壓抑，並引導男性主體成長，文學女性主義呈現出女性主義政治介入父權壁壘的努力和信心。

孟悅、戴錦華曾在她們的《浮出歷史地表》中指出，"五四"一代女作家生活於"中國有史以來罕見的 '弒父' 時代"，"新文化先驅們旨在廢棄的是文化領域的 '帝制'：是那個歷來不可觸動的、超越一切肉身之父的封建 '理想之父'：他的禮法、他的人倫、他的道德規範乃至他的話語──構成父權形象的一切象徵"。"五四"時代的英雄主人公是一代逆子，"不僅是弒君的孫中山、忤逆的陳獨秀、不肖的胡適和叛逆的魯迅、李大釗，而且是那些無數反叛家庭、反叛傳統和禮法的父親的兒女們"[1]。

從拉長的歷史視野和全球化背景看，大中華文學女性主義將"弒父"和"弒父者"，將失勢的父親和逆子們，還原到歷史語境，她們反思西方現代性擴張對中國傳統的顛覆，思考中國現代性發展所需要的男性主體形象，這使得她們遠比"五四"一代女作家成熟老練，脫淨幼稚激情，展現理性審視。張潔的三卷巨製《無字》，嚴歌苓的長篇《媽閣是座城》，前者講述"五四"逆子變成革命者、改革者，骨子裏卻一直充滿父權支配氣質，這一支配氣質製造了男女兩性關係的悲劇，也阻礙了男性現代性主體建構；後者追溯西方現代性競爭機制帶給中國男性的深刻影響，提出不平等競爭激發的賭性問題，賭性也是阻礙男性現代性主體建

1　孟悅、戴錦華：《浮出歷史地表》，鄭州：河南人民出版社 1989 年版，第 3、4 頁。

構的困境。二者分別探討了男性主體成長的內因困境和外因困境，儘管沒有提出克服雙重困境的行動良方，卻讓人看到了重建男性主體形象的癥結所在，可見文學女性主義對於父權文化複雜性的清醒認識。

（一）《無字》對父權支配性氣質的反思

如前所述，在康奈爾的男性研究理論中，支配性男性氣質或者說男性氣概，被認為是典型的男人特徵，它建基於性別權力關係即男人對女人的統治，它也建基於生產關係即男人控制財富，使女人陷入貧困和依賴，它還建基於情感關係即女人必須愛上男人，屈從於異性戀的心理控制。就男性從小接受教育和自律要求而言，男性氣質則可以更通俗一點理解為，是指男性應當具有成就取向，對完成任務的關注或行為取向的一系列性格和心理特點。[1] 也就是說，康奈爾所做的父權制度剖析，具體到每一個制度中的男性而言，他的男性氣質養成實際是表現為生活和生命狀態。它們也是文學作品表現的對象。

《無字》在書寫三代女性悲劇命運的同時，展示了三代男性支配性氣質的演變。可以說，正是男性支配性氣質的演變，使三代女性悲劇命運區別開來，而不是重複同樣的悲劇。饒有意味的是，張潔揭示的三代性別故事，其實是中國現代性演變在性別衝突中的故事演繹。

百年現代性演變，從祖父的男性氣質改變開始："這個窩在本世紀初石灰窯子裏的業餘獵人兼地主，很奇怪地迷戀上知識"。[2] 外祖父葉志清對於現代知識的這種態度取向，竟然是博得外祖母墨荷歡心的唯一原因，使得外祖母從而和經濟上不如娘家的外祖父結成家庭。這與傳統婚姻對男性的經濟需求迥然不同，外祖母放棄傳統習慣的 "嫁漢、嫁漢，穿衣吃飯"，乃在於她對外祖父迷戀上知識這一現代男性氣質內涵的崇拜。西方文化對性別故事的介入，就這樣悄然而有力地發生了。外祖父對於西方知識的迷戀不過是一種姿態，現實中他不能使外祖母在

1　佟新：《社會性別研究導論》，北京：北京大學出版社 2005 年版，第 22 頁。

2　張潔：《無字》，北京：十月文藝出版社 2002 年版，第 108 頁。

物質生活水平上有什麼提高，外祖母甚至羞於帶丈夫或女兒回娘家，她一方面怕自己的境況被娘家人知道，另一方面還怕給丈夫和女兒的心理造成衝擊和負擔。她所承擔的苦果，有著某種理想主義色彩，又呈現為現實的問題，這使她開始審視外祖父的真相，結果發現原來外祖父的文采也並非特別出眾，聘禮上讓外祖母的父親停住腳步尋思的字還是他的父親代寫的。這是外祖母對外祖父男性氣質的解構，也是作家對最早受到西方文化衝擊的中國傳統父權的嘲諷。外來的知識於他們只是皮毛，骨子裏的父權思想絲毫沒變，外祖母最終因不能生育男嬰繼承葉家的姓氏而死，仍然是一個傳統女性的悲劇——但由於加入了她對於外祖父想入非非的現代男性氣質想像，更具有悲劇色彩，因為設若沒有這份想像，她會依循傳統嫁給經濟條件更好的男人，也許生活更好一些，未必死得那樣早。從外祖父的角度看，他則得力於迷戀西方知識的姿態，這使他獲得了一點現代資本，在經濟實力不足的條件下，憑藉了這點西方知識的借力，贏得了對於外祖母的駕馭。這無疑是一種寫實的象徵：中國傳統男人必須通過擴張的西方現代性借用，才可以贏得對於女性的婚姻統治。

第二代男人父親顧秋水，不是"五四""弒父者"，也算不上"逆子"，但可歸入得"逆子"潮流風氣的一代，這個意義上，他更代表了那時代普通的男性。他與母親葉蓮子的相識相愛和結婚，實行的是當時流行的西式的自由戀愛模式。兩個年輕人順利結婚，開始共同生活，彼此學習生活經驗，能夠平等相處，生育了女兒也沒有歧視之嫌。顧秋水的男性氣質可說是溫和的，他不是典型的支配型男性。如果沒有戰爭，他們的小日子會平靜過下去，甚至可能算得上不同於傳統婚姻的新生活。然而，戰爭爆發，年輕的夫妻失去了學習成長的機會，戰爭的恐懼使她需要保護，使他畏懼拖累。事實上，他們完全沒有應對戰爭的能力，這也是一切普通人的命運，反襯的是父權戰爭的非人道。

戰爭的殘酷打擊普通男性氣質的養成，他們被分出陣容，受到軍事支配，大多數普通男性只能歸屬從屬服從氣質。顧秋水變成典型的從屬氣質男人，他看哪家軍閥能夠讓他追隨，他就死心塌地跟隨，直到被拋棄，他再選擇強勢追隨，最終流落香港，甚至靠侍女阿蘇補貼度日。小說中，女兒吳為稱顧秋水這樣的父親為"癮三男人"，在他身上抽空了父權支配氣質，淪喪了正常人起碼的正義感，從屬性、依附性與他的肉身力量形成強烈反差。這位精神氣質的"瘺三男人"，可說是父權戰爭另一種真相的寫照。

但男人顧秋水並非天生如此"瘺三"，他也並非希望自己變成"瘺三"。他這樣寫信給妻子："誰讓你死心眼兒，死死地纏住我！把我纏死你也好不了。你不想另求活路，只好兩人一起死。咱們就泡吧，你也許解恨，我也不想好了！你的思想太舊，太頑固不化，讓你自逃生路你偏不幹，現在我可顧不了你了，這幾天看看不行，我只好同要飯花子一起要飯吃了。為了養大孩子並給她以教育，你應當犧牲自己，就當我死了。"[1] 信中暴露了他幼稚的心理，也暴露了他與妻子之間複雜的糾纏，讓我們看到戰爭恐懼讓女人希望得到男人的保護，但同樣處於恐懼的非支配氣質的男人承擔不起責任。承擔不起責任的幼稚軟弱男人，反而想像女人應當犧牲自己成全後代。潛意識支配女人的基因此刻復活。這種復活也表現在他抱槍痛哭的時刻，他對槍支哭喊著"我的兒子"，潛意識強烈渴求支配和強勢力量，回到已被"弒父"的思路慣性，是現代營養貧弱的顧秋水無奈的精神迴旋。顧秋水對已被他拋棄的妻女找到香港找到他，充滿了仇恨，他對她們拳腳相加，他的暴力行為實際是他受壓抑的絕望的總爆發。

從一個溫和平等氣質的普通男人，變成精神"瘺三"，照出了父權戰爭的殘酷，也照出了顧秋水這類怯懦的現代幼子，男性氣質營養的嚴重匱乏，他們既斷了傳統父權的基因，又沒法吸取西方男性的養分。他的"幼弱"象徵了新男性成長的貧弱無能，這必然導致中國女性的悲劇。顯然，葉蓮子的悲劇是不同於上代女性的悲劇，她的被拋棄，無可依賴，是徹底的無望於男性。葉蓮子必須要獨立承擔起自己和女兒的命運。她用漫長的一生做到了這點。在這個意義上，葉蓮子最終成長為獨立的女人，她付出了沉重代價，也擺脫了對父權的妄想。在與男性分離而獨立成長的過程中，葉蓮子和吳為形成母女共同體，戰勝了生存艱苦和恐懼，也開發了女性成長潛能。她們則又象徵了中國現代女性獨立成長的艱難歷程。進一步而言，這也使得中國女性在精神獨立上，擁有審視傳統中國父權和西方現代父權的雙重能耐，因為西方現代性擴張在中國土地上發生的戰爭，成全了

1   張潔：《無字》，北京：十月文藝出版社 2002 年版，第 390 頁。

她們對於雙重父權的批判視野。

《無字》的深刻之處，還在於對第三代男人即長篇的男主人公胡秉宸支配性男性氣質的多重反思。小說女主人公吳為經歷了對胡秉宸由愛而恨的心路歷程，她對胡秉宸支配性男性氣質由迷戀到批判、由認同到反對的認知過程，反映了作者對支配性男性氣質的反思深度。

僅比吳為父親顧秋水年輕數歲的胡秉宸，是一位真正的"五四"逆子，他背叛他的顯赫家族投身革命，孜孜以求，從優異的學習到赴延安尋找革命，從革命成功到榮獲京城要職，從受政治迫害而不消沉到復出之後投身改革，取用康奈爾的典型男性氣質或者說男性氣概來衡量，無疑是一位精準的男性氣質自律者。這也是他強大的魅力、領導力所在。他對於所從事革命和改革事業的成就取向，自認為是歷史使命，這也是他言辭話語的集中指向，是他關注點所在，是他行為取向趨力。有意思的是，他的自我確證卻並不是由事業來圓滿完成。

換而言之，革命成功，改革進行，他卻不能停留在革命和改革本身確證男性氣質，他需要對女性進行征服。他的征服方式是饒有意味的，戰友白帆成為他的妻子，他卻揭發她有外遇有私生子，他拋棄她，追求吳為。獲得吳為之後，與吳為之間展開了書寫各自自傳的競賽，此過程他顯然輸於作家吳為，他又回頭找白帆，想以拋棄的方式再贏吳為。征服複數的女人，這一潛在欲望和控制策略，遭遇兩位女性不停的反抗，他想遊刃自如而不得，最終敗於生命大限。

《無字》首先反思了"他那個階級的精品人物"胡秉宸在男性主體建構上的努力。這一努力是現代性追求的自覺，早期表現於投身革命、奔赴延安，後期表現為積極改革，他的選擇基於"民族國家進步"，將個體的價值與族群價值、人類價值匯通，這是一種主體人格成長的選擇，如巴赫金所指出，現代"人的成長帶有另一種性質。這已不是他的私事。他與世界一同成長，他自身反映著世界本身的歷史成長"[1]。但胡秉宸對自己的這種成長日益不再自信，或者說，這一男性主體建構，放在全球日新月異的現代進程，他日益無法評估其獨立的價值。他的

1　巴赫金：《教育小說及其在現實主義歷史中的意義》，《巴赫金全集》第三卷，石家莊：河北教育
　　出版社 1998 年版，第 233 頁。

階級所充滿的自我質疑，鬥爭和分裂，也反映在他的自我矛盾中。他一直堅持寫自傳，卻無法完成他的自傳，這一事實，象徵了他的主體建構的被解構。如此，一位中國精英男性的努力，再現了人類現代性追求的某種悖論。其次，《無字》反思了胡秉宸控制女人的種種策略，類似特工情報的書信往來，類似心理戰術的口吻，甚至類似姜太公釣魚的引誘。作者旨在對異性戀統治進行性政治分解，這樣的反思無疑超出了胡秉宸和吳為兩位男女主人公之間的恩怨，強化了文本的女性主義姿態。第三，《無字》揭露了中國精英男性在現代性價值虛無之際，試圖通過強化對女性的統治來保持男性支配性氣質。胡秉宸在戰爭期間與白帆結為戰友夫妻，總體上是平等相處的。但改革之後，他一方面遭遇大權失落，另方面對世界形勢變化日益有了危機感，他對於吳為的需要，在於吳為這位優雅的女作家擁有話語權，於是，他用盡種種策略征服吳為。得到吳為之後，他實際上想同時控制吳為和白帆兩位女性，他試圖證明自己高超的駕馭能力。此時的胡秉宸，演變成傳統中國父權式男性，其父權支配意志的強大，與他無法支配兩位女性之間構成強烈反差。

吳為對胡秉宸的男性主體建構努力的欣賞和迷戀，與她對他父權支配意志的憎惡與仇恨，形成兩極對立的感情，這種分裂導致吳為最後發瘋。"吳為在瘋狂中看到一個頭戴紗帽、身穿朝服的男人走了進來。那男人的臉上，眉毛、眼睛、鼻子、嘴巴全無，只光板一張。光板上縱橫地刻滿隸書，每筆每畫闊深如一位綫香，且邊緣翻卷。"[1] 這一形象可說是對傳統中國父權支配氣質作出的籠統的畫像。

《無字》文本對中國現代男性支配氣質深刻反思的啟示：一方面，中國男性需要建構現代主體性；另方面，這一主體性必須中止演變為父權支配氣質。

（二）《媽閣是座城》對競爭賭性的反思

相比嚴歌苓其他作品，《媽閣是座城》在語言敘事藝術上甚至可說是不夠從

1　張潔：《無字》，北京：十月文藝出版社 2002 年版，第 48 頁。

容，但就探討競爭賭性這一原創主題而言，這部作品再次體現了嚴歌苓的創造力。傑弗里‧弗里登指出：競爭是全球資本主義的本質。競爭和威脅是相關的存在。[1]史蒂夫‧比達爾夫則揭露道：競爭是現代資本主義導致的一種個人生活品格，它起源於人們強迫自己尋找那些永遠不可能得到的讚賞。他甚至認為競爭心理是男人生活的毒藥。[2]他們都看到了現代競爭與現代男性支配氣質之間深刻的淵源。

如何書寫現代競爭，這一構成現代男性支配性氣質的關鍵因素，對於文學女性主義來說無疑是個挑戰。東方或者說中國男性與西方資本主義相遇，實際是與競爭對手相逢，如何塑造受到競爭衝擊的中國男性形象，意味著對於中國男性處境的深刻理解和闡釋，也意味著對中國女性複雜處境的全面認識。

《媽閣是座城》選擇澳門賭場為題材，這無疑具有強烈象徵性。澳門是西方文明進入中國的橋頭堡，也可說是中西方文明競爭的第一個平台，這裏如今是世界最大的賭場，雖然世界各地賭客都有，但更多的賭客來自中國，他們中絕對多數是經濟上的成功者，絕對多數是具有競爭精神而且不怕輸，具有競爭賭性氣質的男人。嚴歌苓甚至把小說的第四卷直接命名為"東方男人身上都流有賭性"，這個命名點明了她小說探討東方或者說中國男性現代賭性氣質的主題。

小說的"引子"回顧中國男性與西方男性相遇的百年歷史，上溯梅家五代的男人故事，探究中國男性現代賭性的由來。梅大榕"出洋去番邦淘金沙"，他和村裏許多其他男人一樣，離開自己祖輩熟悉的土地和農活，去美國做勞工賺錢，全球資本主義將他們的生活徹底改變了模樣。他們的辛勞、他們的傷痛無人問津，就像嚴歌苓《扶桑》中所寫，有人死在歧視的皮鞭下，有人死在過度勞累中，而他們賺的血汗錢積攢了，才能回家娶媳婦。他們中大多數人把賺的錢投向了賭桌，要麼贏得更多，要麼輸得精光，手中的錢讓他們覺得不過癮。資本主義的金錢奇跡令他們以生命為賭，許多人輸了就投海，梅大榕最後也成為其中的

1　（美）傑弗里‧弗里登：《20世紀全球資本主義的興衰》，楊宇光等譯，上海：上海人民出版社2009年版，第426頁。

2　（澳大利亞）史蒂夫‧比達爾夫：《男性的品格》，石新輝譯，北京：中信出版社2009年版，第175頁。

一個。

顯然，賭性歷史的追溯證明，所謂"東方男人身上都流有賭性"，源於他們受到一種極不公平的現代競爭的衝擊，他們捨命而博弈，沒有前景，全靠運氣，試圖贏回注定難以贏得的成功和尊嚴。就此意義而言，文本的引子，是這部小說最重要也最精彩的部分。就寫作技巧和語言而言，也如此。"引子"不僅寫出中國男性百年遭遇的衝擊，而且寫出了女人面對男人如此遭遇之際，做出的果斷強勢反應，梅家媳婦梅吳娘一反傳統婦道，一次又一次溺死男嬰，只讓女孩存活，她看到現代性競爭中女性的優勢，她本人也極大發揮出自己的潛力，將桑蠶業投入市場，贏得了經濟成功，也贏得了在梅家的地位和威望。正是她的努力，梅家留下的女性一脈，既懂得賭性，又最後引導賭性向創造性轉型，小說的結尾，梅家第五代女子梅曉鷗，引導賭性藝術家史奇瀾回歸創造性，摒棄賭性。無論從小說人物名字的象徵性——史奇瀾象徵中國歷史的波折，梅曉鷗象徵對現代資本主義骯髒一面的深刻洞透，就如她自己所說，她知道漂亮飛翔的海鷗，吃的都是最骯髒的垃圾。

文本中，嚴歌苓借梅大榕一次投賭大贏後成家生子，在家鄉重新過上富足的農業文明生活卻內心並不滿足，來揭示資本主義現代性對人類生命意識的改變："梅大榕於是被鄉里鄉親當成了王。背朝天面朝地做苦力掙來的房屋田畝算什麼？了不得的人都是一眨眼掉進錢堆的。……看著桑林一片片擴大，綠了又枯，枯了又綠，看著桑蠶漸漸肥了，做出繭子，變成蛾子，輪迴往返再三，同時也看著梅吳娘生下一個囡再生下一囡，看得他日日哈欠連天，懊惱自己一筒煙工夫得來的錢怎麼去得如此艱難滯慢，還想不通在船上錢來時那樣石破天驚，而錢去時竟跟億萬眾生毫無二致：戰戰兢兢無聲無色。"[1] 這段文字讓我們看到巴赫金所說的"時間進入了人的內部，進入了人物形象本身，極大地改變了人物命運及生活中一切因素所具有的意義"[2]。強烈的時間意識使梅大榕無法再回到傳統父權支配氣質，他喪失了那種篤定的信心，對於支配的意義發生了動搖。他被

1　嚴歌苓：《媽閣是座城》，北京：人民文學出版社 2014 年 1 月初版，第 6 頁。

2　巴赫金：《小說理論》，石家莊：河北教育出版社 1998 年版，第 230 頁。

現代性所吸引，但並不明白由來和結果，他強烈渴望改變自己，但他並不知道改變之後應該重建，就像他贏得金子又重新回到原來的生活軌道並不令他滿足，他只能投身到不斷的賭中，才能反復體驗時間斷裂的強度，感受現代強烈的刺激。這種可怕的賭性，是東方或者說中國男性對於現代性的響應，是一種強烈的東方後發現代性心理反映，源於東方男性的強勢父權支配心理受到衝擊，無法適應和調整的艱難，也是一種逃避受傷心理的反映。時間性給予他們可怕的打擊，永恆感和安全感同時淪喪，賭性，作為一種極不安全心理的見證，揭示了西方現代性擴張帶給東方文化的負面影響。這是一種以瞬間的空間行為，要贏得時間積累成果的競爭性爆發。這是東方或者中國男性與西方男性相遇之後，直觀產生的支配性氣質不服輸的反擊特徵。無疑，這也是一種極具自傷的行為和男性支配氣質的總和。

嚴歌苓在《媽閣是座城》中，將清華高材生、風度翩翩的北京大房地產商段凱文，充滿藝術天賦和想像力的木雕藝術家史奇瀾，和前國家科研機構幹部盧晉桐這三位具有支配性男性氣質的男人，分別安排在不同的賭桌和賭局中，但卻共同展示了他們強烈的賭性，一種不服輸而最終自傷的男性氣質。文本中多次特意寫到他們賭博到極致，身體發出不同於男性荷爾蒙的強烈變質氣味，象徵著他們的賭性是他們男性氣質變質的表現。暗寓作家對中國男性氣質前途的擔憂和關心。這種擔憂和關心推動著小說的故事情節，由驚心動魄的賭場轉移到事業和家庭空間，各種傷害不斷展示，而傷得最重的仍然是男人自身，段凱文失房產、史奇瀾失家庭、盧晉桐陷入絕症。文本最後借女主人公梅曉鷗的思考，她反復想像一雙賭博翻牌之手，如何一次次演變為一雙鋼琴演奏、藝術雕刻的藝術創新之手，表達作者對男性氣質正面建構的期待。

在女性主義的理想中，男性主體形象和女性主體形象一樣，是雙性氣質可以轉換、性別關係可以置換，是能夠平等對話的生物多樣性的形象，"不管男人還是婦女都有採取許多種不同行為的生物學潛能"[1]。做"天性健全自然的男人",[2] 從統治支配型氣質的束縛中解放出來,是文學女性主義重建男性主體形象的努力。《無字》和《媽閣是座城》呈現了文學女性主義實績,它們對支配性男性氣質的多重反思,拓展了對人類現代性問題的思考。

1　（美）理安・艾斯勒：《聖杯與劍：我們的歷史,我們的未來》,程志民譯,北京：社會科學文獻出版社 2009 年版,第 220 頁。

2　（澳大利亞）史蒂夫・比達爾夫：《男性的品格》,石新輝譯,北京：中信出版社 2009 年版,第 218 頁。

四

女人和男人的對話

　　女人和男人對話並非易事。父權體制中女人沒有話語權。女性主義一直努力爭取女性的發聲。改變“人微言輕”的局面，可以理解為對女性主義政治通俗的闡釋。女性主義者充分意識到話語權的難度，一方面“女人”和“女性”“在教育和習俗的現狀中”，[1] 另方面“男人”和“男性”亦“在教育和習俗的現狀中”，展開女人和男人的對話，既要從現實現狀出發，又要呈現新的教育和新的習俗的可能性，讓人們相信“在走完男性統治的血腥的歷史彎路之後，婦女和男人最終都將發現人類潛在的意義”[2]。

　　針對男性經驗和男性氣質的發言，文學女性主義採用了切實可行的現實政治策略，女人和男人的對話主要從“在教育和習俗的現狀中”三種情感關係出發：一種是現實的父女關係，一種是現實的母子關係，一種是男女之間的情愛關係。這三種關係概括了女人和男人之間主要的情感紐帶。傳統父權體制將這三種情感關係扭曲成“三從”統治模式，[3] 要求女人：從父，從子，從夫。“三從”的後果，勢必形成女人對於男人強烈的身心依附，離開男人她們必深感沒有安全感。“三從”統治模式導致男人的處境則必然是：男人必須做強者、“大丈夫”，無止境追求成功，形成剛強的男子漢氣概，把生命的脆弱和內心的軟弱視為可恥。這無疑使男人遠離他們的生命真實體驗，使男人無法向女人顯露他們的怯弱和真情。

　　現代以來，“三從”的枷鎖已被打開，但重建三種情感的平等交互方式，卻

1　（法）西蒙娜·德·波伏娃：《第二性》，陶鐵柱譯，北京：中國書籍出版社 1998 年版序，第27 頁。

2　（美）理安·艾斯勒：《聖杯與劍：我們的歷史，我們的未來》，程志民譯，北京：社會科學文獻出版社 2009 年版，第 242 頁。

3　《儀禮·喪服·子夏傳》：“婦人有三從之義，無專用之道。故未嫁從父，既嫁從夫，夫死從子。”

需要對歷史進行清理，並需要從女人和男人的正常情感需要中提取經驗資源。這正是文學女性主義女人和男人對話的意義所在。

（一）重建父女關係的對話

現實中的父女關係包括生父與女兒的血緣關係、養父與女兒的養育關係、精神之父與女兒的教育關係。通常生父在世，很少女兒體驗到養父的關係。作為教育影響力的精神之父，則是現代女性有機會接受教育的背景下產生。

虹影《飢餓的女兒》文本，可說是一石三鳥，集中講述了女兒與生父、養父和精神之父三位父親的故事。從獲得愛的精神角度，"飢餓"時代反而讓三位男性用"愛"反哺了"飢餓的女兒"，他們沒有歧視她，竭盡"弱勢男性"的所能，他們養育和培養了她。然而，在"飢餓的女兒"成長過程，她所深刻感覺的"飢餓"，並不僅是物質飢餓，恰恰是"缺父"的飢餓。另一方面，三位父親儘管真摯深愛"飢餓的女兒"，卻也時時深感自責。文本在女兒尋父、辨父和悼父的展開中，讓我們看到了人物內心深刻的糾結，而糾結的核心，可說是無法對話溝通，彼此的深愛，無法形成對話流動的能量，相反變成傷人和自傷的力量。文本深刻地揭示了"在教育和習俗的現狀中"，"從父"的力量是如何阻礙了父女之間的正常情感對話，從而造成了人物之間無法彌補的痛苦。

首先，女兒所尋找之父，源於她所渴求的強勢保護力量，是她潛意識的"從父"。這使她即使面對自己的生父，她打心眼裏也不想相認，也不稱呼父親。而養育她的養父，她雖然感恩，卻也止於感恩，並無更多溝通的願望。這也是她陷入對歷史老師即精神之父早戀的原因。然而當歷史老師也不承擔與她相愛的責任，自殺離世時，她對他由愛變恨，恨他不負責任。文本對"飢餓的女兒""缺父"飢餓症的深刻揭示，反思了"從父"慣性對女兒的深刻影響，正是女性對強勢男性的渴望，使女性陷入真正的精神飢餓，看不到現實生活中"真正的父親"。這一切強化了女兒的悲劇感，更加深了三位父親的悲劇，他們的弱勢顯得更加貧弱。文本實際上揭露了父權力量通過情感模式，對女性和男性雙重傷害，甚至對於男性傷害更大。

其次，生父和養父內心承受"從父"壓力，使他們無法主動與女兒交流愛的感情。他們都是弱勢男性，時刻感覺自己無力給予女兒強大的依靠，他們竭盡全能所予，女兒於他們仍是"不從"，既不叫一聲父親，也不聽從父親。由於他們都受到內心更強大父親形象自律的自責，不配做父親的自卑令他們生活壓抑。這種自責自卑也是生父早逝的原因。歷史老師作為精神之父，他也深覺自己的愛即是罪，原因在於他無法在神聖的父愛與性愛之間找到平衡，他只能自我定罪。三位男性都不能用真實的生命體驗與女兒交流，無法贏得女兒的理解，他們對於自我生命情感的壓抑，讓我們看到男性生存的真相。可以說，他們生存於"被要求"的強勢男性陰影之下，他們把這種被要求內心化，現實卻永遠達不到，他們無聲的掙扎於分裂的自我與他者之間。

《飢餓的女兒》所展開的父女對話，建基於父女對話未曾實現的情感精神"飢餓"荒原。成人之後的女兒，反覆辨析自己生命的由來，發現三位父親於成長的意義，從反思的角度剖析"父親失真"的原因，尋找"父女關係真相"，在悼念三位父親生命的同時，構築"真實父親形象"，他們的怯弱、善良、真摯愛心，成就了"飢餓的女兒"思想成長，讓我們看到重建父女關係對話的人道價值。

一種沒有實現的對話，一場"飢餓的女兒"發出的反省，是女性主義對話的籲請。《飢餓的女兒》對於父女之愛的正本清源，意味著重建父女關係對話的可能。

（二）重建母子關係的對話

儘管受到"從子"的約束，母子關係相比"從父"的父女關係，仍然很不同。一方面母子情感孕育於十月懷胎，漫長的嬰兒時期兒子在實際的意義上是"從母"，象徵意義的"從子"則賦予母親權威性，因母親生育兒子是為父系傳承，"母言"也由此擁有一定威望。母子情深一向受到中國文學吟詠，在孟郊名作《遊子吟》中，"從子"的複雜性和母子情深的豐富性可見一斑：

> 慈母手中綫，遊子身上衣。

臨行密密縫，意恐遲遲歸。

誰言寸草心，報得三春暉。

《唐詩三百首》中這首家喻戶曉的慈母頌歌，題下作者自注"迎母溧上作"，此時孟郊五十歲，位溧陽縣尉，這一當時卑微的職位，於"遊子"孟郊而言，已是他汲汲功名的成果，也是他作為兒子可以告慰於母親的成績。在父權體制中身為男人就得為功名奔波，以實現男人的價值。此處的"遊子"是從母親角度想像兒子，正因為從母親角度擬想，才能體會母親不忍兒子奔波，盼望兒子早歸的心情。"從子"的母親當然無法阻擋兒子遠行。"手中綫"和"身上衣"之間的張力，"密密縫"盼望"遊子"平安歸的母愛，正是父權體制下無奈母親的操心、惦念和憂傷。

"遊子"遊於科舉和功名，競爭目標和前景可見，就像作者在另一首名作《登科後》所寫"春風得意馬蹄疾，一日看盡長安花"。此時"母憑子貴"和"夫貴妻榮"一樣，是父權等級對於男性氣質及支持者的嘉獎。但如果"遊子"是遊於戰功，情況就很難預料，"由來征戰地，不見有人還"（杜甫五言詩），這樣的情形，是"密密縫"的母親"意恐遲遲歸"的真正恐懼，無論何種嘉獎都無法與愛子的生命相比。但生命價值這一源於母親的價值立場，在父權價值系統是被戰功所取代而罔顧母親感受的。

龍應台的《大江大海》直接切入母子關係中，母親只能沉默承受的戰爭離散情感。文本述寫國共內戰，博涉世界大戰，作為大中華語境的書寫，其文本創意卻立足於"慈母"、"遊子"這一傳統母子情感結構。全書 70 多個戰爭故事，均由"慈母"龍應台與正值服役年齡，將要成為"遊子"的兒子飛力普娓娓細述，細節之動人，情感之深摯，可用"密密縫"來比喻。所不同者，孟郊詩中的慈母是真實的針綫，龍應台是用歷史的針綫，前者只能令遊子難以忘懷，後者卻要讓遊子改變選擇。女性主義智慧的策略，將話語權力通過情感滲透，達到與兒子真正對話交流的目的。

為了展開這一史所未有過的"母子對話"，在文本之首，作者有意製造了兒子對於母親傾聽的需要："我真的沒有想到，飛力普，你是認真的。"

作者以滿懷驚喜甚至感恩之心，面對 19 歲的混血兒子，當他把錄音機架好，把迷你麥克風夾在龍應台的白色衣領上，要傾聽母親講述自己的歷史，龍應台不禁浮想聯翩，反思自己從未曾關心父母的歷史，事實是，自己和父母的歷史從未曾被需要被關心。兒子的認真和關心，打開了塵封的歷史大門，洞開了時間隧道。

"我開始思索：歷史走到了二〇〇九年，對一個出生在一九八九年的人，一個生命經驗才剛剛要開始，那麼青春無邪的人，我要怎麼對他敘述一個時代呢？"不再是那個"意恐遲遲歸"的古典母親，這位"愛的責任"承擔者、歷史的講述者，要表達的是女性主義對於男性命運的擔心、關心，進而表達堅定的反戰立場。

《大江大海》充滿殘酷血腥的戰爭文本，是母親引導兒子對歷史的另類考察，母親和兒子一起落淚，一起探討，一起反思，這一考察歷史的過程，也是母親引導兒子成長和超越的過程。在此過程，龍應台不斷讓母子對話出現在故事之間，從而使對話穿越歷史，連接亙古，呈現出女性講述歷史的空間特徵。

空間特徵也是對話文本特徵，它要平等呈現不同的對話者及其不同的經驗。母子之間的對話以開放的空間為兒子的成長選擇提供了可能。也為母親的自我超越提供了可能。《大江大海》標示了重建母子關係的價值。

（三）重建男女情愛關係的對話

在西方女性主義看來，異性戀是"對性欲的二元化管控，壓制了某種干擾異性戀、生殖與醫學司法霸權的性欲形式的顛覆多元性"[1]。中國傳統父權文化下的異性戀婚戀更複雜，在強勢男性集團中，多妻制合法存在，同性戀也並不排斥。性欲管控單方面針對女性，"從夫"是基本的管控模式。事實上，一個男人管控多位女性並要求她們服從，是傳統父權文化異性戀常態。

1　（美）朱迪斯·巴特勒《性別麻煩：女性主義與身份的顛覆》，宋素鳳譯，上海：上海三聯書店2009 年版，第 26 頁。

現代以來受西風影響，法律婚姻形式上的多妻制度已消除，但傳統父權文化影響下的強勢男性，一個人管控或駕馭多位女性的異性戀情感模式，仍然存在於中國現實生活中。文學女性主義深刻揭示中國現實生活的這一獨特性政治，努力於複雜中探討重建男女情愛關係的對話。

如果說張潔的《無字》失望於現代男性骨子裏的父權本質，對於胡秉宸這樣一個男人操控吳為和白帆二位女性，感到噁心，因之"無字"，無法與之對話。那麼嚴歌苓的《媽閣是座城》則有意深入駕馭多位女性的男性生活，從中發現性政治與情愛之間狹小的通道，試圖讓被駕馭的女性獲得主體性，從而實現與男性的對話，瓦解其性政治管控。

在此意義上，《媽閣是座城》不僅探討東方男性的賭性，也探討這一賭性與性政治的關聯，對於多位女性的駕馭，恰如他們無法駕馭自身命運的賭博，是一種不甘失敗的男性氣質的表現。小說塑造了被男性作為多位女性控管對象之一的梅曉鷗形象，她從一位寄生蟲一樣的被男性包養的女性，成長為一位擁有獨立思考能力的女性，最終擺脫賭場和情場，懂得情愛對話的美好，贏得人生的新前景。

小說的女主人公梅曉鷗，首先是北京電子企業老闆盧晉桐包養的情婦，她才18歲，父母生活中各自出現的第三者令她心累，她懶得思考，自己眨眼卻成了憎惡的同類人。年輕的她無法也懶得擺脫盧晉桐的物質供養和情感控制。盧晉桐把她送到美國，以與他北京的婚姻隔離，實則是他的另一個婚姻。盧晉桐每當出差或者度假到美國，就把梅曉鷗帶到拉斯維加斯賭場。梅曉鷗懷孕了，她要求盧晉桐戒賭，盧晉桐斷指發誓，等兒子生下來，他卻賭癮復犯，最終輸空，把梅曉鷗和兒子都轉讓給姓尚的上海男人，由這個男人把他們送到媽閣賭場。在媽閣賭場，梅曉鷗用出賣青春給尚姓老闆得到的十萬美金，養活兒子，租住房，並開始自己的女疊碼仔生涯。

小說用了強烈的象徵手法書寫梅曉鷗與男性性政治之間的較量，男人們在檯面上互相賭搏，在台下則是與她暗中賭搏。她作為女疊碼，用色相和心理引誘使男人們下賭，也使自己不斷陷入和不同男人之間的較量。正如文本中反復寫她對女色、男色的掂量，她深知男女交往中曖昧即情色資本交換與較量的政治。這一切使她賺取了金錢，也使她看清了自己和男人們的處境。這樣的處境使她疲倦和厭倦。正是極度的厭倦促成她思考和渴望新的生活。她曾經將一見鍾情的雕刻藝術家史奇瀾引入賭博，從他那兒賺取更多金錢；思考使她悔恨，她決定幫助他戒賭；她甚至用自己的錢和房子幫助他。最終她發現，只有愛情能夠使他平靜，而也只有愛情，能夠使她自己昇華。他們發展了毫無控制對方意志的純粹唯美的愛情，在愛情中，史奇瀾重新變成了藝術家。在愛情中，梅曉鷗變得為別人著想，愛的博大豐富了她的精神。當他們為了史奇瀾的家庭分手的時候，梅曉鷗發現愛情並沒有因此離開自己。她已經具備了愛人的能力。

她決定帶著兒子離開媽閣，到史奇瀾所在的加拿大，開始一種全新的生活。

《媽閣是座城》穿越了東方父權文化受到西方現代性衝擊之後，遭遇的種種扭曲，用小說故事發展和人物成長方式，向我們呈現了男女情愛對話的可能。"男性統治的精神浸透著內心衝突、緊張和恐懼。但是，當我們從男性統治向男女合作前進時，我們便愈發能夠開始從防衛向成長運動。而且正如馬斯洛在研究自我實現的和創造性的人時所觀察到的那樣，當這種過程發生時，我們並沒有變得更自私和更以自我為中心，而是將日益向一種不同的現實 —— 我們和全人類本質上相互關聯的 '最高經驗' 意識——前進。" [1]

1　（美）理安·艾斯勒：《聖杯與劍：我們的歷史，我們的未來》，程志民譯，北京：社會科學文獻出版社 2009 年版，第 227 頁。

小結　大中華語境文學的女性主義空間政治策略

（文本論）文學女性主義重要文本列表

章	節	作品	作者	現代空間	出版及時間
第四章文學女性主義重建女性主體形象的政治策略	第一節講述女性/百年中國現代性演變的不同空間故事	《扶桑》	嚴歌苓	北美移民空間	北京：當代世界出版社 2002 年版
		《無字》	張潔	大陸北方空間	北京：十月文藝出版社 2002 年版
		《長恨歌》	王安憶	大陸上海空間	北京：作家出版社 1995 年版
		《婦女閒聊錄》	林白	大陸長江腹地	北京：新星出版社 2005 年版
		《迷園》	李昂	台灣空間	台北：貿騰發賣股份有限公司 1991 年版
		《香港三部曲》	施叔青	香港空間	台北：洪範書店出版有限公司單本推出：《她名叫蝴蝶》1993 年出版，《遍山洋紫荊》1995 年出版，《寂寞雲園》1997 年出版。廣州：花城出版社 1999 年三本同時出版
		《香農星傳奇》	周桐	澳門空間	澳門：澳門日報出版社 1999 年版
	第二節對妓女形象性政治顛覆	《胭脂扣》	李碧華	香港空間	香港：天地圖書有限公司 1985 年版
		《香港三部曲》	施叔青	香港空間	廣州：花城出版社 1999 年三本同時出版
		《金陵十三釵》	嚴歌苓	北美移民空間	西安：陝西師範大學出版社 2011 年版
		《扶桑》	嚴歌苓	北美移民空間	北京：當代世界出版社 2002 年版
		《黑白的魚》	林中英	澳門空間	收入林中英：《女聲獨唱》澳門：澳門日報出版社 2011 年版
		《洗頭》	廖子馨	澳門空間	《香港文學》2013 年第 10 期署筆名夢子
	第三節獨立女性形象塑造	《方舟》	張潔	大陸北方空間	上海：《收穫》1982 年第 2 期
		《這三個女人》	呂秀蓮	台灣空間	台北：自立報系出版部 1985 年初版
		《弟兄們》	王安憶	大陸上海空間	上海：《收穫》1989 年第 3 期
		《獨身女人的臥室》	伊蕾	大陸北方空間	溪萍編：《第三代詩人探索詩選》，中國文聯出版公司 1988 年版，第 229-240 頁
		《私人生活》	陳染	大陸北方空間	北京：作家出版社 1996 年版
		《迴廊之椅》	林白	大陸南方空間	收入《瓶中之水》，瀋陽：春風文藝出版社 2007 年版
		《瓶中之水》	林白	大陸南方空間	瀋陽：春風文藝出版社 2007 年版
		《女人傳》	海男	大陸南方空間	合肥：安徽文藝出版社 1999 年版
		《作女》	張抗抗	大陸北方空間	北京：華藝出版社 2002 年版
		《獨身女人》	亦舒	香港空間	北京：中國戲劇出版社 1999 年版
		《沉默之島》	蘇偉貞	台灣空間	台北：時報文化出版企業股份有限公司 2004 年版
	第四節傳統婚姻關係的重寫	《笨花》	鐵凝	大陸北方空間	北京：人民文學出版社 2006 年版
		《小姨多鶴》	嚴歌苓	北美移民空間	北京：作家出版社 2008 年版
		《天香》	王安憶	大陸上海空間	北京：人民文學出版社 2011 年版

章	節	作品	作者	現代空間	出版及時間
第五章 文學女性主義重建女性經驗價值的政治策略	第一節 女性隱秘經驗書寫	《最後夜戲》	陳若曦	台灣空間	原載 1961 年 9 月 15 日《現代文學》第十期，陸士清等編：《台灣小說選講（上冊）》，復旦大學出版社，1983 年 10 月，第 387-395 頁
		《花季》	李昂	台灣空間	台北：洪範書局 1985 年版
		《愛情私語》	李元貞	台灣空間	台北：自立晚報出版部 1992 年版
		《殺夫》	李昂	台灣空間	哈爾濱：北方文藝出版社 1988 年版
		《迷園》	李昂	台灣空間	台北：貿騰發賣股份有限公司 1991 年版
		《世紀末的華麗》	朱天文	台灣空間	台北：遠流出版社 1992 年版
	第二節 日常生活價值重構	《人到中年》	諶容	大陸北方空間	上海：《收穫》1980 年第 1 期
		《人啊，人！》	戴厚英	大陸上海空間	廣州：廣東人民出版社 1980 年初版；北京：人民文學出版社 2006 年修訂版
		《山上的小屋》《阿梅在一個太陽天裏的愁思》	殘雪	大陸長江腹地	北京：《人民文學》1985 年第 8 期；天津：《天津文學》1986 年第 6 期
		《煩惱人生》	池莉	大陸長江腹地	上海：《上海文學》1987 年第 8 期
		《桃花燦爛》	方方	大陸長江腹地	武漢：《長江文藝》1991 年第 8 期
		《伴你到黎明》	張欣	大陸南方空間	北京：《中國作家》1993 年第 3 期
		《一個人的戰爭》	林白	大陸南方空間	北京：作家出版社 2009 版
		《崑崙殤》	畢淑敏	大陸北方空間	北京：《崑崙》1987 年第 1 期
		《額爾古納河右岸》	遲子建	大陸北方空間	北京：北京十月文藝出版社 2006 年版
	第三節 女性經驗和地方經驗共構	《香港三部曲》	施叔青	香港空間	廣州：花城出版社 1999 年版
		《扶桑》	嚴歌苓	北美移民空間	北京：當代世界出版社 2002 年版
		《香農星傳奇》	周桐	澳門空間	澳門：澳門日報出版社 1999 年版
第六章 文學女性主義重建男性經驗與男性形象的政治策略	第一節 男性失敗經驗書寫	《大江大海》	龍應台	台灣空間	香港：天地圖書有限公司 2009 年 9 月初版
	第二節 男性弱勢經驗書寫	《飢餓的女兒》	虹影	英國移民空間	台北：爾雅出版社 1997 年 5 月中文版初版
	第三節 重建男性主體形象	《無字》	張潔	大陸北方空間	上海：上海文藝出版社 1998 年 12 月初版第 1 卷，北京：十月文藝出版社 2002 年 1 月第 1 次出版第 1、2、3 卷
		《媽閣是座城》	嚴歌苓	北美移民空間	北京：人民文學出版社 2014 年 1 月初版
	第四節 女人和男人的對話	《飢餓的女兒》	虹影	英國移民空間	台北：爾雅出版社 1997 年 5 月中文版初版
		《大江大海》	龍應台	台灣空間	香港：天地圖書有限公司 2009 年 9 月初版
		《媽閣是座城》	嚴歌苓	北美移民空間	北京：人民文學出版社 2014 年 1 月初版

本書的四、五、六章，集中研究大中華語境文學女性主義湧現的重要文本。涉及近五十個重要的文本，以上是對文本進行的列表。它們分佈的章節，按照筆者的研究歸類進行排列。本書在對這些文本進行比較研究時，關注的是它們不同的表達主題之間的相互呼應關係，力求敞亮這些出現在不同現代性板塊空間的女性主義文學思潮文本，它們之間的空間串連特徵，從中提取文學女性主義一系列的政治策略。歸納起來，它們的策略相當集中：重建女性主體形象的政治策略，重建女性經驗價值的政治策略，重建男性經驗與男性主體形象的政治策略。

這些文學女性主義政治策略匯合在一起，呈現了女權政治的完整性。分開看，又呈現了文學行動的空間政治魅力，即這些文學文本是互補的空間存在，它們在不同的現代性空間，利用不同的經驗積累，從事各不相同卻互補的文學行動，無須重複，彼此呼應，彼此增強，匯合形成文學的空間政治語境，通向全球女性主義總體目標：實現女性和男性的平等對話。

女性和男性的平等對話，是人類現代性追求的經驗完整性和認知完整性的前提。女性的缺失，令人類的經驗殘缺，認知片面，使人類在現代性追求中付出了巨大代價。但女性主體成長和男性主體成長，本身是現代性議題，文本見證了女性主體和男性主體重建的努力。在不同的現代性空間，主體重建調用的資源並不相同，充分利用在地資源，發掘壓抑經驗資源和修正傳統，使之演變為女性和男性成長的源泉，通過性別經驗，同步呈現國家、民族、地方和文化文明的經驗，從而使文本凝集豐富複雜的經驗結構，將性別／國家／民族／地方／文化文明共同要求的平等對話意志，體現為文本的話語權力。

筆者關注這些豐富精彩的文學文本，所傳達的豐富深厚的女性經驗與知識。它們再現了百年現代歷程，中國女性和男性經歷的痛苦磨難，來自西方的壓抑、性別的隔離，女性的覺悟和覺醒，及對男性的關懷，在文本中作為見證，亦同時是作為成長的激勵、話語的權力要求。

文本的空間政治呈現，更有助敞亮女性／中國的處境，有助理解講述女性經驗／中國經驗同構的關係，對西方壓抑造成的中國及中國男性的女性化處境的關注，不僅進一步呈現了性別與民族國家及地方經驗之間權力同構的關係，而且使反思全球化擁有“第三空間的批判立場”。使文學女性主義區別於西方女性主義：文學女性主義的空間政治策略，不僅要實現女性和男性的平等對話，而且要達成東方和西方的對話平等。在此意義上，文學文本複調的聲音和交響的語境，也是人類文明完整性的籲請。

結　語

文學女性主義的
性政治空間風景
及未來展望

中國女性主義的文學行動

（一）多元女性主體建構政治智慧

中國女性主義運動以文學思潮的運作方式，利用大陸開放崛起的歷史機遇，積極參與到中國大陸、台灣、香港、澳門及北美移民空間不同現代性議題的反思中，通過文學書寫深入反思百年來西方現代性向中國和東方推進，導致不同的後發現代性後果，呈現不同後發現代性處境中女性和男性的不同遭遇，揭示不同後發現代性地區各不相同的性別問題，憑藉文學敘事權的運作，探討了女性主體成長的不同模式，思考了男性主體重建的不同問題，並對西方父權推進導致的文明壓抑和危機進行了深入批判。

中國女性主義的文學行動，以文學的女性主義區別於西方女性主義的社會運動，以思想和想像的創意，加入到全球後現代女性主義行列，以區別於社會運動的文化建構主體方式，以多元女性主體建構的政治智慧，承擔反思人類現代性的使命，所創造的豐富文學文本，將女性的經驗和知識進行了系統深入表達，為大中華語境貢獻了人類文明成果，豐富了現代性存在。

（二）多空間文學女性主義互補行動智慧

第一章：女性主義運動是現代的產物。前現代父權對於女性的統治建立於體力優勢，現代技術競爭卻使女性智力資源獲得開發。西方歷史上的女性主義思潮，體現了對於西方現代性的反思。當代大中華語境的女性主義文學思潮，則是對於西方現代性和東方現代轉型的雙重反思。由於中西方現代性經驗迥異，中西方女性主義反思的議題不同，處理不同反思議題的女性主義政治策略必然有別。文學的女性主義是反思百年中國現代性的歷史和現實選擇。

第二章：以《小團圓》為個案考察張愛玲見證的現代中國語境經驗，反證大中華語境文學的女性主義政治生長基礎。以大中華語境形成和女性主體新機遇，展示文學的女性主義政治創新機遇和廣闊前景。

第三章：文學的女性主義以寫作創新的實踐，在大中華語境創造了女性主義文學思潮奇跡，文學女性主義的政治風景遍佈中國大陸、台灣、香港、澳門和北美移民空間甚至更廣闊的全球華人世界。它們對不同現代性空間的不同現代性議題，不同性別處境，進行深入、持續、代際相承的反思，體現了中國女性主義思想運動的深廣特徵。創造了多元互補的女性形象，如大陸女性主義文學思潮中出現的與男性在同一地平綫競爭的健碩女性形象，台灣女性主義文學思潮中湧現的多種形式的新女性形象，香港女性文學思潮中的獨身女性形象，澳門女性文學中呈現的較理性女性寫作者形象，北美移民空間身份流動的自由女性形象，她們通過文學文本複數存在，創造了女性形象的"第三空間"，提供了豐富多元的女性主體想像資源，提供了女性自我解放和群體解放的多重面向。

第四章：文學的女性主義創造了重建女性主體形象的空間政治策略。其一，分頭講述女性／百年中國現代性演變的不同空間故事，如《扶桑》是北美移民空間的故事、《無字》是中國大陸北方故事、《長恨歌》是大陸上海故事、《迷園》是台灣故事、《香港三部曲》是香港故事、《香農星傳奇》是澳門故事，這些故事如同互相串通的時空走廊，把百年現代中國後發現代性在不同空間的演變狀態，進行了各自講述和互相印證，從而互相聯結成通向未來的空間。不同空間中不同的女性形象，都因歷經苦難而各具魅力，在通向未來的空間路徑上，她們都擁有主體力量。其二，在不同現代性板塊的女性主義文學思潮中，文學女性主義把父權體制中貶抑至最底層的妓女形象作為書寫對象，如《扶桑》、《香港三部曲》等都把妓女形象作為長篇主人公，在她們身上賦予民族國家象徵喻意的同時，改寫了妓女形象，顛覆了父權體制中出賣肉身的妓女是低賤的觀念的同時，賦予了最底層妓女以主體形象。其三，文學女性主義鍾情於不同獨立女性形象的塑造，如大陸、台灣、香港、澳門和北美移民空間的眾多女性主義文本，裏面都充滿了經濟獨立、思想獨立的女性主體形象，她們在不同的文本中，彼此呼應而存在，形成女性獨立風潮。其四，文學女性主義採用了對傳統父權婚姻體制進行重新解讀的策略，如北美移民空間產生的《小姨多鶴》、大陸空間的《笨花》和《天香》，均以中國傳統父權的妻妾婚姻為書寫對象，卻寫出舊式婚姻中全新的妻妾關係，重構女性姐妹情誼和獨立主體，用另一種方式顛覆了父權，藉助改寫對傳統婚姻的認識，寫作女性實際上參與中國傳統文化倫理的現代轉型。文學女性主義在如上四種女性主體形象建構上所體現的共謀策略，強化了女性主義文學思潮的複數政治意義，體現了文學的性政治空間風景。

第五章：文學的女性主義創造了重建女性經驗價值的空間政治策略。在大陸現代性空間，日常生活價值重構是女性主義文學思潮的共同主題。在台灣現代性空間，女性主義文學思潮的重頭戲集中於女性的隱秘經驗價值開發。香港女性主義文學思潮、澳門女性主義文學思潮和北美移民空間的女性主義文學思潮，則進行女性經驗與地域地方經驗共建，打破中心與邊緣隔離，嘗試經驗多重開發。各不同現代性板塊複數呈現了女性壓抑經驗開發的多元經驗價值。更新人類對於女性經驗價值的認識，改變歷來父權知識生產僅以男性主體經驗為加工對象的格局。

第六章：文學的女性主義創造了重建男性經驗和男性主體形象的空間政治策略。大中華語境的文學女性主義用文學的方式關注和研究東方男性的現代性處境，在不同的現代性空間，互相呼應，形成如下幾項文本政治策略：一是對男性失敗經驗的書寫，二是對男性弱勢經驗的書寫，三是重建男性主體形象，四是關注女性和男性的對話。通過不同文本互補再現，還原百年現代歷程中國男性處境，批判西方父權擴張導致中國和東方男性女性化處境，反思中國和東方男性氣質中的"賭性"競爭性，思考尋求改變轉型的良方，重建現代男性主體形象。

源起西方的現代性演進已向全球蔓延。全球化已經成為或即將成為事實，如果不能回歸民族主義和地方保護主義，那就必須努力實現一個不同的全球化。有鑒於此，文學敘事就必須講述新的故事，締結新的關係，描寫和闡述新的抵抗和新的主體性。[1] 文學的女性主義事實上以文學的政治行動介入了改變世界的實踐之中。它用文學的策略，締結新的主體聯盟，把父權制度視野中次要的和亞文化經驗，整合到人類經驗結構之中，重新製作知識生產標準，表達女性主體政治智慧，是女性主義參與全球化秩序重構的文學政治行動，寄託著重建人類現代性的政治熱情與理想。

1　（美）佳亞特里・斯皮瓦克：《從解構到全球化批判：斯皮瓦克讀本》，陳永國、賴立里、郭英劍主編，北京：北京大學出版社 2007 年版，編者序第 16 頁。

二

尚待進入關注視野的文學女性主義
空間行動

　　大中華語境以相對西方英語語境展開對話，總體是建立於現代性權力話語交鋒主場上，本研究作為開拓性工作，深感語境的多元複雜，然而，為了相對集中問題，並把精力集中於西方現代性推進，所導致的中國境遇中性別後果研究，省略了諸多的複雜性。依據女性主義要義，邊緣的多聲音的其他場域，同樣值得關注，本書卻限於篇幅論題不能展開。如同樣受到西方現代性推進影響的東方日本、韓國、新加坡及馬來西亞和南亞地區，同樣有不少漢語寫作者值得關注，本書卻無法兼顧。事實上，透過網絡交流可以發現，越來越多生活在美洲、歐洲、澳洲及地球村其他區域的漢語寫作者在不斷湧現，匯入大中華語境交流，女作家的數量、空間流動性、活躍程度，堪值關注。不論是留學、移民、旅居，女性在現代性獲取方面，體現出強大自主和自覺，在書寫自我成長、自我發現，及與在地文化文明交融方面，女性主體的豐富多元發育，是尚待進入關注視野的文學女性主義空間行動。

　　在語境相對集中的情況下，為了避免研究的對象過於龐大和分散，面對大陸、台灣、香港、澳門和北美移民空間數量巨大的文本，只能選擇最有代表性的文本，而這樣的代表性實際上只能是以作家作品的影響力做選擇標準，這可說是思潮淘選的結果，是綜合了市場、獲獎及時間贏得的知名度。但這就有可能使個別非常優秀的作品尚未進入研究視野。

　　本書分為思潮論述和文本剖析兩個層面，儘管力圖保證宏觀論述和微觀剖析的互證，但具體研究過程，深感細節駕馭的難度，論述上難免有不逮，剖析上也難免有粗糙。引用理論眾多，亦難免有闡釋不足之處。

三

研究展望

　　本研究試圖回答什麼是中國的女性主義，從中國相對於西方不同的現代性處境入手，論述了作為反思中國現代性處境的中國的女性主義，是以文學的女性主義行動，實行一種不同於西方女性主義社會運動的文學思潮運動，採用文化建構女性主體和重建男性主體政治策略，既批判西方現代父權擴張，又反思中國傳統父權壓抑，同時抵抗中國現代新生父權壓迫，多重政治任務使大中華語境的文學女性主義必須充滿創意，而她們無疑找到了多元主體建構的自信，貢獻了數量繁盛的女性主義文本，呈現了女性經驗和知識的無盡寶藏。

　　未來的研究將需要更多任務作用於開發文學的女性主義生產的大量文學文本，也就是文本的深入研究將是一個方向，包括個體作家深入研究，多個作家比較研究，個別文本深入研究，不同文本比較研究。在大學開設女作家文本細讀課程，不僅將有助女性文學研究，也將是傳播文學的女性主義思想的途徑。

　　由於中國大陸、中國台灣、中國香港、中國澳門和北美移民空間不同的現代性經驗，使各地文本各有特色，區域文本現象研究，和區域文本比較研究，綜合研究，都有許多工作需要展開。以往相對孤立的區域研究已不少，今後在整體視野中進行區域研究，將有不同發現。相關研究也都可以開設大學課程。網絡時代大中華語境作為全球漢語共同體，還會呈現更多不同移民空間的女性文本，關注閱讀和跟蹤研究值得期待。

　　文學女性主義的文本，有許多已改編為電影電視，因此，展開文學文本與影視文本的比較研究，也是未來研究的新方向。以大陸的王安憶、台灣的呂秀蓮、北美移民空間的嚴歌苓為例，她們的小說文本和電影文本之間的比較研究，可以涉及眾多議題，而女性主義的文學文本和影視文本之間的生產關係，對傳播女性主義思想產生何種影響，值得認真研究。

由於文學女性主義的再生產特徵，相關的接受研究也應該展開。這涉及到文學中的女性主體與現實中的女性權利到位情況，將需要進行複雜的問卷和調研。比如一位女讀者閱讀了文學女性主義文本，她獲得心靈解放與行動實踐，其具體情狀將非常個性化和複雜，研究的展開無疑需要藉助諸多手段。又如閱讀產生的創作，文本互生關係是什麼樣？經驗啟發互動的情景，創作手法的影響，以及創意寫作帶來的信心，包括稿費收入與處境改變，可說是文化生產的過程研究，定量與總結，昇華與實踐，本身也將成為文化生產的組成部分。而女性主義的出版研究更是文化生產環節研究，細節充滿了吸引力。

　　與西方女性主義文學文本的比較研究，過去有少量進行，今後應該大量進行。從借鑒西方女性主義文學理論到形成中國的女性主義文學理論，這一研究是必須的過程。對大中華語境文學女性主義的深入研究，最終目標應該是建立大中華漢語共同體的女性主義文學理論，使之與西方女性主義文學理論對話並存，參與構建人類命運共同體。

　　事實上，現代性的推進，早已越過時間進程階段，演變成空間不斷轉換的模式，網絡的一體化，更使空間轉換快速、多元、不確定，人們在瞬間分享信息的同時，有效把握生存主體的能力，越來越受到爆炸式現代性的考驗。文學的溝通深層經驗的功能，也越來越獲得人們認識。一個人人可以上網寫作的時代已到來。文學女性主義更容易在網絡平台聯手。跨語言的譯介後的文本對接也開始出現。就是說，大中華語境的文學女性主義，與英語語境的女性主義，也將隨時出現文本呼應關係，全球式文學女性主義行動，是可以預期的未來。在此意義上，大中華語境的文學女性主義研究，面向開放的未來，更期待引導人類文明的未來。"當今世界，人類生活在不同文化、種族、膚色、宗教和不同社會制度所組成的世界裏，各國人民形成了你中有我、我中有你的命運共同體。"[1] 文學的女性主義將為人類命運共同體做出應有的貢獻。

1　習近平：《文明交流互鑒是推動人類文明和世界和平發展的重要動力》，《求是》2019 年第 9 期。

參考文獻

一、中文文獻

1. 陳欣欣編著:《兩岸四地——中國‧台灣‧香港‧澳門四個華人社會的發展》,香港:廣角鏡出版社有限公司 1997 年初版。

2. 周蕾:《寫在家國之外》,香港:牛津大學出版社 1995 年版。

3. 李小江、朱虹、董秀玉主編:《性別與中國‧平等與發展》,北京:生活‧讀書‧新知三聯書店 1997 年版。

4. 王德威:《想像中國的方法——歷史‧小說‧敘事》,北京:生活‧讀書‧新知三聯書店 1998 年版。

5. 陳順馨、戴錦華選編:《婦女、民族與女性主義》,北京:中央編譯出版社 2004 年版。

6. 朱壽桐主編:《漢語新文學通史》,廣州:廣東人民出版社 2010 年版。

7. 朱壽桐主編:《漢語新文學倡言》,北京:中國社會科學出版社 2011 年版。

8. 賀照田主編:《後發展國家的現代性問題》,長春:吉林人民出版社 2011 年版。

9. 楊春時:《現代性與中國文學思潮》,北京:生活‧讀書‧新知三聯書店 2009 年版。

10. 陳曉明主編:《現代性與中國當代文學轉型》,昆明:雲南人民出版社 2003 年版。

11. 蘇紅軍、柏棣主編:《西方後學語境中的女權主義》,桂林:廣西師範大學出版社 2006 年版。

12. 陳樂:《現代性的文學敘事:韓少功的小說與"文革"後中國的現代化》,杭州:浙江大學出版社 2008 年版。

13. 周慶華:《身體權力學》,台北:弘智文化事業有限公司 1994 年版。

14. 宋素鳳:《多重主體策略的自我命名:女性主義文學理論研究》,濟南:山東大學出版社 2002 年版。

15. 孟悅、戴錦華:《浮出歷史地表》,鄭州:河南人民出版社 1989 年版。

16. 夏曉虹:《晚清女性與近代中國》,北京:北京大學出版社 2004 年版。

17. 董麗敏:《性別、語境與書寫的政治》,北京:人民文學出版社 2011 年版。

18. 林幸謙:《女性主體的祭奠:張愛玲女性主義批評》,桂林:廣西師範大學出版社 2003 年版。

19. 葉漢明編：《全球化與性別：全球經濟重組對中國和東南亞女性的意義》，香港：香港中文大學香港亞太研究所 2011 年版。

20. 戴錦華：《涉渡之舟：新時期中國女性寫作與女性文化》，西安：陝西人民教育出版社 2002 年版。

21. 陳惠芬、馬元曦主編：《當代中國女性文學文化批評文選》，桂林：廣西師範大學出版社 2007 年版。

22. 廖子馨：《論澳門現代女性文學》，澳門：澳門日報出版社 1994 年版。

23. 馮品佳：《她的傳統：華裔美國女性文學》，台北：書林出版有限公司 2013 年版。

24. 呂秀蓮：《新女性主義》，台北：前衛出版社 2000 年版。

25. 張雪媃：《當代華文女作家論》，台北：新銳文創出版有限公司 2013 年版。

26. 丘貴芬主編：《中介台灣・女人：後殖民女性觀點的台灣閱讀》，台北：元尊文化出版社 1997 年。

27. 區結蓮：《走向自主──以婦女為本位的所思所行》，香港：新婦女協進會 2007 年版。

28. 祝平燕、周天樞、宋岩主編：《女性學導論》，武漢：武漢大學出版社 2007 年版。

29. 荒林：《日常生活價值重構──中國當代女性主義文學思潮研究》，北京：北京大學出版社 2013 年版。

30. 李銀河：《女性權力的崛起》，北京：中國社會科學出版社 1997 年版。

31. 張清華：《中國當代先鋒文學思潮論》，南京：江蘇文藝出版社 1997 年版。

32. 盛英：《二十世紀中國女性文學史》，天津：天津人民出版社 1995 年版。

33. 趙稀方：《小說香港》，北京：生活・讀書・新知三聯書店 2003 年版。

34. 王瑞華：《殖民與先鋒：中國痛苦──三位女性對香港的文學解讀》，北京：社會科學文獻出版社 2006 年版。

35. 葉啓政：《傳統與現代的鬥爭遊戲》，台北：巨流圖書有限公司 2001 年版。

36. 汪民安主編：《文化研究關鍵詞》，南京：江蘇人民出版社 2007 年版。

37. 黃繼持、盧瑋鑾、鄭樹森主編：《追跡香港文學》，香港：香港牛津大學出版社 1998 年版。

38. 吳志良：《生存之道──論澳門政治制度與政治發展》，澳門：澳門成人教育學會 1998 年版。

39. 夏志清：《中國現代小說史 (1917—1957)》，康涅狄格紐黑文：耶魯大學出版社 1961 年第 1 版，1971 年第 2 版。中譯本，香港：香港友聯出版社 1979 年版。

40. 周華山：《異性戀霸權》，香港：三聯書店（香港）有限公司 1993 年版。

41. 黃勇：《全球化時代的政治》，台北：國立台灣大學出版中心 2011 年版。

42. 楊宏海主編：《全球化語境下的當代都市文學》，北京：社會科學文獻出版社 2007

年版。

43. 劉介民：《西方後現代人文主流——徵候群研究》，北京：北京大學出版社 2010 年版。

44. 鄧正來、郝雨凡主編：《轉型中國的社會正義問題》，桂林：廣西師範大學出版社 2013 年版。

45. 蔣慶：《政治儒學——當代儒學的轉向、特質與發展》，北京：生活・讀書・新知三聯書店 2003 年版。

46. 楊義：《國學會心錄》，北京：生活・讀書・新知三聯書店 2014 年版。

47. 楊義：《楊義文存》，北京：人民文學出版社 1997 年版。

48. 楊義：《文學地理學會通》，北京：中國社會科學出版社 2013 年版。

49. 金天翮：《女界鐘》，陳雁編校，上海：上海古籍出版社 2003 年版。

50. 郭延禮選注：《秋瑾選集》，北京：人民文學出版社 2004 年版。

51. 冰心：《冰心選集》，成都：四川人民出版社 1983 年版。

52. 張愛玲：《張愛玲文集》，合肥：安徽文藝出版社 1992 年版。

53. 莊園編：《女作家嚴歌苓研究》，汕頭：汕頭大學出版社 2006 年版。

54. 何春蕤編：《性工作研究》，中壢：中央大學性／別研究室 2003 年版。

55. 何春蕤：《性工作：妓權觀點》，台北：巨流圖書有限公司 2001 年版。

56. 王金玲：《誤入歧途的女人——中國大陸賣淫女透視》，南京：江蘇人民出版社 1998 年版。

57. 程欽華、周奎傑編著：《女人的蒼涼歲月》，香港：中華書局（香港）有限公司 1989 年版。

58. 衣俊卿：《現代化與日常生活批判》，哈爾濱：黑龍江教育出版社 1994 年版。

59. 李敖：《大江大海騙了你：李敖秘密談話錄》，台北：台灣李敖出版社 2011 年版。

60. 李慎明、王逸舟主編：《2007 年全球政治與安全報告》，北京：社會科學文獻出版社 2007 年版。

61. 王輝耀、劉國福主編：《中國國際移民報告（2012）》，北京：社會科學文獻出版社 2012 年版。

62. 王輝耀、劉國福主編：《中國國際移民報告（2014）》，北京：社會科學文獻出版社 2014 年版。

63. 《鄧小平文選》，北京：人民出版社 1993 年版。

64. 閻純德主編：《中國現代女作家》，哈爾濱：黑龍江人民出版社 1983 年版。

65. 譚正璧：《中國女性文學史話》，天津：百花文藝出版社 1984 年版。

66. 杜芳琴：《女性觀念的衍變》，鄭州：河南人民出版社 1988 年版。

67. 康正果：《風騷與艷情》，鄭州：河南人民出版社 1988 年版。

68. 李小江：《性溝》，北京：生活・讀書・新知三聯書店 1989 年版。

69. 謝玉娥編：《女性文學研究教學參考資料》，鄭州：河南大學出版社 1990 年版。

70. 陳東原：《中國婦女生活史》（據上海商務印書館 1928 年 1 月初版重印），上海：上海文藝出版社 1990 年版。

71. 劉思謙：《娜拉言說——中國現代女作家心路歷程》，上海：上海文藝出版社 1993 年版。

72. 康正果：《女權主義與文學》，北京：中國社會科學出版社 1994 年版。

73. 劉慧英：《走出男權傳統的樊籬》，北京：生活・讀書・新知三聯書店 1995 年版。

74. 陳順馨：《中國當代文學的敘事和性別》，北京：北京大學出版社 1995 年版。

75. 王春榮：《新女性文學論綱》，瀋陽：遼寧大學出版社 1995 年版。

76. 林丹婭：《當代中國女性文學史論》，廈門：廈門大學出版社 1995 年版。

77. 林樹明：《女性主義文學批評在中國》，貴陽：貴州人民出版社 1995 年版。

78. 王政：《女性的崛起：當代美國的女權運動》，北京：當代中國出版社 1995 年版。

79. 劉小楓：《現代性社會理論諸論：現代性與現代中國》，上海：上海三聯書店 1998 年版。

80. 徐坤：《雙調夜行船：九十年代的女性寫作》，太原：山西教育出版社 1999 年。

81. 譚國根：《主體建構政治與中國現代文學》，香港：牛津大學出版社 2000 年版。

82. 魏國英主編：《女性學概論》，北京：北京大學出版社 2000 年版。

83. 趙樹勤：《找尋夏娃——中國當代女性文學透視》，長沙：湖南師範大學出版社 2001 年版。

84. 徐岱：《邊緣敘事：20 世紀中國女性小說個案批評》，上海：學林出版社 2002 年版。

85. 劉禾：《跨語際實踐——文學，民族文化與被譯介的現代性（中國：1900—1937），北京：生活・讀書・新知三聯書店 2002 年版。

86. 余寧平、杜芳琴主編：《不守規矩的知識：婦女學的全球與區域視界》，天津：天津人民出版社 2003 年版。

87. 西慧玲：《西方女性主義與中國女作家批評》，上海：上海社會科學院出版社 2003 年版。

88. 薛中軍：《所謂伊人：女性創作傳播的"語境"闡釋》，上海：上海大學出版社 2003 年版。

89. 中華全國婦女聯合會編：《中國婦女運動百年大事記：1901～2000》，北京：中國婦女出版社 2003 年版。

90. 李英桃：《社會性別視角下的國際政治》，上海：上海人民出版社 2003 年版。

91. 王政：《越界：跨越文化女權實踐》，天津：天津人民出版社 2004 年版。

92. 荒林主編：《男性批判》，桂林：廣西師範大學出版社 2004 年版。

93. 荒林主編：《中國女性主義》，桂林：廣西師範大學出版社 2004 年版。

94. 林樹明：《多維視野中的女性主義文學批評》，北京：中國社會科學出版社 2004 年版。

95. 李銀河：《女性主義》，濟南：山東人民出版社 2005 年版。

96. 黃華：《權力，身體與自我——福柯與女性主義文學批評》，北京：北京大學出版社 2005 年版。

97. 李有亮：《給男人命名：20 世紀女性文學中男權批判意識的流變》，北京：社會科學文獻出版社 2005 年版。

98. 王政、陳雁主編：《百年中國女權思潮研究》，上海：復旦大學出版社 2005 年。

99. 仝華、康沛竹主編：《馬克思主義婦女理論發展史》，北京：北京大學出版社 2004 年版。

100. 佟新：《社會性別研究導論》，北京：北京大學出版社 2005 年版。

101. 徐中約：《中國近代史》，香港：香港中文大學出版社 2002 年版。

102. 杜芳琴：《婦女學與婦女史的本土探索》，天津：天津人民出版社 2002 年版。

103. 樂黛雲：《跨文化之橋》，北京：北京大學出版社 2002 年版。

104. 徐新建：《全球語境與本土認同：比較文學與族群研究》，成都：巴蜀書社 2008 年版。

105. 張海洋：《中國的多元文化與中國人的認同》，北京：民族出版社 2006 年版。

106. 王明珂：《華夏邊緣：歷史記憶與族群認同》，北京：社會科學文獻出版社 2006 年版。

107. 施旻著：《英語世界中的女性解構》，北京：九州島出版社 2004 年版。

108. 王恩銘：《20 世紀美國婦女研究》，上海：上海外語教育出版社 2002 年版。

109. 鄧曉芒：《新批判主義》，武漢：湖北教育出版社 2001 年版。

110. 陝西省婦女理論及婚姻家庭研究會、陝西省婦女聯合會編：《女性問題在當代的思考》，西安：陝西人民出版社 1988 年版。

111. 張連珍主編：《改革中的婦女問題》，南京：江蘇人民出版社 1988 年版。

112. 夏曉虹：《晚清文人婦女觀》，北京：作家出版社 1995 年版。

113. 李銀河：《中國婚姻家庭及其變遷》，哈爾濱：黑龍江人民出版社 1995 年版。

114. 蔡磊編著：《平等‧發展：當代國際婦女的目標與實踐》，太原：山西經濟出版社 1995 年版。

115. 全國婦聯婦女研究所國際婦女研究室編：《國際婦女運動和婦女組織》，北京：中國婦女出版社 2002 年版。

116. 孫康宜：《文學經典的挑戰》，南昌：百花洲文藝出版社 2002 年版。

117. 李小江主編：《讓女人自己說話‧文化尋蹤》，北京：生活‧讀書‧新知三聯書店 2003 年版。

118. 李小江主編：《讓女人自己說話・親歷戰爭》，北京：生活・讀書・新知三聯書店 2003 年版。

119. 李小江主編：《讓女人自己說話・獨立的歷程》，北京：生活・讀書・新知三聯書店 2003 年版。

120. 李小江主編：《讓女人自己說話・民族敘事》，北京：生活・讀書・新知三聯書店 2003 年版。

121. 王金玲主編：《女性社會學的本土研究與經驗》，上海：上海人民出版社 2002 年版。

122. 喬素玲：《教育與女性：近代中國女子教育與知識女性覺醒：1840～1921》，天津：天津古籍出版社 2005 年版。

123. 李明舜、林建軍主編：《婦女人權的理論與實踐》，長春：吉林人民出版社 2005 年版。

124. 沈奕斐：《被建構的女性：當代社會性別理論》，上海：上海人民出版社 2005 年版。

125. 李小江：《女性 / 性別的學術問題》，濟南：山東人民出版社 2005 年版。

126. 李小江：《女人讀書：女性 / 性別研究代表作導讀》，南京：江蘇人民出版社 2006 年版。

127. 荒林主編：《中國女性主義》春 / 秋卷，桂林：廣西師範大學出版社 2006 年版。

128. 孫隆基：《中國文化的深層結構》，桂林：廣西師範大學出版社 2004 年。

129. 賀桂梅：《女性文學與性別政治的變遷》，北京：北京大學出版社 2014 年。

130. 張莉：《浮出歷史地表之前——中國現代女性寫作的發生》，天津：南開大學出版 2010 年。

131. 張莉：《姐妹鏡像：21 世紀女性寫作與女性文化》，北京：中國社會科學出版社 2014 年。

132. 禹燕主編：《新女學週刊》（2012—2017），北京：中國婦女報社。

二、譯介文獻及外文文獻

133.（美）塞繆爾・亨廷頓：《文明的衝突與世界秩序的重建》（修訂版），周琪、劉緋、張立平、王圓譯，北京：新華出版社 2010 年版。

134.（英）張志楷：《中國因素：大中華圈的機會與挑戰》，林宗憲譯，台北：博雅書屋有限公司 2009 年版。

135.（美）杜威：《藝術即經驗》，高建平譯，北京：商務印書館 2005 年版。

136.（美）弗雷德里克・詹姆遜：《政治無意識：作為社會象徵行為的敘事》，王逢振、陳永國譯，北京：中國社會科學出版社 1999 年版。

137.（美）愛德華・W. 薩義德：《文化與帝國主義》，李琨譯，北京：生活・讀書・新知三聯書店 2003 年版。

138. （法）雅克・德里達：《文學行動》，趙興國等譯，北京：中國社會科學出版社 1998 年版。

139. （美）佳亞特里・斯皮瓦克：《從解構到全球化批判：斯皮瓦克讀本》，陳永國、賴立里、郭英劍主編，北京：北京大學出版社 2007 年版。

140. （美）卡林內斯庫：《現代性的五副面孔》，北京：商務印書館 2003 年版。

141. （德）黑格爾：《精神現象學》，北京：商務印書館 1983 年版。

142. 周蕾：《婦女與中國現代性——西方與東方之間的閱讀政治》，蔡青鬆譯，上海：上海三聯書店 2008 年版。

143. 劉小楓編：《蘇格拉底問題與現代性——施特勞斯演講與論文集》，北京：華夏出版社 2008 年版。

144. 包亞明主編：《後現代性與地理學的政治》，上海：上海教育出版社 2001 年版。

145. （美）弗雷德里克・詹姆遜：《現代性、後現代性和全球化》，王麗亞譯，北京：中國人民大學出版社 2004 年版。

146. （美）米利特（Kate Millett）：《性政治》，宋文偉、張慧芝譯，台北：桂冠圖書股份有限公司 2003 年版。

147. 周蕾：《世界標靶的時代：戰爭、理論與比較研究中的自我指涉》，陳衍秀譯，台北：麥田城邦文化出版公司 2011 年版。

148. （美）羅斯瑪麗・帕特南・童：《女性主義思潮導論》，艾曉明等譯，武漢：華中師範大學出版社 2002 年版。

149. （美）埃里希・弗羅姆：《健全的社會》，王大慶、許旭虹、李延文、蔣重躍譯，北京：國際文化出版公司 2007 年版。

150. （美）湯尼・白露：《中國女性主義思想史中的婦女問題》，沈齊齊譯，李小江審校，上海：上海人民出版社 2012 年版。

151. （美）愛德華・W. 蘇賈：《後現代地理學——重申批判社會理論中的空間》，王文斌譯，北京：商務印書館 2004 年版。

152. （美）阿爾文・古爾德納：《中國知識分子的興起》，顧昕譯，台北：桂冠圖書股份有限公司 1992 年版。

153. （美）傑弗里・弗里登：《20 世紀全球資本主義的興衰》，楊宇光等譯，上海：上海人民出版社 2009 年版。

154. （英）羅納德・哈里・科斯王寧：《變革中國——市場經濟的中國之路》，徐堯、李哲民譯，北京：中信出版社 2013 年版。

155. 李銀河主編：《婦女：最漫長的革命：當代西方女權主義理論精選》，北京：生活・讀書・新知三聯書店 1997 年版。

156. 馬元曦主編：《社會性別與發展譯文集》，北京：生活・讀書・新知三聯書店 2000 年版。

157. 張五常著、譯：《中國的經濟制度》，北京：中信出版社 2009 年版。

158. 王麗華主編：《全球化語境中的異音：女性主義批判》，北京：北京大學出版社 2008 年版。

159.（美）H. 加登納：《智能的結構》，蘭金仁譯，北京：光明日報出版社 1990 年版。

160. 馬克思、恩格斯：《馬克思恩格斯選集》，中共中央馬克思恩格斯列寧斯大林著作編譯局編譯，北京：人民出版社 1995 年第 2 版。

161.（俄）巴赫金：《巴赫金全集》，錢中文主編，白春仁、顧亞玲譯，石家莊：河北教育出版社 1998 年版。

162.（美）戴維・哈維：《後現代的狀況——對文化變遷之緣起的研究》，閻嘉譯，北京：商務印書館 2003 年版。

163.（英）帕特里夏・法拉、卡拉琳・帕特森編：《記憶》，戶曉輝譯，北京：華夏出版社 2006 年版。

164.（法）羅貝爾・埃斯卡皮：《文學社會學》，于沛選編，杭州：浙江人民出版社 1987 年版。

165.（美）漢娜・阿倫特：《人的境況》，王寅麗譯，上海：上海人民出版社 2009 年版。

166.（匈牙利）阿格妮絲・赫勒：《日常生活》，衣俊卿譯，重慶：重慶出版社 2010 年版。

167.（美）貝爾・胡克斯：《激情的政治：人人都能讀懂的女權主義》，沈睿譯，北京：金城出版社 2008 年版。

168.（瑞士）坦納著：《歷史人類學導論》，白錫坤譯，北京：北京大學出版社 2008 年版。

169. 范瑞平：《重建主義的儒學：對西方之後道德的再思考》，多德雷赫特：斯普林格出版社 2010 年版。

170.（英）瑪麗・雪萊：《弗蘭肯斯坦》，張劍譯，北京：中國城市出版社 2009 年版。

171.（法）西蒙娜・德・波伏娃：《第二性》，陶鐵柱譯，北京：中國書籍出版社 1998 年版。

172.（英）瑪麗・伊格爾頓編：《女權主義文學理論》，胡敏、林樹明等譯，長沙：湖南文藝出版社 1989 年版。

173.（美）理安・艾斯勒：《聖杯與劍：我們的歷史，我們的未來》，程志民譯，北京：社會科學文獻出版社 2009 年版。

174.（美）貝蒂・弗里丹：《女性的困惑》，陶鐵柱譯，哈爾濱：黑龍江教育出版社 1988 年版。

175.（美）朱迪斯・巴特勒：《性別麻煩：女性主義與身份的顛覆》，宋素鳳譯，上海：上海三聯書店 2009 年版。

176. （美）朱迪斯・巴特勒：《消解性別》，郭劼譯，上海：上海三聯書店 2009 年版。

177. （美）伊萊恩・蕭瓦爾特：《她們自己的文學：從勃朗特到萊辛的英國女性小說家》（增補版），北京：外語教學與研究出版社 2004 年版。

178. （法）米歇爾・福柯：《瘋癲與文明》，劉北成、楊遠嬰譯，北京：生活・讀書・新知三聯書店 1999 年版。

179. 蘇紅軍、柏棣主編：《西方後學語境中的女權主義》，桂林：廣西師範大學出版社 2006 年版。

180. （美）托里莫以：《性別／文本政治：女性主義文學理論》，陳潔詩譯，台北：駱駝出版社 1995 年版。

181. （美）羅伯特・麥克艾文：《夏娃的種子——重讀兩性對抗的歷史》，王祖哲譯，上海：上海人民出版社 2005 年版。

182. （英）安東尼・吉登斯：《社會學》，北京：北京大學出版社 2003 年版。

183. （法）福柯：《事物的秩序》，紐約：蘭登書屋 1970 年版。

184. （英）弗吉尼亞・伍爾夫：《伍爾夫隨筆全集》，北京：社會科學出版社 2001 年版。

185. （美）R. W. 康奈爾：《男性氣質》，柳莉等譯，北京：社會科學文獻出版社 2003 年版。

186. （澳大利亞）史蒂夫・比達爾夫：《男性的品格》，石新輝譯，北京：中信出版社 2009 年版。

187. （俄）巴赫金：《巴赫金全集》，石家莊：河北教育出版社 1998 年版。

188. 張京媛主編：《當代女性主義文學批評》，北京：北京大學出版社 1995 年版。

189. （美）克利福德・吉爾茲：《地方性知識》，王海龍、張家瑄譯，北京：中央編譯出版社 2000 年版。

190. （法）米歇爾・福柯：《性經驗史》，佘碧平譯，上海：上海人民出版社 2000 年版。

191. （美）貝爾・胡克斯：《女權主義理論：從邊緣到中心》，曉徵、平林譯，南京：江蘇人民出版社 2001 年版。

192. （英）索非亞・孚卡文：《後女權主義》，王麗譯，北京：文化藝術出版社 2003 年版。

193. （美）約瑟芬・多諾萬：《女權主義的知識分子傳統》，趙育春譯，南京：江蘇人民出版社 2003 年版。

194. 杜小真編選：《福柯集》，上海：上海遠東出版社 2003 年版。

195. （加）巴巴拉・阿內爾：《政治學與女性主義》，郭夏娟譯，北京：東方出版社 2005 年版。

196. （美）本尼迪克特・安德森：《想像的共同體——民族主義的起源與散佈》，吳睿人譯，上海：上海人民出版社 2005 年版。

197. （斯洛文尼亞）斯拉沃熱・齊澤克：《敏感的主體——政治本體論的缺席中心》，南京：

江蘇人民出版社 2006 年版。

198. （美）詹妮特・A．克萊妮編著：《女權主義哲學——問題，理論和應用》，李燕譯，北京：東方出版社 2006 年版。

199. （英）琳達・麥道威爾：《性別、認同與地方——女性主義地理學概說》，徐苔玲、王志弘譯，台北：群學出版有限公司 2006 年版。

200. 柏棣主編：《西方女性主義文學理論》，桂林：廣西師範大學出版社 2007 年。

201. （美）薩義德：《東方學》，王宇根譯，北京：生活・讀書・新知三聯書店 2007 年版。

202. （法）米歇爾・福柯：《知識考古學》，謝強、馬月譯，北京：生活・讀書・新知三聯書店 2007 年版。

203. （德）尼采：《權力意志》，孫周興譯，北京：商務印書館 2007 年版。

204. Barth, Fredrik. "Introduction" .In Fredrik Barth ed.: *Ethnic Groups and Boundaries:The Social Organization of Culture Difference.* Boston: LittleBrown and Company,1969.

205. Elaine Showalter. *A Literature of Their Own.* Princeton University Press,1977.

206. Tania Modleski. *Feminism Without Women: Culture and Criticism in a "PostFeminist" Age.* New York: Routledge, 1991.

207. Bhabha, Homi K. *The Location of Culture.* London: Routledge, 1994.

208. Foucault.Ethics. Subjectivity and Truth.ed.Paul Rabinow, The New Press, New York, 1997.

209. *Feminist Theory Reader: Local and Global Perspectives.* Edited by Carole R.McCann and Seung-kyung Kim.P.Cm, NewYork: Routledge, 2003.

210. Peggy Antrobus, *The Global Women's Movement: Origins, Issues and Strategies.* London:ZedBooks,2004.

211. SHIS SHU-CHING. *City of the Queen: A Novel of Colonial HongKong,* translated from the Chinese by Sylvia Li-chun Lin and Howard Goldblatt, Columbia University Press, New York,2005.

212. Chow Rey. Violence in the Other Country: China as Crisis, Spectacle, and Women. in Monhany ed. *Third World Women and the Politics of Feminism.* Bloomington and Indiana University Press,1991.

213. Butler, Judith. *Subjects of Desire.* New York: Columbia University Press,1987.

214. Robbins, Ruth. *Literature Feminisms.* New York:St.MartinPress,2000.

215. Soja, Edward, *Thirdspace: Journeys to Los Angeles and Other Real-and-imagined Places.* Cambridge: Blackwell, 1996

216. Herrmann, Anne C. *Theorizing feminism: Parallel trends in the humanities and social sciences.* Routledge, 2018.

附錄：

本書作者已完成相關研究項目
和發表論文及出版著作情況

1. 本書作者曾承擔並完成國家社科項目 "當代中國女性主義文學思潮研究"（項目批准號：04BZW046），項目成果獲評審專家高度評價，獲得國家社科項目優秀成果，成果專著《日常生活價值重構——中國當代女性主義文學思潮研究》2013 年由北京大學出版社出版，北京大學中文系陳曉明教授、香港浸會大學文學創作系文潔華教授、美國墨好思學院沈睿教授等著名學者，發表了對專著的評論文章，給予高度學術評價。

2. 本文作者在澳門大學攻讀博士學位期間撰寫學術論文《西方女性主義話語的傳播與大陸本土女性主義的生產》獲 "亞太國際論壇" 研究生論文一等獎。（2014 年）

3. 《日常生活價值重構——女性主義經驗批評的中國詩學定位》，刊《文藝研究》2012 年第 3 期，《新華文摘》2012 年第 16 期轉摘。

4. 《論福柯的話語理論對資本主義父權文明體制的反思與批判》，刊《海南師範大學學報》（社會科學版）2012 年第 6 期。

5. 《人類之思與女性之聲——澳門女作家林中英散文集〈女聲獨唱〉欣賞》，刊《華文文學研究》2013 年第 2 期。

6. 《澳門文學：多元之美》，《文藝報》2013 年 5 月 17 日。

7. 《誰是中國第一位獲諾獎提名的女作家？》，《中國婦女報》2012 年 10 月 30 日。

8. 《花語探密：女性主義藝術的日常敘事之美》，《中國婦女報》2012 年 5 月 8 日。

9. 《女性主義思想與澳門文化想像——澳門小說家周桐研究》，刊《中華女子學院學報》2014 年第 2 期。

10. 《在澳門大學研討莫言和諾貝爾文學獎》，《華文文學》2013 年第 4 期。

11. 《丘華棟：中產階級和女性的抒情詩人》，《南方文壇》2012 年第 9 期。

12. 《韓少功荒林對話：時代與文學》，《創作與評論》2013 年第 6 期。

13. 《文學地理學視野下的女性主義寫作——澳門女作家林中英創作論》，《中華女子學院學報》2013 年第 8 期。

14. 《在美國的寫作與〈紅樓夢〉、性別、人類及美國夢之間》，《創作與評論》2014 年第

6 期。

15. 《女性主義的想像力》，《中國文化報》2011 年 3 月 23 日。

16. 《學術的創意之美》，《光明日報》2018 年 8 月 22 日。

17. 《文學女性主義重建男性經驗與男性形象的政治策略》，（香港）《文學論衡》2019 年 02 期。

18. 《"一國兩制"與澳門文學的文化自信》，《改革開放與澳門發展》論文集，社會科學文獻出版社 2018 年 12 月。

19. 《筆談海內外女性寫作生態》，《華文文學》2016 年第 5 期。

20. 《衝不破的鐵閨閣和玻璃牆——中西現代性夾縫中的張愛玲》，（美國）《中外論壇》2017 年第 6 期。

21. 《重構男權主體政治的神話——《狼圖騰》的三重表意系統及其男權意識形態》，《文藝研究》2009 年第 4 期。

22. 《從性別角度反思農業文明衰落——胡傳永長篇小說研究》，《南方文壇》2017 年第 6 期。

23. 《後現代女性主義文本——香港三部曲研究》，《華文文學》2017 年第 5 期。

24. 《反思西方女性主義與對中國女性主義的反思》，《中華女子學院學報》2018 年第 1 期。

25. 《重構自我與歷史：1995 年以後中國女性主義寫作的詩學貢獻——論〈無字〉、〈長恨歌〉、〈婦女閒聊錄〉》，《文藝研究》2006 年第 5 期。

26. 《中美比較：女權主義的現狀與未來——美國密西根大學王政教授訪談錄（上）（下），《文藝研究》2008 年第 7 期、第 8 期連載。

27. 《中國女作家名篇選讀》（第一作者）（北京：民主與法制出版社 2011 年出版，為北京開放大學教材）。

28. 《中國女性文學讀本》（第一主編）（桂林：廣西師範大學出版社 2015 年出版，為高校教學參考叢書）。

29. 《中國女性主義》（主編）學術叢刊 12 卷，為國家"十一五"出版規劃項目，廣西師範大學出版社 2004—2012 年出版。

30. 《作為女性主義符號的另類場景：西蒙·波伏瓦、漢娜·阿倫特、蘇珊·桑塔格的中國閱讀》，《中國圖書評論》2006 年第 5 期。

31. 《撩開你的面紗：女性主義與哲學的對話》（與翟振明教授合作），北京大學出版社 2008 年出版。

32. 《未名湖疊影》，詩歌創作集，香港詩歌協會 2018 年出版。

後　記

人類在 2020 年被微不足道的新冠病毒攻擊，被推向文明歷史的懸崖，生命承受打擊，難以言表。疫情改變了一切。被中斷的全球化，讓生活在地理孤島上的人們，在仰望藍天的時候，不能不對自由飛行的時代充滿懷念。網絡仍然聯結著人們，文字依然一眨眼就抵達另一個半球，但人類的心情不再是從前。生存危機使人類在備受考驗中，看到了自己的脆弱，也看到了自己的頑強。人類將反思成長，進入一個迥然不同於從前的自我認知階段。科技力量賦予我們的自大將漸漸縮小。人文力量給予我們的溫暖將越來越重要。

我相信，未來的人們將通過文學藝術，一次又一次回到輝煌的從前，就像我們經由唐詩一次又一次回到大唐飛天那青春自信的源頭。全球視野下的 1980—2019，將是未來人類無限回味的甜蜜歲月，是東西方文明交融的蜜月時光。我的青春歲月和絲竹中年恰巧包含其中。藉世界婦女大會在北京懷柔召開的持續影響力，2004 年我創辦學術叢刊《中國女性主義》，中國的女性主義得到世界認可。2006 年在阿德萊德和墨爾本的學術交流和國際和平作家會議上，澳洲土著人抬著他們神聖的詩歌石頭上場，用木頭敲擊，發出激動人心的樂音，他們動人心弦的吟唱，至今在我記憶繚繞。在出境學術交流中，我體驗到人類性與地方性的熱情交融。繞地球飛行使我對空間經驗產生全覺認知。在疫情悄然而至之前，人類已經完成古今中西匯通，遙遠已不復存在，陌生經驗就像等待採摘的花蜜，進入了可見視野。

東方睡獅中國的和平崛起，改變了世界格局，它的每一身姿都吸引眼光，帶來猜想，引發變化，它新穎新奇的目光和氣息，充滿了魅力。記錄這一盛大生動覺醒事件的文學藝術，未來會像年深月久的乳酒，散發迷人的芬芳。獅子，學名 Panthera leo，英文名 Lion，是食肉、貓科、獅亞屬的大型猛獸，也是世界上唯一一種雌雄兩態的貓科動物，雄獅有鬃毛而雌獅沒有。儘管中國本土並不產獅子，但獅子文化，龍鳳文化，形象記錄了中華文明交融形成的生命動能，對於外來、性別與本土，中華文明向來擁有海納百川的交融力，陰陽太極的流轉，具有無窮魅力。我在這部論著中展現中西交匯海潮，試圖保留時代思潮動力圖景，展示女性參與人類文明塑造的熱情和智慧，她們衝浪的英姿，是繁華時代的紀念和未來研究的源泉。

2010 年初秋，我有幸獲全獎到澳門大學攻讀博士學位。帶著已完成初稿的國家社科項目"當代中國女性主義文學思潮研究"，迎著海風和陽光，我憧憬著通過博士資格考試之後，將修訂書稿提交博士論文答辯，很快取得學位返回北京工作。當博士資格考試順利完成，我便向導師朱壽桐教授提出了這一設想。導師看著我的眼睛，臉色沉靜，一字一句地說：我知道你的成果不錯，但你有能力做一個更好的，所以，你不必用它做你的博士論文。你應該做一個宏大的研究。

在才華橫溢的導師眼裏，全球範圍的漢語文學寫作熱，女作家們所呈現的不可阻擋的時潮，理應由我這位微笑的女性主義學者來研究。當年開題的時候，我曾兩次打退堂鼓，每一次導師都以堅定不移的語氣說，必須做下去。導師不容置疑的比我自己更相信我的能力。正如著名教育家孟繁華先生所宣導，賞識你的學生，不僅激勵學生發揮主觀能動性，而且激發學生創造成就的榮譽感。非你莫屬的選題，是朱壽桐教授培養研究人才的教育秘笈。

博士論文寫作的過程寂寞漫長。濠江明月從海上升起，我忍不住關上電腦，穿上運動鞋，到海邊遠足。背後是大潭山，前方是小潭山，繞過小潭山，通向海島對面的半島，大三巴牌坊即聖保祿教堂的大門，默默地、永恆地站在澳門炮臺山下，面向世界敞開。海風習習，遙想當年，英俊的意大利傳教士利瑪竇，在東方第一所西式大學聖保祿學院裏研讀中文，為漢字配上拼音，以便更多來澳門的歐洲傳教士學習漢語，從澳門出發，去南京，去北京，傳教。

1583 年，利瑪竇將帶來的世界地圖成功改繪為《萬國圖》，加上中文標識，此舉帶來了帝國新認知，帶給知識分子新視野。當時明帝國已經是海上大國，鄭和已經七次率船隊下西洋，創造世界歷史之最，但是還沒有出現一幅這樣的、現在看來無疑是全球化的地圖。帝國雄踞地圖中心，利瑪竇心中或許真是如此認知？可以肯定的是，登上澳門島，就一生再也沒有離開中國的傳教士利瑪竇，說中文，著儒服，一定使他藍眼睛更順利融入中國知識分子階層，他得到他們的愛護和尊敬，他們也從他那裏獲得另一種文明的新穎啟動。這樣一幅地圖，它從澳門出發，讓人們看到了世界的新面貌。不過，手繪地圖太珍貴了，當時能有幸一睹世界面目的人，都是高居生存塔尖的幸運兒。

大航海時代的澳門，被稱為東方的梵蒂岡，聖保祿學院和屬下的聖保祿教堂，是西方傳教士修學中文和研究中國文化的基地，成為西方文化進入中國和中國文化流向西方的橋頭堡。在澳門重讀湯顯祖《牡丹亭》，我感到書生柳夢梅在大三巴與翻譯交流的場景生動起來，他獲得資助北上趕考的形象變得具體，夢見他的佳人因思念他憂鬱而死，他見到夢中佳人畫像，佳人還魂歸來，起死回生，這曠世奇戀充滿浪漫想像，難道不是中西方文化浪漫交融中開出的華美牡丹？湯顯祖比莎士比亞稍微年輕，《羅密歐與茱麗葉》稍早於《牡丹亭》，中西方文學史上堪稱雙璧的愛情傑作，我們雖然不能證明湯顯祖知曉莎士比亞，但湯顯祖的男主人公柳夢梅從中西文化交匯點大三巴出發，不能不說是饒有意味的戲劇場景。湯顯祖是不是在欣賞了《萬國圖》之後，前往澳門考察和體驗中西交匯的生活？《牡丹亭》強烈的生命覺醒意識，與西方文藝復興有著共同的人文關懷。從南向北的海風，也許遠比我們今天想像的要強烈深遠，明清戲劇和小說的繁榮，該是備受海風滋養。

每當論文寫作遇堵，我於海邊山道遠足，遐思於古今中外，足下的小澳門越來越像一道門，季羨林先生曾說過澳門研究的重要性，但只有身臨其境，我才領悟到空間對於歷史改變的力量。在澳門，歷史是摺疊的，需要縱橫兩個歷史坐標同時打開。西方的油畫和鋼琴最早從澳門進入中國，中國人畫的第一幅油畫是澳門人畫的利瑪竇。大海為背景，突出這位意大利傳教士淵博知識和儒雅形象，海浪波紋與太陽光芒，是中國畫風的絲綢一般優美綫條，長鬚浪漫抒情，利瑪竇面部眼神清朗，流露出熱愛東方的欣喜。澳門大學校園裏的孔子雕塑，也有西方人種的氣質。楊義先生在澳門闡釋中國崛起，對我學術精神和方向猶如晨星啟迪。

當我論述嚴歌苓的《媽閣是座城》，我深深意識到嚴歌苓對東方現代性發生之地澳門的思考，我感到進入這道門中之城的鑰匙沉甸，穿越花園和海水，黑白波浪起伏似的街道，抵達賭性現代性，這是不同文明競爭中誕生的荒誕兒，它的存在，又變成現代性反思自己的鏡子。研究女性主義文學思潮的動力，推開空間之門，我看到了陽光轉動，源源不斷的能量輸送，參與文明重建的信心來自四面八方。全球化浪潮由最初第一隻白帆推動，歷經數世紀，從海面到天空，一個大陸到另一個大陸，就像一個城市到另一個，人類終於熟悉了自己的家園——地球村。

人類又編織了蛛網般密集的互聯網。在這個地球村裏，密集的交往更需要平等與愛意，男女之間不平等的往事，漸漸為平等的現實取代；民族國家之間的平等與此類似。然而，追求平等的過程依然痛苦，不平等體驗無處不在。文學的女性主義歷經歲月孕育，帶著絲綢般溫婉綿長力量，以縫合人類裂縫為使命，記錄並平復生存傷痛，帶來希望、溫暖、愛與願景。這也是她永恆的魅力。研究她的空間行動力，不僅是對我們自身所處時代的重新認識，也是對女性歷史和現實的重新解讀。女性曾經被局限在閨閣，走出的歷史，也象徵著人類自我探索的路徑。人類已經進入空間時代，文學女性主義進行的情感和思想探索，無疑帶給我們信心和智慧。即使疫情阻隔，孤島般生活，啟動空間經驗的自覺，也會讓我們重建彼此鏈接的心靈絲綢之路。

這部博士論文交付出版的時候，我所研究的時代和思潮，如同海水退去，變成了一個輝煌的回憶，這是我始料未及的。然而，這卻增加了出版的珍貴性，因為高漲的海潮和海潮送來的日月星辰，曾是如此燦爛，讓我們全情傾注，記錄生命與海潮共舞的文字，就像隨歲月增值的藝術作品，擁有自身生命的呼吸。

感謝香港三聯書店。感謝李斌先生推薦。感謝王婉珠責編智慧與辛勞付出。

謹把此書獻給澳門大學和首都師範大學。

荒林於北京

2021 年 8 月 29 日